5 पॉइंट समवन

AF674122

5 पॉइंट समवन

चेतन भगत

प्र

प्रभात
प्रकाशन

प्रकाशक

प्रभात प्रकाशन प्रा. लि.

4/19 आसफ अली रोड, नई दिल्ली–110002

फोन : 011–23289777 • हेल्पलाइन नं. : 7827007777

इ–मेल : prabhatbooks@gmail.com ❖ वेब ठिकाना : www.prabhatbooks.com

संस्करण

2024

सर्वाधिकार

सुरक्षित

मूल्य

चार सौ रुपए

मुद्रक

नरुला प्रिंटर्स, दिल्ली

★

5 POINT SOMEONE

(Hindi Translation of 'FIVE POINT SOMEONE')

novel by Shri Chetan Bhagat

Published by **PRABHAT PRAKASHAN PVT. LTD.**

4/19 Asaf Ali Road, New Delhi-110002

ISBN 978-81-7315-624-3

₹400.00

मेरी माताजी

और

मेरी मातृ-संस्था आई.आई.टी.

को

समर्पित

आभार

इसे मेरी पुस्तक कहना सच नहीं होगा। बस, यह मेरा सपना था। इस दुनिया में बहुत लोग हैं, उनमें से कुछ इतने अच्छे हैं कि उन्होंने इस सपने को एक उपन्यास बना दिया, जिसे आप अपने हाथ में पकड़े हुए हैं। मैं उन सभी को धन्यवाद देना चाहता हूँ और विशेषत: शाइनी एंटनी—विश्वसनीय परामर्शदाता, गुरु, दोस्त, जिन्होंने मुझे कहानी लिखने की आधारभूत बातें सिखाईं और अंत तक मेरे साथ रहीं। यदि वे इस दौरान मेरा साहस न बढ़ातीं और मुझे उत्साहित न करतीं तो मैं इस उपन्यास को लिखने का काम बहुत पहले ही छोड़ चुका होता।

जेम्स टर्नर, गौरव मलिक, जेसिका रोजनबर्ग, रितु मलिक, ट्रेसी आंग, एंजेला वांग और रिमझिम चट्टोपाध्याय—आश्चर्यजनक दोस्त, जिन्होंने हस्तलिपि को पढ़ा और अपनी बेबाक टिप्पणियाँ दीं। इस प्रक्रिया में सभी मेरे साथ रहे और मुझे और मेरी कभी-कभी नियंत्रित न होनेवाली भावनाओं को बहुत अच्छी तरह सँभाला।

अनुषा भगत—एक पत्नी जो कभी सहपाठिनी थी, जिसने प्रारूप को सबसे पहले पढ़ा। इस किताब में लिखी कुछ घटनाओं के झटके सहने के अतिरिक्त वह शांत रही, क्योंकि उस पर इस उपन्यास को समृद्ध बनाने का कठिन काम था, न कि अपने पति को अस्त-व्यस्त कर देने का।

मेरी माँ रेखा भगत और भाई केतन, जिन्हें मुझ ऊपर अटूट विश्वास था, जो कभी-कभी पागलपन की सीमा पर होता था। उनके साथ मेरे संबंध आनुवंशिकता से कहीं आगे हैं, और मुझे भी, अन्य लेखकों की तरह, उनकी अविवेकपूर्ण सहायता की आवश्यकता थी।

आई.आई.टी. के मेरे दोस्त आशीष (गोलू), जौहरी, वी.के., मनु, शैंकी, पप्पू, मनहर, वी.पी., राहुल, मेहता, पेगो, असीम, राजीव जी., राहुल, लवमीत, पुनीत, चैपर और अन्य सभी। यह काल्पनिक साहित्य है, लेकिन कल्पना के लिए भी असली प्रेरणा की आवश्यकता होती है। मैं उन सभी को इतना प्यार करता हूँ कि उनके बारे में एक पुस्तक लिख सकता हूँ। ऐ, देखो, क्या मैंने नहीं लिखा?

हांग-कांग में मेरे दोस्त, मेरे सहकर्मी, मेरे योग गुरु और अन्य, जो मेरे आस-पास हैं, मुझे प्यार करते हैं और जीवन को आनंदमय बनाते हैं।

भूमिका

मैं पहले कभी एंबुलेंस में नहीं बैठा था। यह काफी डरावना था, मानो किसी अस्पताल को कहा गया हो कि सामान बाँधो और चलो। दो बैड उपकरणों, कैथेटर्स, ड्रिप्स और दवाई के डिब्बों से घिरे हुए। जब आलोक को उसके अंदर लिटाया जा रहा था तो मेरे और रेयान के खड़े होने के लिए भी उसके अंदर जगह नहीं थी। मैं समझता हूँ कि तेरह फ्रैक्चर्स के बाद उसको एक बैड मिलना ही चाहिए। आलोक के खून से पूरी तरह सनी हुई चादरों को देखकर यह कहना मुश्किल था कि ये चादरें सफेद थीं। वहाँ लेटे हुए आलोक को पहचानना मुश्किल था। उसकी आँखें पलट गई थीं और बिना दाँतवाले बूढ़े आदमी की तरह उसकी जीभ मुँह से बाहर लटक रही थी। चार दाँत टूट चुके थे, डॉक्टर ने हमें बाद में बताया।

उसके हाथ-पैर निश्चल हो गए थे, ठीक उसके पिता के दाहिने हिस्से की तरह। दाहिना घुटना ऐसे मुड़ा था कि आप सोचेंगे कि आलोक हड्डी-रहित था। वह स्थिर था— और अगर मुझे शर्त में अपना रुपया लगाना होता तो मैं कहता कि आलोक मर चुका है।

'अगर आलोक इस संकट से निकल जाता है तो मैं अपने पागल और झक्की दिनों पर एक पुस्तक लिखूँगा। मैं जरूर लिखूँगा।' मैंने कसम ली। यह एक बेतुका वायदा था, जो मैंने अपने आपसे किया; जबकि आप बहुत परेशान हैं और पूरे पचास घंटों से सोए नहीं···।

क्रम-सूची

1

विकट शुरुआत

इससे पहले कि मैं पुस्तक की शुरुआत करूँ, मैं आप सभी को यह साफ बताना चाहता हूँ कि यह पुस्तक किस बारे में नहीं है। यह पुस्तक कॉलेज के जीवन के मार्गदर्शन के लिए नहीं है। इसके विपरीत, यह एक उदाहरण है कि कैसे आपके कॉलेज के साल खराब हो सकते हैं। यह आपकी अपनी सोच है कि आप इससे सहमत हैं या नहीं। मैं ऐसी उम्मीद करता हूँ कि रेयान और आलोक, जो पागल हैं, शायद यह पढ़ने के बाद वे मुझे मार डालें; लेकिन उसकी मुझे चिंता नहीं। मेरा मतलब है कि अगर वे चाहते तो वे अपने विचार लिख सकते थे। लेकिन आलोक तो लिख ही नहीं सकता और रेयान वैसे तो वह जो चाहे कर सकता है, लेकिन वह बहुत ही आलसी है। इसलिए यह कहना चाहता हूँ कि यह मेरी कहानी है। मैं जैसा चाहूँ वैसा बताऊँगा।

मैं एक और बात बताना चाहता हूँ कि यह पुस्तक और क्या नहीं बताती है। यह आपको आई.आई.टी. में प्रवेश लेने में मदद नहीं करती। मैं यह सोचता हूँ कि दुनिया के आधे पेड़ों का इस्तेमाल आई.आई.टी. की परीक्षा में प्रवेश करने के लिए बनी गाइड्स में होता है। उनमें से अधिकतर गाइड्स बकवास हैं, लेकिन इससे अधिक मददगार होंगी।

रेयान, आलोक और मैं शायद इस दुनिया में आखिरी होंगे, जिनसे आप आई.आई.टी. में प्रवेश के लिए कुछ जानकारी लेना चाहें। हम आपको यह सलाह दे सकते हैं कि आप अपने को पुस्तकों के साथ दो वर्ष तक एक कमरे में बंद कर लें और उसकी चाबी फेंक दें। अगर आपके हाई स्कूल के दिन मेरे जितने खराब जा रहे हों तो शायद पुस्तकों के ढेर के साथ रहना कोई बुरा विचार नहीं होगा। मेरे स्कूल के आखिरी दो साल बहुत ही खराब थे, और अगर आप भी मेरी तरह अपने स्कूल की बास्केट बॉल टीम के कप्तान नहीं हैं और आपको गिटार भी बजाना नहीं आता हो, तो आपके दिन भी उतने ही खराब होंगे। मगर मैं उन चीजों में वापस जाना नहीं चाहता हूँ।

मैं सोचता हूँ कि मैंने अपना डिसक्लेमर बता दिया और अब उपन्यास लिखना शुरू करता हूँ।

□

इसलिए मुझे कहीं-न-कहीं से तो शुरुआत करनी ही है और इंडियन इंस्टीट्यूट ऑफ टेक्नोलॉजी में मेरा पहला दिन और रेयान व आलोक से पहली मुलाकात से बेहतर और क्या हो सकता है; हम कुमाऊँ हॉस्टल की दूसरी मंजिल पर साथ-साथवाले कमरों में रहते थे। प्रथा के अनुसार आधी रात को सीनियर्स ने हमें बालकनी में रैगिंग के लिए घेर लिया। हम तीनों सावधान खड़े थे और तीन सीनियर हमारे सामने खड़े थे और मैं अपनी आँखों को मल रहा था। अनुराग नामक सीनियर दीवार पर झुककर खड़ा था। दूसरा सीनियर, जो मुझे सस्ते पौराणिक टी.वी. कार्यक्रम के दानव जैसा नजर आ रहा था, जो छह फीट लंबा, जिसका वजन 200 किलो ग्राम से ज्यादा और बड़े-बड़े गंदे दाँत ऐसे लग रहे थे कि दस वर्षों से दाँत के डॉक्टर को न दिखाए हों। वैसे तो वह खतरनाक दिख रहा था, पर बोलता कम था और वह अपने बॉस बाकू के लिए भूमिका बनाने में व्यस्त था। बाकू देखने में सूखे काँटे के समान था। उसके शरीर से बदबू आ रही थी।

"अरे, तुम ब्लडी फ्रेशर्स सो रहे हो? गधो! परिचय कौन देगा?" बाकू चिल्लाया।

"मेरा नाम हरि कुमार है सर, मेकैनिकल इंजीनियरिंग स्टूडेंट, ऑल इंडिया रैंक 326।" पर अगर मैं ईमानदारी से कहूँ तो उस समय मैं बहुत डरा हुआ था।

"मैं आलोक गुप्ता हूँ सर, मेकैनिकल इंजीनियरिंग, रैंक 453।" आलोक ने कहा, जब मैंने उसे पहली बार देखा। उसका कद मेरे जितना ही था पाँच फीट पाँच इंच—वाकई बहुत छोटा और उसने मोटे लेंस का चश्मा एवं सफेद कुरता-पाजामा पहन रखा था।

"रेयान ओबेरॉय, मेकैनिकल इंजीनियरिंग, रैंक 91, सर।" रेयान ने भारी आवाज में कहा, जिससे सारी आँखें उसकी तरफ मुड़ गईं। रेयान ओबेरॉय, मैंने अपने मन में दोहराया। ऐसा लड़का जो आई.आई.टी. में कम ही देखने को मिलता है; बहुत ऊँचा कद, सुडौल शरीर और बहुत ही सुंदर। उसने ढीली ग्रे रंग की टी शर्ट पहन रखी थी, जिस पर बड़े नीले अक्षरों में 'GAP' लिखा था और चमकीली काले रंग की घुटनों तक की निकर पहन रखी थी। मैंने सोचा कि जरूर उसके रिश्तेदार विदेश में रहते हैं, क्योंकि सोते समय 'GAP' के कपड़े कोई नहीं पहनता।

"यू बास्टर्ड!" बाकू चिल्लाया, "अपने कपड़े उतारो!"

"ऐ बाकू, पहले इनसे थोड़ी बात कर लें।" दीवार की तरफ झुककर सिगरेट पीते हुए अनुराग ने रोका।

"नहीं, कोई बात नहीं करेंगे!" बाकू ने अपना सूखा हाथ उठाते हुए कहा, "नहीं, कोई बात नहीं करो, सिर्फ उनके कपड़े उतारो।"

एक दूसरा दानव थोड़ी-थोड़ी देर में अपने नंगे पेट पर हाथ मारते हुए हम पर हँस रहा था। कोई रास्ता नजर नहीं आ रहा था, इसलिए हम अपने कपड़े उतारकर आत्मसमर्पण कर चुके थे। बाकू भी हँस रहा था और हम सभी सहमे खड़े थे।

जब हम निर्वस्त्र खड़े थे तब हम सबके शरीरों में अंतर साफ नजर आ रहा था;

क्योंकि मैं और आलोक अपने गुब्बारे जैसे शरीर को छिपाने के लिए पैर के अँगूठों को जमीन पर दबाकर चित्र बनाने की कोशिश में लगे थे। वहीं रेयान का सुगठित शरीर बिलकुल ऐसा जैसा कि जीव विज्ञान की पुस्तकों में दिखता है। दूसरी तरफ मैं और आलोक बिलकुल बेढंगे।

बाकू ने आलोक को और मुझे आगे बढ़ने के लिए कहा, ताकि सीनियर्स हमें अच्छे से देख सकें और जोर से हँसें।

''देखो, इन छोटे बच्चों को। इनकी माँ ने इन्हें तब तक खिलाया जब तक कि इनके पेट न फट जाएँ।'' बाकू ने हँसकर कहा

दानव भी उनके साथ हँसा। धुएँ के गुबार के पीछे दूसरी सिगरेट बुझाते हुए, विरोध प्रभाव दिखाते हुए अनुराग मुसकराया।

''सर, प्लीज सर, हमें जाने दो, सर!'' अपने नजदीक आते हुए बाकू से आलोक ने खुशामद की।

''क्या? तुम्हें जाने दूँ? अभी तो हमने तुम सुंदरियों के साथ कुछ भी नहीं किया। ऐ, तुम दोनों मोटे चलो, अपने चारों हाथ-पैरों पर झुक जाओ''

मैंने आलोक के चेहरे की तरफ देखा। बुलेटप्रूफ चश्मे के पीछे मुझे उसकी आँखें नहीं दिखाई पड़ रही थीं, लेकिन उसका रुआँसा चेहरा देखकर लग रहा था कि वह भी मेरी तरह रोने ही वाला है।

''चलो, जो वह कहता है, करो।'' दानव ने धीरे से चेतावनी दी। वह और बाकू एक-दूसरे के पूरक प्रतीत होते थे। बाकू को उसकी ताकत का सहारा चाहिए था, जबकि दानव को उसके निर्देश का सहारा।

आलोक और मैं अपने हाथों व पैरों पर झुक गए। वे हमारे ऊपर और जोरों से हँसे। दानव ने पहली बार अपनी सलाह दी कि इन्हें दौड़ाओ; लेकिन बाकू ने तुरंत मना कर दिया।

''कोई रेस-वेस नहीं, मेरे पास एक इससे भी बढ़िया आइडिया है। जरा रुको, मैं अपने कमरे से होकर आता हूँ। ऐ नंगी गाय, ऊपर मत देखो।''

फर्श की तरफ देखते हुए हमने तनावपूर्ण 20 सेकंड तक इंतजार किया, जब बाकू बरामदे की तरफ दौड़ रहा था। मैंने तिरछी निगाह से देखा कि आलोक के सिर के पास पानी पड़ा है और आँखों से आँसू टपक रहे हैं। इसी बीच दानव ने रेयान से उसकी मांसपेशियाँ फुलाने और लड़ाकू योद्धा जैसा रूप बनाने के लिए कहा। मुझे पूरी उम्मीद है कि वह फोटो खींचने लायक था, लेकिन मैंने उसको देखने का साहस नहीं किया।

बाकू के आने के कदमों की आहट हमारे कानों में पड़ी।

''देखो, मैं क्या लाया हूँ!'' उसने अपने हाथ दिखाते हुए कहा।

''बाकू, ये किसलिए?'' हम जब अपना सिर ऊपर कर रहे थे तब अनुराग ने पूछा।

बाकू के हाथों में कोक (Coke) की दो खाली बोतलें थीं। दोनों बोतलों को आपस में बजाते हुए बाकू ने कहा, ''सोचो, मैं क्या करने वाला हूँ।''

सख्त चेहरे और मॉडलिंग पोज में खड़ा रेयान एकदम से बोला, ''सर, आप क्या करने की कोशिश कर रहे हैं?''

''क्या, ये तो होता ही है और साले, तुम कौन हो पूछनेवाले?'' बाकू चिल्लाया।

''सर, रुको।'' रेयान ने ऊँची आवाज में कहा।

''अबे साले!'' अपनी पुरानी दादागिरी के खिलाफ ऐसा विरोध देखकर बाकू की आँखें फटी-की-फटी रह गईं।

जैसे ही बाकू ने बोतल सही स्थिति में पकड़ी, रेयान ने अपना मॉडलिंग पोज छोड़ा और कूदा। अचानक उसने दोनों बोतलों को पकड़ा और बाकू के पैरों पर कूद पड़ा। जेम्स बांड स्टाइल में बोतलें बाकू के हाथों से छूटीं और रेयान के हाथ में आ गईं। बाकू के जोर से चिल्लाने से हमें पता चला कि उसे चोट लगी है।

''पकड़ो इस सिरफिरे को!'' बाकू गुस्से से चिल्लाया।

इस घटना से दानव चौंक गया और उसे समझ नहीं आ रहा था कि क्या करे। सिर्फ उसके कान में बाकू का निर्देश सुनाई पड़ रहा था और उसे पूरा करने के लिए वह आगे बढ़ ही रहा था कि तभी रेयान ने बालकनी के छज्जे पर दोनों कोक की बोतलों को पटककर मारा। दोनों बोतलें पूरी तरह से टूट गई थीं और रेयान बोतलों के टूटे हिस्से को हवा में हिला रहा था।

''आ जाओ, शैतानो!'' रेयान ने गुस्से से लाल होकर कहा।

बाकू और दानव ने अपने कदम थोड़े पीछे किए। अनुराग, जो अभी तक शांत था, अचानक हरकत में आ गया।

''अरे, सब लोग शांत हो जाओ। यह सब कैसे हुआ? तुम्हारा नाम क्या है—रेयान, अरे आराम से यार! यह तो सब मजाक चल रहा है।''

''मेरे लिए यह कोई मजाक नहीं है।'' रेयान गुर्राया, ''यहाँ से निकल जाओ!''

आलोक और मैंने एक-दूसरे की तरफ देखा। मेरी यह आशा थी कि रेयान को पता है कि वह क्या कर रहा है। मेरा मतलब है कि जरूर वह कोक की बोतलों से हमारी जान बचा रहा था; लेकिन टूटी कोक की बोतलें भी बहुत घातक हो सकती थीं।

''सुन यार।'' अनुराग ने बोलना शुरू किया। लेकिन रेयान ने उसे बीच में ही रोक दिया।

''चले जाओ यहाँ से।'' रेयान इतनी जोर से चिल्लाया, जिसके झटके से बाकू मानो पीछे की तरफ उड़ गया हो। असल में वह धीरे-धीरे पीछे जा रहा था और फिर वह थोड़ा और तेज चलने लगा तथा आखिर में वह इतनी तेज-तेज चलने लगा जैसे हवा में उड़ रहा हो। दानव भी उसके पीछे-पीछे भाग निकला। अनुराग थोड़ी देर रेयान की तरफ देखता रहा और फिर उसने हमारी तरफ देखा।

''इसे काबू में रहने को कहो, नहीं तो एक दिन यह अपने साथ तुम दोनों को भी ले डूबेगा।'' अनुराग ने कहा।

आलोक एवं मैं उठ गए और हमने अपने कपड़े पहन लिये।

"धन्यवाद रेयान, मैं बहुत ही डर गया था।" आलोक ने अपना चश्मा साफ करते हुए कहा, जब उसने अपने हीरो (रेयान) को आमने-सामने देखा।

यही कारण है कि लोग कहते हैं कि आदमी को रोना नहीं चाहिए, क्योंकि रोते हुए वे भद्दे दिखते हैं। आलोक का गंदा चश्मा और आँसू से भरी आँखें इतनी दु:खदायी थीं, जिन्हें देखकर आप भी आत्महत्या कर लें।

"हाँ, धन्यवाद रेयान, काफी जोखिम उठाया तुमने वहाँ। वह बाकू तो बहुत ही गंदा था। लेकिन क्या तुम्हें लगता है कि वे हमारे साथ कुछ करते?" मैंने कहा।

"क्या पता? शायद नहीं।" रेयान ने कंधा हिलाते हुए कहा, "मगर तुम कुछ कह नहीं सकते कि कब लड़के एक-दूसरे को देखकर कुछ गलत हरकतें करने लगें। विश्वास करो मुझ पर, क्योंकि मैं बोर्डिंग स्कूल में बहुत रह चुका हूँ।"

रेयान के कारनामे हमें एक-दूसरे के इतनी जल्दी इतना नजदीक ले आए जैसे कि फेवीकोल का मजबूत जोड़। उसके अलावा हम हॉस्टल में एक-दूसरे के साथ-साथवाले कमरों में रहते थे तथा एक ही इंजीनियरिंग विभाग में थे। लोग कहते हैं कि पहली मुलाकात में आप जिसके साथ सोते हैं तो आपको उसके साथ रिश्ता नहीं जोड़ना चाहिए। हम एक-दूसरे के साथ तो नहीं सोए थे, लेकिन अपनी पहली मुलाकात में हमने एक-दूसरे को निर्वस्त्र देखा था तो उस हिसाब से तो हमें दोस्ती नहीं करनी चाहिए थी। लेकिन हमारा साथ रहना तो अनिवार्य था।

□

ब्लैक बोर्ड पर बड़े-बड़े अक्षरों में लिखा था—'M-A-C-H-I-N-E'। जैसे ही हम एंपिथिएटर जैसे आकारवाले लेक्चर रूम में गए तो हम सभी को परचों के बंडल मिले। प्रोफेसर एक फूले हुए भौंरे की तरह ब्लैक बोर्ड के पास बैठे थे और वे हमारे व्यवस्थित रूप से बैठने का इंतजार कर रहे थे।

वे (प्रोफेसर) चालीस साल की उम्र के लग रहे थे। उनके सफेद बाल थे, जो लग रहे थे जैसे नारियल के तेल में डूबे हों। उन्होंने हलके नीले रंग की कमीज पहन रखी थी और कमीज की जेब में तीन पेन व कुछ चॉक, जो ऐसी लग रही थीं मानो बंदूक की गोलियाँ हों।

"आप सबका स्वागत है। मैं प्रो. दूबे हूँ, मेकैनिकल इंजीनियरिंग विभाग...तो, इस कॉलेज में यह आपका पहला दिन है। क्या आप अपने आपको कुछ विशेष महसूस कर रहे हैं?" उन्होंने एक ही लय में कहा।

कक्षा शांत थी। हम अपने परचों को देखने व समझने में व्यस्त थे। यह कोर्स था मेन्यूफैक्चरिंग प्रोसेस, जिसे संक्षिप्त में मैनप्रो कहते हैं। परचों में कोर्स की रूप-रेखा लिखी थी। विषय सामग्री में मैन्यूफैक्चरिंग की मूल तकनीक जैसे वेल्डिंग, मशीनिंग, कॉस्टिंग, बेंडिंग, शेपिंग दी गई थी। परचों में रूपरेखा के साथ-साथ कोर्स के ग्रेडिंग का तरीका भी दिया गया था।

मेजर्स—40%

माइनर्स—20%

प्रैक्टिकल्स—20%

असाइनमेंट्स (6-8) और सरप्राइज क्विज्स (3-4)—20%

जब प्रो. दूबे ने देखा कि उनकी बात पर ज्यादा ध्यान नहीं दिया गया तब उन्होंने अपनी आवाज को और परिपूर्ण किया—"परचों को बाद में देखना। चिंता मत करो, ऐसे परचे तुम्हें और भी बहुत मिलेंगे—हर कोर्स के लिए एक। अभी तुम उन्हें अलग रख दो।" उन्होंने खड़े होते हुए ब्लैक बोर्ड की तरफ जाते हुए कहा। उन्होंने जेब से चॉक को इतनी स्फूर्ति से निकाला और 'मशीन' शब्द को छह बार रेखांकित किया जैसे कि एक आतंकवादी हैंड ग्रेनेड को खोलने में तेजी दिखाता है। फिर वह हमारी तरफ घूमे—"मशीन, एक मेकैनिकल इंजीनियर के अस्तित्व का मूल कारण है। आप जो भी सीखते हैं, उसका प्रयोग मशीनों में होता ही है। अब क्या कोई मुझे बता सकता है कि मशीन क्या है?"

कक्षा अब पहले से भी अधिक शांत हो गई। यह है पहला पाठ : शांति की अलग-अलग सीमा होती है।

"कोई भी?" प्रोफेसर विद्यार्थियों के पास आते हुए बोले।

जब सभी विद्यार्थी प्रोफेसर से आँखें चुरा रहे थे तब मैं पीछे मुड़कर अपने सहपाठियों को देख रहा था। हमारी कक्षा में करीब 70 विद्यार्थी होंगे और हर वर्ग में 300। मैंने अपने आगे बैठे लड़के को देखा, जो प्रोफेसर की तरफ ध्यानपूर्वक देख रहा था, उसका मुँह खुला था और बड़ा डरा था जैसे कि बाकू उसे कच्चा खा जाएगा।

"तुम।" प्रो. दूबे ने मुझे अपना पहला शिकार बनाते हुए कहा।

ऐसी दशा मेरी पहली बार हुई, जब मेरा शरीर एवं जीभ ठंडी हो गई और मैं पसीने-पसीने हो गया।

"तुम, मैं तुम्हीं से बात कर रहा हूँ।" प्रोफेसर ने साफ किया।

'हरि, हरि...' जैसे कोई मेरे अंदर मुझसे बात करना चाह रहा है। लेकिन मैं जवाब नहीं दे पा रहा हूँ। मुझे उत्तर देने की कोशिश तो करनी चाहिए थी या एक बेवकूफीवाला 'आई डोंट नो'; लेकिन लगता था कि जैसे मेरा मुँह सिल गया हो।

"अजीब..." प्रो. दूबे ने चौंकते हुए कहा और वे दूसरे विद्यार्थियों से प्रश्न पूछने लगे।

"तुम चेक शर्ट में। तुम्हें क्या लगता है?"

अब तक चेक शर्टवाला लड़का प्रोफेसर की आँखों से बचने के लिए कुछ लिखने का बहाना कर रहा था—"सर, मशीन सर...एक चीज होती है, जिसके बड़े-बड़े भाग होते हैं। सर, उसके बड़े-बड़े गियर होते हैं..."

"क्या?" प्रो. दूबे की इतनी घृणा ऐसे दिखाई दी जैसे वे उसके ऊपर थूक रहे हों। "यहाँ का स्तर तो हर साल गिरता ही जा रहा है। अब हमारे यहाँ दाखिले के नियम कठिन

नहीं रहे।'' उन्होंने तेल से भरा अपना सिर हिलाया, जिसमें सारे ब्रह्मांड की जानकारी थी। मशीन की भी विस्तृत जानकारी उसमें ही थी।

''हाँ, जरूर। दो साल मर-मरकर इतनी मेहनत की यहाँ आने के लिए और पहले सौ में से एक आना भी इनके लिए काफी नहीं है।'' रेयान ने मेरे कान में कहा।

''शऽऽ'' प्रो. दूबे ने हमारी तरफ देखते हुए कहा, ''तो मशीन की परिभाषा बहुत आसान है। ऐसा कोई भी यंत्र जो हमारी मेहनत कम करे, वही मशीन है। वह कुछ भी हो सकता है। इसलिए आपके इर्दगिर्द जो दुनिया है, वह मशीनों से भरी है।''

'जो हमारी मेहनत कम करे', मैंने अपने दिमाग में दोहराया। यह तो सुनने में मुझे बड़ा ही आसान लगा।

''इसलिए बड़े-बड़े स्टील के कारखानों से लेकर झाड़ू तक आदमी ने कई ऐसी चीजों का आविष्कार किया है, जिससे इनसान की मेहनत कम हो सके।'' प्रोफेसर ने आगे बढ़ते हुए कहा और देखा कि कक्षा में उनके इस विचार से सब बड़े आश्चर्यचकित हैं।

''एयरप्लेन?'' पहली पंक्ति में बैठे एक विद्यार्थी ने पूछा।

''मशीन।'' प्रोफेसर ने कहा।

''स्टेपलर।'' एक और विद्यार्थी ने पूछा।

''मशीन।''

यह सब बड़ा ही आश्चर्यचकित था। एक चम्मच, कार, ब्लेंडर, चाकू, कुरसी—इसी तरह के और कई उदाहरण विद्यार्थियों ने प्रोफेसर को दिए और इन सभी का एक ही जवाब था—मशीन।

''आपके आस-पास जो दुनिया है उससे प्यार करो।'' प्रो. दूबे अब पहली बार हँसते हुए नजर आए, ''क्योंकि तुम लोग मशीन के मास्टर बन जाओगे।''

कक्षा में चारों तरफ खुशी का माहौल था, क्योंकि हमने प्रो. दूबे के दुःखी चेहरे को खुशी में बदल दिया था।

''सर, एक जिम मशीन के बारे में आप क्या कहेंगे? जैसे कि एक बेंच प्रेस या कुछ और?''

''क्या, उसके बारे में क्या?'' प्रो. दूबे ने अब हँसना बंद कर दिया—''वह हमारी मेहनत कम नहीं करती। उसके बदले में वह तो हमारी मेहनत और बढ़ा देती है।''

कक्षा में फिर सब शांत हो गए।

''मेरा मतलब है कि···'' प्रो. दूबे ने जवाब ढूँढ़ते हुए कहा।

रेयान के प्रश्न में तो बड़ा दम था।

''तब तो शायद यह परिभाषा कुछ ज्यादा ही आसान है।'' ऊपरी मन से सहायता का आश्वासन देते हुए रेयान ने कहा।

''तुम क्या कहना चाहते हो?'' प्रोफेसर ने होंठ दबा हमारे पास आते हुए कहा, ''क्या तुम यह कहना चाहते हो कि मैं गलत हूँ?''

"नहीं सर, मैं तो सिर्फ..."

"देखो लड़के! मेरी कक्षा में सोच-समझकर बोलना।" सिर्फ इतना कहकर प्रोफेसर आगे बढ़ गए।

"ठीक है, बहुत मस्ती हो गई। अब हमें मैनप्रो पर ध्यान देना चाहिए।" उन्होंने ब्लैक बोर्ड से 'मशीन' शब्द मिटाते हुए कहा, "मेरा विषय बहुत ही जरूरी है। बाकी सब प्रोफेसर भी अपने विषयों के बारे में यही कहेंगे। लेकिन मुझे सिर्फ मैनप्रो से मतलब है। इसलिए क्लास मिस नहीं करना, अपने असाइनमेंट्स वक्त पर पूरे करना और हाँ, किसी भी वक्त एक सरप्राइज टेस्ट क्विज या आसमान आपके ऊपर गिर सकता है, तो उसके लिए तैयार रहना।"

फिर उन्होंने टेकल केस्टिंग, जो कि धातुओं के उपयोग की सबसे पुरानी तकनीक है, उसके बारे में पढ़ाना आरंभ किया। एक घंटे तक—धातु कैसे पिघलता है और फिर कारखाने के कर्मचारी कैसे उसे बालू के साँचों में ढालते हैं, इन सब की जानकारी देने के बाद उन्होंने सत्र का अंत किया।

"आज के लिए बस इतना ही। आप सभी को यहाँ रहने और पढ़ने के लिए शुभकामनाएँ। बेस्ट ऑफ लक। याद रखो, जैसे कि तुम्हारे विभाग प्रमुख प्रो. चेरियन कहते हैं कि कठिन वर्कलोड डिजाइन आपसे सदैव मेहनत करवाने के लिए है। और हाँ, ग्रेडिंग सिस्टम की कद्र करें। अगर आपको खराब ग्रेड्स मिले, तो याद रखें कि आपको न तो कोई नौकरी मिलेगी और न ही आपका कोई भविष्य होगा। लेकिन अगर आप अच्छा करते हैं तो यह दुनिया आपके कदम चूमेगी। इसलिए खराब प्रदर्शन की कोई गुंजाइश नहीं है।"

जैसे ही प्रो. दूबे ने अपने आखिरी शब्द कहे, हम सभी के अंदर एक सनसनी-सी दौड़ गई। प्रोफेसर ने डस्टर मेज पर जोर से पटका और चॉक के बादलों को पीछे छोड़ते हुए कक्षा से बाहर चले गए।

□

2

टर्मिनेटर

लोग कहते हैं कि जब आप आनंदमग्न होते हैं तो समय जल्दी पास होता है। पहले सेमेस्टर में ही हमारे पास छह कोर्स थे, जिनमें से चार के साथ प्रैक्टिकल कक्षाएँ भी थीं, जिस वजह से समय बहुत धीरे-धीरे चल रहा था और आनंद का तो नामोनिशान नही था। हर दिन सुबह 8 बजे से शाम 5 बजे तक हम आठ मंजिल की इमारत में लेक्चर, ट्यूटोरियल और लैब में कैद होते थे। शाम के अगले कुछ घंटे हमारे पुस्तकालय या अपने कमरों में रिपोर्ट या असाइनमेंट्स खत्म करने में बीत जाते थे और इन कार्यक्रमों में हमारे टेस्ट शामिल नहीं थे। हर विषय में दो छोटे टेस्ट, एक बड़ा टेस्ट और तीन सरप्राइज क्विज थीं; गणित के हिसाब से कहें तो छह कोर्सेस के छह टेस्ट मतलब हर सेमेस्टर में बयालीस टेस्ट। रैगिंग और सेटल होने में लगने वाले कुछ समय को देखते हुए प्रोफेसर ने पहले महीनों में सरप्राइज टेस्ट के लिए हमें माफ कर दिया; लेकिन रैगिंग का समय तो अब खत्म हो गया। इसका मतलब कि अब किसी भी समय क्विज हो सकती है। हर क्लास में हम प्रोफेसर के छोटे-छोटे संकेतों को देखते रहते थे, जिससे कि अगली क्लास में क्विज होने का पता चल सके।

फिलहाल, मैं रेयान एवं आलोक से और अच्छी तरह से परिचित हो गया। रेयान के पिता का हस्तशिल्प का व्यवसाय था, जिसमें वह यूरोपीय बाजार के लिए गुलदस्ते बनाते थे। रेयान के माता-पिता दोनों ही व्यस्त रहते और वे निरंतर यात्राएँ करते रहते थे, इसीलिए रेयान मसूरी के बोर्डिंग स्कूल में रहा।

आलोक का परिवार मेरे हिसाब से साधारण सा था। अगर मैं विनीत ढंग से कहूँ तो वह गरीब था। उसकी माँ परिवार में अकेली कमानेवाली थीं और जहाँ तक मैंने सुना कि स्कूल टीचर को कोई ज्यादा पैसे तो मिलते नहीं। उनकी आधी तनख्वाह उनके पति के इलाज में चली जाती थी। आलोक की बड़ी बहन भी शादी के लायक थी, जो कि एक गरीब परिवार के लिए एक बड़ी चिंता का विषय होती है। और आलोक को देखकर मुझे यही लगता है कि वह कोई खास सुंदर भी नहीं होगी।

मैं कुमाऊँ हॉस्टल में था, लेकिन बाकी विंगवाले लोगों से भी मेरा परिचय हो गया

था। मैं उन सभी के बारे में तो बात नहीं करूँगा, पर एक कोने में था सुखविंदर या 'हैप्पी सूर्ड'; क्योंकि वह कैसा भी चेहरा बनाए, पर लगता था जैसे कि वह हँस रहा है। उसके साथ के कमरे में रहता था पढ़ाकू वेंकट, जिसने अपने कमरे की खिड़कियों पर मोटे काले पेपर चिपका दिए थे और वह सारा दिन अंदर बंद रहता था। फिर एक 'खुजली' राजेश था, जिसके हाथ शरीर के किसी-न-किसी भाग को खुजलाते रहते थे और कभी-कभी आपत्तिजनक अंगों को भी। हॉलवे के दूसरे किनारे पर सीनियर्स के कमरे थे—बाकू, अनुराग और बाकी जानवर।

रेयान, आलोक और मैं शाम को अधिकतर एक-दूसरे के साथ ही पढ़ाई करते थे। पहले सेमेस्टर का पहला एक महीना खत्म हो गया था और हम कमरे में बैठकर क्वांटो फिजिक्स का असाइनमेंट खत्म कर रहे थे।

"बकवास।" रेयान ने अपनी कुरसी से उठ कमर को आराम देते हुए कहा। "क्या पागलपन का हफ्ता था; क्लास, असाइनमेंट और हम कैसे भूल सकते हैं वो आनेवाली क्विज। क्या तुम इसे जिंदगी कहते हो?"

आलोक अपनी पढ़ने की मेज पर बैठा था। उसका ध्यान पूरी तरह से फिजिक्स असाइनमेंट में था। उसका सिर पुस्तकों में घुसा था और उसकी आँखें पुस्तक से 2 इंच ऊपर थीं। वह हमेशा इसी ढंग से लिखता था—सिर पेपर के एकदम करीब, पेन उँगली के बीच में जोर से पकड़कर रखता था और उसकी सफेद वर्कशीट उसके मोटे चश्मे में दिखाई दे रही थी।

"क्या?" आलोक ऊपर देखते हुए किसी पागल की तरह बोला।

"कैसे कहा कि क्या तुम उसे जिंदगी कहते हो?" रेयान ने इस बार मेरी तरफ देखते हुए।

मैं बिस्तर पर बैठा हुआ था। असाइनमेंट को ड्रेसिंग बोर्ड पर कर रहा था। मुझे थोड़ा आराम चाहिए था, इसलिए मैंने अपना पेन अलग रख दिया।

"तुम जो चाहो कह लो।" मैंने कहा, मगर मेरे शब्द जँभाई में दब गए, "लेकिन तुम कुछ बदल नहीं सकते।"

"मुझे लगता है कि यह एक जेल है। हाँ, सचमुच एक जेल।" रेयान ने दीवार पर मुक्का मारते हुए कहा।

"शायद तुम भूल रहे हो कि तुम आई.आई.टी. में हो, देश का सबसे प्रसिद्ध कॉलेज।" आलोक हाथ की उँगलियों को तोड़ते हुए बोला।

"तो तुम विद्यार्थियों को जेल में डाल दोगे?" रेयान ने हाथ को कूल्हे पर रखते हुए पूछा।

"नहीं। लेकिन हमें इस निर्धारित स्तर को बनाए रखना है।" आलोक ने हाथ ऊपर करते हुए कहा।

"ये ऊँचा स्तर? पागलों जैसे रात-रात भर पढ़ना। कल मैनप्रो, उससे पहले एपमेक

(ApMech)—आज क्वांटो (Quanto)—ये तो कभी खत्म ही नहीं होता है।'' रेयान ने झुँझलाते हुए कहा, ''मुझे एक ब्रेक चाहिए, यार। क्या कोई फिल्म देखने चलेगा?''

''और असाइनमेंट का क्या··· ?'' आलोक ने पूछा।

''प्रिया में 'टर्मिनेटर' चल रही है।'' रेयान ने हमें बताया।

''फिर हम सोएँगे कब?'' आलोक ने कहा।

''तुम सच के मुग्गू हो न?'' रेयान ने आलोक से कहा।

''मैं तो जाऊँगा।'' मैंने अपना ड्रॉइंग बोर्ड अलग रखते हुए कहा।

''चलो आलोक, हम बाद में पूरा कर लेंगे।''

''नहीं यार, देर हो जाएगी।'' आलोक ने आधे मन से चेतावनी दी।

मैं खड़ा हुआ और मैंने उसका पेन लिया तथा ज्योमेट्री बॉक्स में रख दिया। हाँ, आलोक के पास एक ज्योमेट्री बॉक्स था, जैसे कि वह बारह साल का बच्चा हो।

''चलो उठो।'' मैंने कहा, लेकिन तभी मैंने उसके ज्योमेट्री बॉक्स में पेंटिंग ब्रश देखे। ''अरे, ये ब्रश किसलिए हैं?''

''कुछ नहीं।'' आलोक ने धीमी आवाज में कहा।

मैंने उन ब्रश को उठाया और हवा में पेंटिंग बनाने लगा।

''फिर ये तुम्हारे पास क्यों हैं? तुम्हारे सर्किट डाइग्राम को रंगीन बनाने के लिए?'' मैं अपने खुद के चुटकुले पर हँसने लगा और ब्रश को फिर हवा में हिलाने लगा। ''क्या तुम मैनप्रो क्लास में अपनी अभिव्यक्ति प्रकट करने के लिए इनका इस्तेमाल करते हो? या प्रो. दूबे के अजीब चेहरे बनाने के लिए?''

''नहीं, असल में ये मेरे पिताजी के हैं। वे एक कलाकार थे; लेकिन अब उन्हें लकवा मार गया है।''

आपकी जिंदगी में कभी ऐसा समय आता है, जब आप ऐसा सोचते हैं कि काश, डायनासोर जिंदा होते, ताकि आप उनकी ओर इशारा करते और वे आपको खा जाते। मैं उसका दुःख देखकर थोड़ा सहम गया।

रेयान ने मेरा चेहरा देखा और उसने अपने दाँत दबा लिये, जिससे वह एक तरफ तो आलोक की बातों से दुःखी था और दूसरी तरफ वह मेरी तरफ हँसने से भी अपने आपको रोक रहा था।

''सच आलोक! यह तो बड़े दुःख की बात है। मुझे इसका दुःख है।'' उसने आलोक के कंधे पर हाथ रखते हुए कहा। उसने आलोक का मन जीत लिया और मैं ऐसे ही खड़ा रहा।

''अरे, ठीक है यार। यह तो बहुत पहले की बात है। अब तो हम उन्हें ऐसा देखने के आदी हो गए।'' आलोक ने फिल्म देखने जाने के लिए उठते हुए कहा; जबकि मैं आशा कर रहा था कि मैं वहाँ से भाप बनकर गायब हो जाऊँ।

जब हम कमरे से बाहर निकले तब रेयान आलोक के साथ था और मैं उनसे दो कदम पीछे था।

''मैं तो जिंदगी भर बोर्डिंग स्कूल में ही रहा हूँ, इसलिए मैं तो शायद इन बातों को न समझ पाऊँ। लेकिन तुम्हारे लिए तो यह बहुत ही कठिन होगा। मेरा मतलब है कि तुमने सब कैसे किया?'' रेयान ने आगे बढ़ते हुए कहा।

''बड़ी मुश्किल से इसका प्रबंध किया। मेरी माँ एक बायोलॉजी टीचर हैं। यही एकमात्र आय है। बड़ी बहन अभी भी कॉलेज में है।''

मैंने अपना सिर हिलाया। मैं भी उसे दिखाना चाह रहा था कि मैं भी उसके लिए दुःखी हूँ।

''तुम्हें क्या लगता है कि मैं आई.आई.टी. में कैसे आया? मैं तो पिताजी का पिछले दो साल से खयाल रख रहा था।'' आलोक ने कहा।

''सच में?'' मैंने पहली बार बातचीत में भाग लेते हुए कहा।

''हाँ, हर दिन स्कूल के बाद मैं उनकी देखभाल करता था और अपनी पढ़ाई करता था।''

रेयान के पास एक स्कूटर था, जिसकी वजह से हम 'प्रिया' बड़ी आसानी से जा सकते थे। तीन लोगों का एक साथ उस पर बैठकर जाना वैसे तो नियम के खिलाफ था, लेकिन यदि पुलिसवाले ने पकड़ लिया तो वह 20 रुपए से ज्यादा नहीं लेता था। हमारे पकड़े जाने के कम अवसर थे—शायद 10 में से 1, इसलिए रेयान ने कहा कि स्कूटर से जाना सस्ता होगा।

रात में 'प्रिया' सिनेमा की हमारे शांत कैंपस के विपरीत एक अलग दुनिया थी। परिवार, पति-पत्नी और नवयुवकों के झुंड उस समय की प्रसिद्ध फिल्म देखने जुट जाते थे। हमने सबसे आगे की पंक्ति की टिकटें खरीदीं, क्योंकि आलोक कम पैसे खर्चना चाहता था। मेरे हिसाब से तो शायद उसे देखने में परेशानी थी, इसलिए वह आगे बैठना चाहता था। फिल्म साइंस फिक्शन पर आधारित थी। यह शायद रेयान की पसंद थी। वह हमेशा साइंस फिक्शन फिल्में देखता था। मैं तो साइंस फिक्शन फिल्मों से घृणा करता था; लेकिन मुझसे कौन पूछता?

''वाह!'' जैसे ही फिल्म में एक खलनायक ने रॉकेट चलाया, रेयान ने अपने हाथ को मुँह पर फेरते हुए कहा।

''अरे, तुम्हें ऐसी फिल्मों में क्या अच्छा लगता है?'' मैंने फुसफुसाते हुए कहा।

''अरे, इन सारे यंत्रों को तो देखो।''

''पर ये सब काल्पनिक हैं।''

''हाँ, शायद हम एक दिन इन सब चीजों को बना सकेंगे।''

''समय यात्रा? क्या तुम्हें सच लगता है कि हम समय यात्रा कर सकते हैं?''

जब रेयान उत्तेजित हो जाता है तब वह कुछ भी उलटा-सीधा बोलने लगता है।

''शांत, वैसे भी मुझे इसकी बात की लय समझ में नहीं आती है।'' आलोक ने विरोध किया।

जब हम आधी रात कुमाऊँ हॉस्टल वापस पहुँचे, यह देखकर बड़े ही परेशान और भयभीत हो गए कि वेंकट से सुखविंदर तक सब अपने-अपने नोटपैड्स लेकर इधर-उधर दौड़ रहे हैं।

''सरप्राइज क्विज। एक अफवाह थी कि कल एपमेक पर सरप्राइज क्विज होने की आशंका है।'' हैप्पी सुर्ड ने अपने नोट्स पलटते हुए कहा। एपमेक था एत्त्लाइड मेकैनिक्स नीलगिरि हॉस्टल का कोई विद्यार्थी शाम को प्रोफेसर के ऑफिस में असाइनमेंट देने गया था और जब वह वहाँ गया था, प्रोफेसर ने उसे नोट्स दोहराने को कहा, अपनी भौंहों को चढ़ाते हुए, जिससे हॉस्टल में यह अफवाह आग की तरह फैल गई कि शायद कल क्विज हो सकती है।

''सच! अब हमें एपमेक के लिए पढ़ना पड़ेगा। इसमें तो घंटों लग जाएँगे।'' आलोक ने दु:खी होते हुए कहा।

''और हमें क्वांटो का असाइनमेंट भी तो खत्म करना है।'' मैंने याद दिलाते हुए कहा।

मेरे सभी मित्र मेरे कमरे में पढ़ने के लिए इकट्ठे हुए। रात के दो बजे थे। तब आलोक ने कहा, ''यह फिल्म देखने जाने का विचार बहुत ही गलत था। मैंने कहा था…।''

''मुझे क्या पता था कि यह सब होगा? वैसे तुम इतनी टेंशन क्यों ले रहे हो?'' रेयान को बुरा लगा।

''यह बेकार की चिंता नहीं है। यहाँ पर रिलेटिव ग्रेडिंग है और अगर बाकी पढ़ेंगे और हम नहीं, तो नुकसान हमारा ही होगा।'' आलोक ने 'नुकसान' शब्द पर अधिक जोर देते हुए कहा।

तभी एक चूहा मेरे पलंग से बाहर निकलकर आया।

''क्या तुमने उसे देखा?'' रेयान ने विषय बदलते हुए कहा। उसने अपनी चप्पल निकाली और चूहे की ओर मारने के लिए निशाना लगाया। लेकिन चूहे के अलग विचार थे। वह मेरे बिस्तर के नीचे दोबारा घुस गया।

''हाँ, मेरे कमरे में बहुत सारे चूहे हैं।'' मैंने प्यार से कहा।

''क्या तुम चाहते हो कि मैं तुम्हारे लिए इन्हें मार दूँ?'' रेयान ने मदद करने के इरादे से कहा।

''यह इतना आसान नहीं है। ये बहुत चालाक व तेज हैं।'' मैंने कहा।

''चलो, लगी शर्त।'' रेयान ने कहा।

''मैं तुम दोनों शैतानों से विनती करता हूँ कि यह सब अभी मत करो और क्या अब हम पढ़ाई कर सकते हैं?'' आलोक ने हाथ जोड़ते हुए कहा। वह बहुत ही नाटकबाज है।

रेयान अपनी कुरसी पर आराम से बैठ गया और उसने अपनी चप्पल पहन ली। उसने अपनी एपमेक किताब खोली और मुँह से लंबी साँस छोड़ी।

''हाँ सर, अब हम बैठकर रट्टा मारते हैं, वरना हम इस महान् देश के महान्

इंजीनियर कैसे बनेंगे?'' रेयान ने खीझते हुए कहा।

''चुप रहो।'' आलोक ने कहा, और उसका मुँह किताब में समा गया था। रेयान उसके बाद चुप ही रहा, लेकिन वह बार-बार पलंग के नीचे झाँककर देखता ही रहता था। मुझे यकीन है कि वह कम-से-कम एक चूहे को मारना चाहता था, लेकिन वे छोटे प्राणी बड़ी चतुराई से छिपे बैठे थे। हमने अपना क्वांटो असाइनमेंट एक घंटे में खत्म किया और फिर हमने एपमेक के नोट्स 5 बजे तक दोहराए, जब तक रेयान के खर्राटे सुनाई दे रहे थे, मैं भी और नहीं जाग पा रहा था और आलोक की आँखों में से भी पानी आने लगा था। लेकिन अभी भी हमारा एक-तिहाई कोर्स बाकी था; लेकिन सोना भी जरूरी था। इसके अलावा क्विज एक अफवाह ही रहेगी या होगी भी, हमें नहीं पता था।

लेकिन वह अफवाह, जो आपको डरानेवाली या खतरनाक होती है, वह अकसर सच हो जाती है। एपमेक क्लास के आधा घंटा बाद प्रो. सेन ने दरवाजा बंद कर लिया और अपना काला बैग खोला।

''अब समय है कुछ मजा करने का। यह है बहुविकल्पवाले प्रश्नों की एक छोटी सी क्विज।'' उन्होंने कहा।

प्रो. सेन ने आगे बैठे विद्यार्थियों को परचे थमाए और उन्होंने लेकर आगे बढ़ा दिए। असल में, कक्षा में सभी को उस अफवाह के बारे में पता था और यह क्विज एक ऐसा आश्चर्य था जो कि साइबेरिया में बर्फ गिरने के समान है। मैंने प्रश्न-पत्र लिया, सवालों को देखा और पढ़ा। अधिकतर सवाल हाल ही में हुए लेक्चर में से थे, जिसके नोट्स हम दोहरा नहीं पाए थे।

''क्या बकवास! पाँच प्रश्नों के बाद के प्रश्न तो तैयार ही नहीं कर पाए।'' मैंने आलोक से धीरे से कहा।

''हमारी हालत बहुत खराब है। कम-से-कम शांत तो बैठे रहो।'' आलोक ने हमेशा की तरह अपने सिर को उत्तर पुस्तिका पर रख लिया।

उस दिन कुमाऊँ हॉस्टल लौटने पर हमने क्विज के बारे में कोई बात नहीं की। बाकी लड़के बड़े ही उत्साह के साथ कुछ प्रश्न कोर्स से बाहर से आने की बातें कर रहे थे। हमें रिजल्ट के लिए ज्यादा इंतजार नहीं करना पड़ा। प्रो. सेन ने दो दिनों के बाद उत्तर पुस्तिकाएँ बाँट दीं।

''पाँच! मुझे बीस में से पाँच मिले।'' मैंने आलोक से कहा, जो क्लास में मेरे साथ बैठा था।

''मुझे सात। धत, सात।'' आलोक ने कहा।

''मुझे तीन मिले। इसका क्या? एक, दो, तीन।'' रेयान ने उँगलियों पर गिनते हुए कहा।

प्रो. सेन ने क्विज के परिणाम का सारांश ब्लैक बोर्ड पर लिखा—

औसत (Average) : 11/20

उच्च (High)　　: 17/20

कम (Low)　　: 3/20

उन्होंने थोड़े समय तक सारांश ब्लैक बोर्ड पर लिखे रहने दिया, जिसके बाद अपना लेक्चर शुरू किया कैंटीलीवर बीम्स।

"मेरे सबसे कम हैं। क्या तुमने देखा?" रेयान ने कैंटीलीवर बीम्स पर ध्यान न देते हुए मुझसे फुसफुसाते हुए कहा। उस समय रेयान क्या सोच रहा था, यह बताना बहुत मुश्किल था। वैसे तो बड़ा शांत, गंभीर था; लेकिन मैं यह कह सकता था कि वह अपने रिजल्ट से बहुत दु:खी था। उसने अपना क्विज पेपर फिर से देखा, लेकिन उससे उसका स्कोर नहीं बदला।

आलोक तो किसी दूसरी ही दुनिया में था। उसका चेहरा रैगिंगवाले दिन जैसा घबराया हुआ दिख रहा था। उसे उत्तर पुस्तिका कोक बोतल जैसी डरावनी लग रही थी। उसके मुँह पर दु:ख एवं परेशानी साफ दिख रही थी। ऐसे में आलोक सबसे ज्यादा टूट-सा गया था। उससे थोड़ा भी कुछ बोलो तो वह रोने लगता था।

मैंने अपनी उत्तर पुस्तिका देखी। प्रोफेसर ने मेरा स्कोर बड़े लेकिन लापरवाह ढंग से लिखा था। अब मैं कोई आइंस्टाइन तो हूँ नहीं, लेकिन ऐसा मेरे साथ कभी स्कूल में भी नहीं हुआ था। मेरा स्कोर था बीस में से पाँच या 25 प्रतिशत। इससे पहले मैंने अपने जीवन में कभी भी 75 प्रतिशत से कम अंक हासिल नहीं किए थे। आउच, आई.आई.टी. में यह पहली क्विज बड़ी दु:खदायी थी।

लेकिन अब रेयान का स्कोर देखिए। मैंने सोचा, क्या उसके लिए पूरी रात पढ़ने का कोई मतलब था? मैं उससे दो अंक आगे था, एक मिनट, यानी 66 प्रतिशत आगे, यह जानकर मुझे थोड़ी राहत महसूस हुई।

हम तीनों में आलोक का प्रतिशत सबसे ज्यादा था; लेकिन मैं यह कह सकता हूँ कि हमारे उससे कम अंक होने से उसे कोई खुशी नहीं थी। हमने अपना स्कोर देखा और फिर बोर्ड पर एवरेज स्कोर पढ़ा। मैंने उसके चेहरे की तरफ देखा, जो कि अपने गलत उत्तरों को देखकर बना रहा था। हमने अपनी उत्तर पुस्तिका, जो कि हमारे खराब प्रदर्शन का नतीजा थीं, उन्हें हमने अपने बैग में रखा और हम धीरे-धीरे कुमाऊँ की तरफ चलकर आ गए। हम रात के भोजन के लिए मेस में मिले। खाना हमेशा की तरह बकवास था, और आलोक ने हरे रंग की कोई चीज, जिसे मेसवाले भिंडी मसाला कहते हैं, नाक सिकोड़ते हुए उसे अपनी प्लेट में डाला। उसने दो रोटियों को स्टील की प्लेट में पटका, बाकी चीजों दाल, रायता और पुलाव को नजरअंदाज कर आगे चला गया। रेयान और मैंने सबकुछ लिया, वैसे तो हर चीज का स्वाद एक-सा था, पर कम-से-कम हमारी प्लेटों में रंगों की बह।र थी।

आखिरकार आलोक ने खाने की मेज पर क्विज के बारे में बोलना शुरू किया।

"तो, अब तुम्हारे पास कुछ नहीं है कहने के लिए?"

रेयान और मैंने एक-दूसरे की तरफ देखा।

‘‘क्या कहूँ?’’ मैंने कहा।

‘‘यह सब कितना बकवास है!’’ आलोक ने कहा।

‘‘यह खाना।’’ मैंने कहा, जबकि मुझे पता था कि आलोक के कहने का क्या मतलब था।

‘‘नहीं यार, यह बकवास खाना नहीं।’’ आलोक ने कहा, ‘‘यह एपमेक क्विज।’’ उसका व्यवहार उनके दुःखी भाव के व्यवहार से गुस्से में बदल गया। मुझे उसका यह रूप पहलेवाले से बेहतर दिखाई दिया।

‘‘क्विज के बारे में क्या? मुझे पता है कि हमारा रिजल्ट बहुत खराब था। उसके बारे में बातें करने में क्या रखा है?’’ रेयान ने पूछा।

‘‘ओ, अच्छा, हमारा रिजल्ट खराब है! क्या तुम्हें इसमें कोई शक है?’’ आलोक ने कहा।

मेरा खयाल है कि आलोक एक शब्द को लेता है और फिर उसे इतनी बार इस्तेमाल करता है कि उस शब्द का असर खत्म हो जाता है। उसके वाक्यों में ‘बकवास’ शब्द कुछ ज्यादा ही होता है।

‘‘तो फिर छोड़ दो न। वैसे भी, तुम्हें हमसे अच्छे अंक मिले। इसलिए तुम खुश रहो।’’

‘‘खुश? हाँ, मैं खुश हूँ। एवरेज है 11, किसी को 17 मिले। और यहाँ एक मैं, बकवास 7। हाँ, मैं टर्मिनेटर देखकर खुश हूँ!’’ आलोक ने गुस्से से कहा।

मैंने कहा था, आलोक बात या शब्द का असर खत्म कर देता है। मैं उससे कहना चाहता था कि उसे ‘बकवास’ शब्द के प्रयोग को रोक देना चाहिए; लेकिन शायद मेरी अंतरात्मा ने मुझे यह कहने से रोक दिया, क्योंकि इस समय यह बोलना ठीक नहीं था।

‘‘क्या? क्या कहा तुमने?’’ रेयान ने चम्मच प्लेट में रखते हुए कहा, ‘‘क्या तुमने टर्मिनेटर कहा?’’

‘‘हाँ, यह बेवकूफी भरा विचार था। हाँ, तुम्हारा बेवकूफीवाला बकवास विचार।’’ आलोक ने कहा।

रेयान यह सुनकर जैसे जम गया। उसने आलोक की तरफ ऐसे देखा जैसे कि वह किसी दूसरी ही भाषा में बोल रहा हो। फिर वह मेरी तरफ घूमा।

‘‘क्या तुमने सुना, उसने क्या कहा? हरि, तुमने सुना? यह तो मेरी सोच से बाहर है।’’

मैंने आलोक की बातें सुनी थीं। मेरे कानों में कोई खराबी नहीं थी। लेकिन मुझे बाकी बातें कम सुनाई पड़ीं, सिवाय उसके ‘बकवास’ शब्द के, जो मैं गिन रहा था।

‘‘हरि, क्या लगता है कि मेरी वजह से क्विज खराब हुई?’’ रेयान ने धीरे से पूछा।

मैंने आलोक और रेयान के चेहरों को देखा।

‘‘रेयान, तुम्हें तीन स्कोर मिला है। क्या तुम फिर भी यह जानना चाहते हो कि मैं तुम्हें

बताऊँ कि तुम्हारी वजह से क्विज खराब हुई या नहीं?'' मैंने उससे दोबारा प्रश्न पूछा।

''नहीं। मेरा मतलब है कि आलोक यह कह रहा है कि मेरी वजह से क्विज खराब हुई, क्योंकि मैं तुम दोनों को लेकर फिल्म देखने गया। क्या तुम भी यह सोचते हो?''

''मैंने तो यह नहीं कहा।'' आलोक ने बीच में बात काटी, जबकि रेयान ने शांत रहने को कहा।

अब मैं रेयान का प्रश्न समझ गया, लेकिन मुझे यह नहीं पता चल पा रहा था कि बिना किसी का पक्ष लिये उत्तर कैसे दूँ।

''लेकिन उससे कैसे···''

''नहीं, हरि, तुम मुझे बताओ। क्या तुम अपने सबसे अच्छे दोस्त से ऐसी बात की उम्मीद रखते हो?'' रेयान ने पूछा।

''वह बात महत्त्वपूर्ण नहीं है। इसके अलावा तुमने हमें जबरदस्ती तो फिल्म देखने के लिए नहीं खींचा था!'' मैंने अपने आपसे कभी ऐसी साइंस फिक्शन फिल्म न देखने का वायदा करते हुए कहा।

रेयान मेरे उत्तर से संतुष्ट हो गया और उसने अपने हाथ को आराम दिया तथा मुसकराते हुए कहा, ''देखो, अब तुम सही बात कर रहे हो।''

''लेकिन आलोक भी सही है। हमें अपनी मौज-मस्ती पर नियंत्रण तो करना पड़ेगा। हम इस सिस्टम के साथ ज्यादा छेड़छाड़ नहीं कर सकते; क्योंकि अगर हम गंभीर नहीं हुए तो वह हमारे लिए घातक हो जाए, जिसका उदाहरण है यह क्विज।''

''धन्यवाद सर!'' आलोक ने कहा, ''मैं यही तो कहना चाह रहा था।''

सही है, इस बार तो किसी तरह इस स्थिति से आसानी से बाहर निकल गया। कभी-कभी अगर आप दूसरों की जो बहस है, उसको संक्षिप्त में वापस बोल दें तो वह भी खुश और आप भी।

□

3

नाजुक पैर और कार

क्विज की बरबादी के बाद हमारा पढ़ाई की तरफ रुझान और बढ़ गया। अब जब हम अपने कमरों में पढ़ाई करते थे तो रेयान पहले से ज्यादा चुप रहता था। क्योंकि अब उसने अपने मनपसंद विषयों—फिल्में देखना, समाचार, साइंस फिक्शन फीचर—के बारे में बात करने की इच्छा को नियंत्रित कर लिया था, जिस वजह से हमारे पढ़ाईवाले समय का अच्छा सदुपयोग हो रहा था। वैसे तो हमारे स्कोर एवरेज के ज्यादा नजदीक पहुँच गए थे, लेकिन फिर भी कुछ देर के बाद असाइनमेंट करना बड़ा दर्दनाक हो सकता है और इसलिए तुम्हें एक ब्रेक की जरूरत पड़ सकती है। रेयान बहुत बार असाइनमेंट करते हुए सो जाता था या दीवार पर एकटक देखने लगता और जब भी वह कोई नई पुस्तक खोलता तो धीमी आवाज में बड़बड़ाता।

''तो फिर ठीक है।'' उसने अपना असाइनमेंट स्टेपल करते हुए और लंबी साँस लेते हुए कहा, ''मैंने आज का यह बकवास काम खत्म कर दिया। क्या तुम लोग और रट्टा मारनेवाले हो?''

''तुम इसे बकवास क्यों कह रहे हो?'' आलोक ने चौंकते हुए कहा।

''अनुमान क्या है?'' रेयान ने अपना असाइनमेंट मेज पर इस्तेमाल के बाद टिशू पेपर की तरह फेंकते हुए कहा।

''लेकिन क्यों?'' आलोक ने कहा, ''मेरा मतलब है कि तुमने आई.आई.टी. में दाखिले के लिए बहुत पढ़ाई की ही होगी न?''

''हाँ, लेकिन सच कहूँ तो इस जगह ने मुझे निराश किया है। यह साइंस और टेक्नोलॉजी का सबसे बेहतरीन इंस्टीट्यूट तो है, जैसे वे बताते हैं अपने बारे में, पर है क्या?''

मैंने अपनी पुस्तक बंद करते हुए वार्त्तालाप में भाग लिया।

''बॉस, आई.आई.टी. का टैग पाने की कीमत है रट्टा मारना। तुम रटोगे तो पास होगे, तभी तुम्हें नौकरी मिलेगी तो तुम किस निराशा के बारे में बात कर रहे हो?''

''यही तो मुश्किल है। एक तो ऐसा बेवकूफी भरा सिस्टम है और उसके ऊपर तुम

जैसे लोग भी।''

मैं रेयान से घृणा करता था। जब वह बातें करता है, तब सब बेवकूफ बन जाते हैं।

''लगातार रट्टा टेस्ट, असाइनमेंट। यहाँ नए विचारों को सोचने का समय कहाँ है? बस, पूरा दिन यहाँ बैठे रहो और हरि की तरह मोटे होते रहो।''

रेयान को रटना पसंद नहीं, इसलिए मैं बेवकूफ और मोटा बन जाता हूँ। लोग समझते हैं कि जैसे वह भगवान् की देन है इस दुनिया में। और इससे बुरी बात और क्या हो सकती है?

''मेरे पास न तो कोई नए विचार है और न ही मैं इतना मोटा हूँ। क्या मैं हूँ?'' मैंने आलोक की तरफ देखते हुए कहा। उसे देखकर मुझे बेहतर लगा।

''मोटे, अपने आपको शीशे में जाकर देखो, तुम्हें अपने मोटापे के बारे में कुछ करना चाहिए।''

''यह मेरे जीन में है। मैंने एक टी.वी. वृत्तचित्र में देखा था।'' मैंने अपने आपको बचाते हुए कहा।

''जीन, कुछ नहीं। मैं तुम्हारा दस किलो ग्राम वजन तो ऐसे ही घटा सकता हूँ।'' उसने चुटकी बजाते हुए कहा।

मैं नहीं जानता था कि रेयान इन सब बातों से किस ओर जा रहा था, लेकिन मुझे पता है कि वह मेरे लिए कोई खुशी की बात नहीं हो सकती थी। मेरे लिए मोटा होना इंस्टीट्यूट की बस के पीछे भागने या बिल्डिंग की सीढ़ियों को पचास बार उतरने-चढ़ने से ज्यादा सुखदायक था।

''रेयान! मेरे बारे में तो भूल जाओ। अगर तुम इस समय यहाँ नहीं रहना चाहते तो क्या हम कैंटीन में पराँठे खाने चलें?''

''बॉस, यही तो परेशानी है—हर समय खाना और कोई व्यायाम नहीं। मैंने फैसला किया है कि हरि को व्यायाम नियमित रूप से करना पड़ेगा।''

रेयान ने उछलते हुए कहा, ''तो फिर हम कल सुबह से ही शुरू करते हैं।''

रेयान हमेशा दूसरों के लिए निर्णय लेता था। मुझे नहीं पता कि यह उसकी सुंदरता या उसके मिथ्या अभिनय की वजह से था तो इसी वजह से वह जो चाहे करता था।

''रुको रेयान, तुम…'' मैंने बोलना शुरू किया।

''दरअसल, आलोक! तुम्हें भी आना चाहिए। क्या तुम भी आना चाहते हो?''

''भाड़ में जाओ।'' आलोक ने किताबों में मुँह डालते हुए बड़बड़ाना शुरू किया।

मैंने दस किलो ग्राम वजन कम करने के बारे में सोचा है। पूरी जिंदगी लोगों ने मुझे मोटा कहा है, इसलिए मोटापा मेरी पहचान बन चुकी है। हाँ, मुझे अपनी इस तरह की पहचान से घृणा थी। रेयान को पता था कि वह क्या कर रहा था और उसका खुद का शरीर तो सुडौल था। इसलिए मैंने सोचा कि कोशिश करने में क्या बुराई है।

''तो मुझे क्या करना पड़ेगा?'' मैंने आत्मसमर्पण करते हुए कहा।

"सुबह कैंपस में ल्गभग चार किलोमीटर की दौड़ लगानी पड़ेगी।"

"नहीं, मैं यह नहीं करूँगा। मैं चार किलोमीटर तो चल भी नहीं सकता।" मैंने इस विचार को बरखास्त करते हुए कहा।

"तुम कोशिश तो करो। बाद में तुम्हें बहुत ही अच्छा महसूस होगा।" रेयान ने कहा।

पक्के इरादे से रेयान ने निर्दयता के साथ अगले दिन सुबह पाँच बजे मेरे कमरे के दरवाजे पर जोर से लात मारी। मैं रेयान से घृणा करता हूँ। फिर भी मैंने दरवाजा खोला, जहाँ रेयान मेरा शोट्र्स और टी-शर्ट में आने का इंतजार कर रहा था।

"चार किलोमीटर?" मुझे नींद आ रही थी और मेरी स्थिति दयनीय थी। "कोशिश करो, जरा कोशिश तो करो।" रेयान ने स्फूर्ति से कहा। जब मैं कुमाऊँ हॉस्टल से बाहर निकला तो अँधेरा ही था। इस छोटी दया के लिए मैं बहुत ही खुश था। कोई भी अस्सी किलो ग्राम के ग्लोब जैसे एक आदमी को सड़क पर उछलता हुआ नहीं देख सकता था। चार किलोमीटर के इस चक्कर को खत्म करने का मतलब था—कैंपस के दूसरे छोर तक पहुँचना। हॉस्टल्स, मैदान, इंस्टीट्यूट बिल्डिंग और टीचर्स कॉलोनी से गुजरते हुए। मैंने सोचा कि मैं चालाकी से छोटे रास्ते से जाऊँ, लेकिन मैं रेयान को एक मौका देना चाहता था, लेकिन मैं फिर भी उससे घृणा करता था।

मेरा पूरा शरीर दर्द से चीख रहा था, क्योंकि उन मांसपेशियों में भी दर्द हो रहा था जिन्हें मैं जानता ही नहीं था। दस मिनट बाद ही मैं ऑक्सीजन की कमी महसूस कर रहे माउंट एवरेस्ट पर चढ़नेवाले आदमी की तरह हाँफने लगा और पंद्रह मिनट बाद मुझे लगा कि दिल का दौरा पड़नेवाला है। थोड़ी देर तक मैंने आराम किया और फिर दौड़ना शुरू किया, तब तक मैं इंस्टी बिल्डिंग के पास से गुजरकर टीचर्स कॉलोनी में पहुँच गया।

दिन निकल आया, साफ कटे लॉन और अत्याचारी अध्यापकों के बँगले दिखने लगे। मैं प्रो. दुबे के घर के सामने से गुजरा। उन्हें कक्षा के बाहर घर में टी.वी. देखते और डायनिंग टेबल पर खाना खाते हुए सोचना आश्चर्य की बात थी। अब मैं पसीने में पूरी तरह भीग चुका था और मेरा मुँह अब लाल से बैगनी रंग का हो गया था।

मैं हाँफते-हाँफते रुक गया, जब मेरे घुटने में कुछ लगा। अचानक लगे झटके से मैं लड़खड़ा गया। मैं आगे को गिरने लगा। गिरने से बचने के लिए मैंने अपने हाथ सही समय पर आगे बढ़ाए। मैं घबराया और सड़क पर बैठ गया। झटके से उबरते हुए मैंने साँस ली और पीछे मुड़कर देखा।

अपराधी एक लाल मारुति थी। मैं वहीं रुका और गाड़ी के शीशे में से ड्राइवर को गौर से देखने की कोशिश की। मुझे मारने की कोशिश कौन कर रहा है, जबकि मैं पहले ही मर रहा हूँ? मुझे आश्चर्य हुआ, जब मैं अपनी साँसों को ठीक से लेने की कोशिश कर रहा था।

"आई एम सो सॉरी।" किसी लड़की की आवाज सुनाई दी। एक जवान लड़की लगभग मेरी उम्र की, जिसने ढीली टी-शर्ट और घुटनों तक के शोट्र्स कपड़े, जो साधारणत: घर में पहने जाते हैं, पहने हुए थे। वह कूदी और पागलों की तरह मेरी ओर बढ़ी, जो शायद

मेरी तरफ दौड़कर आना चाहती थी। मैंने देखा कि वह नंगे पैर थी।

"आई एम सो सॉरी। क्या आप ठीक हैं?" अपने बाल एक कान के पीछे करते हुए उसने पूछा।

मैं ठीक नहीं था और यह सब उसकी गलती थी। लेकिन जब कोई जवान लड़की किसी लड़के से पूछे कि आप ठीक हैं, तो वह कभी नहीं कहेगा कि वह ठीक नहीं है।

"हाँ, शायद…।" मैंने अपनी हथेली को मोड़ते हुए कहा।

"क्या मैं आपको कहीं छोड़ सकती हूँ?" उसने डरते हुए अपना हाथ मुझे उठाने के लिए देते हुए कहा।

जैसे ही वह मेरे पास आ रही थी, तब मैंने उसकी तरफ ध्यान से देखा। शायद मैं बहुत समय के बाद एक लड़की को देख रहा था, इसलिए वह मुझे बहुत सुंदर लगी। उसके लुक ने मुझे बहुत प्रभावित किया। सिर्फ लड़कियाँ ही अपनी नाइट ड्रेस में सुंदर लग सकती हैं। जैसे कि आलोक अपने फटे बनियान व पाजामे में एक बीमार मरीज जैसा लगता है।

"असल में मैं दौड़ रहा था।" मैंने कहा। उसका हाथ पकड़कर धीरे-धीरे उठते हुए और यह महसूस कराते हुए कि मैं उसका हाथ देर तक पकड़ना चाहता हूँ। एक सुंदर लड़की का हाथ कौन छोड़ना चाहता है? जो भी हो, खड़े होने के बाद मुझे उसका हाथ छोड़ना ही पड़ा।

"हाय! मेरा नाम नेहा है। सुनो, मैं वाकई दुःखी हूँ।" उसने कहा। अपने बालों को फिर से उसी हाथ से सँवारते हुए, जिसे अभी मैंने पकड़ा था।

"हाय! मेरा नाम हरि है। अभी तक जिंदा हूँ, इसलिए सब ठीक है।" मैं हँसा।

"हाँ, मैं गाड़ी चलाना सीख रही हूँ।" उसने गाड़ी के शीशे पर बने चिह्न की तरफ उँगली दिखाते हुए कहा। यह बात समझ में आती है, मैंने सोचा—आपको गाड़ी चलाना सीखते हुए लोगों को टक्कर मारने की इजाजत है, क्योंकि आप दिखने में अच्छी हैं।

सच बताऊँ, मुझे चोट-वोट नहीं लगी थी। वह दो किलोमीटर प्रति घंटे की गति से गाड़ी चला रही थी। मैं समझता हूँ कि मेरा मोटापा टक्कर के झटके को बाकी व्यक्तियों के मुकाबले में अच्छी तरह झेल जाता है। फिर भी, मैं इस मौके का पूरा फायदा उठाना चाहता था।

"क्या पक्का, आपको लिफ्ट नहीं चाहिए? मुझे बड़ा ही बुरा लग रहा है।" उसने अपने हाथों को जोर से पकड़ते हुए कहा।

"वास्तव में, मैं कुमाऊँ हॉस्टल तक जाने के लिए लिफ्ट लेने का इच्छुक हूँ।" मैंने कहा।

"हाँ जरूर। अंदर आ जाओ।" उसने हँसते हुए कहा, "अगर तुम्हें मेरी ड्राइविंग पर भरोसा है तो।"

हम कार के अंदर बैठ गए। मैंने उसे ड्राइवर सीट पर बड़ी सावधानी से बैठते हुए देखा, जैसे कि वह स्टारशिप इंटरप्राइज या उसके जैसा कुछ चला रही हो। फिर उसने अपना

नंगा पैर एक्सिलेटर पर रखा। एक लड़की की नंगी त्वचा धातु पर बड़ी ही सेक्सी लगती है। उसके पैर के अँगूठे पर लाल रंग की नेलपॉलिश लगी थी। उसके पैर की उँगलियों में एक-दो चाँदी के छल्ले थे, जो सिर्फ लड़कियों पर ही अच्छे लग सकते हैं। मैं तो सिर्फ उसके पैरों को ही देखना चाहता था, पर उसने बातचीत शुरू कर दी।

"कुमाऊँ हॉस्टल, तो तुम एक छात्र हो, हाँ?"

"हाँ, पहला साल मेकैनिकल इंजीनियरिंग।"

"अच्छा है। तो तुम्हें यह कॉलेज और सबकुछ कैसा लग रहा है? मजेदार?"

"ज्यादा कुछ नहीं, ज्यादा समय भाग-दौड़ करनी पड़ती है।"

"तो तुम्हें बहुत पढ़ाई करनी पड़ती है? उसे क्या कहते हो तुम लोग—मगिंग।"

"हाँ, हमें रटना पड़ता है। कुछ बकवास प्रोफेसरों को छात्रों को परेशान करने में बड़ा ही आनंद आता है।"

"मेरे पिताजी प्रोफेसर हैं।" नेहा ने कहा।

"सचमुच?" मैंने अपनी सीट से उछलते हुए कहा। मैं भाग्यवान् था कि मैंने प्रोफेसर पर अपने सारे विचार उसे नहीं बताए थे। मैं मन-ही-मन भगवान् से मना रहा था कि वह प्रो. दूबे की बेटी न हो।

"हाँ, मैं टीचर्स कॉलोनी में रहती हूँ!" उसने कहा। गाड़ी हाउसिंग ब्लॉक्स से गुजर चुकी थी। अब हम इंस्टी बिल्डिंग के पास थे।

"और वह है मेरे पिताजी का दफ्तर।" उसने कमरों में से एक कमरे की तरफ उँगली उठाते हुए कहा।

"वाकई!" मैंने फिर कहा, और मैं सोचने लगा कि कहीं मैंने कुछ गलत तो नहीं कह दिया, जिससे कोई परेशानी हो जाए।

"उनका नाम क्या है?" मैंने ऐसे ही पूछा।

"प्रो. चेरियन। शायद तुम उन्हें नहीं जानते, तीसरे वर्ष में जाने तक वे तुम्हें नहीं पढ़ाएँगे।"

मैंने अपना सिर हिलाया। मैंने नाम सुना है, प्रो. चेरियन को देखा नहीं। तब मुझे अपनी पहली क्लास याद आई।

"क्या वे मेकैनिकल इंजीनियरिंग के हेड हैं?" मैंने कहा, उसके पैरों से नजर हटाते हुए।

मेरी चिंता को महसूस करते हुए उसने मेरे हाथ पर हाथ मारा, जब वह गाड़ी को तीसरे गियर में डाल रही थी।

"हाँ, वही। लेकिन परेशान न हों। प्रोफेसर वे हैं, मैं नहीं। इसलिए आराम से बैठो।" और वह जोर से हँसी, जैसे कि वह समझ गई हो कि मैं उसके पैरों पर मोहित हो गया हूँ।

हमने इंस्टी हॉस्टल रोड पर थोड़ी देर तक और बातचीत की। उसने अपने कॉलेज के बारे में बताया, जहाँ वह फैशन डिजाइनिंग पढ़ रही थी। वह इस कैंपस में दस से अधिक वर्षों

तक रही थी और ज्यादातर प्रोफसर्स को जानती थी।

जब हम कुमाऊँ हॉस्टल के नजदीक पहुँचे तो उसने एक बार फिर माफी माँगी और पूछा कि क्या वह मेरे लिए कुछ कर सकती है?

''नहीं, सब ठीक है।'' मैंने उसको आश्वासन दिया।

''सच हरि, क्या तुम मुझे फिर मिलोगे, जब घूमने जाओगे?''

''मुझे उम्मीद है।'' मैंने कहा, रेयान की ट्रेनिंग के दूसरे दौर का सामना करते हुए।

''बहुत खूब। हाँ, कभी फिर। मैं तुम्हें कैंपस के बाहर डियर पार्क में ले जा सकती हूँ। यहाँ बहुत सारे जोगर्स आते हैं। और वहाँ सुबह का चाय-नाश्ता बहुत अच्छा मिलता है। मेरी तरफ से तुम्हारी दावत पक्की है।'' उसने कहा।

मैं अपने हेड ऑफ डिपार्टमेंट की बेटी से दोबारा मिलने की बात से घबरा रहा था। लेकिन उसका यह प्रस्ताव और वह खुद भी बहुत लुभावने थे।

''बहुत अच्छा!'' मैंने गाड़ी से निकलते हुए कहा, ''मुफ्त के खाने का हमेशा ही स्वागत है। मुझे टक्कर मारते रहना।''

वह मुसकराई, उसने हाथ उठाकर बॉय किया और छोटी लाल कार चली गई। जब मैं कुमाऊँ लॉन्स पहुँचा तब भी उसका चेहरा मेरे दिमाग में घूम रहा था। रेयान वहाँ पहले से ही इंतजार कर रहा था और दंड-बैठक कर रहा था। उसने मुझे कार से निकलते हुए देख लिया था और घटना की पूरी जानकारी माँगी। बाद में यही बातें मुझे आलोक को भी बतानी थीं। हालाँकि उन्होंने खूब उत्साह दिखाया और पूछा कि वह कैसी लग रही थी आदि, उन्होंने मुझसे कहा कि उससे दूर रहना, क्योंकि वह प्रोफेसर की बेटी है।

लेकिन न तो उन्होंने उसे देखा था और न ही उससे बात की थी। मैं उससे दोबारा मिलने के लिए तड़प रहा था और उससे दोबारा टक्कर खाने का इंतजार कर रहा था, ताकि उसके दो नंगे पैरों को दीवानों की तरह फिर देख सकूँ।

□

4

सीमा रेखा

पहले सेमेस्टर के एकदम बीच में रेयान का स्कूटर आ गया। उसके माता-पिता ने क्रिसमस के उपहार के रूप में उसे एक डॉलर चेक भेजा, क्योंकि यूरोप में उनके आस-पास के लोग भी वैसा ही कर रहे थे। रेयान ईसाई नहीं था और क्रिसमस भी नहीं मनाता था; लेकिन उसने चेक खुशी से लिया और भुनाया। सुंदर स्कूटर—एक चमकदार नीले रंग का सुंदर काइनेटिक होंडा स्कूटर।

जब रेयान उसे कुमाऊँ लाया, सब लड़के सम्मान प्रदर्शन करने के लिए उसके चारों ओर इकट्ठे हो गए; लेकिन मुझे और आलोक को ही उस पर बैठने का मौका मिला। यह दो आदमियों के लिए था, लेकिन रेयान हम दोनों को बैठाकर ले जाता था; हम उससे क्लास, कैंटीन, कभी-कभी सिनेमा देखने भी गए, जैसे कि 'टर्मिनेटर'। रेयान काइनेटिक को खूब तेजी से उड़ाते हुए ले जाता था, ताकि लोग उसे ईर्ष्या से देखें और स्कूटर हमारे कुल वजन के नीचे दयनीय स्थिति में घूँ-घूँ करता।

इसी बीच पढ़ाई चौपट हो गई, प्रोफेसर्स ने पढ़ाई का दबाव बनाए रखा और छात्रों ने औसत से अधिक नंबर लाने के लिए कड़ी मेहनत की, जिससे औसत और बढ़ गया। हम अभी भी साथ-साथ पढ़ते थे, लेकिन एकाग्रता से पढ़ाई करने का हमारा संकल्प टूटता जा रहा था। कुछ विषयों में हमें औसत ग्रेड मिल गए, लेकिन भौतिकी बहुत खराब हुआ।

एक रात आलोक के घर से फोन आया। उसके पिता बहुत बीमार थे, उन्हें तुरंत अस्पताल पहुँचाना था। आलोक की माँ ने यह सब पहले नहीं किया था और वह इतनी सहमी हुई लग रही थीं, जैसे उन्हें भी अस्पताल ले जाना पड़ेगा।

भौतिकी की एक क्विज होने की अफवाह थी, लेकिन आलोक के पास कोई दूसरा रास्ता नहीं था। रेयान ने अपना स्कूटर देने की पेशकश की, जिसको कि आलोक चला नहीं सकता था। इसलिए रेयान को भी साथ जाना ही पड़ा। मैं अकेला नहीं रहना चाहता था, इसलिए मैं भी उनके साथ चला गया।

पहली बार मैंने आलोक का घर देखा। मैंने आपको बताया था कि वह गरीब़ है, मेरा मतलब उतना गरीब भी नहीं कि भूखे मर रहे हों; लेकिन उसके घर में बस जरूरत भर की चीजें थीं। उसके घर में बिना लैंप शेड की लाइट, बिना सोफे का लिविंग रूम और ब्लैक ऐंड व्हाइट टी.वी. था। आलोक के पिता लिविंग रूम में रहते थे और टी.वी. के एक-दो चैनल से अपना मनोरंजन करते थे। जब हम वहाँ पहुँचे तब वे लगभग बेहोशी की हालत में थे। आलोक की माँ पहले से ही हमारा इंतजार कर रही थीं और साड़ी के पल्लू से अपने आँसू पोंछ रही थीं।

"आलोक, मेरे बेटे! देखो, तुम्हारे पीछे तुम्हारे पिताजी को क्या हो गया!" उन्होंने इतनी दयनीय आवाज में कहा कि हिटलर भी रोने लगे। मैं समझ गया कि आलोक इतना समझदार कैसे बना। जो भी हो, मैंने एक ऑटो बुलाया, जिसमें रेयान और आलोक ने पिताजी को बैठा दिया। फिर हम अस्पताल गए और उन्हें भरती कराया तथा मरीजों से भरे मुफ्त का इलाज करनेवाले एक अस्पताल के दुर्भाग्यशाली डॉक्टर जिसने आलोक के पिता को देखा—का इंतजार किया। अस्पताल की दुर्गंध से परेशान और थके-माँदे हम रात को तीन बजे कुमाऊँ पहुँचे।

हाँ, आप सोच सकते हैं कि अगले दिन क्या हुआ होगा। भौतिकी का क्विज हुआ और हमने अपना समय बरबाद किया। हमें 20 में से 2 या कुछ ऐसे घटिया नंबर मिले। आलोक ने प्रोफेसर से क्विज को दोबारा लेने को कहा। प्रोफेसर ने उसको ऐसे घूरा जैसे उनसे उसके दोनों गुरदे माँग लिये हों।

उस भौतिकी क्विज की घटना ने आलोक को तोड़ दिया। अब वह रेयान के पढ़ाई से ध्यान हटाने की कम परवाह करता था।

"क्या आप लोगों को मालूम है कि आई.आई.टी. का पूरा सिस्टम बीमार है?" रेयान ने घोषणा की।

"इसने फिर शुरू कर दिया।" मैंने अपनी आँखें घुमाईं। हम सब मेरे कमरे में थे।

मैं सोच रहा था कि आलोक रेयान की उपेक्षा करेगा, लेकिन इस बार उसने बात आगे बढ़ाई, "क्यों?"

"क्योंकि, मुझे बताओ, कितने महान् इंजीनियर या वैज्ञानिक आई.आई.टी. से निकले हैं?"

"तुम्हारा क्या मतलब है? बहुत सारे सी.ई.ओ. और उद्योगपति।" मैंने कहकर गलती की, क्योंकि रेयान ने अपनी बात पूरी नहीं की थी।

"मेरा मतलब है कि यह भारत का सबसे अच्छा कॉलेज है, एक अरब भारतीयों के लिए सबसे बढ़िया प्रौद्योगिकी संस्थान। लेकिन क्या आई.आई.टी. ने आज तक कोई आविष्कार किया है? या भारत के लिए कोई तकनीकी योगदान दिया है?"

"क्या यह इंजीनियर्स पैदा करने में योगदान नहीं करता?" आलोक ने अपनी

पुस्तक बंद करते हुए कहा। मैं जानता था कि हम उस दिन पढ़ नहीं सकते, क्योंकि आलोक हमें रोक नहीं रहा था। मैंने सुझाव दिया कि हम लोग बाहर जाकर ससीज के पराँठे खाएँगे, मेस का खाना नहीं खाएँगे। सब मान गए।

रेयान का विचार-विमर्श अभी भी चल रहा था, ''आई.आई.टी. ने पिछले तीस वर्षों में कुछ बुद्धिमान विद्यार्थियों को बहुराष्ट्रीय कंपनियों में काम करने की ट्रेनिंग दी है। मेरा मतलब है कि अमेरिका के एम.आई.टी. की बात ही कुछ और है।''

''यह अमेरिका नहीं है।'' मैंने कहा और ससीज के वेटर को इशारा करके तीन प्लेट पराँठे लाने को कहा। ''मिट्स का बजट लाखों डॉलर में होता है।''

''छोड़ो यार, कौन परवाह करता है! मुझे एक डिग्री चाहिए और एक अच्छी नौकरी।'' आलोक ने कहा।

ससीज आई.आई.टी. हॉस्टल गेट के सामने सड़क पर एक गैर-कानूनी खस्ताहाल ढाबा था। यह खुला ढाबा टेंट से बना था और उसमें बैठने के लिए स्टूल थे। मीनू में पराँठा, लिम्का, सिगरेट आदि सब मिलता था। लड़कों के हिसाब से भी दो रुपए में एक बटर पराँठा अच्छा सौदा था। ढाबे के मालिक को मेस के खाने की गुणवत्ता के बारे में पता था, इसलिए वह हॉस्टल के हजारों छात्रों को खाना खिलाता था, जिससे कि उसका धंधा अच्छा चल रहा था। हमने तीन प्लेट पराँठे मँगवाए। उस पर डाला हुआ बहुत सारा मक्खन पिघल गया था, जिससे उसकी खुशबू आ रही थी।

''देखो, हर चीज पैसे पर आधारित नहीं है।'' रेयान ने कहा। ''इसलिए आई.आई.टी. स्पेस रिचर्स नहीं कर सकते; लेकिन हम सस्ते उत्पाद तो बना सकते हैं? और सही मायने में, पैसा तो बस एक बहाना है। अगर उत्पाद में कुछ दम है तो उद्योग-धंधे, आई.आई.टी. में भी अनुसंधान के लिए पैसा देंगे।''

''तो फिर क्या गलत है?'' मैं अब तंग आ गया था। मैं सचमुच चाहता था कि रेयान अब चुप बैठे, क्योंकि अब खाना आ चुका था। मेरा मतलब है कि अगर उसे नहीं पढ़ना है तो ठीक है, कम-से-कम हमें लेक्चर तो न दे। उससे खाना पचाना मुश्किल हो जाता है।

''जो गलत है वह है यह सिस्टम।'' रेयान ने एक स्थानीय नेता की तरह दावा करते हुए कहा। अगर कुछ पता न चल पा रहा हो तो पूरे सिस्टम पर दोष लगा दो।

लेकिन रेयान के पास और भी कुछ था कहने के लिए—''यह रिलेटिव ग्रेडिंग और छात्रों को ज्यादा लाभ देने का सिस्टम। मेरा मतलब है कि यह तो तुम्हारे सबसे मजेदार वर्षों को मानो मार देता है। लेकिन यह और भी कुछ मार देता है। यहाँ अपनी खुद की सोच के लिए कोई जगह है? यहाँ रचनात्मकता के लिए समय है? यह तो सरासर गलत है।''

''यह गलत है के बारे में क्या नहीं है? मुझे इससे नौकरी मिलती है—और मुझे क्या लेना-देना?'' आलोक ने कंधे उठाते हुए खाना बीच में छोड़कर कहा।

''वाह, यह बात कुछ जमी।'' मैंने कहा।

''तुम्हारी ऐसी मानसिकता एक अलग समस्या है। भूल जाओ, तुमको यह नहीं मिलेगा।'' रेयान ने कहा।

''यह बात भी जानते हैं।'' मैंने व आलोक ने कहा और मैं हँसने लगा। मैं जानता था कि मैं रेयान को बुरी तरह से चिढ़ा रहा था; लेकिन मैं वाकई यह चाहता था कि वह या तो चुप हो जाए या कम-से-कम विषय बदल दे। किंतु वह आलसी बिना किसी कारण के भी शुरू हो जाता था।

''स्क्रू यूँ।'' रेयान ने इशारा किया और फिर खाना खाने लगा था।

''छोड़ो।'' मैंने कहा, ''इस रविवार का क्या प्रोग्राम है?''

''कुछ नहीं, क्यों?'' आलोक ने ऊपर की तरफ देखा।

''हाँ, अब हमारे पास स्कूटर है।''

रेयान चुप रहा।

''ऐ, लड़कियों की तरह रूठना बंद करो।'' मैंने उसको कुहनी मारी, जब तक कि वह हँसा नहीं।

''हाँ, हम जा सकते हैं, पागल। कनॉट प्लेस?''

''क्यों?'' आलोक ने दोबारा पूछा।

''ठीक है, वहाँ पर एक सस्ता ढाबा है, जहाँ अच्छा बटर चिकन बनता है, वहाँ एक अच्छी फिल्म भी देख सकते हैं और बाद में बाजार में कुछ लड़कियों को देखेंगे।'' रेयान की आँखें पूरी कामुकतापूर्ण थीं।

''अच्छा है।'' मैंने कहा। लड़की का नाम आते ही मैं नेहा के बारे में सोचने लगता हूँ। मेरी उससे दोबारा टक्कर नहीं हुई थी, मुझे फिर से जॉगिंग करने जाना चाहिए।

''आलोक, तुम भी हमारे साथ चलोगे न? या सारा दिन रट्टा लगाओगे?''

''ओह हो···यह एपमेक वर्कशीट भी है···छोड़ो, गोल करके फेंक दो···हाँ, मैं चलूँगा।'' आलोक ने आत्मसमर्पण कर दिया।

हम उस रविवार को कनॉट प्लेस गए और खूब मजा किया। फिल्म आम हिंदी फिल्मों जैसी ही थी, जिसमें लड़का लड़की से मिलता है। लड़का गरीब व ईमानदार और लड़की का बाप अमीर पर बदमाश है। जो भी हो, हीरोइन नई थी और दर्शकों को खुश करना चाहती थी, इसलिए बरसात में भीगी, मिनी स्कर्ट में टेनिस खेला और डिस्को जाने के लिए चमकदार गाउन पहना। क्योंकि उसकी आदतों में कम व पारदर्शी कपड़े पहनना शामिल था, इसलिए दर्शकों ने उसे खूब सराहा। लड़की के बदमाश पिता ने उस लड़के को लगभग मार ही दिया था, जो उसकी सेक्सी लड़की को आकर्षित कर रहा था; लेकिन अंततः हीरो के प्यार और वासना की जीत हुई। हीरो के पास न तो कोई पूरा करने के लिए बकवास असाइनमेंट था और न ही गरदन-तोड़ पागल प्रोफेसर। मैं जानता हूँ, ये हिंदी

फिल्में सब बकवास हैं; लेकिन ये दिमाग को जीवन की आपाधापी से बखूबी दूर रखती हैं।

अब फिल्म के बाद खाना। ढाबा बहुत बढ़िया था, जैसे कि रेयान इन मामलों में कभी भी गलत नहीं होता। उसने सबके लिए ऑर्डर किया, जैसा कि वह हमेशा करता था। और उसने हमेशा की तरह दिल खोलकर बोनलेस चिकन, दाल, पराँठे और रायता आदि का ऑर्डर दिया। इस बिगड़ैल लड़के ने महँगे कोक का ऑर्डर भी दिया। मेरा मतलब है, रेस्टोरेंट में छात्र कहाँ कोक का ऑर्डर करते हैं? जो भी हो, खाना बहुत स्वादिष्ट था और डेजर्ट कूलर हमारे चेहरों पर पानी फेंक रहा था तथा माहौल को ठंडा रखे हुए था।

भूखे यूनिसेफ बच्चे की तरह रोटी तोड़ते हुए आलोक बातें करने लगा।

''यह बहुत ही बढ़िया है। चिकन तो कमाल का है।''

''तो बताओ, मोटे, क्या आज तुमने मजा लिया या नहीं?'' रेयान ने पूछा।

''हूँ, हूँ।'' आलोक ने कहा। मुँह खाने से पूरा भरा हुआ था, लेकिन उसका मतलब था हाँ।

''तो मुझे बताओ, तुम इन किताबों में अपनी जान क्यों खपाना चाहते हो?''

''अरे, क्या तुम फिर से बहस नहीं कर रहे हो?'' मैं चिल्लाया। अब तक मेरा दिन अच्छा गुजरा और इन जोकरों का फिर से शुरू हो जाना कुछ समय बाद अच्छा नहीं लग रहा था।

''हम बहस नहीं कर रहे हैं।'' रेयान ने कहा, जैसे कि अब वह मुझसे बहस कर रहा है। उसने एक लंबी साँस ली।

अच्छा, यह बात है। मैं सोचे जा रहा था।

कृपया हमें माफ करो, मैं सोच रहा था। लेकिन बहुत देर हो चुकी थी।

''दोस्तो, यह हमारे जीवन का सबसे अच्छा समय है। मेरा मतलब है, खासकर आलोक जैसों के लिए।''

''क्या, मेरे लिए ही क्यों?'' आलोक सलाद की प्लेट से मिर्च उठाकर चबाते हुए चौंक गया।

''इससे तुम्हारी आँखों में पानी आता है।'' मैंने मजाक किया, जब वह मसालेदार खाने की वजह से खाँसा।

''क्योंकि,'' रेयान ने आलोक से कहा, ''पहले के अपने जीवन पर नजर डालो। मेरा मतलब, मुझे मालूम है कि तुम अपने पिता से प्यार करते हो। लेकिन तुम पिछले दो सालों से उनकी सेवा कर रहे हो और पढ़ रहे हो। और पढ़ाई खत्म करने के बाद शायद तुम्हें फिर उनके साथ ही रहना पड़े, ठीक?''

''मैं दिल्ली में ही नौकरी करूँगा।'' आलोक ने सिर झुकाया। वह थोड़ा चिंतित था, हालाँकि अभी भी उसके दिमाग में बटर चिकन ही चढ़ा हुआ था।

''बिलकुल ठीक, इसलिए फिर से वही जिम्मेदारी। मेरा मतलब तुम, पैसा कमाओ

और शायद एक नौकर रख सकते हो। लेकिन फिर भी, क्या तुम इस तरह की मौज-मस्ती कर पाओगे?''

''मैं अपने माता-पिता को प्यार करता हूँ, रेयान! यह कोई जिम्मेदारी नहीं है।'' आलोक ने कहा और खाना खाना बंद कर दिया। इससे वह प्रभावित हुआ। नहीं तो मोटे अपने जीवन में चिकन खाना नहीं छोड़ेंगे।

''ठीक है, तुम उन्हें प्यार करते हो।'' रेयान ने हाथ हिलाते हुए कहा, ''मेरा मतलब है, मैं समझ सकता हूँ कि उसके बाद भी मैं अपने माता-पिता को प्यार नहीं करता।''

''क्या?'' मैंने कहा। हालाँकि मैं नहीं चाहता कि मैं उनके इस वार्त्तालाप का हिस्सा बनूँ।

मैंने कहा, ''मैं अपने माता-पिता को प्यार नहीं करता। क्या यह कोई बड़ी बात है?''

आलोक ने अपनी भौंहें चढ़ाते हुए मुझे देखा। मेरा मतलब, जब आलोक अपने बीमार पिता को, जो हिल-डुल तक नहीं सकते, उन्हें प्यार करता है तो यह बिगड़ैल अपने माता-पिता को प्यार क्यों नहीं कर सकता? और इसके माता-पिता बहुत अच्छे हैं। मेरा मतलब उन्होंने उसे हर चीज दी—नीला स्कूटर, 'GAP' के कपड़े और रेस्टोरेंट में महँगा कोक पीने के लिए पैसा।

''स्क्रू यू।'' मैंने आशीर्वाद दिया।

''स्क्रू यू। तुम मुझे सुनते भी नहीं।'' रेयान ने कहा। ठीक है, जबकि मैं पूरा समय उस मंदबुद्धि लड़के की बातें सुनता था।

''क्यों?'' वापस अपने खाने को निपटाते हुए आलोक ने कहा।

''मुझे नहीं पता, क्यों। मेरा मतलब है, जब मैं छह वर्ष का था तब से मैं बोर्डिंग स्कूल में पढ़ रहा हूँ। सही में, मैं भी हर बच्चे की तरह उस बोर्डिंग स्कूल से घृणा करता था और बहुत चिल्लाया था, जब मेरे माता-पिता ने मुझे वहाँ छोड़ा था। लेकिन उसके बाद, उसी बोर्डिंग स्कूल से मैंने बहुत कुछ सीखा। मैंने अपनी पढ़ाई अच्छे ढंग से की, खेल-कूद में भी नाम कमाया, सीखा कि कैसे जीवन में खुश रहा जा सकता है और अच्छे दोस्त बनाए, इसलिए मुझे उनकी कोई खास याद नहीं आती। मैं उनके बिना जी सकता हूँ। हाँ, हम छुट्टियों में मिलते हैं और वे मुझे चिट्ठी, पैसा और सब कुछ भेजते हैं; लेकिन…''

''लेकिन?''

''लेकिन मुझे उनकी याद नहीं आती।''

''इसलिए तुम समझते हो कि यह गलत है?'' आलोक ने दाँत कुरेदते हुए कहा।

''अरे छोड़ो! मेरा मतलब है, मेरे लिए मेरे दोस्त ही सबकुछ हैं। वे ही मेरा परिवार हैं। माता-पिता अच्छे हैं, लेकिन मैं उन्हें प्यार नहीं करता, जिस तरह से मैं अपने दोस्तों को प्यार करता हूँ। मेरा मतलब है, मैं उन्हें बिलकुल प्यार नहीं करता; लेकिन मैं अपने दोस्तों

को प्यार करता हूँ।''

''ओह! तो तुम रेयान के मुकाबले हमें प्यार करते हो? मैं तुम्हें प्यार करता हूँ।'' आलोक ने बनावटी आवाज में कहा। वह उससे पूर्णतः, सहमत हो गया था। उसका हँसी-मजाक करना उसके इस व्यवहार में बदलाव का सबूत था।

''अप योर्स, मोटे, गधे, मैं तुम्हें प्यार करता हूँ।'' रेयान ने कहा और जिससे कुछ लोग हमारी तरफ देखने लगे।

रेयान वापस अपने पुराने विषय पर आ गया था।

''तो मेरा विचार यह है कि यह हमारा सबसे मजेदार वर्ष है। इसलिए या तो हम रट्टा कर-करके अपने आपको मार दें या सिस्टम को भाड़ में जाने को कहें।''

'' हम सिस्टम को भाड़ में जाने को कैसे कहेंगे?'' मैंने पूछा।

''मेरा मतलब है कि पूरी तरह से रट्टा बंद नहीं करें, लेकिन हमें सीमा निर्धारित करनी चाहिए। हम एक दिन में दो-तीन घंटे पढ़ सकते हैं, लेकिन हम दूसरे काम भी करेंगे, जैसे खेल-कूद। क्या तुम लोगों ने कभी स्क्वैश खेला है? या हम कुछ इवेंट्स में भाग ले सकते हैं। डिबेट्स, स्क्रैबल या कभी-कभी फिल्म देख सकते हैं। हम इंस्टी में बहुत कुछ कर सकते हैं।''

''हाँ, लेकिन बहुत ही कम लोग ऐसा करते हैं और वे ऐसे हैं, जिनके जी.पी.ए. बहुत ही गंदे हैं।'' आलोक ने कहा।

''देखो, मैं यह नहीं कह रहा कि हमें रट्टा बंद कर देना चाहिए। हमें सिर्फ समय-सूची बनानी चाहिए। दिन भर की क्लासिस, फिर दिन में तीन घंटे की पढ़ाई और बाकी सारा समय हमारा। चलो, कोशिश तो करते हैं, सिर्फ इस सेमिस्टर तक क्या यह ठीक नहीं? पढ़ाई से थोड़ा दूर जाना भी तो जरूरी है।'' आलोक और मैंने एक-दूसरे की ओर देखा। रेयान की बात में दम था। अगर मैंने कॉलेज में स्क्वैश नहीं खेला तो शायद कभी न खेल पाऊँ। अगर मैंने अब स्क्रैबल में भाग नहीं लिया तो जब मैं नौकरी करूँगा तब क्या लूँगा।''

''मैं कोशिश करूँगा।'' रेयान की बात से सहमत होते हुए मैंने कहा। नहीं तो वह कभी चुप ही नहीं बैठता।

''लेकिन तीन घंटे काफी नहीं हैं।'' आलोक दुविधा में था।

''ठीक है, हमारे सुपर रट्टू के लिए साढ़े तीन घंटा।'' रेयान ने कहा, ''ठीक है?''

आलोक मान गया, लेकिन उसकी आवाज इतनी धीमी थी कि वह ऐसी सुनाई दे रही थी कि जैसे उसने अभी जो चिकन खाया, वह अंदर से बोल रहा हो।

रेयान बहुत खुश था, और वह वापस कुमाऊँ ले गया। स्कूटर की रफ्तार इतनी तेज थी कि यातायात पुलिसवाले भी चक्कर खा गए। किसी ने हमें नहीं रोका, या हम रुके नहीं। मैंने नंबर प्लेट अपने पैरों से ढक ली, इसलिए पुलिसवाला नंबर नोट नहीं कर पाया। आखिरकार यह पढ़ाई की समय सीमा निर्धारित करने पर खुशी का मौका था।

□

इसी बीच एक दिन कैंपस के बुक स्टोर पर मुझे नेहा दिखाई पड़ी। मैं उससे तब से नहीं मिला जब से उसने मुझे टक्कर मारने की कोशिश की थी और वह किसी एक की गलती नहीं थी। देखा जाए तो पूरा जॉगिंग विचार ही एक बुरा विचार था। उससे मिलने के विचार से भी मैं सुबह जल्दी नहीं उठ पाता था। मैंने एक बार फिर कोशिश की, लेकिन देर हो गई थी और उसकी कार नहीं देख पाया। इसके बाद मेरा मन ऊब गया और रेयान ने मुझे उठाना छोड़ दिया।

तो मैं यह कहना चाह रहा हूँ कि मैंने नेहा को दोबारा देखा तो वह एक बड़ा आश्चर्य था।

''हाय!'' मैंने अपना हाथ उठाकर उसे आकर्षित करते हुए कहा।

उसने मेरी ओर देखा और फिर देखती रही। उसका चेहरा भावहीन था। उसने ऐसा दिखाया जैसे कि वह मुझे पहचानती नहीं है। फिर उसने अपनी नोटबुक के पन्नों को पलटना शुरू कर दिया। अब यह तो हद है, मेरा मतलब है कि अगर आप एक पब्लिक प्लेस में हैं और आप एक लड़की को 'हाय' कहते हैं और वह आपके साथ ऐसा व्यवहार करती है जैसे कि पहले कभी मिली ही न हो।

दुकानदार ने मेरी तरफ देखा और कुछ बाकी खरीदारों ने भी मेरी तरफ देखा। मुझे बड़ा ही अजीब लगा, लेकिन मैंने एक बार और कोशिश करनी चाही। मेरा मतलब है, थोड़े हफ्ते पहले ही तो वह बहुत ही सहानुभूतिशील और मैत्रीपूर्ण थी।

''नेहा, मैं हूँ! क्या तुम्हें वह सुबह हुई कार दुर्घटना याद है?'' मैंने पूछा।

''माफ करना।'' उसने जल्दी से कहा और वहाँ से चली गई।

इस बार दुकानदार ने मेरी तरफ ऐसे देखा जैसे कि मैं कोई मनचला हूँ। उस लड़की ने मुझे टक्कर मारी और लिफ्ट भी दी। मैं चिल्लाना चाहता था, तब मैंने अपनी पेंसिल व शीट्स खरीदीं। हाँ, मैं ज्यादा आकर्षक नहीं हूँ, लेकिन यह कोई कारण नहीं किसी को जनता के सामने न पहचानने का। शायद इसका कारण यह है।

मेरे साथ ऐसा ही स्कूल में भी होता था, इसलिए मेरे लिए यह नई बात नहीं थी। मेरा मतलब है, मेरे साथ स्कूल में एक बार ऐसा ही हुआ था। लेकिन मैं इन सब चीजों में पड़ना नहीं चाहता; पर मुझे फिर भी बहुत अजीब लग रहा था। मुझे पता नहीं, लेकिन नेहा उस तरह की लड़की तो मुझे नहीं लगी थी।

मैं दुकान से जितनी जल्दी हो सका, बाहर निकला; क्योंकि मैं अपमान से बचना चाहता था। मैं स्वयं को अपराधी महसूस कर रहा था। मेरा मतलब है, उसे कम-से-कम 'हाय' तो कहना चाहिए था, मैंने सोचा। मैं जानता हूँ, मैं मोटा हूँ और यदि मैं लड़की होता तो शायद मैं भी अपने आपसे बात नहीं करता। मैं बुकशॉप से हॉस्टल जाने वाले रास्ते पर अकेला चला जा रहा था, तभी किसी ने मेरे कंधे को थपथपाया। मैं घूमा और सोचा, कौन

हो सकता है?

"हाय।" नेहा ने कहा।

भाड़ में जा—मेरे दिमाग में अचानक विचार आया। लेकिन मैं उसे देखने के लिए घूमा, वह बहुत सुंदर दिख रही थी। और उसके हर बार हँसने के साथ ही दाहिने गाल में पड़ते डिंपल···अब बोल उसे भाड़ में जा।

"हाय नेहा, राइट?" मैंने कहा, इस बार धीरे से और बहुत सावधानीपूर्वक।

"हाँ। मैं वाकई, वाकई, वाकई बहुत दु:खी हूँ कि मैं वहाँ तुमसे ठीक से बात नहीं कर सकी। उसका एक कारण है।" वह उतावली होकर बोली।

लड़कियाँ तो यह हमेशा ही करती हैं। वे सोचती हैं कि एक विशेषण कई बार बोलने से अधिक प्रभावी होता है। तीन वाकई माफीनामा बन जाना चाहिए।

"क्या कारण?" मैंने कहा।

"बस ऐसे ही, मेरा मतलब···छोड़ो, इसे भूल सकते हैं।"

"नहीं, मुझे बताओ, क्यों?" मैंने जोर से कहा।

"वह दुकानवाला मुझे और मेरे पिताजी को दस वर्षों से जानता है और वे हमेशा मिलते रहते हैं।"

"तो?"

"मेरे पिताजी का मेरा लड़कों से बातें करना कतई पसंद नहीं। वह इस बारे में काफी सख्त मिजाज हैं और अगर उन्हें पता लगा कि किसी लड़के से मेरी दोस्ती है तो वे गुस्से से पागल हो जाएँगे।"

"सच?" किसी का अभिवादन जैसा करते हुए मैंने पूछा।

"वे ऐसे ही हैं। और कैंपस में तो अफवाहें बहुत तेजी से फैलती हैं। कृपया मुझे माफ करना।"

वह थोड़ी बेतुकी लग रही थी। लेकिन मेरे जैसे जानते हैं कि वह कहाँ से आई है। कुछ लड़कियों के पिता तो काफी संवेदनशील होते हैं, और कैंपस में एक हजार से भी ज्यादा जवान लड़के उनके लिए चिंता का कारण होंगे।

"यानी अब मैं तुमसे नहीं मिल सकता, ठीक?"

"कैंपस के बाहर मिल सकते हो।"

"हम यहाँ रहते हैं!"

"हाँ, लेकिन बाहर भी एक दुनिया है। हम हौज खास मार्केट जा सकते हैं। तुम आइसक्रीम वगैरह पसंद करते हो?"

किसी सुंदर लड़की या आइसक्रीम को मना करना काफी मुश्किल है; लेकिन जब दोनों एक साथ मिलें तो मना करना असंभव है। मैंने हाँ कर दी, और उसने मुझे कहा कि कैंपस गेट के बाहर जाओ और दो ब्लॉक के बाद एक आइसक्रीम पार्लर है। वह भी वहाँ

आएगी। उसने मुझे पाँच मिनट पहले चलने को कहा और कहा कि वह मेरे पीछे-पीछे आएगी।

इस तरह से अकेले चलना एकदम विचित्र था। मैं सोच रहा था कि अगर वह पार्लर में नहीं आई तो मैं कितना मूर्ख बनूँगा। मैंने सोचा, चलो, कम-से-कम एक आइसक्रीम तो खाऊँगा। खाना भी लगभग लड़कियों के जैसा अच्छा ही होता है।

नेहा वहाँ पहुँची। कैडबरीज आइसक्रीम पार्लर के अंदर वह एक अलग तरह की लड़की थी।

''तो मि. जॉगर, उस दिन के बाद दिखाई नहीं पड़े। क्या तुम मुझसे बहुत डर गए थे?'' वह ही-ही करके हँसने लगी। लड़कियाँ हमेशा ऐसा करती हैं। थोड़ी हँसी की बात करती हैं और खुद ही उस पर हँसती हैं।

''नहीं, सुबह-सुबह जगना बहुत मुश्किल होता है।''

''हाँ, मैं तो तुमसे मिलने की उम्मीद कर रही थी।'' उसने दिल से कहा।

''हाँ, बुकशॉप पर ऐसा ही लग रहा था।''

''मैंने माफी माँग ली, हरि।'' उसने कहा और मेरी बाँह को छुआ, जैसा उसने पहले भी छुआ था। मुझे बहुत अच्छा लगा, मेरा मतलब किस लड़के को अच्छा नहीं लगेगा, आपके पास एक सुंदर हँसमुख और माफी माँगनेवाली, बाँह छूनेवाली लड़की है, आपको बताऊँ, आइसक्रीम से अच्छी है।

दिल्ली में दो तरह की सुंदर लड़कियाँ हैं। एक आधुनिक किस्म की, जो छोटे बाल रखती हैं, जींस या स्कर्ट और कानों में छोटी बालियाँ पहनती हैं; दूसरी पारंपरिक किस्म की, जो सलवार-कमीज, बहुरंगी बिंदी और कानों में बड़ी-बड़ी बालियाँ पहनती हैं। नेहा पारंपरिक (रूढ़िवादी) किस्म की ज्यादा थी, और उसने हलके नीले रंग का चिकन सूट तथा उससे मिलती हुई बालियाँ पहनी हुई थीं। लेकिन वह किसी दबाव में पारंपरिक तरह की लड़की नहीं थी, जैसे कि मोटी लड़कियों के पास भारतीय कपड़े पहनने के अलावा और कोई चारा नहीं होता। नेहा अच्छी थी—और वास्तव में मेरे लिए बहुत अच्छी। उसके लंबे हलके भूरे बाल, जिन्हें वह ज्यादातर खुला रखती थी, उसके माथे पर लटकती बालों की एक लट। उसका चेहरा बिलकुल गोल था, इसलिए नहीं कि वह कुछ मोटी थी, बल्कि एक प्राकृतिक सुंदर चेहरा। मैं उसे देखे जा रहा था और मेरी स्ट्रॉबेरी आइसक्रीम पिघल रही थी।

''दोस्त!''

''मुझे ऐसा लगता है। पता है, जब वहाँ तुमने मेरी उपेक्षा की तो पहले मैंने सोचा, क्योंकि मैं ऐसा ही हूँ।''

''तुम किस तरह के हो?''

''बुरा नहीं मानना।'' मैंने कहा।

मैंने नेहा को अपनी खरगोश रूपी पढ़ाई की योजना बताई।

"तीन घंटे? बड़े बहादुर हो। लगता है, तुम्हें प्रोफेसर्स और उनके असाइनमेंट्स से प्यार का अनुमान नहीं है।" उसने कप में बची हुई आइसक्रीम को खुरचते हुए कहा।

मैंने अपने कंधे ऊपर की तरफ हिलाए। "अच्छा, तुम अपने बारे में बताओ। कार चलाना सीख लिया?"

"हाँ, और मुझे लाइसेंस भी मिल गया।" उसने बारीक आवाज में कहा और मुझे लाइसेंस दिखाने के लिए उसने अपना बैग खोला। उसने अपने हैंड बैग से सामान निकालना शुरू किया, जिसके दौरान कई चीजें बाहर आईं—लिपस्टिक, लिपबाम, क्रीम, बिंदियाँ, बालियाँ, पेन, शीशा, गीले टिशू और दूसरी अन्य चीजें, जिनके बिना जिया जा सकता है। अंत में उसे मिल ही गया, जो वह ढूँढ़ रही थी।

"वाह! नेहा समीर चेरियन, स्त्री, 18 वर्ष।" मैंने उसका नाम ऊँची आवाज में पढ़ा।

"ऐ, बस करो। तुम्हें महिलाओं की उम्र जानने का अधिकार नहीं है।"

"वह 60 साल की महिलाओं के लिए होता है, तुम युवा हो।" मैंने उसका लाइसेंस उसे दे दिया।

"अब भी, मुझे वीर पुरुष पसंद हैं।" उसने अपनी वे ढेरों चीजें हैंडबैग में रखते हुए कहा।

मुझे पता नहीं कि उसका क्या मतलब था। मेरा मतलब, क्या वह मुझे बताना चाहती थी कि उसे कैसा आदमी पसंद है, या वह मुझे वैसा देखना चाहती है जैसा आदमी उसे पसंद है या मैं उसे अच्छ लगा। कौन जानता है? औरत को पहचानना मैनप्रो क्विज को टॉप करने से भी कठिन काम है।

"समीर, क्या यह एक लड़के का नाम नहीं है?"

"यह मेरे भाई का नाम है। जब लाइसेंस बनवाया तो मैंने इसे अपने नाम के साथ रखने का निश्चय किया था।"

"वाकई? आपका भाई क्या करता है?"

"कुछ ज्यादा नहीं।" उसने अपने कंधे हिलाए। "वह अब इस दुनिया में नहीं है।"

ऐसा तो मैंने नहीं सोचा था। मैंने सोचा कि उसे ऐसे लड़कोंवाले नाम के लिए चिढ़ाऊँगा, लेकिन यह तो भारी पड़ गया।

"ओह!" मैंने कहा।

"उसकी मृत्यु एक साल पहले हुई है। हम में सिर्फ दो साल का अंतर था। तुम सोच सकते हो कि मुझे उससे कितना लगाव था!"

मैंने अपना सिर झुकाया। उसके सुंदर चेहरे पर उदासी छा गई थी और मैंने चाहा कि विषय को बदलने के लिए कुछ मसखरी करूँ।

"यह कैसे हुआ?" मैंने अपना दुःख प्रकट करने के लिए पूछा।

''बस एक असामान्य दुर्घटना। वह रेलवे लाइन पार कर रहा था और ट्रेन की चपेट में आ गया।''

मैंने सोचा कि मैं उसका हाथ पकड़ने का साहस करूँ, जैसे थोड़ी देर पहले उसने पकड़ा था। मेरा मतलब मैं कितना शरमीला था। उसका गला रुँध-सा गया था, लेकिन मैं उसको सिर्फ अपनी बात कहने के बारे में सोच रहा था।

मैं अपना हाथ उसके करीब ले गया, लेकिन उसके फिर से बात शुरू कर देने ने मुझे रोक दिया।

''बस जिंदगी ऐसे ही चलती रहती है।'' उसने दोहराया, मुझसे ज्यादा अपने लिए।

मैंने अपना हाथ खींच लिया। मुझे आभास हो गया कि यह उचित नहीं है।

''आइसक्रीम? चलो, एक-एक और लेते हैं।'' उसने अच्छे से कहा और इंतजार किए बिना काउंटर तक पहुँच गई। वह दो बड़ी संडे आइसक्रीम ले आई। वह फिर से मुसकरा रही थी।

''तो उसका ट्रेन एक्सीडेंट दिल्ली में हुआ था।''

''हाँ, तुम नहीं सोचते कि ऐसा हो सकता है?'' उसने चुनौती देते हुए कहा।

''नहीं।''

''छोड़ो, अपने हॉस्टल के बारे में कुछ अच्छी बातें बताओ।'' मैंने उसे रेयान के स्कूटर और हमने उसे तेज स्पीड से कैसे चलाया आदि के बारे में बताया। यह मजेदार नहीं था, लेकिन इससे बातचीत का विषय बदल गया। शाम होने तक हमने इधर-उधर की खूब बातें कीं। समय का पता ही नहीं चला।

''मुझे जाना है।'' वह चिंता के स्वर में बोली। ''हम पैदल चलें?''

''हाँ, लेकिन अलग-अलग, ठीक?'' मैं समझ रहा था।

''हाँ, सॉरी प्लीज।'' उसने बच्चों की तरह नकल करनेवाली आवाज में कहा, जैसा लड़कियाँ थोड़ा सा भी चिढ़ाने पर करती हैं।

मैं खड़ा हो गया।

''तो हरि!''

''तो, क्या?''

''क्या तुम मुझसे पूछनेवाले नहीं हो?''

उसके प्रश्न ने मुझे चकरा दिया। मेरा मतलब, मैं तो पूछना ही चाहता था, लेकिन सोचा कि वह मना जरूर करेगी और फिर मैं पूरी रात अपने आपको मूर्ख कहता रहूँगा। मैं तो आइसक्रीम और बातों से संतुष्ट हो गया होता, लेकिन यह तो बहुत अच्छा हुआ। वैसे भी अब मेरे पास कोई दूसरा रास्ता नहीं था।

''ओह जरूर। नेहा, क्या तुम···मेरे साथ आना पसंद करोगी?''

उसने यह मेरे लिए काफी सुरक्षित बना दिया था; लेकिन मैं आपको बताऊँ, पहली

बार किसी लड़की से डेट के लिए पूछना सबसे मुश्किल काम है। लगभग उतना ही तनावपूर्ण जितना कि मौखिक परीक्षा देना।

"हाँ, मैं जरूर आऊँगी। अगले शनिवार को मुझे इसी पार्लर में इसी समय मिलना।" मैं झुका।

"और अगली बार आई.आई.टी. के शरमीले लड़के की तरह नहीं रहना, बिना हिचकिचाए पूछना।"

मैं मुसकराया।

"तो अब किसके लिए इंतजार कर रहे हो? अब जाओ।"

मैंने स्त्री के दिमाग की यांत्रिकी पर विचार करते हुए धीरे-धीरे हॉस्टल की ओर कदम बढ़ाए।

□

5

लड़ाई नहीं, पढ़ाई

अमेरिका की मिसाइलें इराक पर तनी हुई थीं, वैसे ही जैसे हम सेमेस्टर के अंत की परीक्षा के पहले शिकार होते हैं। हमारे कैंपस से हजारों किलोमीटर दूर एक ताकतवर तानाशाह ने दूसरे छोटे ताकतवर तानाशाह के देश को अपने साथ जोड़ लिया। संयोग से दोनों ही देशों के पास तेल के बड़े भंडार थे और पूरे विश्व को इसका एहसास हो गया। अब विश्व के सबसे ताकतवर देश ने तानाशाह से भाग जाने को कहा। बड़े तानाशाह ने इनकार कर दिया और जल्दी ही यह बात साफ हो गई कि उस पर हमला होगा।

आप सोच रहे होंगे कि आई.आई.टी. में हम तीनों का इससे क्या लेना-देना। अगर यह रेयान की एक बेकार सी रहस्यमयी वैज्ञानिक फिल्म होती तो हम तीनों एक षड्यंत्र में शामिल हुए होते, जिसमें हम आई.आई.टी. की प्रयोगशाला का इस्तेमाल करके सी.आई.ए. को आधुनिक हथियार आदि उपलब्ध कराते होते। लेकिन यह कोई रहस्यमयी वैज्ञानिक फिल्म नहीं थी। हम तीनों ने तो मैनप्रो वेल्डिंग का असाइनमेंट समय से पूरा कर लेने पर अपने आपको भाग्यशाली समझा, आधुनिक युद्ध तकनीक उपलब्ध कराना तो बहुत दूर की बात है।

नहीं, गल्फ की लड़ाई ने व्यक्तिगत रूप से हमें आकर्षित नहीं किया, लेकिन वह एक बड़ा धमाका था, जो हमारे पहले सेमेस्टर की अंतिम परीक्षा को खा गया, हमारे प्राकृतिक पौरुष की प्रतियोगिता में उत्प्रेरक था।

लेकिन उससे पहले मैं आपको कुछ ही दिन प्रभावी रही 'लक्ष्मण-रेखा' की नीति के गौरवशाली दिनों के बारे में बता दूँ। योजना के अनुसार हम हर रोज तीन घंटे पढ़ते थे, ज्यादातर देर रात में, मतलब शाम का खाली समय मौज-मस्ती करने के लिए।

"आज तक के सबसे बढ़िया खेल की खोज।" रेयान ने कहा, जब वह हमें स्क्वैश कोर्ट की तरफ ले जा रहा था, बावजूद इसके कि आलोक और मेरे जैसे दिखनेवाले लोग कभी स्क्वैश कोर्ट के नजदीक भी नहीं गए।

"यह खेल आपके दिमाग को आराम देगा और थोड़ा मोटापा कम करेगा।" रेयान ने,

जो अपने स्कूल का स्क्वैश कैप्टन रह चुका था, कोर्ट में वार्म-अप शॉट्स लगाते हुए कहा।

अगर आप चैंपियन जैसे नहीं हैं तो शायद इस खेल की मुश्किलें नहीं समझ सकते। मेढक की तरह गेंद ऊपर-नीचे जाती है और आप उसके आस-पास अपने बल्ले से उसे मारने के लिए उछलते हैं। रेयान तो इसे बहुत समय तक खेलता रहा था, पर मैं और आलोक तो बेकार थे। लगातार पाँच बार मैं बल्ले से गेंद को नहीं मार पाया और आलोक ने तो अपनी जगह से हिलने की कोशिश भी नहीं की। थोड़ी देर के बाद मैंने भी हार मान ली। रेयान ने और खेलने का प्रयत्न किया—और तो अतिरिक्त खंभों की तरह कोर्ट पर खड़े थे।

"कमऑन यार, कम-से-कम कोशिश तो करो।" रेयान ने चिल्लाते हुए कहा।

"मैं यह नहीं कर सकता।" आलोक ने कहा और वह कोर्ट पर बैठ गया। वह बड़ा ही निकम्मा है। मेरा मतलब है कि मुझे भी स्क्वैश खेलना बिलकुल नहीं आता था, लेकिन मैं हार मानकर कोर्ट पर तो नहीं बैठा।

"हम कल फिर से कोशिश करेंगे।" रेयान ने आशापूर्वक कहा। वह हमें दस दिनों तक कोर्ट पर खींचकर ले जाता, लेकिन मुझमें और आलोक में कोई सुधार नहीं दिखा। हमें तो गेंद दिखती भी नहीं थी, उसे मारना तो दूर की बात है।

"रेयान, हम यह नहीं कर सकते यार।" आलोक ने हाँफते हुए कहा, "अगर तुम यह खेल खेलना चाहते हो तो अपने लिए दूसरे पार्टनर क्यों नहीं ढूँढ़ लेते?"

"क्यों? अब तुम लोग बेहतर खेल रहे हो।" रेयान ने कहा।

हाँ, क्यों नहीं, शायद तीस साल में—मैंने सोचा।

"तो क्या तुम्हें इसमें मजा नहीं आता?"

रेयान क्या सोच रहा था? मजा! मजा! मेरा मन तो उस गेंद को पचास टुकड़ों में फाड़ने का हो रहा था।

"ज्यादा कुछ नहीं।" मैंने हलका सा जोखिम उठाते हुए कहा।

"ठीक है फिर, हमें यह करने की आवश्यकता नहीं। मेरा मतलब है कि मैं स्क्वैश खेलना छोड़ सकता हूँ।" रेयान ने कहा।

"नहीं, मेरा मतलब यह नहीं…" आलोक ने कहा।

रेयान ने निर्णय कर लिया था और उसके साथ बहस करने का कोई मतलब नहीं था। यह उसका 'जहाँ मेरे दोस्त जाएँगे, मैं वहीं जाऊँगा' मूलमंत्र था और मुझे उसके मनपसंद खेल से उसे दूर करने में दुःख हो रहा था।

"तुम दूसरों के साथ खेल सकते हो।" मैंने सुझाव देते हुए कहा।

"बाकी मेरे दोस्त नहीं हैं।" रेयान ने भारी आवाज में कहा, जो कि पत्थर की लकीर थी। आलोक एवं मैंने कंधे उचकाए और वहाँ से चले गए।

स्क्वैश के बाद नंबर आया एक थोड़े से विनम्र और कम क्रियाशील खेल का, जो था शतरंज।

आलोक और मुझे इसके प्रति थोड़ी सी जिज्ञासा हुई, क्योंकि स्क्वैश के विपरीत हम

मोहरों को छू और हिला तो सकते थे। लेकिन ज्यादातर जीत रेयान की ही होती थी, और मुझे उसकी तरह मोहरों को विस्थापित करने में कोई आनंद नहीं आता था।

शतरंज के अलावा हम अपने खाली समय में रेयान के स्कूटर पर सवारी करते थे जब हम स्कूटर पर तेज रफ्तार में जाते थे, तब हम हवा की तेज रफ्तार का एहसास अपने बालों में भी करते थे। हमने हर नई फिल्म देखी। दिल्ली की हर एक जगह गए, सबकुछ किया।

ज्यादातर हम अपनी तीन घंटों की पढ़ाई में सब अच्छे से व्यवस्थित कर लेते थे। कभी-कभी असाइनमेंट्स को पूरा करने में कुछ ज्यादा समय लग जाता था, जिससे रिवीजन के लिए कोई समय नहीं बचता था। इस बात से आलोक चिंतित था, इसलिए क्योंकि हमारी सेमेस्टर एंड की परीक्षा पास थी और उसने पढ़ाई का समय बढ़ाने के लिए सुझाव दिया। और हम ऐसा करते भी, लेकिन नहीं कर पाए एक चीज की बदौलत : पहले बताया गया—गल्फ वार।

अब लड़ाइयाँ तो समय दर समय होती ही रहती हैं और भारत ने बहुत सारी लड़ाइयाँ लड़ी हैं। लेकिन गल्फ वार अलग था, क्योंकि यह टी.वी. पर आ रहा था। सी.एन.एन.—एक अमेरिकी न्यूज चैनल—जिसने अभी-अभी भारत में अपने पैर जमाए थे, वह इराक के रेगिस्तानों को सीधा हमारे टी.वी. रूम में ले आया।

''सी.एन.एन आपके सामने बगदाद की गलियों का आँखों-देखा हाल दे रहा है। आसमान पहले हवाई हमले की वजह से जगमगा उठा है।'' एक समझदार व्यक्ति ने कहा।

आलोक, रेयान और मैंने शतरंज की बाजी से ध्यान हटाकर टी.वी. की तरफ देखा। यह सनसनीखेज, चौंका देनेवाले और कभी पहले टी.वी. पर न देखे गए नजारे थे। यह सब अजीब था, क्योंकि यह उस समय की बात थी जब भारत में केबल व निजी चैनल आए भी नहीं थे। अब तक हमारे पास सिर्फ दो बेढंगे सरकारी चैनल थे, जिनमें औरतें सदियों पुराना वाद्य (बाजा) बजाती हैं और सुस्त आदमी पागलों व अनिद्रा रोगियों के लिए खबर पढ़ते हैं। रंगीन टेलीविजन दो साल पहले ही आए थे और अधिकतर कार्यक्रम अभी भी ब्लैक ऐंड व्हाइट ही थे। फिर एक ही सप्ताह में आ गया रंगीन और आँखों-देखा सी.एन.एन.।

''क्या यह सच है ? मेरा मतलब है कि क्या वास्तव में हो रहा है।'' आलोक चौंकता नजर आ रहा था।

''अरे मोटे, तुम्हें यह कोई नाटक लग रहा है क्या ?'' रेयान ने खिल्ली उड़ाते हुए कहा, जब दो अमेरिकी पायलटों ने घंटों की बमबारी के बाद एक-दूसरे को हाई-फाई किया। एक सी.एन.एन. संवाददाता ने उनके मिशन के बारे में उनसे सवाल पूछे और उन्होंने एक गोदाम पर बमबारी करने तथा एक पावर स्टेशन को उड़ाने के बारे में बताया, जिससे बगदाद को बिजली मिलती है।

''वाह, अमेरिकी तो इसे जीत लेंगे।'' आलोक ने कहा।

''इराकियों को कम न मानो, जो दस साल से लड़ाई लड़ रहे हैं। अमेरिकी तो सिर्फ हवाई हमले कर रहे हैं।'' रेयान ने कहा।

"हाँ, लेकिन अमेरिका बहुत ही शक्तिशाली है। सद्दाम के पास उसका कोई जवाब नहीं।"

लड़ाई ने हमें दलदल की तरह अपने अंदर खींच लिया आलोक और रेयान कौन जीतेगा, इस सवाल पर बड़े ही तल्लीन और उत्तेजित हो गए। मेरा मतलब है कि ये सब तो जब हम बारह साल के होते हैं तब करना बंद कर देते हैं। (सुपरमैन वर्सेस बैटमैन?) लेकिन इन्हें रोकना असंभव था। मुझे भी लड़ाई देखना पसंद था, लेकिन मैं किसी की तरफ नहीं था।

उन दिनों इराक एक जाना-पहचाना देश नहीं था और इसलिए हम अमेरिका की ओर थे। आई.आई.टी. अमेरिका के बारे में सोचता था। हमारे यहाँ अधिकतर विदेशी मदद अमीर अमेरिकी कंपनियों से आती थी और हमारे अधिकतर पूर्व छात्र भी वही नौकरी और वजीफे के लिए जाते थे। इसलिए बिना हैरानी के हम अमेरिका की तरफ थे। इसलिए यह हैरानी की बात नहीं थी कि हमारा दिल अमेरिका की तरफ था।

उस तरफ लड़ाई की झलकियाँ अब ज्यादा खतरनाक दिखने लगीं, क्योंकि अब अमेरिका इराक पर लगातार हमला कर रहा था—और मेरे हिसाब से सद्दाम ने अपने आपको किसी तेल के कुएँ में छिपा लिया था। बहुत सी बार अमेरिकियों ने आम लोगों पर हमला किया, जिससे अनेक बेकसूर लोग मारे गए। मेरा मतलब है, आई.आई.टी. के लिए मदद—यह सब तो ठीक है, लेकिन आप बच्चों पर बमबारी करने को कैसे उचित ठहराएँगे? लेकिन फिर सद्दाम भी एक हारा हुआ पागल जनरल था, जो अपने लोगों को ही मार देता था। ओह, इस गल्फ वार में किसी की भी तरफदारी करना कठिन था। और वैसे भी यह सब तो हमारे लिए किसी काम का न था। उन्हें भी यह जल्दी ही एहसास हो जाता।

"अरे यार, हमारे मेजर्स में तो सिर्फ आठ ही दिन बाकी हैं।" आलोक ने एक दिन कहा, "हमें टी.वी. को बंद करना ही होगा।"

"लेकिन हम तीन घंटे ही पढ़ाई करेंगे।" रेयान ने भौंहें चढ़ाते हुए कहा।

"भाड़ में गए तीन घंटे! ये काफी नहीं हैं।" मैंने अपनी तरफ से कहा।

"मेरे हिसाब से इराक जीत जाएगा।" रेयान ने कहा।

"छोड़ो न यार, अमेरिका ने उसकी खाट खड़ी कर दी है।" आलोक ने कहा, "इसलिए मैं तुमसे विनती करता हूँ कि अब हम पढ़ाई करना शुरू करते हैं, नहीं तो हमारी भी खाट खड़ी हो जाएगी।"

"अभी नहीं, अभी तक जमीनी लड़ाई नहीं हुई।" उसने अधिकारपूर्वक कहा।

भाग्यवश, सेमेस्टर की अंतिम परीक्षा से पाँच दिन पहले युद्ध खत्म हो गया। अमेरिका की जीत हुई और इराकियों ने जमीनी लड़ाई से पहले पराजय स्वीकार की। सद्दाम ने कुवैत को अकेला छोड़ दिया। अमेरिकन खुश थे कि जलाने के लिए दुनिया का सारा तेल उनका था। और रेयान ने एक-दो दिन खाना नहीं खाया।

जैसे ही हमने अपने कमरे में अंतिम परीक्षा के लिए दोहराना शुरू किया, उसने चीखकर कहा, "यह उचित नहीं है। वास्तविक युद्ध जमीन पर लड़ा जाता है।"

‘‘चुप रहो, रेयान। अमेरिकियों को, जो वे चाहते थे, मिल गया। क्या अब हम पढ़ सकते हैं?’’ मैंने कहा।

‘‘बिलकुल गलत यार। यू.एस.ए. स्कूल में धौंस जमानेवालों की तरह है।’’

‘‘एपमेक, एपमेक!’’ आलोक मंत्र की तरह बड़बड़ाया।

स्क्वैश, शतरंज और युद्ध—हमारा पढ़ाई का सारा समय खा गए। परीक्षा से पाँच दिन पहले हमने तीन घंटे का नियम हटा दिया, यह तो हटाना ही था। अगर हम एक दिन में छत्तीस घंटे पढ़ते तो भी हमारा कोर्स पूरा होनेवाला नहीं था। रेयान को चुप कराना जरूरी हो गया था और हम हर रोज सुबह के तीन बजे तक पढ़ते थे। और सेमेस्टर की अंतिम परीक्षा के पहले दिन भारत युद्ध छेड़ दे, उत्साहपूर्वक यह प्रार्थना की।

परीक्षा से एक दिन पहले प्रैक्टिकल टेस्ट थे। रेयान को कोर्स के इसी भाग में मजा आता था, और वह जल्दी ही हमें भौतिकी की लैब में खींचकर ले गया। हम एक ही ग्रुप में थे और विद्युत् से संबंधित एक प्रयोग करना था और उसके बाद मौखिक परीक्षा में प्रश्नों के उत्तर देने थे। हमें रेसिस्टेंस वोल्टेज के संबंधवाला प्रयोग करने को मिला।

मुझे प्रैक्टिकल टेस्ट से घृणा थी। ज्यादातर की मौखिक परीक्षा में झेल चुका था। मुझे मालूम नहीं कि मैंने आपको अपनी दशा के बारे में बताया या नहीं। जब कोई मेरी आँखों में देखकर प्रश्न पूछता है तो मेरा दिमाग कौंध जाता है, मेरा शरीर ठंडा हो जाता है, सिर से पाँव तक पसीना आ जाता है और अपना बोलने का तरीका भूल जाता हूँ। मुझे मौखिक परीक्षा से इतनी घृणा थी और रेयान विद्युत् वाले प्रयोग के लिए तार जोड़ते हुए उत्तेजित था। मैं उससे भी घृणा कर रहा था।

‘‘अरे यार, यह देखो।’’ सर्किट के हिस्सों को अपने हाथ में पकड़कर रायन ने कहा।

आलोक ने अपनी नोटबुक छोड़कर ऊपर देखा। रेयान ने अगले दस मिनट में रेसिस्टर्स, केपेस्टर्स, स्विच और केबल्स एक-दूसरे के साथ जोड़े। हमारे प्रयोग से दूर-दूर तक इसका कोई लेना-देना नहीं था। आलोक बहुत चिंतित हो रहा था।

‘‘रेयान, क्या तुम रेसिस्टर्स वोल्टेज सेटअप को जोड़ सकते हो, ताकि हम प्रयोग शुरू कर सकें?’’ आलोक ने कहा।

‘‘रुक मोटू, प्रयोग करने के लिए हमारे पास दो घंटे हैं। क्या इनके पास यहाँ एक स्पीकर है?’’ रेयान ने पुर्जों के डिब्बे में ढूँढ़ते हुए कहा।

‘‘तुम्हें स्पीकर किसलिए चाहिए?’’ मैंने कहा, जबकि रेयान को एक स्पीकर मिल गया था और उसने अंतिम कनेक्शन भी कर दिया था।

‘‘इसके लिए।’’ रेयान ने कहा और अपना बनाया सर्किट चालू कर दिया। उसने कुछ कनेक्शन हिलाए और जल्दी ही स्पीकर से हिंदी संगीत आने लगा—

‘घर आया मेरा परदेशी…’

‘‘क्या मुसीबत है!’’ आलोक ऐसे कूदा जैसे लैब में कोई भूत आ गया हो।

‘‘यह रेडियो है, पागल।’’ रेयान ने कहा, आँखों में पूरी चमक थी। मुझे मालूम था

कि रेडियो बनाने के लिए हमारे पास सारा सामान है।

"रेयान!" पूरा जोर लगाकर मैंने कहा।

"क्या?"

"हम यहाँ सेमेस्टर की फाइनल परीक्षा के लिए आए हैं।" मैंने कहा। यह है रेयान। वह बड़ी चतुराई के काम करेगा, लेकिन सिर्फ गलत समय और गलत स्थान पर।

आलोक भी परेशान हो गया, "मौखिक परीक्षा शुरू होने में बीस मिनट बाकी हैं, बॉस।"

रेयान ने अपना बनाया सर्किट तोड़ दिया और हमारी तरफ नकचढ़ेपन से देखा, जैसे हम गाने सुनने के लिए बहरे हैं, जिन्होंने मोजार्ट का तिरस्कार कर दिया।

बस किसी तरह हमने सर्किट समय पर पूरा कर लिया था, जब प्रो. गोयल अंदर आए।

"हूँ..." सर्किट के तारों को जोर से खींचते हुए प्रोफेसर ने कहा।

रेयान ने सर्किट बनाया था; वह इसमें माहिर था। हमने उस पर विश्वास किया।

"तो रेयान, अगर में 100-ohm की जगह पर 500-ohm का रेसिस्टर लगा दूँ तो क्या होगा?"

"सर, हमें सब जगह ज्यादा वोल्टेज मिलेगी, यद्यपि साथ-ही-साथ 'ताप ह्रास' भी होगा।"

"हूँ..." उत्तर सुनने के बाद प्रो. गोयल ने अपनी ठोढ़ी में खुजली की यानी रेयान का उत्तर ठीक था।

"अच्छा आलोक, ohm रेसिस्टेंस जानने के लिए इस रेसिस्टर की पट्टियों को आप कैसे पढ़ते हो?"

"सर, लाल पट्टी 100-ohm की, फिर नीली 10-ohm मतलब 110-ohm।"

हमारा ग्रुप अच्छा कर रहा था। लेकिन प्रो. गोयल अभी संतुष्ट नहीं थे। मेरी उम्मीद के विपरीत वह मेरी तरफ मुड़े।

"हाँ, हरि, यदि मैं 110-ohm रेसिस्टर के ऊपर एक और रेसिस्टर जोड़ दूँ तो विद्युत् प्रवाह पर क्या प्रभाव पड़ेगा?"

दिमाग घुमानेवाला एक प्रश्न। विद्युत् प्रवाह नए रेसिस्टर को जोड़ने के तरीके पर निर्भर करता है, क्रम में जोड़ा गया या समांतर। क्रम में विद्युत् प्रवाह कम हो जाएगा, समांतर में यह बढ़ जाएगा। हाँ, यही था उत्तर। मैं ऐसा सोचता हूँ, ठीक?

मैंने उत्तर का मनन किया था। लेकिन प्रो. गोयल जब प्रश्न पूछ रहे थे तो सिर्फ घूर रहे थे। कोई आश्चर्य नहीं, क्योंकि प्रश्न से पहले उन्होंने मेरा नाम लिया था।

"सर..." मेरे हाथ काँपने लगे। मेरी स्थिति देखने लायक थी।

"विद्युत् प्रवाह पर क्या प्रभाव पड़ेगा?"

"सर...मैं...सर..." मैंने कहा, जैसे मेरे शरीर को लकवा मार गया हो। मेरा मतलब,

मुझे पूरा उत्तर मालूम था। लेकिन अगर गलत हुआ तो? मैंने याद करने की कोशिश की, लेकिन मेरा उत्तर जबान पर नहीं आया।

''सर, विद्युत् प्रवाह निर्भर···'' स्थिति को सँभालने के लिए रेयान बीच में बोला।

प्रो. गोयल ने अपनी उँगली उठाई।

''शांत, मैं आपके ग्रुप के सदस्य से पूछ रहा हूँ, आपसे नहीं।''

मैंने अपना सिर हिलाया और नीचे झुका लिया। कोई फायदा नहीं था, मैंने छोड़ दिया।

''हूँ···'' अपने चेहरे का कोई भी भाग खुजलाए बिना प्रो. गोयल ने कहा, ''इस संस्थान का स्तर दिन-प्रतिदिन गिरता ही जा रहा है। तुम क्या हो, कॉमर्स स्टूडेंट?''

आई.आई.टी. के स्टूडेंट को कॉमर्स स्टूडेंट, कहकर प्रोफेसर ने बहुत बेइज्जती कर दी। संस्थान विज्ञान का मंदिर था और किसी भी स्तरवाले को जाति-बहिष्कृत या कॉमर्स स्टूडेंट कहा जाता था।

प्रो. गोयल ने हमारे ग्रुप की प्रयोग पत्रिका पर C+ लिख दिया और हमारी तरफ फेंक दिया। मुझे लगता है, रेयान ने उसे पकड़ा था।

भौतिकी के प्रयोग पर बहस करने के लिए हमारे पास ज्यादा समय नहीं था, क्योंकि परीक्षा अगले दिन शुरू होने वाली थी। परीक्षा समाप्त होने तक मैंने नेहा के साथ अपनी अगली मुलाकात भी स्थगित कर दी थी। प्रोफेसर्स की डायरेक्टरी से टेलीफोन नंबर लेकर मैंने नेहा से एक बार बात की थी।

वह एकदम से बोली, ''बिना सूचना घर पर फोन नहीं करना।'' पर मैं उसे कैसे सूचना दूँ? जो भी हो, मैंने परीक्षा समाप्त होने के अगले दिन उससे मिलना तय किया।

सेमेस्टर की अंतिम परीक्षाओं में कुमाऊँ में हर कोई पढ़ता था। कमरों में पौ फटने तक लाइटें जलती रहती थीं। लोगों का बात करना दुर्लभ था—और वह भी जीवन या मृत्यु जैसे विषयों पर—और पूरी रात चलनेवाले मेस में अनगिनत चाय पीना। रेयान, आलोक और मुझे अपने छह कोर्स जल्दी-जल्दी दोहराने थे। परीक्षाएँ लगातार तीन दिन तक थीं। टेस्ट पर विचार-विमर्श करने के लिए थोड़ा ही समय बचा। मैं जानता था कि कुछ टेस्ट मैंने अच्छे किए हैं और कुछ बिलकुल बेकार। आलोक की त्योरी हमेशा के लिए चढ़ चुकी थी और रेयान ने पूरे प्रयत्न के साथ अपना आराम बनाए रखा; कोई चुटकुलेबाजी नहीं, अंतिम परीक्षाओं से अच्छे-अच्छों की हवा निकल जाती है। मैनप्रो, एपमेक, भौतिकी, गणित, रसायन विज्ञान और कंप्यूटर। एक के बाद एक हमने खत्म कर दिए। जब परीक्षाएँ खत्म हो गईं तो ऐसा लगा कि मुसीबत से पीछा छूटा, यद्यपि परीक्षाओं के परिणाम सिर्फ दो हफ्ते बाद आते हैं।

परीक्षाओं और रिजल्ट के बीच के वे दो सप्ताह परम आनंद के थे। हालाँकि दूसरा सेमेस्टर शुरू हो गया था, लेकिन किसी ने भी नया—वास्तव में नया—पाठ्यक्रम पढ़ना शुरू नहीं किया, जब तक कि वे यह न जान लें कि उन्होंने पहले सेमेस्टर में कैसा किया है।

प्रोफेसर्स टेस्ट्स का मूल्यांकन करने में व्यस्त थे। नए कम दे रहे थे और हमें खूब फालतू समय दे रहे थे। रेयान ने हमें शतरंज से पदोन्नत कर क्रॉसवर्ड पजल्स बताया। गुप्त सूत्रों से लेकर तुकांत शब्द और एक शब्द से दूसरा शब्द बनाना तक सिखाया।

□

इसी बीच मैं नेहा से दूसरे सेमेस्टर की शुरुआत में एक शाम को मिला, हालाँकि वह बहुत ही गुस्सा हो गई थी, जब मैंने उसे फोन किया था। वह स्थान वही आइसक्रीम पार्लर था।

''हे भगवान्, तुम पागल हो क्या, घर फोन कर दिया?'' उसने मुझसे मिलते हुए कहा।

मुझे क्या बोलना था, नहीं पता था। मैंने सोचा था कि उसका नंबर प्रोफेसर्स की डायरेक्टरी से ढूँढ़ लाकर मैंने बड़ा ही महान् कार्य किया है।

''और किस तरह मैं तुम तक पहुँचूँ?''

''मेरे माता-पिता लड़कों के फोन आने के खिलाफ हैं।''

मैं उसे बता नहीं सकता था, 'तुम्हारे माता-पिता तो एकदम पागल हैं।' इसलिए इसके बिलकुल विपरीत मैंने पूछा, ''स्ट्रॉबेरी?''

उस दिन उसने एक शालीन सफेद रंग की सलवार-कमीज पहन रखी थी। उसने मेरे से कोन लेते हुए मेरा हाथ पकड़ा। वह बहुत ही खूबसूरत है। मैं शब्दों में नहीं बता सकता।

''तो मैं तुम तक कैसे पहुँचूँ?''

''मुझे 11 तारीख को फोन करना।''

मेरे कोन से आइसक्रीम पिघलकर गिरने लगी थी, जिसको जमीन पर गिरने से बचाने के लिए मेरा ध्यान नेहा की तरफ से हट गया था।

''हाँ?'' मैंने हैरानी से पूछा।

''तुम किसी भी महीने की 11 तारीख को मुझसे बात कर सकते हो।''

मुझे नेहा बहुत ही खूबसूरत लग रही थी।

''क्या? 11 तारीख क्यों?''

''क्योंकि इस दिन घर पर कोई नहीं होता है। क्या है कि मेरे भाई की मौत 11 मई को हुई थी। इसलिए हर महीने की 11 तारीख को मेरे माता-पिता उस मंदिर में जाते हैं, जो उस रेलवे ट्रैक के पास है, जहाँ उसकी मृत्यु हुई थी। वे पूरा दिन वहीं रहते हैं।''

''सच? और तुम नहीं जातीं?''

''मैं जाती थी। लेकिन उससे मुझे समीर की बहुत याद आती थी। मैं उसके बाद कई दिनों तक बहुत ही उदास रहती थी, इसलिए डॉक्टर ने मुझे जाने से मना कर दिया।''

उसने यह सब बड़े ही अजीब तरीके से बताया। ऐसा लग रहा था कि जैसे वह किसी आइसक्रीम का फ्लेवर चुन रही हो। लेकिन यह उसके रोने से तो बहुत बेहतर है, जो लोग जनता के बीच रोते हैं। मैं ऐसे लोगों को सहन नहीं कर सकता।

''सिर्फ 11 तारीख को?''

''अभी के लिए तो यही एक सुरक्षित तारीख है।'' उसने कहा और हँस पड़ी, ''क्यों? क्या तुम और ज्यादा बार बात करना चाहते हो?''

मैंने उसे जवाब नहीं दिया। मेरा मतलब है कि मुझे यह बात अजीब लग रही थी कि मैं उससे सिर्फ एक ही तारीख को बात कर सकता हूँ, जैसे कि मेरा किसी डॉक्टर से अपॉइंटमेंट हो। लेकिन लड़कियाँ अजीब ही होती हैं, मैं यह अब ही सीख रहा था।

''तो तुम मुझे बताओ।'' उसने मेरे हाथ पर हाथ मारते हुए विषय बदलते हुए कहा, ''तुम्हारे मेजर्स कैसे गए?''

वह मुझे किसी भी तरह से छूती थी तो बहुत ही अच्छा लगता था। मैं उसके स्पर्श से उसका प्रश्न लगभग भूल गया।

''मेजर्स…ज्यादा कुछ खास नहीं, रिजल्ट्स एक-आध हफ्ते में आ जाएँगे।''

''तो क्या तुमने अच्छा किया है?''

''ज्यादा कुछ खास नहीं।''

''क्या तुम चाहते हो कि मैं अपने पिता से कहकर तुम्हारे नंबर बढ़वा दूँ?'' उसने कहा।

''क्या तुम ऐसा कर सकती हो?'' मैं अंदर-ही-अंदर खुश हो रहा था।

''मैं मजाक कर रही हूँ।''

हाँ, क्यों नहीं। वह मुझ पर ऐसे हँस रही थी जैसे मुझे वाकई बेवकूफ बना रही हो। जैसे कि मैंने उसकी बात पर विश्वास कर लिया कि वह मेरे नंबर बढ़वा देगी। लड़कियों को अपने चुटकुलों पर हँसना बड़ा ही अच्छा लगता है; लेकिन हँसती हुई नेहा एक चुपचाप रहनेवाली नेहा से तो अच्छी ही है।

मैं अचानक उसकी ओर झुका, अपना चेहरा उसके चेहरे के पास लाया। उसकी साँस महसूस करते हुए, दमघोंटू हँसी और गुलाबी जीभ। उसने मुझे आँख फाड़कर देखा। मैंने अपने पीछे की जेब से बटुआ निकाला और फिर आराम से बैठ गया।

''क्या हुआ?'' आलस्य से मैंने कहा।

''मैंने सोचा…जाने दो।'' उसने आँखें झपझपाईं।

''ओह, जाने दो!''

☐

6

फाइव पॉइंट समथिंग

"रिजल्ट निकल गए।" आलोक ने एक शनिवार की सुबह रेयान का कंधा हिलाते हुए कहा, जैसे कि इंडिया विश्व कप जीत गया हो या निर्वस्त्र लड़कियाँ बाहर घास पर लुढ़क रही हों।

"परीक्षा परिणाम आ गए हैं।"

"मैं सोना चाहता हूँ।" रेयान ने कंबल में अंदर घुसते हुए कहा, जिसे आलोक खींचने में सफल हो गया।

हम इंस्टीट्यूट पहुँचे, जहाँ लड़कों की भीड़ अपने पहले ग्रेड देखने के लिए इकट्ठी हुई थी। इससे आप अपना ग्रेड पॉइंट एवरेज जान सकते थे, 10 पॉइंट के स्केल पर। सर्वप्रथम का GPA 10.00 के नजदीक, जबकि औसत 6.50 के आस-पास। हम, चाहे जैसे भी, सूची में काफी नीचे थे। साइंटिफिक कैलकुलेटर के द्वारा आलोक ने हमारे स्कोर की गणना की।

"ठीक है, हरि के 5.46 और रेयान के 5.01 और मेरे 5.88।" आलोक ने कहा।

"इसका मतलब हम फाइव पॉइंटर हैं।" मैंने कहा। जैसे कि एक बहुत सोची-समझी टिप्पणी की हो।

"बधाइयाँ आलोक! तुम हम सबमें प्रथम आए हो।" रेयान ने कहा। हम सबमें प्रथम, मैंने सोचा। जैसे कि हम बहुत तेज दिमाग या कुछ ऐसे ही समाज के सदस्य थे। ये बहुत ही दयनीय ग्रेड थे। 300 लड़कों की कक्षा में ऊपर के 200 लड़कों में हमारा स्थान था। आलोक ने स्कोर की गणना फिर से की, इस उम्मीद में कि कैलकुलेटर कुछ चमत्कार कर देगा। लेकिन आई.आई.टी. में चमत्कार कभी नहीं हुए, सिर्फ बकवास ग्रेड आते हैं।

"स्क्रू दैट। नरक है, मेरे सिर्फ 5.88। यह तो औसत से भी नीचे है।"

"हमें यह मालूम था, ठीक? रेयान ने कहा, "जो भी हो। चलो, चिकन खाएँगे और जश्न मनाएँगे।"

"जश्न!" आलोक बड़बड़ाया, "मैंने अमेरिका की छात्रवृत्ति या एक अच्छी नौकरी का अवसर नष्ट कर दिया और तुम जश्न मनाना चाहते हो?"

''बड़े हो जाओ, मोटू। तुम क्या करना चाहते हो? दु:ख में ज्यादा रट्टा लगाओ।'' रेयान शांत था।

''शटअप!'' आलोक ने कहा। यह पहला अवसर था जब उसने यह शब्द इस्तेमाल किए थे। उसके मुँह से बड़ा अजीब-सा लगा। मेरा मतलब वह अभी बच्चा है।

रेयान की शांति प्रोफेसर की मुसकान से भी तेज गति से गायब हो गई। ''क्या कहा तुमने?'' वह मेरी तरफ घूमा,

''मोटू ने क्या कहा?''

वह खुराफाती मुझे इसमें क्यों घसीट रहा था? रेयान ने अच्छी तरह सुना था कि आलोक ने क्या कहा था। वास्तव में, हमारे आस-पास खड़े लड़कों ने भी यह सुना था।

''चलो यार, हॉस्टल में चलकर बात करेंगे।'' मैंने निवेदन किया। मैं परवाह नहीं करता, यदि वे एक-दूसरे को मार भी दें; लेकिन एकांत होना चाहिए। बात खत्म करने का उनका इरादा नहीं लग रहा था और एक क्षण के लिए मैंने सोचा कि वे मेरी उपेक्षा कर रहे हैं और वे वहीं हाथापाई करेंगे। किसी तरह, मुझे मालूम था कि यह रेयान-आलोक की हमेशा की बहस नहीं थी, यह था उनकी भीतरी तह, उनके मूल चरित्र का अंतर।

''चलो, चलो।'' मैंने फिर कहा और उन्होंने अपने पैर स्कूटर की तरफ खींचे। रेयान संभवत: जितनी तेज स्कूटर चला सकता था उतना तेज चलाकर हमें हॉस्टल ले गया—जानबूझकर सड़क के हर गड्ढे में डालते हुए। उसका परेशान होने का अपना अजीब तरीका है।

□

रात का खाना खाने के बाद हम रेयान के कमरे में बैठे। इंस्टीट्यूट से आने के बाद हमने एक शब्द भी नहीं बोला था। मैंने अपने कम जी.पी.ए. के बारे में थोड़ा सोचा था। हाँ, फाइव पॉइंटर होना काफी बकवास था। आज के बाद हर प्रोफेसर जान जाएगा कि मैं औसत से नीचे के स्तर का विद्यार्थी हूँ और यह मेरे भविष्य के पाठ्यक्रमों के ग्रेड को भी प्रभावित करेगा। मैं कुछ फाइव पॉइंटर्स को जानता था, जो पिछले साल कैंपस भरती के समय पैंड कर दिए गए थे। यह बिलकुल बकवास था। मैं ऐसी स्थिति में कैसे पहुँच गया? क्या मैं काफी स्मार्ट नहीं था? रात के खाने की मेज पर अन्य लड़के या तो उदासीन थे या फिर बहुत उत्तेजित। वहाँ पढ़ाकू वेंकट था, जो कभी कमरे से बाहर नहीं निकला था और खाने के समय हमेशा शांत रहता था। आज वह हँस रहा था। उसको 9.5 स्कोर मिला था। वह आलोक से आगे बैठा था और 6 में से 4 पाठ्यक्रमों में सर्वप्रथम आने की अपनी कहानी सुना रहा था। आलोक सिर्फ उसी से बात कर रहा था और हमारी पूरी तरह से उपेक्षा। वहाँ अन्य लड़के भी थे। हमारी विंग का एक हँसमुख सरदार भी एक सम्मानजनक 7.3 स्कोर लाने में सफल हुआ। मैं सोचता हूँ, कुमाऊँ में हम तीनों सबसे कम स्कोरवाले थे। मैं अपने भविष्य के बारे में अधिक विचार कर सकता था, अन्यथा इसकी कमी पर, लेकिन रेयान और आलोक के सूजे चेहरों ने मेरी अंतर्दृष्टि भर दी।

हम एक साथ रेयान के कमरे में घुसे और आधा-एक घंटा चुप बैठे रहे। किसी ने भी किताब नहीं खोली, न एक-दूसरे की तरफ देखा और न ही एक शब्द बोला। मुझे आश्चर्य हुआ कि हम कब तक ऐसे चुपचाप बैठे रहेंगे। मेरा मतलब है कि यह इतनी बुरी बात भी नहीं हो सकती थी। हम कक्षा में उपस्थित हो सकते थे, साथ में पढ़ और खा-पी सकते हैं, चूहे जैसे चुप होकर। शायद इस वजह से हमारे ग्रेड भी अच्छे हो जाते। लोगों का बात करना इतना भी आवश्यक नहीं है।

लेकिन मेरा यह आशापूर्ण भ्रम आखिरकार रेयान द्वारा तोड़ा गया।

"तो, तुम माफी नही माँगोगे?" उसने अक्रामक तरीके से कहा।

"माफी? मैं! माफी तो तुम्हें माँगनी चाहिए, रेयान।" आलोक ने कहा।

"तुम्हीं हो, जिसने पूरे इंस्टी के सामने मुझे शटअप कहा।" रेयान ने कहा, "और मुझे माफी माँगनी चाहिए? हरि, क्या तुम यह मान सकते हो? मुझे माफी माँगनी चाहिए।"

अब इस सबका मुझ से तो कुछ लेना-देना नहीं था, इसलिए मैंने रेयान की उपेक्षा की। उन दोनों पागलों को आपस में ही समझौता करने दो।

"तुम्हें बिलकुल भी समझ में नहीं आ रहा है न?" आलोक ने कहा।

रेयान चुप रहा।

"क्या समझना है?" मैंने कहा। मेरा मैं सच में यह जानना चाहता था कि इस बेतुकी बहस में क्या नहीं समझ रहा था।

"तो यह समझो। आज मुझे 5.88 का जी.पी.ए. मिला। बकवास है यह 5.88। 200 से भी ज्यादा छात्रों ने मुझसे अच्छा किया है। क्या तुम यह जानते हो कि मेरे बारह साल के स्कूल जीवन में मुझे कभी सेकंड रैंक नहीं मिली।"

दुनिया के अधिकतर हिस्सों में यह एक बड़े ही हारे हुए इनसान का कथन होता। यह घोषित करना कि तुम स्कूल में बड़े पढ़ाकू थे, कोई गर्व की बात नहीं है। लेकिन ऐसा ही है आलोक।

"तो?" रेयान ने कहा, "तुम्हारे ग्रेड्स खराब हैं। और किसी को क्या पता कि तुमने कितना रट्टा मारा था। मैं तुमसे क्यों माफी माँगूँ उसके लिए?"

"क्योंकि डैमइट...क्योंकि यह तुम्हारी गलती है।" आलोक ने कहा और खड़ा हो गया।

अब यह थोड़ा ज्यादा हो रहा था। बेचारे रेयान को सिर्फ 5 का ग्रेड मिला और अब उसे आलोक से यह सब सुनने को मिल रहा था।

"मेरी गलती?" रेयान ने कहा और हँसने लगा—"हरि, ये सुनो। मोटू ने अपने ग्रेड्स खुद खराब करे, लेकिन गलती रेयान की है। मेरी गलती। सुनो आलोक, तुम पागल हो गए हो क्या?"

"कुछ कहो।" आलोक ने मुझसे विनती की।

"क्या कहूँ?" मैं उन दोनों की तरफ नहीं देख रहा था।

"ठीक है, अगर हरि में यह कहने की हिम्मत नहीं है; पर मुझमें है। तुम और तुम्हारे

विचार रेयान। कम पढ़ो, समय सीमा, सबसे अच्छे वर्षों का मजा लूटना। यह सिस्टम एक मशीन है बकवास, बकवास और बकवास, हर समय।''

रेयान भी अब अपनी कुरसी से खड़ा हो गया। मुझे लगता है कि खड़े होने से आपको अपनी बहस में एक सहारा मिलता है और आप गंभीर न उद्‍देश्यपूर्ण हो जाते हैं।

''मुझे पता है कि बहुत दु:खी हो, लेकिन इतनी ज्यादा प्रतिक्रिया न करो। ये सबकुछ फालतू के ग्रेड्स··· ।''

''मैं अधिक उत्तेजित नहीं हो रहा हूँ।'' आलोक ने कहा और फिर वापस बैठ गया। ''और ये सिर्फ फालतू के ग्रेड्स नहीं हैं मेरे लिए। मेरे पास तुम्हारी तरह डॉलर में कमानेवाले माता-पिता नहीं हैं। मैं इस संस्थान में एक उद्‍देश्य के लिए आया हूँ। अच्छा पढ़ने के लिए, एक अच्छी नौकरी और अपने माता-पिता का खयाल करने के लिए और तुमने सबकुछ नष्ट कर दिया।''

एक और अनुचित शब्द; मेरे खयाल से आलोक अभी तक दु:खी था।

''हर समय बकवास बोलना बंद करो।'' रेयान ने कहा।

''मैं जो चाहूँ वही कहूँगा। यही तो दिक्कत है। तुम्हें कोई कुछ नहीं कह सकता। तुम कुछ भी प्रस्ताव रखते हो, हरि कुछ भी सोचे-समझे बिना मान लेता है और हम सभी को वह करना पड़ता है। तुम एक बिगड़ैल लड़के हो। ऐसे व्यक्ति हो, जो तुम चाहते हो वही करते हो—बिना अपने दोस्तों के बारे में सोचे।''

''क्या? क्या कहा तुमने कि मैं अपने दोस्तों की परवाह नहीं करता?'' रेयान ने कहा। उसकी आवाज का सुर अब बहुत ही डरावना हो गया था। मैंने उसके हाथों को थोड़ा-थोड़ा काँपते हुए देखा।

''नहीं। तुम किसी चीज की परवाह नहीं करते—पढ़ाई की नहीं, इस संस्थान की नहीं, अपने माता-पिता की नहीं और न ही अपने दोस्तों की। तुम सिर्फ मजा लेना चाहते हो।''

''तुम हद पार कर रहे हो।'' रेयान ने चेतावनी दी, ''मैं सीमा रेखा खींच रहा हूँ। आज से मेरा तुम्हारे साथ मिलना-जुलना, बात करना, घूमना बंद! यह आधिकारिक है।''

अब यह बिलकुल साफ था कि आलोक कुछ ज्यादा ही प्रतिक्रिया कर रहा था।

''तुम क्या कह रहे हो, यार?'' मैं कहा।

''कोई ड्रोप-शोप नहीं। मैंने तुम लोगों को पूरे पहले सेमेस्टर में सुना और सब बरबाद कर दिया।'' आलोक ने कहा।

''तो तुम क्या करने जा रहे हो?''

''जैसा मैंने कहा, रेयान के साथ अब कोई घूमना-फिरना नहीं। आज से मैं वेंकट के साथ रहूँगा। वह मुझे अपने साथ पढ़ने देने के लिए सहमत है। तुम्हें मालूम है, उसे 9.5 मिले हैं?''

मुझे बड़ी खीझ हुई। कोई भी कुमाऊँ में वेंकट से बात नहीं करता था। अगर मौका

दिया जाए तो वह अपने आपसे भी बात नहीं करता। उसका तो अच्छा था, लेकिन वह बिलकुल भी इनसान जैसा नहीं था। वेंकट सुबह चार बजे उठता था, ताकि वह क्लासिस से पहले चार घंटे पढ़ाई कर सके। हर शाम वह डिनर से पहले लाइब्रेरी में होता था। फिर डिनर के बाद, सोने से पहले दो घंटे और पढ़ता था। कौन रहना चाहता है ऐसे इनसान के साथ?

''तुम एक बुरे व्यक्ति हो, आलोक!'' रेयान ने कहा,

''मेरे ग्रेड्स मेरे लिए महत्त्वपूर्ण हैं। मेरा भाग्य मेरे लिए महत्त्वपूर्ण है। क्या यह मुझे बुरा बनाता है?''

मैं आलोक के पास गया और उसके कंधों में बाँहें डालीं। मुझे लगा कि उसे इस पागलपन के बीच कुछ आराम की जरूरत थी।

''कम ऑन आलोक, हम और पढ़ सकते हैं।''

''मुझे 'कम ऑन आलोक' बोलना क्या तुम बंद कर सकते हो?'' आलोक ने मेरा हाथ फेंकते हुए कहा। उसकी आवाज काँप रही थी।

''अब बस हुआ।'' उसने कहा। उसका चेहरा भी उसकी माँ की तरह परेशानियों से भरा दिख रहा था।

उसके इस आनुवंशिक गुण ने मुझे बड़ा ही मुग्ध कर दिया। कोई कैसे रोऊ जीन होता? या यह कुछ ऐसा है जो उसने बड़ा होते-होते सीख लिया। शायद उसका परिवार कभी-कभी एक साथ रोता हो। माँ, बहन और वह खुद रोता हो, अपने पिता के साथ जो कि एक आँख से ही आँसू निकाल सकते हैं।

''तुम्हें यह समझ नहीं आता कि मेरे पास जिम्मेदारियाँ हैं। मुझे अपने परिवार को सहयोग करने के लिए कुछ अच्छा करना ही पड़ेगा। मेरी माँ की आधी तनख्वाह मेरे पिता की दवाइयों में चली जाती है। उन्होंने पाँच साल से अपने लिए एक नई साड़ी भी नहीं खरीदी है।'' आलोक ने रोते हुए कहा। उसे अपनी नाक साफ करने की जरूरत थी।

रेयान आलोक को देखने के लिए बैठ गया। कुचक्र करते हुए वह एक मिनट में दस 'बकवास' तो सुन सकता था, लेकिन रोना एक अलग बात थी। और पाँच साल में एक साड़ीवाली बात के खिलाफ कुछ कहना कठिन था। मेरा मतलब है कि हम उससे बहस कैसे कर सकते हैं? एक साल में कितनी साड़ियाँ आती हैं, मुझे नहीं पता? और रेयान के पास भी कोई ठोस जवाब नहीं होगा।

''और मुझे बहन की शादी भी करानी है।'' आलोक और आगे बोलता गया, ''सभी को मुझसे उम्मीद है। और तुम लोगों को यह समझ में नहीं आता। रेयान को तो शतरंज खेलना है, टी.वी. देखना है और अपने समय का मजा लेता है। लेकिन मुझे मौज-मस्ती से नफरत है।''

''अगर मैं सही बोलूँ तो क्या उससे बात कुछ बेहतर हो सकती है? मेरा मतलब है कि तुम जो बोल रहे हो, उसका कोई मतलब तो है नहीं। और यह पूरा माता-पिता का मामला—तुम्हें पता है कि यह सब मुझे नहीं समझ में आता।'' मुझे दिखाई दिया कि रेयान

अब पिघल रहा था।

लेकिन इससे आलोक का पारा और भी चढ़ गया।

''हाँ, बिलकुल नहीं। तुम कैसे समझ सकते हो? वे तो तुम्हारे पास कभी थे ही नहीं।''

''वे मेरे पास थे। मेरा मतलब है कि वे अब भी मेरे साथ हैं। लेकिन मैं उनके लिए बैठकर रोता नहीं।''

''वह इसलिए, क्योंकि तुम उन्हें प्यार नहीं करते।''

''हाँ, नहीं करता। लेकिन मैं तुम्हारी तरह बच्चों जैसा रोता नहीं रहता।''

''चुप रहो!'' आलोक चिल्लाया और रोता रहा।

''तुम एक बच्चे हो, एक डरपोक मोटे बच्चे। माफ करना डरपोक बच्चे, अब तुम अपनी नाक साफ कर लो।'' यह रेयान ने कहा और हँसने लगा। यह ऐसा कुछ है जो वह हमेशा करता है, जब वह कुछ और करने की नहीं सोच सकता, एक वार्त्तालाप को पूरा करने का माध्यम।

''चुप रहो तुम…तुम… ।'' आलोक ने कहा।

''मुझे मेरी मम्मी चाहिए।'' रेयान ने आलोक की नकल करते हुए कहा।

''चुप रहो तुम, अनाथ बालक!''

कभी-कभी हम इतना अनुचित कह जाते हैं कि फिर कुछ नहीं किया जा सकता। रेयान की हँसी नैनो सेकंड में ही गायब हो गई। मैं सीधा होकर बैठ गया, भ्रमित जैसा। आलोक ने भी सबके हाव-भाव में बदलाव देखे और जम-सा गया। इसके बाद आई बीस सेकंड्स की खामोशी।

''अनाथ। हरि, इसने मुझे अनाथ कहा।'' रेयान ने कहा। मैं चुप रहा। आलोक भी चुप रहा।

''बाहर निकल जाओ। जाओ, वेंकट और जिसके भी पास तुम रहना चाहते हो। बस, निकल जाओ यहाँ से।'' रेयान ने कहा।

''हरि, तुम्हें मुझे बताने की आवश्यकता नहीं है।'' आलोक ने रोना बंद करते हुए कहा।

''हाँ!'' मैंने कहा।

''क्या तुम मेरे साथ आ रहे हो?''

''कहाँ?''

''तुम मेरे साथ रहना चाहते हो या रेयान के?''

यह तो सरासर नाइनसाफी थी। मेरा इन सबसे कोई लेना-देना नहीं था। लेकिन फिर भी, मुझे अब अपने दोस्तों में से किसी एक को चुनना पड़ रहा था।

''हाँ, इस हारे हुए इनसान के साथ चले जाओ, हरि। जाकर इसका हाथ पकड़ लो।''

''मैं कहीं नहीं जा रहा हूँ।'' मैंने कहा।

''तो तुमने रेयान को चुना।'' आलोक ने हारी हुई आवाज में कहा।

''मैं किसी को भी नहीं चुननेवाला हूँ। तुम वह हो, जो यहाँ से जानेवाले हो। तुम जो चाहे करो।'' मैंने कहा। मैं दोनों से खीझा हुआ था।

और कोई शब्द नहीं बोला गया। आलोक वहाँ से चला गया। रेयान ने अपनी पूरी ताकत से दरवाजा बंद कर दिया। यह पूरी तरह से प्रतीकात्मक था, क्यों कि हम अपने कमरों के दरवाजे कभी बंद नहीं करते थे।

''तुमने देखा, उसने क्या किया, और वह चाहता था कि तुम उसके साथ जाओ, हाँ।'' रेयान ने कहा।

''बकवास!'' मैंने कहा।

□

मैं जल्दी ही नेहा से मिला, वैसे तो मैं अब उस आइसक्रीम पार्लर तथा उस स्ट्रॉबेरी फ्लेवर से ऊब चुका था। नेहा अभी भी बहुत खूबसूरत लग रही थी; लेकिन मेरा उससे बात करने का मन नहीं था। वास्तव में मेरा किसी से भी बात करने का मन नहीं था।

''सब ठीक तो है?''

''किसने कहा, सब ठीक नहीं है?'' मैंने कहा। अगर मैं चाहूँ तो काफी झुँझला सकता हूँ।

''तुम्हारे चेहरे पर साफ लिखा है। क्या तुम मुझे बतानेवाले हो या नहीं?''

लड़कियों की यही बात है। वह तुम्हारे आधे साइज की होती है, लेकिन अगर उसे पता है कि तुम उसे पसंद करते हो, वह तुम पर अपनी मरजी चलाने लगती है। वह अपने आपको क्या समझती है कि वह कौन है?

''कोई बात नहीं।''

उसने अपना हाथ मेरे हाथ पर रखा और मैं मंदबुद्धि आइसक्रीम से भी जल्दी पिघल गया; जैसे कि मेरे अंदर भागते हुए बुरे मूड के कीड़ों पर किसी ने बेगॉन छिड़क दिया हो।

''नेहा, वह ब्लडी आलोक और रेयान।''

''अपनी भाषा देखो!''

''माफ करना, मेरा मतलब है मेरे दोस्त, मेरे सबसे अच्छे दोस्त...उनके बीच एक बड़ी बहस हुई और अब हमारा ग्रुप टूट गया।''

''किस बात पर बहस हुई?''

''ग्रेड्स के बारे में। आलोक ने कहा कि यह रेयान की गलती थी, जो कि हमने अच्छा नहीं किया।''

''सच, कितना खराब?''

मैंने उसे हमारे फाइव पॉइंटर ग्रेड्स के बारे में बताया।

''क्या तुमने फाइव पॉइंटर कहा?'' उसने कहा।

"अपनी भाषा देखी!" मैंने कहा।

"ओह माफ करना, मेरा मतलब था कि यह इंस्टी के स्तर से काफी कम है।"

देखा, यही बात है। एक बार आई.आई.टी. में एक जी.पी.ए. आ गया, सभी लोग उसके बारे में अपना एक नजरिया बना लेते हैं—तुम्हारे बारे में, चाहे वह फैशन डिजाइन का छात्र ही क्यों न हो।

"मुझे पता है।" मैंने कहा, "लेकिन मैं उस वजह से परेशान नहीं हूँ। इस जगह से मैं घृणा करता हूँ।"

नेहा हँसने लगी। मैंने कहा था न कि वह कभी-कभी थोड़ी पागल हो सकती है।

"इसमें हँसने की क्या बात है?" मैंने चिढ़ते हुए पूछा।

"कुछ नहीं।"

"मुझे पता है।" मैंने कहा, "लेकिन यह बड़ा ही बकवास है। मेरे पास हजार चीजें हैं पढ़ने के लिए, और मेरे ग्रेड्स भी खराब हैं, और अब मेरे पास कोई दोस्त भी नहीं है।"

"तो आलोक पढ़ना चाहता है, इसलिए वह पढ़ाकू के पास जा रहा है।" उसने मेरे द्वारा बताई गई पूरी घटना को संक्षेप में बताते हुए कहा, "लेकिन तुमने रेयान को क्यों चुना?"

"मैंने नहीं चुना, आलोक चला गया।" मैंने उसे याद दिलाया।

"तो अब तुम क्या करोगे?"

संदेह प्रकट करते हुए मैंने अपने कंधे उचकाए।

"तुम्हें पता है कि मेरे पिता एक टेन पॉइंटर थे, जब वे एक छात्र थे?"

"वे छात्र भी थे?" मैंने चेरियन को कभी भी इससे कम नहीं समझा था।

"हाँ, एक क्लास टॉपर। वे यह जानकर ज्यादा खुश नहीं होंगे कि मैं एक फाइव पॉइंटर के साथ घूम रही हूँ।" उसने खुश होते हुए कहा।

"तो अब तुम भी मुझसे बात करना बंद कर दोगी?" मैंने कहा।

"नहीं, मैं तो सिर्फ मजाक कर रही हूँ।" उसने कहा और हँसने लगी। वह हमेशा ऐसे क्यों करती है?

"जो भी हो।"

"यहाँ आओ।" उसने पार्लर में अपनी बगलवाली सीट थपथपाते हुए कहा।

"क्यों?"

"यहाँ आओ तो।"

एक पालतू पशु की तरह मैं उसके सामनेवाली सीट से उठकर उसकी बगलवाली सीट पर बैठ गया। सुंदर लड़कियों में अपना बनाने की शक्ति होती है, आदमियों को बकरा बनाने की।

उसने मेरा हाथ पकड़ा और अपना चेहरा मेरी तरफ किया।

"मुझे यह फाइव पॉइंटर पसंद है।" उसने कहा और मेरा गाल चूमा।

''एक, दो, तीन, चार, पाँच।'' उसने गिना, हर बार मेरा दाहिना गाल चूमने के बाद—''देखो, अब यह इतना बुरा नहीं है।''

बकवास, मैं फिर पिघल रहा था।

''क्या मैं तुम्हें चूम सकता हूँ?''

''नहीं, मेरे पास जी.पी.ए. नहीं है।'' उसने इशारा किया। मैंने उन लोगों को प्यार किया है, जिनके पास जी.पी.ए. नहीं था। मैंने उन सबको प्यार किया है, जो आई.आई.टी. में नहीं थे। मैं वापस नहीं जाना चाहता था। मैंने सोचा, क्या मैं आइसक्रीम पार्लर में काम कर सकता हूँ? सारा दिन कोन भरूँगा और कभी भी क्लास, कोर्स, ग्रेड्स व आलोक-रेयान की बहस के बारे में चिंता नहीं करनी पड़ेगी।

''चलो किसी दिन फिल्म देखते हैं। अगला शनिवार कैसा रहेगा?'' उसने पूछा।

''ठीक रहेगा।'' उस पार्लर के दिवास्वप्न से बाहर आते हुए मैंने कहा।

''ग्रेट। अब मुझे जाना है। मैं तुम्हें इस पार्लर से दो बजे ले लूँगी। मेटनी शो।'' उसने कहा और चली गई।

मैंने पाँच मिनट इंतजार किया, प्रतिदिन पाँच विशेष की सूची पढ़ी और पाँच चुंबनों के बारे में सोचा। किसी तरह मैंने अपना फाइव-पॉइंट जी.पी.ए. बना लिया।

अधिक जी.पी.ए. पाने की ऐसी इच्छा थी जैसे सिर्फ उन आइसक्रीमी चुंबनों की!

□

7

आलोक के विचार

तुमने मुझे मोटू, रौतड़ा, रट्टामार, डरपोक समझा है। तुम्हारे मन में मेरी ऐसी तसवीर है कि मैं बड़ा नहीं होना चाहता, अटूट प्रतिभाशाली, जो अपने माता-पिता को साल-दर-साल अच्छा रिपोर्ट कार्ड दिखाना चाहता है। आप मेरे बारे में अपनी राय बनाने के लिए आजाद हैं, ग्रेड के बारे में मेरा चिल्ल-पों करना, मेरा अपने ग्रुप से अलग होना, मेरा ऐप्रन की पट्टियाँ काटने पर चुप्पी साधना, अपनी माँ से मेरा अत्यधिक लगाव—जो दिल्ली के एक कोने रोहिणी कॉलोनी को दूसरे कोने आई.आई.टी. कैंपस को सहज ही जोड़ता है।

हाँ चलिए, मुझे अवसर दीजिए कि मैं अपने तरीके से आपको बताऊँ कि यह है आलोक गुप्ता, और महामान्य हरि ने मुझे अपनी भावनाएँ प्रकट करने के लिए थोड़ी-बहुत जगह दी है। लेकिन यह करने से पहले मैं आपको एक कहानी सुनाता हूँ।

एक बार की बात है, दिल्ली के एक उपनगर के एक मध्यमवर्गीय परिवार में एक लड़का रहता था। हम इस लड़के को लूजर के नाम से बुलाएँगे—थोड़ा आसान करने के लिए जिसके माता-पिता क्रमशः कला और जीव विज्ञान के अध्यापक थे। लूजर अभ्यास पुस्तिकाओं एवं कलाकृतियों से भरे साधारण घर में पला-बढ़ा और जूते के फीते बाँधना सीखने से पहले चित्रकला सीखी। लूजर पढ़ाई में अच्छा था (घर पर दो अध्यापकों द्वारा उस पर ध्यान दिए जाने के कारण), लेकिन उसे पेंटिंग करना बहुत पसंद था। आयुवर्ग के अनुसार लूजर हर साल कला प्रतियोगिता में भाग लेता था। और ज्यादातर में वह जीतता था। इनाम आते रहे—दर्जनों पेंटिंग सेट, सुंदर हस्त-लेखन के सेट, और बाद में स्टेशनरी के कूपन। यह बात साफ थी कि लूजर चित्रकला में औसत से ऊपर था। बड़ा होने पर वह एक कलाकार बनना चाहता था, पर यह सिर्फ एक हवाई सपना भर था। इसके लिए भारत में एक या दो ही कलाकारों के लिए स्थान है, जो नब्बे साल के हैं (या और अच्छे, मृत)। फिर भी लूजर ने इसकी परवाह नहीं की। वह जानता था कि वह यह कर

दिखाएगा और यह लक्ष्य प्राप्त करने से उसे कोई नहीं रोक सकता।

लेकिन पता तब चलता है जब जिंदगी व्यक्ति को मजबूर करती है। बिलकुल उसी समय पर जब आपको लगता है कि जो चाहिए वह मिल गया है। लूजर के पिता को भित्तिचित्र बनाने का काम मिला, जिससे एक बार अच्छी कमाई हुई। इस काम में शिक्षा विभाग के सभाकक्ष की छत में चित्रकारी करना सम्मिलित था। भित्तिचित्र बनाना अपने आप में कठिन है और छत में बनाना बहुत ही कठिन है। बाँस का मचान जैसा बनाया जाता है, जिस पर लेटकर कलाकार काम करता है, और एक ऐसी अति उत्तम कलाकृति बनाने की उम्मीद करता है जिसे दुनिया गरदन उठाकर देखे और सराहना करे।

चाहे जैसे भी, लूजर के पिता को लोगों ने सिर्फ तब देखा जब वह बाँस की मचान से दस मीटर नीचे गिरे और इससे उसका रास्ता बदल गया; क्योंकि किसी ने गिरने से नहीं रोका।

डॉक्टर ने कहा, पिता को दाहिने भाग का लकवा मार गया है। पिता का आधा शरीर बेकार हो चुका था। लेकिन इससे भी बड़ी बात यह थी कि उनका पूरा हस्त कौशल भी चला गया था, कलाकारी करनेवाला दाहिना हाथ भी और साथ में लूजर का सपना भी।

लूजर के शय्याग्रस्त पिता घर आए और बिस्तर पर से दस साल से नहीं उठे। उनकी एक सही आँख से अकसर आँसू टपक पड़ते थे और कभी चित्रकारी न करने का दुःख एक के बाद दूसरी बीमारी लाता गया।

जल्दी ही पेंट के डिब्बे दवाई की बोतलों में बदल गए। एक नर्स की व्यवस्था करने के लिए पैसे नहीं थे, अतः लूजर को सेवा के लिए लगा दिया। तब वह कक्षा सात में था और उसके स्कूल के शेष वर्षों में स्कूल से आने के बाद वह अपने पिता के बिस्तर के पास बैठता था।

कुछ समय उसने चित्रकारी की, लेकिन उसने जल्दी ही महसूस किया कि परिवार को पैसे की जरूरत है, चित्रकला की नहीं। आई.आई.टी. देश का अकेला संस्थान है, जो अच्छे भविष्य की पक्की गारंटी देता है। उसकी नजर उस पर टिक गई। हाँ, इंजीनियर बनना ही गरीबी से बाहर निकलने का रास्ता था।

लूजर की माँ हर रात रोती थीं। लेकिन उन्होंने हार नहीं मानी। जिंदगी की गाड़ी चलाने के लिए वह साल-दर-साल पाचन तंत्र और प्रजनन तंत्र पढ़ाती रहीं।

'एक दिन वे इस जंजाल से आजाद हो जाएँगे।' लूजर ने अपने आपसे प्रतिज्ञा की, जब वह रात में अपने पिता को करवट बदलने में सहायता कर रहा था, और आई.आई.टी. की प्रवेश परीक्षा की तैयारी के लिए घिरनी, चुंबकत्व एवं गणित की पढ़ाई कर रहा था। दो साल तक लूजर ने स्कूल जाने के अलावा घर के बाहर कदम नहीं रखा।

अपना पंद्रह किलो ग्राम वजन बढ़ाया और घाव साफ करते हुए गणित के सूत्र बड़बड़ाए।

और एक दिन उसने वह कर दिखाया। वह आई.आई.टी. में था। उसकी माँ और अपाहिज पिता कितने खुश थे। हाँ, अनुशासन के और चार साल और वह हर एक को बंधन-मुक्त कर सकेगा। इस तरह वह रेयान और हरि से मिला। और फिर, उनके साथ रहने के चक्कर में उसने अपने ग्रेड खराब कर लिये और इंस्टीट्यूट में सबसे कम आए।

रेयान, व्यक्ति जो इसी क्षण के लिए जीता है, जो उसके जैसा नहीं बनना चाहता? अमीर माता-पिता, सुंदर दिखनेवाला, आई.आई.टी. में प्रवेश पाने के लिए काफी स्मार्ट, खेलों में अच्छा करने के लिए मजबूत शरीर और दोस्तों को आकर्षित करने की कला। रेयान संक्रामक है, और हरि इस संक्रमण का एकदम सही उदाहरण है। अगर रेयान कुछ चाहता है, हरि उसे वह देता है। इसी तरह, अगर रेयान पढ़ना नहीं चाहता है तो हरि अपनी किताब बंद कर देगा। अगर रेयान सोचता है कि जी.पी.ए. महत्त्वपूर्ण नहीं है, तो हरि भी उन पर ध्यान देना बंद कर देता है। रेयान एक रंग-बिरंगा और 'जिसका पैसा उसकी धुन' वाला व्यक्तित्व है।

मुझे याद है, जब वह एक बार घर आया था, बाहर ले जाने के लिए उसने मेरे पिता को हाथों में उठाया था, और ऑटो में भी उठाए रखा था। अस्पताल में अच्छा बिस्तर लेने के लिए भी उसी ने वहाँ के कर्मचारियों से तर्क-वितर्क किया और रात के तीन बजे तक हमारे साथ रहा। हाँ, रेयान अच्छा है, वह बहुत-बहुत अच्छा है। इसीलिए वह अनजान फ्रेशर्स के लिए टूटी कोक की बोतल मँगाता है? या अपने नए स्कूटर पर तीन आदमी बैठाकर उसको ज्यादा वजन से खराब करता है, उनमें से दो भारी-भरकम हैं।

लेकिन रेयान के बारे में और भी है। जैसे उसके माता-पिता उसे हर दूसरे हफ्ते एक पत्र भेजते हैं। वह उनमें से किसी का भी जवाब नहीं देता है। हाँ, वह आपको बताएगा कि वह उन्हें प्यार नहीं करता या कुछ भी बकवास करेगा। लेकिन सच है कि वह हर एक पत्र को व्यवस्थित ढंग से फाइल में रखता है। रात में जब वह अपने कमरे में अकेला होता है, वह पत्र खोलता है और उन्हें फिर पढ़ता है। मेरा मतलब अगर वह इतना अच्छा है और सबकुछ है, वह कभी-कभार उनको पत्र का जवाब क्यों नहीं भेजता? और उन पत्रों को फिर वह बार-बार क्यों पढ़ता है? मुझे मालूम है कि रेयान की कुछ समस्याएँ हैं और हरि अंधा है।

देखो, यद्यपि मैं रेयान के बारे में कुछ समझ गया हूँ, लेकिन हरि को तो मैं बिलकुल नहीं समझ सका। मेरा मतलब, वह मेरे जैसा ही—साधारण, बदसूरत, मोटा और सुस्त है। लेकिन वह कुछ अलग बनना चाहता है—जैसे कोई अच्छा स्मार्ट और रेयान की तरह तेज। लेकिन मन-ही-मन वह जानता है कि यह संभव नहीं है। वह हमेशा एक भयभीत बच्चे जैसा रहेगा, जो मौखिक परीक्षा के समय मृत जैसा हो जाता है। जो अच्छा

नहीं है वह अच्छा नहीं हो सकता। यदि वह इसे स्वीकार करे तो वह सीधा सोचने के लायक हो जाएगा। लेकिन वह यह नहीं स्वीकारता, और इसीलिए वह पेंडुलम ऑपरेशन के साथ गया।

जब मैं पहली बार उनसे अलग हुआ तो मैं वाकई नहीं जानता था कि मैंने सही काम किया है। लेकिन ऑपरेशन पेंडुलम के बाद, मैं निश्चित नहीं हूँ कि मुझे कभी वापस आना चाहिए। ठीक है, यही जीवन है। और यह तुम्हें तभी परेशान करता है, जब तुम यह समझते हो कि तुम इसे समझ गए हो।

□

8

एक साल बाद

मैं जानता था, आलोक को हमसे अलग हुए 365 दिन हो गए; क्योंकि तीसरे सेमेस्टर के परिणाम सही उसी दिन आए थे। वे कितने विसंगत प्रतीत हो रहे थे; एक बार और पाँच दशमलव कुछ। आई.आई.टी. समाज में एक बार फिर आपकी योग्यता की मुहर लगी। मैं और रेयान परिणाम देखने इंस्टीट्यूट गए; लेकिन यह संयोग ही था, वास्तविक कारण तो यह है कि हम इंस्टीट्यूट की छत पर मौज-मस्ती करने गए थे।

मुझे याद नहीं है कि इस छत की खोज हमने कब की थी, शायद हमारे भाँग की सिगरेट पीना शुरू करने के तुरंत बाद ही, जो हमारा वोदका पीना शुरू करने के तुरंत बाद ही था, जो हमारा पिंक फ्लोटड सुनना शुरू करने के तुरंत बाद ही था। फ्लोटड, वोदका, भाँग और इंस्टीट्यूट की छत; आखिरकार हम वह सब करने लगे, जिसके जीवन में वाकई कुछ मायने थे, वह सब चीज जिन्होंने आई.आई.टी. के जीवन को सहन करने की शक्ति दी, विशेषत: जब हम 'पाँच दशमलव कुछ' पर थे।

इंस्टीट्यूट की विशाल बिल्डिंग के नौ तल थे। छत पर जाने के लिए किसी को भी नौवें तल पर बनी गुप्त सीढ़ियों से जाना पड़ता था। छत पर जानेवाले दरवाजे पर एक पुराना ताला लगा था, लेकिन भगवान् की कृपा से कुंडी उससे भी प्राचीन थी। रेयान ने तीन मिनट में पेचकस से उस जंग लगी कुंडी को खोल दिया और तब हम सातवें आसमान पर थे, कैंपस का सबसे ऊँचा स्थान। यह खुली समतल छत खुरदुरे सीमेंट से बनी थी और कोई मुँडेर नहीं थी। यह ज्यादातर खाली थी, एक घंटा घर और कुछ डिश-एंटिना, के अलावा जो कंप्यूटर और टेलीकॉम नेटवर्क में सहायता करते थे, अँधेरा होने के बाद सिर्फ आसमान में तारे नजर आ रहे थे। यदि कोई खड़ा होकर नीचे की ओर देखे तो कैंपस की सड़कों की स्ट्रीट लाइट देख सकता था और एक किलोमीटर दूर कुमाऊँ व अन्य हॉस्टल दिखाई पड़ते थे। रेयान ने वोदका खोलकर रख दी, भाँग की सिगरेट और उसका छोटा लगातार चलता रहनेवाला वॉकमैन, जो हमारा सप्ताह में दो बार का नियम था।

हम छत पर लेट गए, जो सूर्य की किरणों से अभी भी गरम थी। रेयान ने इयर फोन

के जोड़े को इस तरह विभाजित कर दिया कि एक उसके पास था और एक मेरे पास। उसने मुझे भाँग भरी सिगरेट दी और वोदका की बोतल बीच में रखी। एक बार वोदका, फिर सिगरेट, वोदका, वॉकमैन को रिवाइंड करना और चलाना।

हम गानों के स्वरों में बह गए और हमें आसमान में उड़ने जैसा महसूस होने लगा, जैसे-जैसे वोदका और भाँग भरी सिगरेट पीते गए।

"देखो, ये बच्चे जी.पी.ए. को लेकर कैसे रो रहे हैं!" रेयान ने धुएँ का छल्ला बनाते हुए कहा।

मैं सोचता हूँ कि धुआँ बहुत सुंदर है; भार-रहित और निराकार। जैसे ही इसे कोई छोड़ता है, यह शक्तिहीन होने का भ्रम कराता है। यह हमारे अंदर से आता है, फिर भी हम सभी से ऊपर उठ जाता है। बकवास, मैं कला की बात कर रहा हूँ, भाँग से मुझे ऐसा होता है।

"हाँ, मैंने उसे देखा। और मैं देख रहा हूँ कि वे हमें कैसे देख रहे हैं।" मैंने कहा।

"कैसे?"

"वैसे हम वहाँ किसलिए हैं? हमारे इतने खराब जी.पी.ए. से क्या फर्क पड़ता है? जैसे कि हम उनके देखने में बाधा बन रहे हैं।"

"सताओ उनको।" रेयान ने कहा, सबकुछ जाननेवाले व्यक्ति के ज्ञान के शब्द।

"हाँ, यह सच है।" मैंने कहा, "हम वाकई यहाँ किसी काम के नहीं।"

"हाँ, हम हैं। हम कम जी.पी.ए. लाते हैं।"

"तो?"

"इसलिए हम औसत नीचे ले आते हैं। वे अच्छे दिखते हैं। इस तरह हम उनके जीवन में खुशी लाते हैं।"

"बात है!" मैंने स्वीकार किया।

"लेकिन मुझे लड़कों से परेशानी नहीं है, प्रोफेसर से है।"

"तुम डिजाइन क्लास के बारे में बात कर रहे हो?"

"हाँ, वह प्रो. भाटिया। मेरा मतलब, तुम वहाँ थे न? मैंने उसे अपना विचार बताया कि एक झूलेवाला पुल कैसे डिजाइन किया जा सकता है और वह उत्तेजित हो गया। उसने मुझे एक माप की ड्राइंग बनाकर जमा करने को कहा कि वह मुझे एक विशेष प्रशिक्षण योजना पर काम कराएगा। फिर उसने मेरा नाम पूछा और मेरा जी.पी.ए. ढूँढ़ लिया। फिर उसने मुझे बुलाया और कहा कि ड्राइंग और प्रशिक्षण के बारे में भूल जाओ। क्या तुम उस घटिया आदमी के ऊपर विश्वास कर सकते हो?" रेयान ने कहा।

हम एक-एक सिगरेट खत्म कर चुके थे। रेयान दूसरी सिगरेट बनाने बैठ गया। वह भाँग और तंबाकू को ऐसे जोर से रगड़ रहा था जैसे कि वह प्रो. भाटिया के आंतरिक भागों को रगड़ रहा हो।

"स्क्रू हिम।" मैंने रेयान को उसके ज्ञान के शब्द वापस कर दिए। हमने अपने

गिलास दोबारा भर लिये। छत पर अँधेरा होता जा रहा था।

"हाँ, सभी प्रोफेसर्स को स्क्रू करो।" रेयान ने कहा।

"हाँ। हालाँकि प्रो. वीरा बिलकुल ठीक है।" वीरा तरल यांत्रिकी का प्रोफेसर था।

"हाँ, उसको नहीं। हालाँकि मैंने सुना है कि एक और भी बुरा है।" रेयान ने दूसरी सिगरेट सुलगाते हुए कहा।

"कौन?" मैं संशय में था कि क्या मुझे दूसरी सिगरेट पीनी चाहिए? रेयान की सहनशक्ति बहुत ज्यादा थी और वह शायद इस भाँग से पूरा खाना बना सकता है। लेकिन मुझे मालूम था कि मैं भ्रमित हो रहा हूँ। वैसे, मैंने अपने आपको पंख की तरह हलका महसूस किया; यहाँ ऊपर मैंने महसूस किया, जैसे मैं संसार के ऊपर तैर रहा था। सारे प्रोफेसर सारे लड़कों को, सारे डिजाइन असाइनमेंट्स को स्क्रू करो।

"प्रो. चेरियन।"

"नेहा का पिता?" कुछ होश में आते हुए मैंने कहा।

"हाँ! कहते हैं कि वह वाकई खतरनाक है। वह विभागाध्यक्ष है और दूसरे प्रोफेसर्स एवं लड़कों के लिए भी सनकी है।"

मैं जानता था कि नेहा का पिता सनकी था, कम-से-कम अपनी लड़की के लिए।

"तुमसे किसने कहा?"

"यह तो सब जानते हैं, मेरे सीनियर्स से पूछो। जो भी हो, रिकॉर्ड के लिए अनुराग ने मुझे बताया।"

"तो यह सनकी हमें कब पढ़ाएँगे?"

"अगले साल। वह तीसरे साल के कोर्स लेते हैं।" रेयान ने कहा।

"अगले साल बहुत दूर है। एक और भाँग की सिगरेट देना। इस जगह को छोड़ने में अभी दो साल और हैं। और सबसे बेकार प्रोफेसर तो आने अभी बाकी हैं।"

"यह लो।" रेयान ने मुझे बेडौल-सी सिगरेट देते हुए कहा।

"छोड़ो, मुझे ग्रेड्स और प्रोफेसर्स के बारे में कोई बात नहीं करनी। किसी और चीज के बारे में बात करते हैं।" मैंने कहा।

रेयान चुप रहा। मेरे हिसाब से, वह शायद बात करने के लिए किसी विषय के बारे में सोच रहा था।

"तो तुम्हारी वह लड़की कैसी है?" उसने अपने दिमाग पर 20 सेकंड तक जोर लगाने के बाद कहा।

रेयान नेहा को ऐसे ही संबोधित करता था। वह कभी उसका नाम नहीं लेता, जैसे कि उसका 'मेरी लड़की' उसके नेहा होने से ज्यादा जरूरी है।

"नेहा बहुत ही अच्छी है। हम अगले हफ्ते फिल्म देखने जा रहे हैं।"

"तो तुम लोग एक-दूसरे के बारे में गंभीर हो?"

"किस बारे में गंभीर?"

"मुझे पता नहीं, क्या तुम उसे प्यार करते हो?"

"मुझे नहीं पता।" मैंने कहा।

आदमी अपने संबंधों के बारे में ऐसे ही बातें करते हैं। किसी को भी कुछ नहीं पता होता—न तो सवाल पूछनेवाले को और न ही जवाब देनेवाले को।

"क्या उसने कुछ कहा?"

"तुम तो जानते हो, वह कैसी है। शायद इतनी मनमौजी है। कभी-कभी तो वह मुझ पर बहुत प्यार जताती है, हाथ पकड़ती है और साथ में फिल्म देखने की बात करती है। लेकिन जब मैं कुछ करने की कोशिश करता हूँ, तो वह मुझे रोकती है और मुझे कैसे व्यवहार करना चाहिए और कैसे वह एक अच्छी लड़की है, उस पर भाषण देती है।"

"तुम क्या करते हो? मैं जानता हूँ, तुम क्या चीज हो!" रेयान ने कहा और हँसने लगा। जो लोग तुम्हें अच्छी तरह से जानते हैं, उनकी यही बात होती है, वह तुम्हें सुनने से पहले ही तुम्हारे बारे में अपनी धारणा बना लेते हैं।

"मैं कुछ नहीं करता। मेरा मतलब है, क्या तुम्हें पता है कि हमने अभी तक चुंबन भी नहीं किया है? मैं उससे बीस बार मिल चुका हूँ; लेकिन हर बार मुझे धक्का ही मिलता है। उसकी पॉलिसी थोड़ी दूर रहने की ही है।"

"लगता है, लड़की बहुत अच्छी है। तुम भाग्यशाली हो।"

"अच्छी को मारो गोली। मुझे अच्छी नहीं चाहिए।"

यह सच है, अच्छे लोग बिलकुल बोरिंग होते हैं। वे भाँग की सिगरेट नहीं देते और चुंबन भी नहीं करने देते।

"तो उससे बात करो। उसको बोलो कि थोड़ी नटखट बने।" रेयान ने कहा।

"क्या तुम पागल हो? वह एक लड़की है। लड़कियाँ कभी भी बुरी नहीं बनना चाहतीं।"

"वे चाहती हैं। बस, हमसे थोड़ा सा कम।"

मैं कल्पना नहीं कर सकता था कि नेहा वह सब करना चाहती है, जो मैं उसके साथ करना चाहता हूँ।

"मैं तुम्हारी बात पर विश्वास नहीं करता। क्या तुम्हारी कभी कोई गर्ल फ्रैंड थी?" मैंने पूछा।

"तो मत विश्वास करो। छोड़ो, लड़कियों के बारे में बहुत बात हो चुकी। अब एक ड्रिंक लगाते हैं और टेप बदलते हैं।" रेयान ने कहा।

रेयान ने अपने बारे में कभी भी ज्यादा बातें नहीं कीं। कभी-कभी मुझे लगता है कि कहीं वह समलैंगिक तो नहीं। लेकिन वह नहीं था, मेरा मतलब है, मुझे पता चल जाता। वस्तुतः मैं उसके साथ रहता था। उसने तो मुझे आकर्षित नहीं किया। मैं समझता हूँ कि ऐसा होता तो मैं जान गया होता। लेकिन वह समलैंगिक नहीं था, क्योंकि फिल्मों में अभिनेत्रियों को वह ध्यान से देखता था, सड़क पर सुंदर लड़कियों को देखकर सीटी बजाता था। शायद

ज्यादातर समय वह औरतों के बारे में नहीं सोचता था।

उसने टेप बदला और एक दूसरा पिंक फ्लोटड का गाना चालू किया। बोतल का स्तर कम होता जा रहा था और रेयान अपने बैग में आज की आखिरी भाँग की सिगरेट ढूँढ़ रहा था। अर्ध-चंद्र की रोशनी ने आसमान को प्रकाशमान कर रखा था और आत्मसंतुष्ट छोटे-छोटे चमकदार तारे हमारी तरफ ऐसे टिमटिमा रहे थे जैसे ऊँचे जी.पी.ए. वाले लड़कों की तरफ देख रहे हों।

तुम फ्लोटड के बारे में जानते हो? यह केवल बहुत अच्छे ही नहीं, बल्कि हर एक ड्रिंक के बाद और अच्छे लगते हैं, जैसे कि गायकों ने उन्हें शराब के लिए बनाया है। जैसे समोसा-चटनी, इडली-साँभर या राजमा-चावल वैसे ही फ्लोटड और वोदका के मेल की अपनी श्रेणी है।

"तुम जानते हो, आज का दिन मुझे क्या याद दिला रहा है?" रेयान ने कहा।

"क्या?"

"पहले सेमेस्टर के रिजल्ट। तुम्हें याद है?"

"हाँ, मुझे याद है। वह पहला बुखार।"

"और उसके बाद?"

"क्या?"

"मोटा हमें छोड़कर चला गया।"

रेयान अभी भी उसे 'मोटा' के नाम से बुलाता था। यद्यपि यह अपमानजनक है, लेकिन हमेशा अनुग्रह भाव से लिप्त होता था। पिछले पूरे साल रेयान ने आलोक से बात नहीं की और मुझे भी नहीं करने दी।

"उसके पास मत जाना। वह हमें छोड़कर गया है।" उसने कहा। मुझे मालूम था कि अगर मैं उसके विरुद्ध गया तो रेयान काफी नाराज हो जाएगा।

"आज आलोक की याद कैसे आ गई?" उचककर बोतल में कितनी वोदका बची है, यह देखते हुए मैंने पूछा। ऐसी बात करने के लिहाज से रेयान बहुत ज्यादा पी चुका था।

"आज मैंने उसका जिक्र किया। मैं अकसर उसके बारे में सोचता हूँ।"

रेयान पूरे आनंद में था। भाँग और वोदका बिलकुल उचित मात्रा में मिश्रित हो गए थे।

"स्क्रू हिम।" गाने की अपनी मनपसंद लाइनें सुनते हुए मैंने कहा।

"तुम क्या सोचते हो कि वह इस समय क्या कर रहा है?" रेयान ने कहा।

"कौन?" मैंने कहा, "आलोक?"

रेयान ने सिर हिलाया।

"शायद वेंकट के साथ रट्टा लगा रहा होगा। मैंने सुना है कि वह अब सिक्स पॉइंटर है।" मैंने कहा।

"हरि, तुम जानते हो, आलोक ने सही किया?"

''हाँ, सही।''

''नहीं, मैं सच बोल रहा हूँ। तुम्हें भी मुझे छोड़ देना चाहिए। मैं तुम्हारे लिए अच्छा नहीं हूँ।''

अब देखो, यहाँ यह क्या चल रहा है, मैंने सोचा। क्या मैं अपना मजेदार नशा रेयान को अपनी जरूरत महसूस कराने में खराब करने जा रहा हूँ और अपने बारे में अच्छा? मेरे पास दो विकल्प हैं : एक, उसको कहूँ कि चुप रहे और गाने का मजा ले; दूसरा, जो वह कहे मैं वही करूँ।

''क्या बात है रेयान? अच्छा महसूस नहीं कर रहे हो?''

''नहीं, मैं ठीक हूँ। तुम्हें मुझे छोड़ देना चाहिए। मुझे सब छोड़ देते हैं। वे ठीक ही होंगे।''

''क्या?''

''वे सब करते हैं। डैड, मोम, आलोक···वे सब छोड़ गए।''

''भावुक होने की जरूरत नहीं है। रेयान, इस शाम का आनंद लो।''

''तुम सोचते हो, मोटा ठीक था? तुम सोचते हो, मैंने उसका ध्यान नहीं रखा?'' उसने अधिकारपूर्वक पूछा।

मैं नफरत करता हूँ, जब लोग सुनिश्चित होना चाहते हैं—आपके पास कोई विकल्प नहीं होता, इसको निभाने के अलावा।

''नहीं रेयान, आलोक गलत था। वह एक दिन इसका एहसास करेगा। अब अपनी आँखें बंद करो और आनंद की अनुभूति करो।'' मैंने सलाह दी।

मैंने अपनी आँखें बंद कर लीं। अब भाँग की सिगरेट और वोदका के ऊपर मेरे अंदर के सिपाही का पूरा नियंत्रण था। मैं वह देख रहा था, जो मैं देखना चाहता था। नेहा को मैंने अपने साथ बैठे देखा, मुसकरा रही है और मेरे से गले मिल रही है। उसके बाल और खास तौर पर वह मुलायम लट मुझे छू रही थी। उसका गोल चेहरा चाँद की तरह लग रहा था या मैं वाकई चाँद देख रहा था?

यह भ्रांतिजनक है और भाँग की सिगरेट मुझे अच्छा बना रही है; लेकिन मैं अच्छा बनना चाहता हूँ। मैं विचारों में इधर-उधर भटकता रहा, जब तक कि रेयान ने मुझे टोका नहीं।

''इंस्टीट्यूट की छत के बारे में तुम सबसे अच्छी बात जानते हो?'' वह मेरे सामने खंभे की तरह खड़ा हो गया।

''कि कोई नहीं जानता कि हम यहाँ हैं।''

''नहीं। सच यह है कि तुम्हारे पास हमेशा एक विकल्प है।''

''क्या विकल्प?''

''तुम किनारे पर से कूद सकते हो और इस सबको खत्म कर दो।''

''चुप रहो, रेयान।'' मैं मुश्किल से बैठ पाया।

“मैं सच कह रहा हूँ। वे जो चाहे कर सकते हैं, लेकिन मैं अभी भी अपने विकल्प पर नियंत्रण कर सकता हूँ।”

“रेयान, तुम बहुत पिए हुए हो। मैं वापस जाना चाहता हूँ।” जल्दी संयम में आते हुए मैंने कहा, “कभी-कभी तुम अपनी व्यावहारिक बुद्धिमत्ता से कम स्तर का काम करना चाहते हो।”

□

हमने चौथे सेमेस्टर की फ्ल्यूड मेकैनिक्स की कक्षा कभी नहीं छोड़ी और उसका कारण थे प्रो. वीरा। और सच यह भी है कि वह कक्षा दोपहर में होती थी और हम भी तब तक ही जाग पाते थे। प्रो. वीरा एकदम अलग थे। एक बात तो यह थी कि वे अन्य प्रोफेसर्स की तुलना में बीस साल कम उम्र के थे। तीस से ज्यादा नहीं। जीन्स और टी-शर्ट पहनते थे, जिस पर अमेरिकन यूनिवर्सिटी का चिह्न बना था। उनके पास पाँच सबसे अच्छे विश्वविद्यालयों की स्नातक उपधियाँ थीं एम.आई.टी., कॉरनेक, प्रिंसटोन इत्यादि और उन सभी की टी-शर्ट्स। वे अपना सीडी मैन अपने साथ रखते थे। क्लास के बाद वे ईयर पीस कान में लगाकर ही कक्षा छोड़ते थे। लड़कों ने बताया कि प्रो. वीरा ने इंस्टीट्यूट में जल्दी ही नौकरी शुरू की थी और उन्हें इतनी जल्दी पूरा पाठ्यक्रम नहीं पढ़ाना चाहिए था। उन प्रोफेसर को हृदय रोग हो गया, जिनके वे सहायक थे। इस कारण प्रो. वीरा हमें पढ़ाने लगे।

“हाय!” क्लास में प्रवेश करते हुए प्रो. वीरा ने कहा। उन्होंने पहली पंक्ति के विद्यार्थियों को च्यूइंगम दी। पहली पंक्ति में सब रट्टामार नाइन पॉइंटर बैठे थे, और उनके च्यूइंगम देने पर अचंभे में पड़ गए। उन्होंने मना कर दिया। उन्होंने अपने कंधे उचकाए और एक अपने मुँह में डाली तथा ब्लैक बोर्ड की तरफ मुड़ गए।

“टरब्यूलेंट फ्लोस।” उन्होंने बड़े-बड़े अक्षरों में बोर्ड पर लिखा।

“गाइज, पहले पाँच लेक्चर्स में हमने साधारण बहाव के बारे में पढ़ा। जिसे लेमिनर बहाव कहते हैं। इन बहावों के आकार और दिशा के सूत्रों व समीकरणों की सहायता से भविष्यवाणी की जा सकती है। तुम जानते हो, कौन से समीकरण सही हैं?”

उन्होंने उत्तर के लिए चारों तरफ देखा। दूसरे प्रोफेसर्स की तरह नहीं, वे सिर्फ पहली पंक्ति तक ही सीमित नहीं रहे। वास्तव में उन्होंने अंतिम पंक्तियों पर भी ध्यान दिया।

“ठीक है, मैं सारे प्रश्न बुद्धिमान छात्रों से ही पूछने नहीं जा रहा हूँ। मैं अंतिम पंक्ति में बैठे कूल डूड्स से पूछना चाहता हूँ।”

रेयान और मैं तो अंतिम पंक्ति में ही बैठते थे, थोड़ा छिपकर। जाति बहिष्कृत फाइव पॉइंटर्स के लिए यह सबसे सुरक्षित स्थान था। लेकिन प्रो. वीरा ने इसकी परवाह नहीं की।

“रेयान, बताओ, लेमिनर बहाव का पहला मुख्य समीकरण कौन सा है?”

“सर, मैं··· ?” रेयान ने कहा। आश्चर्य हुआ कि प्रोफेसर उसका नाम जानते हैं।

“हाँ, तुम रेयान। मैं जानता हूँ कि तुम उत्तर जानते हो।”

“नेवियर-स्टोक्स समीकरण।”

"सही। तुम पूरी क्लास के लिए लिखकर दिखाना चाहते हो?"

रेयान दौड़कर बोर्ड के पास पहुँचा और पहली पंक्ति के नाइन पॉइंटर मुसकराए कि एक फाइव पॉइंटर क्लास के लिए योगदान देगा।

यद्यपि समीकरण सही था; रेयान बोर्ड तक नहीं जाता, जब तक कि वह यह न जान ले कि वह सही है।

"बहुत अच्छा, धन्यवाद रेयान। अच्छा, पिछले टर्म पेपर में स्कूटर के पेट्रोल के उपयोग पर लूब्रीकेंट की कार्य-क्षमता के बारे में तुमने ही लिखा था?"

"जी हाँ, सर।"

"क्या यह सच है कि यह परिणाम तुमने अपने स्कूटर पर टेस्ट किया है?"

"हाँ, मैंने किया है, सर। यद्यपि बिलकुल सही तरीके से नहीं।"

"वह मुझे अच्छा लगा।" प्रो. वीरा ने नाइन पॉइंटर्स की तरफ देखते हुए कहा, जो रट्टू तोतों की तरह नोट्स बनाने में व्यस्त थे—"मुझे वास्तव में अच्छा लगा।"

रेयान अपनी सीट पर वापस आ गया। मैं कह सकता था कि उसे फ्ल्यूड मेकैनिक्स बहुत पसंद था और उससे भी ज्यादा उसे प्रो. वीरा पसंद थे। वह कभी भी फ्ल्यूड मेकैनिक्स की क्लास नहीं छोड़ता था और वह प्रो. वीरा के लिए कुछ भी करने को तैयार रहता था। लेकिन बाकी सब-टेस्टी डिजाइन के प्रोफेसर, सोलिड मेकैनिक्स के बहुत ही अरोचक प्रोफेसर, असाइनमेंट पर असाइनमेंट देने वाले थर्मोडायर्मोक्स के प्रोफेसर—यह एक अलग ही किस्सा थे। अगर रेयान का बस चलता तो उनकी आँतों को मशीनिंग वर्कशॉप की खराद मशीन से काट देता।

□

मैं फ्ल्यूड मेकैनिक्स की क्लास के एक हफ्ते बाद नेहा से प्रिया सिनेमा में मिला। मैं यह कहता कि मैं अपनी गर्ल फ्रैंड से मिला; लेकिन मैं अभी इसके लिए पूरी तरह से निश्‍चित नहीं था। मैं उसे एक साल से अधिक से जानता था; लेकिन वह मुझे अलग-अलग नामों से बुलाती थी, क्योंकि वह उसके मूड पर निर्भर था। पहले मैं सिर्फ एक दोस्त था। फिर मैं एक अच्छा दोस्त बन गया; फिर एक दोस्त जो बहुत ही खास था। फिर बहुत ही बहुत ही अच्छा और खास दोस्त और ऐसी बकवास। उसके लिए किसी को बॉय फ्रैंड बुलाना एक बड़ी बात थी। उसके पिता ने उससे वचन लिया था कि उसका कोई बॉय फ्रैंड नहीं होगा और वह यह वचन निभाना चाहती थी। हाँ, इसने उसको मेरे साथ हाथ में हाथ डालकर एक साल से भी अधिक समय तक दो हफ्ते में एक फिल्म देखने से नहीं रोका।

"फिर देर से?" उसने कहा। मुझे कम-से-कम दो मिनट देर से आना चाहिए था।

"फ्लूमेक की क्लास थी। प्रो. वीरा देर तक पढ़ाते रहे और हमें यह महसूस नहीं हुआ।"

"प्रो. वीरा वही युवा व्यक्ति न?"

"हाँ, तुम उन्हें जानती हो?"

''नहीं तो। पिताजी उनका जिक्र करते हैं। मुझे लगता है, पिताजी उनसे घृणा करते हैं।''

''तुम्हारे पिताजी एकदम···लगते हैं।''

उसने अपनी भौंहें चढ़ाईं।

''चलो, अंदर चलें। मैं ट्रेलर नहीं छोड़ना चाहता।''

फिल्म थी 'टोटल रिकाल', एक और विज्ञान से भरपूर ड्रामा। दिल्ली के सिनेमाघरों की अंग्रेजी फिल्मों की यही कहानी है। वे या तो ऐक्शन ड्रामा या वयस्क फिल्में दिखाते हैं। मैं वयस्क फिल्में देख सकता हूँ, लेकिन आप अपने साथ लड़की नहीं ले जा सकते। खासतौर पर नेहा जैसी अच्छी भारतीय परंपरावादी लड़कियाँ। तो आपके पास दो विकल्प हैं—एक अंग्रेजी की विज्ञान से भरपूर बकवास ड्रामा या हिंदी फिल्म। कोई भी आत्मसम्मान वाली लड़की डेट पर हिंदी फिल्में देखने नहीं जाएगी। इसलिए मैं फिर आरनोल्ड का मांसपेशियाँ दिखाना और भूलोक को फूँक से उड़ाना देखने गया।

''तुम्हें वैज्ञानिक फिल्में पसंद हैं?'' उसने अपनी सीट पर बैठते हुए कहा।

''हाँ, मुझे पसंद हैं।'' मैंने कहा। लेकिन मेरे पास विकल्प ही क्या है।

''ठेठ आई.आई.टी. इंजीनियर।''

हाँ सही। ठेठ आई.आई.टी. इंजीनियर, मेरी मित्र, बकवास फिल्में देखने के लिए अपनी डिजाइन क्लास नहीं छोड़ता।

मैं सोच रहा था कि और बुरा न हो, पर हो गया। नेहा और मैंने बालकनी में अपनी सीटें ले लीं (35 रु. प्रति टिकट, पूरी फटी हुई सीट) और ट्रेलर शुरू होने का इंतजार किया। लेकिन नए सरकारी नियम के अनुसार सिनेमाघरों को सबसे पहले परिवार नियोजन की छोटी फिल्म दिखाना जरूरी था।

अच्छा, तो भारत की इतनी ज्यादा जनसंख्या है। इसलिए लोगों को कुछ परिवार नियोजन के तरीके अपनाने चाहिए, ताकि जनसंख्या न बढ़े। सीधी बात है, तो आप भी ऐसा सोचते हैं। साफतौर पर कोई भी व्यक्ति गर्भ-निरोधक का इस्तेमाल नहीं करना चाहता, इसलिए सरकार लोगों को बच्चे पैदा न करने का एक सही उपाय सुझाना चाहती है।

वृत्तचित्र शुरू हुआ; सरकारी अस्पताल में एक डॉक्टर सुंदर मुसकराहट के साथ अपना परिचय देता है। परिवार नियोजन में उसे आपका दोस्त होना दिखाया गया था, यद्यपि मुझे लगता है कि वह यमराज था, विशेषत: जब वह नसबंदी की सलाह देता है।

वृत्तचित्र में दिखाया गया कि एक कारखाने में काम करनेवाला व्यक्ति, जिसके पास एक आदर्श मजदूर का घर है, जहाँ वह अपनी हर समय खाना बनाने वाली पत्नी तथा अपने दो बच्चों के साथ दिखाया गया है। एक दिन वह सोता है और सपने में उसे छह बच्चे दिखाई देते हैं। बच्चों को ज्यादा खाना, शिक्षा, खिलौने चाहिए तथा अपने पिता से और ज्यादा की माँग करते हैं; लेकिन पिता कारखाने के काम से थका हुआ होता है और टूट जाता है। तब परिवार नियोजन में जो हमारा दोस्त था यमराज प्रकट हुआ।

डॉक्टर के पास चार्ट है, जिसमें कि पुरुष की शरीर-रचना की तसवीर है। वह उसे खोलता है और पूरा सिनेमाघर, विशेषत: आगे की पंक्ति में बैठे लोग, शोर करना शुरू कर देते हैं।

सिनेमाघर क्लास लेक्चर के विपरीत होते हैं, जहाँ पर अगली पंक्तियों में ही मजा आता है।

जो भी हो, यह सब चल रहा है, जब मैं अपनी प्रेमिका के साथ हूँ। मैंने नेहा के साथ कभी भी सेक्स के बारे में बात नहीं की थी। लेकिन अब यमराज आते हैं और नसबंदी करने का सही स्थान दिखाते हैं, ताकि पुरुष प्रजनन अंग नियंत्रण में आ जाए। बालकनी में बैठे अन्य सभी व्यक्तियों की तरह मैं भी शर्मिंदा हो रहा था।

नेहा ने मेरी तरफ देखा, जब मैं अपनी सीट पर बेचैन था।

"क्या तुम ठीक हो?"

"तुम्हें नहीं लगता कि यह कुछ ज्यादा है? इन्हें ऐसी असभ्य बातें क्यों दिखानी पड़ती हैं?"

"क्या यह शिक्षाप्रद है?"

"हाँ, ठीक है। मुझे इसकी आवश्यकता है, जब मुझे फिल्म देखने आना होता है।"

"छोड़ो, हरि। मैं तो सोचती हूँ कि यह काफी हास्यास्पद है।"

परदे पर पत्नी डॉक्टर की बात ध्यान से सुनती है और मुसकराती है सेक्स के बाद कोई परिणाम न आने के लिए। मैं सोचता हूँ कि डॉक्टर और पत्नी में कुछ चल रहा था, लेकिन यह सिर्फ मेरी कल्पना ही थी।

वृत्तचित्र के आधे घंटे के खत्म होने के बाद लोगों ने राहत की साँस ली। मिल मजदूर जागता है और महसूस करता है कि उसे अपने परिवार को सीमित रखना चाहिए और नसबंदी कराने के लिए कागज पर हस्ताक्षर कर देता है। वृत्तचित्र खुशी-खुशी समाप्त होता है तथा पत्नी व बच्चों के मुसकराते हुए चेहरे, जो कार्टून में बदल जाते हैं और जनसंख्या नियंत्रण विभाग का उलटा 'त्रिकोण' आता है। गोली चलाकर खुश होनेवाले आरनोल्ड के परदे पर आने से पहले हमारे ऊपर बुद्धिमत्ता का अंतिम नारा 'छोटा परिवार सुखी परिवार' फेंका गया।

जैसे ही फिल्म शुरू हुई, नेहा ने मेरा हाथ पकड़ लिया। वह ऐसा आराम से करती हुई ही बड़ी हुई है और इससे और अधिक की आशा मैं नहीं कर सकता था। मुझे रेयान के साथ हुआ पिछला वार्त्तालाप याद आया। क्या नेहा हाथ पकड़ने से कुछ ज्यादा गोपनीय रूप से करना चाहती थी? क्या मैं उससे पूछ सकता था? क्या मुझे निडर होकर बोलना चाहिए?

फिल्म के बाद हम खाना खाने 'नरूलाज' गए।

"तो मुझे बताओ, प्रो. वीरा कौन है?" बराबर हिस्से में बँटे ऑर्डर दिए गए पिज्जा को खाते हुए नेहा ने कहा। लड़कियों को मेज पर खाना सजाना अच्छा लगता है।

"वे वाकई कुछ अलग हटकर हैं।" मैंने कहा। "जैसे कि वे नाइन पॉइंटर व फाइव पॉइंटर में अंतर नहीं करते। और उन्हें मूलभूत विचार पसंद हैं। उनके असाइनमेंट भी आपको

अधिक सोचने पर मजबूर करते हैं।''

''कैसे?''

''जैसे कि उन्होंने टर्म पेपर में विद्यार्थियों से फ्ल्यूड मेकैनिक्स से संबंधित एक इंजीनियरिंग की समस्या पर सोचने के लिए बाध्य करनेवाला प्रश्न पूछा। ज्यादातर प्रोफेसर कह देते हैं—अध्याय 10 के अंत में दिए गए सभी प्रश्न कर लेना। लेकिन प्रो. वीरा नए-नए विचार पूछते हैं।''

''अच्छा लगता है। क्या वह देखने में सुंदर हैं?''

''मुझे ऐसा लगता है।''

''तब तो मुझे उन्हें देखने की कोशिश करनी चाहिए। मैं पिताजी से कहूँगी कि उन्हें घर पर आमंत्रित करें।'' उसने कहा और हँसी।

मेरे अंदर ईर्ष्या की एक भावना पैदा हो गई। अब प्रो. वीरा मुझे बिलकुल अच्छे नहीं लग रहे थे।

''भाड़ में जाओ।''

''ऐ, तुम ईर्ष्या कर रहे हो?''

''नहीं, मैं ईर्ष्या क्यों करूँगा? मैं तुम्हारा प्रेमी नहीं हूँ।''

नेहा बहुत जोर से हँसी। उसे सिर्फ चुटकुले ही अच्छे लगते हैं। मैं खीझ उठा, ऐसा मन कर रहा था कि उसकी वह सुंदर बालों की लट को काट दूँ।

''मैं तो मजाक कर रही हूँ, महाशय।'' उसने कहा, ''मेरे पिता तो इसके लिए मुझे मार डालेंगे। और वे वैसे भी उनसे घृणा करते हैं। लेकिन आप लोगों का पढ़ाई की तरफ ध्यान देना देखकर मुझे अच्छा लगता है।''

''मैं तो नहीं···।''

उसने मेरा हाथ पकड़ा, यद्यपि उसने हँसना बंद नहीं किया था। ऐसा क्या है कि लड़कियाँ हमेशा हँसती रहती हैं? और अभी भी मुझे इंतनी सुंदर क्यों लगती हैं? और मैं उन्हें चूम क्यों नहीं सकता?

उसने हँसना बंद कर दिया और अपनी शांत मुद्रा में आ गई।

''माफ करना, हरि। बुरा मत मानना, तुम मेरे बहुत ही प्यारे और विशेष मित्र हो।''

अब यह क्या है? पखवाड़े के लिए एक और शीर्षक? वह मेरा गाल चूमने के लिए आगे की ओर झुकी। मैंने सोचा, अब मेरा मौका है। उसे भ्रमित करो कि तुम परवाह नहीं करते और फिर जैसे ही उसका मुँह गाल के पास आए, एकदम से अपने होंठ सामने कर दो। एक अच्छी भारतीय नारी को चुंबन करने का सिर्फ यही तरीका है, रेयान ने मुझे बताया था।

''तुम क्या कर रहे हो?'' नेहा पीछे हट गई।

मैंने निर्दोष दिखने की कोशिश की।

''क्या तुम मेरे होंठों का चुंबन लेने की कोशिश कर रहे थे?''

''नहीं।''

"हरि, तुम जानते हो, मैं ऐसी नहीं हूँ।"

"तो तुम्हें क्या पसंद है? मजेदार चुटकुले, या तुम्हारे घमंडी पिता?"

"क्योंकि यह गलत है। यह···क्योंकि यह गलत महसूस होता है। तुम लड़की नहीं हो, इसलिए नहीं समझ पाओगे।"

हाँ, मैं कुछ कहना चाहता था, तुम एक लड़का नहीं हो, इसलिए तुम नहीं समझोगी। तो, क्या हम अपना पिज्जा खाएँ और घर जाएँ? मैंने कुछ नहीं कहा। मैंने अपना मौका गँवा दिया और उसी वक्त अपनी इच्छा भी। साथ ही उसका चेहरा भी उदास हो गया। मैं उसे परेशान नहीं करना चाहता था। क्योंकि हमने मिलने की अगली तारीख खाना खत्म होते-होते निश्चित कर ली थी।

"यह पिज्जा बहुत अच्छा है।"

"तुम अगले बृहस्पतिवार को मिलना चाहते हो?"

"जरूर।"

"मुझे अपनी दोस्त के जन्मदिन के लिए एक उपहार खरीदना है। क्या तुम मेरे साथ कनॉट प्लेस आओगे?"

मैं सहमत हो गया। मैं प्रिया और उसके महँगे डेटिंग उपहारों से तंग था।

"हरि, मैं कार लेकर आऊँगी और तुम्हें आइसक्रीम पार्लर से ले लूँगी।" उसने कहा।

मैंने बिना मुँह ऊपर उठाए पिज्जा की प्लेट में पड़े छोटे-छोटे टुकड़े खाए।

□

"वेंकट, मेरी कुछ जिम्मेदारियाँ है···।" आलोक ने कहा।

"लेकिन वे मेरी समस्याएँ नहीं हैं। इस महीने यह तीसरी बार है। यह समय के बारे में है और मैंने ऐसी चीजों के बारे में सुनना बंद कर दिया है।" वेंकट ने उसे रोकते हुए कहा।

वह फरवरी की एक बहुत ठंडी रात थी। वेंकट के कमरे के अंदर से आवाज आई। हम अपने हॉस्टल के बरामदे में थे, कैंटीन का भ्रमण करने के बाद लौट रहे थे।

"वे इतने जोर से क्यों बात कर रहे हैं?" रेयान ने कहा।

"मुझे क्या पता? रट्टू वेंकट का कमरा ज्यादातर शांत रहता है।"

रेयान ने वेंकट के कमरे के दरवाजे पर कान लगाए।

"तुम क्या कर रहे हो?" मैंने कहा।

"लगता है, ये लोग बहस कर रहे हैं।"

"हमें इससे क्या लेना-देना? चलो, चलें।" मैंने कहा।

"शऽऽ···यहाँ आओ।" रेयान ने कहा।

मैं भी बहस के बारे में जानने का इच्छुक हो गया था। क्या कोई बहुत बड़ी बात थी? यह किस बारे में थी? मैंने अपने कान दरवाजे पर लगाए और हर शब्द बिलकुल साफ-साफ सुनाई दे रहा था।

"आलोक, यह तो हद हो गई। मेरा मतलब, मुझे अपने जी.पी.ए. का स्तर बनाए

रखने के लिए दस घंटे तो पढ़ना ही होगा। कम-से-कम मैं अपने सहपाठियों पर भरोसा कर सकता हूँ।'' वेंकट कह रहा था।

''मेरे पिता बेहोश हो गए हैं। मुझे चिंता है, उन्हें दिल का दौरा पड़ा है। घर से दो बार फोन आ चुका है···।'' आलोक ने कहा।

''सुनो, तुम्हारी माँ हमेशा तुम्हारे पिताजी की बीमारी को बढ़ा-चढ़ाकर बताती हैं। वे ठीक हो जाएँगे। तुम्हारे वहाँ जाने से क्या होगा?''

''मैं घर में अकेला पुरुष हूँ, वेंकट। मैं जाना चाहता हूँ। क्या इस बार तुम अकेले नहीं कर सकते?''

''वाकई नहीं। मुझे दूसरे विषयों के क्लास नोट्स भी पढ़ने हैं। मुझे नहीं लगता कि तुम यह समझ पाओगे। मेरा मतलब तुम फाइव पॉइंट समथिंग वाले इसे कैसे समझ सकते हो।'' वेंकट ने कहा।

''समझ पाओगे क्या?'' आलोक ने कहा।

''यह कि मुझे अपना पहला स्थान बनाए रखना है। तुम्हें पता है कि हमारे विभाग में दूसरे स्थानवाला लड़का मुझ से सिर्फ 0.03 से पीछे है। अब तुम्हीं बताओ कि मैं यह ग्रुप असाइनमेंट पूरा करूँ या अपने नोट्स पढ़ूँ?'' वेंकट ने कहा या समझो, चिल्लाया।

''साला रट्टू।'' रेयान मेरे कान में फुसफुसाया।

मैंने उसे चुप रहने का इशारा किया।

''वेंकट, तुम हमेशा ही पढ़ते रहते हो। क्या तुम जरा सा···'' आलोक ने कहा।

''मैं नाइन पॉइंटर हूँ। क्या तुम यह समझते हो, मुझे अपना पहला स्थान बनाए रखना है?'' आलोक को कहने के बजाय अपने आपको ज्यादा याद करते हुए वेंकट ने कहा।

''लेकिन क्या मैं तुम्हारा दोस्त नहीं हूँ? तुम जानते हो कि मुझे अपने पिताजी की देखभाल भी करनी है।'' आलोक ने कहा, इस बार विरोध की बजाय याचना करते हुए।

''बस!'' वेंकट ने कहा, ''यह असाइनमेंट दस प्रतिशत का है। आलोक, तुम नहीं जा सकते।''

''वेंकट, प्लीज!'' आलोक ने कहा और उसकी आवाज उसकी माँ से मिलने लगी, अर्थात् वह जल्दी ही रोने वाला था।

''यह तो ज्यादा हो गया, मैं अंदर जा रहा हूँ।'' रेयान ने लात मारकर दरवाजा खोलते हुए कहा। मैं उसे रोकने की कोशिश कर सकता था, लेकिन उसने द्रुतगति से कार्यवाही की।

आलोक वेंकट के सामने खड़ा था और वेंकट कुरसी पर बैठा था। वे आश्चर्यचकित होकर हमारी तरफ मुड़े।

''क्या···'' वेंकट ने कहा, ''रेयान, तुम यहाँ क्या कर रहे हो?''

यह प्रश्न विचारणीय है। एक फाइव पॉइंटर नाइन पॉइंटर के कमरे में क्या कर रहा है? वेंकट ने रेयान की तरफ ऐसे देखा जैसे मधुशाला ढूँढ़नेवाला व्यक्ति मंदिर में आ गया हो।

''क्या समस्या है?'' रेयान ने वेंकट की पूरी तरह उपेक्षा करते हुए कहा।

मैं वेंकट का कमरा देखते हुए चुपचाप खड़ा रहा। एक बिस्तर और कुछ कपड़ों के अतिरिक्त वहाँ सिर्फ किताबें, किताबें और किताबें थीं।

''रेयान, इससे तुम्हारा कुछ लेना-देना नहीं।'' आलोक ने कहा।

मैं कह सकता हूँ कि रेयान को देखकर वह आश्चर्यचकित था, फिर भी मन-ही-मन उसने सोचा कि मसीहा आ गया है। 'किसी भी समय रो पड़नेवाले' दयनीय हाव-भाव गायब हो गए।

''मैंने कहा, क्या समस्या है?'' रेयान ने पूछा।

''मैं तुम्हें बताऊँगा कि समस्या क्या है?'' वेंकट ने कहा, ''कल हमें थर्मो असाइनमेंट जमा करना है। आलोक और मैं एक ही ग्रुप में हैं। यह दस प्रतिशत का है। फिर भी यह घर जाना चाहता है।''

''मैं कहीं घूमने नहीं जा रहा हूँ। पिताजी सख्त बीमार हैं।'' आलोक ने कहा।

''क्या तुम चाहते हो कि मैं जाऊँ?'' रेयान ने पूछा।

मैं चकरा गया। एक साल तक कोई बातचीत नहीं और अब अचानक सहायता करने का प्रस्ताव।

क्या रेयान वाकई आलोक के साथ हाथ मिलाना चाहता था या वह यह सिद्ध कर रहा था कि वेंकट एक काँटा है।

''मैं जानता हूँ, तुम कहाँ रहते हो और मैं पहले भी तुम्हारे पिता को अस्पताल लेकर गया हूँ। मेरे पास स्कूटर भी है और हम वहाँ जल्दी पहुँच सकते हैं। या अगर तुम्हारा ही जाना जरूरी है तो मैं असाइनमेंट पूरा करने में तुम्हारी सहायता कर सकता हूँ। बस, मैं तुम्हारे इस रट्टू बेकार दोस्त के साथ काम नहीं करना चाहता।'' रेयान ने 'दोस्त' शब्द पर जोर देते हुए कहा।

यह कुछ ज्यादा ही था। रेयान आलोक के लिए मदर टेरेसा की तरह बात कर रहा था। आलोक, जो बेइज्जती करके हमें छोड़ आया, आज हर समस्या का समाधान करनेवाला देवता बन गया था। मैंने वेंकट की तरफ देखा, जो इंस्टीट्यूट में अनुबंध पर रखे गए सेवानिवृत्त प्रोफेसर की युवा प्रतिलिपि लग रहा था, जो कुमाऊँ का पूरा खाना बनाने के लिए पर्याप्त होता और माथे पर पूजा की राख का तिलक लगाया था। फिर भी, उस पर रेयान ही देवता जैसा लग रहा था।

''सच?'' आलोक ने कहा।

''तो मैं जाऊँ?'' रेयान ने कहा और खड़ा हो गया।

आलोक ने झुककर सहमति दी और रेयान कमरे से बाहर चला गया।

हम एक मिनट के लिए चुप थे। रेयान ने एक समस्या हल कर दी थी, जिससे एक बीमार आदमी की जान और एक रट्टू नाइन पॉइंटर का भविष्य बच सका।

''अच्छा, तब यह तय हुआ। तुम असाइनमेंट पूरा करो।'' मैंने कहा और कमरे से बाहर जाने के लिए खड़ा हो गया।

''रुको।'' आलोक ने कहा।

''क्या?'' मैंने कहा।

वह मेरे साथ कमरे से बाहर आया। समय न गँवाते हुए वेंकट ने थर्मोडायनेमिक्स की किताब निकाली और सरसरी निगाह से देखा, जिसका मतलब था—जल्दी वापस आना।

''धन्यवाद।'' आलोक ने कहा।

''धन्यवाद रेयान को।'' मैंने कहा।

''हाँ, मैं कहूँगा। क्या यह अभी भी मुझसे नाराज है?''

''नहीं यार, अगर होता तो तुम्हारे घर ही क्यों जाता?''

''हाँ, यह चिल्ला सकता है; लेकिन इससे क्या फर्क पड़ता है। इसका बाद में धन्यवाद कर देना।'' मैं आलोक से बहुत खिन्न हो रहा था। मैं नहीं समझता कि उसे यह कहने का अधिकार है कि वह अब रेयान को नहीं जानता, निश्चित ही इतना नहीं जितना मैं।

''हरि!'' आलोक ने कहा, ''तुम्हें लगता है कि मैं वापस आ सकता हूँ?''

''कहाँ वापस आना?'' मैं चौंक गया था।

''पता है, फिर हम तीनों…।''

''क्यों? वेंकट के साथ तुम्हारा नहीं जम रहा क्या?''

''मुझे नहीं मालूम यार, कि मैं क्या कर रहा था। मैं वापस आना चाहता हूँ।'' मुझे अपने कानों पर विश्वास नहीं हुआ। एक जिद्दी नाइन पॉइंटर के साथ एक साल रहने से इतना बदलाव!

''पक्का?''

''हाँ, बिलकुल पक्का।'' आलोक की आवाज धीमी थी। और फिर, भावुक मित्रों की तरह हम गले मिले। मुझे लगता है कि आलोक रोने के लिए तरस रहा था और उसने कुछ आँसू बहाए, जिन्हें वह हमेशा बचाकर रखता है। मैं भी उदार हो गया था। मैंने कभी सोचा नहीं था कि हम तीनों फिर एक साथ रह सकेंगे। मुझे मालूम था कि रेयान कुछ नाटक जरूर करेगा; लेकिन अंत में मान जाएगा, यदि वह आलोक के अधमरे पिता की सेवा में घंटों लगा सकता है तो जरूर उसने इसके लिए कुछ महसूस किया होगा।

''बहुत अच्छा! तो वापसी पर स्वागत है।'' मैंने कहा।

''हाँ, बस इस बकवास थर्मल असाइनमेंट के बाद।'' आलोक ने कहा और हम पहली बार एक साल के बाद एक साथ जोर से हँसे।

□

9

तंत्र का दबाव

उम्मीद के अनुसार रेयान ने आलोक की वापसी पर होंठ बिचकाए; लेकिन बहुत देर तक नहीं, क्योंकि यह अर्थहीन था। आलोक के थोड़ा और आँसू बहाने के बाद हम सब गले मिले और ऐसा लग रहा था कि हमारा पुराना ग्रुप वापस बन गया। वेंकट के फुंकारी अभिशापों की हमने खुशी-खुशी उपेक्षा की, और उसके साथ उसकी किताबों की भी, लेकिन हम एक-दूसरे के साथ थे।

इस ऐतिहासिक घटना को यादगार बनाने के लिए रेयान ने दावत दी। उसने सारे इंतजाम खुद किए, जिसमें कमरे की सफाई भी सम्मिलित थी, जो अपने आपमें बहुत बड़ा काम था; क्योंकि महीनों से चढ़ रही धूल की परतों को उसने कभी छेड़ा नहीं था।

''रेयान, इसे माइस पार्टी क्यों कह रहा है ?'' आलोक थोड़ा हैरान हुआ।

''नहीं मालूम। उसका अपना एक नया विचार है, जिसे वह पेश करने जा रहा है।'' मैंने कंधा उचकाया।

पार्टी शुरू होने से पहले रेयान ने हमारा कमरे के आस-पास जाना प्रतिबंधित कर रखा था। मैंने उसे आलोक पर छह बार 'मोटे बोलो' चिल्लाते हुए सुना। मेहमानों की सूची में मैं, आलोक, सुखविंदर, अनुराग एवं वैभव थे, जो हमारे फ्लोर के आखिरी कमरे में रहते थे। हमेशा उसके कमरे में वोदका होती थी। रेयान के लिए वह अच्छी दोस्ती के लायक था। मैं बाद में ही समझ सका कि मेहमानों की सूची बनाने का आधार क्या था; सभी फाइव पॉइंट समथिंग की श्रेणी के थे, गौण प्रतियोगी थे और उसी विंग में रहते थे। हम सब दस बजने और मिस्टर रेयान के कमरे का दरवाजा खुलने का उत्सुकता से इंतजार कर रहे थे।

''अंदर आ जाओ।'' कमरे के बाहर लगभग एक घंटा इंतजार करने के बाद रेयान ने हमें बुलाया।

हमने प्रवेश किया। वहाँ अँधेरा था। रेयान ने कमरे के साधारण बल्बों को लाल रंग के बल्बों में बदल दिया था, ताकि मेज पर गहरे लाल रंग की रंगत छा जाए, जो अब मधुशाला जैसी लग रही थी। रेयान ने वोदका और रम की बोतलें, ठेले पर से लिया हुआ जूस, कैंटीन

से मँगाया गया कोक, नीबू, बर्फ, चीनी और भाँग की सिगरेट मेहमानों के लिए सजा रखी थीं। जब बनी-बनाई भाँग की सिगरेट मेहमानों को पेश की जाए तो आप जान सकते हैं कि मेजबान हर चीज का कितनी बारीकी से इंतजाम करता है।

ये ही सबकुछ नहीं था। निर्वस्त्र औरतों की तसवीरों से दीवारें सजी थीं, अमेरिका की पत्रिकाओं से निकाले गए निर्वस्त्र पोस्टर, जो अमेरिकन विश्वविद्यालयों की तुच्छ प्रवेश पत्रिकाओं के बीच में रखकर कुमाऊँ में पूर्व विद्यार्थियों द्वारा डाक से भेजे गए थे। सुनहरे बालोंवाली, गोरे रंग और काले बालोंवाली, लाल बालोंवाली, पतली, कामुक, ठिगनी, सजी-धजी—सब रेयान के कमरे की दीवारों पर सजी थीं।

आलोक ने पोस्टरों को घूरा। उसका मुँह ऐसे खुला था जैसे रसोई में कोई यूएफओ आ गया हो।

"ये औरतें बिलकुल नग्न हैं।" यह कहने में सफल हुआ।

"ज्ञान बढ़ाने के लिए धन्यवाद, आलोक।" वेंकट के साथ अच्छा समय बिताने के कारण वह काफी चीजों से वंचित रह गया।

हम सब रेयान के कमरे के फर्श पर बैठ गए, जहाँ पर उसने हर एक मेहमान के लिए तकिए लगा रखे थे। पहला ड्रिंक रीति के अनुसार 'चीयर्स' और बोतल खाली करने की चुनौती और पिंक फ्लॉयड के गाने से शुरू हुआ। हमने पहला ड्रिंक जल्दी खत्म कर दिया, रेयान ने तुरंत ड्रिंक बना दिए और फिर दुबारा। मुझे मालूम था कि मुझे शराब चढ़ चुकी है, जब मैं भाँग की सिगरेट पीने गया। तीन पेग लेने के बाद मुझे हमेशा सिगरेट पीने की इच्छा होती थी।

सरदार के मदहोश होने का अपना ही तरीका था, कुछ ज्यादा ही प्यार दिखाने का, एक-दूसरे के ऊपर गिरते-पड़ते रहना। वह आलोक के पास बैठ गया और उसके कंधे पर हाथ रखा; कभी-कभी कंधे दबाता, रगड़ता।

"मस्त पार्टी यार। आलोक, क्या तुम खुश हो?" सरदार ने अपेक्षापूर्वक पूछा।

आलोक ने गरदन हिलाई, धीरे से सरदार का हाथ हटा दिया और बोलने के लिए आगे बढ़ा।

"तो रेयान, वह क्या बड़ा सिद्धांत है, जिसे तुम आज पार्टी में पेश करने जा रहे हो?"

आलोक अनुराग और वैभव के साथ हमारे सामने बैठा था।

"पहले थोड़ा आनंद ले लो।" रेयान ने कहा।

"मुझे बहुत अच्छा लग रहा है, यार।"

"चलो, बताओ।" सरदार ने कहा और आलोक के कंधे पर फिर से हाथ रख लिया।

"हाँ-हाँ, चलो बताओ।" अनुराग और वैभव एक साथ बोले।

"मेरे सिद्धांत को माइस थ्योरी कहते हैं। लेकिन मेरे यह बताने से पहले तुम सबको एक प्रश्न का उत्तर देना है।"

''कैसा प्रश्न ?'' अनुराग ने कहा।

''तुम मुझे यह बताओ कि तुम्हें जीवन में यथार्थतः क्या चाहिए ?''

''हाँ, कुछ भी।'' मैंने कहा, ''तुम बस अपना सिद्धांत बताओ, यार।''

मैं रेयान की दिखावटी चालों से परिचित था। साथ ही मेरे दिमाग को ऐसे गहरे प्रश्न का उत्तर देने के हिसाब से शराब कुछ ज्यादा हो गई थी।

''चलो यार, मिलकर इसका उत्तर खोजते हैं।''

रेयान ने कहा, ''तुम इस बात की ज्यादा प्रशंसा करोगे, अगर तुम पहले अपने जीवन के बारे में सोचो तो। बस एक प्रश्न—तुम्हें जीवन में क्या चाहिए ? दो मिनट के लिए इसके बारे में सोचो।''

हम सब शांत हो गए। थोड़ी देर के लिए अपने सिद्धांत से अलग हटकर रेयान ने सबके ड्रिंक फिर से बना दिए। मैं चौथा पैग ले रहा था और जीवन के बारे में इससे ज्यादा सूत्र-विहीन मैं कभी नहीं हुआ। मैंने सबको सोचते हुए देखा।

''ओ.के. समय समाप्त।'' रेयान ने कहा, ''सरदार, तुम क्या चाहते हो ?''

सरदार ने आलोक को जकड़कर पकड़ा और अपनी तरफ खींचा। फिर उसने आलोक के मुँह पर एक चुंबन लिया और आत्मीयता से फुसफुसाया, ''बता दूँ क्या ?''

आलोक ने निश्चय करके अपने आपको उसकी प्यार भरी और नशेवाली पकड़ से छुड़ाया तथा गरदन झुकाकर 'हाँ' का इशारा किया।

''बस, मैं अमेरिका जाना चाहता हूँ। इस जी.पी.ए. के साथ यह असंभव है; लेकिन कैसे भी, कहीं भी, किसी भी तरह मुझे नहीं मालूम, बस मैं अमेरिका जाना चाहता हूँ।'' सरदार बड़बड़ाया।

अनुराग कंप्यूटर की कुछ नई भाषा की खोज करने के बारे में बड़बड़ाया और वैभव अपना व्यवसाय शुरू करना चाहता था।

मुझे मालूम था कि रेयान की दूसरों के जीवन की महत्त्वाकांक्षाओं के बारे में ज्यादा रुचि नहीं थी, फिर भी उसने विनम्रतापूर्वक सबके सामने अपनी गरदन झुकाई। वह आलोक और मुझसे जानना चाहता था।

रेयान ने आलोक की तरफ गरदन झुकाई।

''तुम्हें तो मालूम ही है।'' आलोक ने कहा।

''फिर से बता दो।''

''मैं दिल्ली में एक नौकरी करना चाहता हूँ, ताकि अपने माता-पिता की देखभाल और पैसे की समस्या का समाधान कर सकूँ।''

''वास्तव में ?'' रेयान ने कहा, जैसेकि उसे उत्तर विश्वासजनक नहीं लगा।

''बिलकुल।'' आलोक ने जोर देकर कहा।

''वास्तव में ?'' सरदार ने फिर कहा, अपना प्यार दिखाते हुए, न कि अन्य किसी बात के कारण।

"तुम हरि?" रेयान ने कहा।

"मैं नहीं जानता।" मुझे वास्तव में पता ही नहीं कि मैं जीवन में क्या करना चाहता हूँ। मैंने प्रश्न के बारे में सोचा था। मैं फाइव पॉइंटर जी.पी.ए. नहीं जानता था, और मैं मोटा व बदसूरत नहीं बनना चाहता था। मैं हर सेमेस्टर में होनेवाली बकवास मौखिक परीक्षा में घबराकर कुछ भी न बोल पाना भी नहीं चाहता था। यानी मुझे पक्का मालूम था कि मैं क्या नहीं करना चाहता—यह सब उस विभाग में मेरे पास था। लेकिन मैं क्या चाहता हूँ, यह जान पाना मुश्किल है।

"बिलकुल, तुम जानते हो। चलो यार, साहसी बनो।" रेयान ने निवेदन किया। 'साहसी', यह रेयान का शब्द है। वह हमेशा साहसी रहा है। और हमेशा पतला और आकर्षक रहा है, हमेशा आत्मविश्वासी बेपरवाह है। मैं रेयान से घृणा करता था। फिर भी उस समय मैंने महसूस किया कि मैं वाकई क्या चाहता था—मैं रेयान जैसा बनना चाहता था।

"कुछ ज्यादा नहीं।" मैंने प्रश्न का उत्तर सोचने की कोशिश करते हुए कहा। मैंने किसी को नहीं बताया कि मैं रेयान जैसा बनना चाहता हूँ, इस सबके बावजूद रेयान कभी भी कोई और नहीं बनना चाहेगा।

"फिर भी, कुछ तो कहो, यार। ताकि हम वह सिद्धांत सुन सकें।" आलोक ने कहा।

"मैं अपनी प्रेमिका का चुंबन लेने योग्य बनना चाहता हूँ, और जब चाहूँ उसका चुंबन ले सकूँ। और इससे भी ज्यादा करूँ, जैसे कि उसके साथ सभी सीमाएँ पार करूँ।"

मुझे आज भी मालूम नहीं कि मैंने क्या कहा और क्यों कहा? मेरा मतलब है, यह सच ही था। हाँ, मैं नेहा का चुंबन या और सबकुछ, लेकिन मैं कुछ अलग करना चाहता था।

"कौन है तुम्हारी प्रेमिका?" सरदार ने कौतूहल से मेरी तरफ देखा।

"इससे तुम्हारा कोई मतलब नहीं।" रेयान ने तुरंत कहा।

"जो भी हो, सर, अब हमें सिद्धांत बताओ।" आलोक ने दो पैग पीने के बाद कहा। उसने सरदार की बढ़ती हुई हरकतों को नजरअंदाज किया और चश्मे के पीछे छिपे हारे चेहरे व पुरुषत्व के साथ बैठ गया।

"सज्जनो!" बिस्तर पर बैठे हुए रेयान ने कहा। वह हमसे ऊपर बैठा हुआ था और हमारे सिरों पर अपने महान् ज्ञान की वर्षा कर रहा था—"आज शाम यहाँ पधारने का धन्यवाद। मुझे विश्वास है कि तुम जान गए होगे, तुम इस विंग में सबसे कम जी.पी.ए. वाले हो। सज्जनो, हम गौण प्रतियोगी हैं। गौण प्रतियोगियों के लिए चीयर्स।"

यद्यपि रेयान हमारा बेशर्मी से मजाक उड़ा रहा था। आई.आई.टी. के ग्रेडिंग सिस्टम में फेल होने के बावजूद हम खास महसूस कर रहे थे और जोर से 'चीयर्स' करने के लिए हमारे हाथ ऊपर उठे हुए थे।

"और यह आई.आई.टी. सिस्टम और कुछ नहीं, लेकिन एक माइस रेस है। ध्यान रखो, यह रैट रेस नहीं है, क्योंकि रैट्स तो थोड़े चतुर और चालाक लगते हैं। तो यह उसके बारे में नहीं है। यह तो बुद्धिहीनता से चार साल तक रेस में दौड़ने के बारे में है—हर एक

क्लास में हर एक असाइनमेंट में, हर एक टेस्ट में। इस रेस में प्रोफेसर हर दस कदम पर तुम्हारी जाँच करते हैं, हर सेमेस्टर में तुम्हारे ऊपर जी.पी.ए. की एक मुहर लगा देते हैं। प्रोफेसर ऐसे हैं जिन्हें विज्ञान और पढ़ाई के बारे में कुछ भी मालूम नहीं है। हाँ, प्रोफेसर्स के बारे में मैं ऐसा समझता हूँ। मेरा मतलब है, आई.आई.टी. ने इस देश को क्या दिया है? पिछले तीस वर्षों में की गई एक खोज का नाम बताओ।''

जैसे ही रेयान का भाषण गंभीर हुआ, कमरे में पूर्ण शांति छा गई। मैं सोच रहा था कि रेयान को पूरी चढ़ गई है, अन्यथा किसी जश्न में ऐसा भाषण देने का कोई और कारण नहीं हो सकता था।

''कैसे भी।'' रेयान ने जारी रखा, ''प्रोफेसर्स को डंडा करो। यह सिस्टम एक अनुचित दौड़ है। यदि तुम एक चूहे हो, जो सोचते हो या दूसरे दौड़ते हुए साथियों को दोस्त बनाने के लिए रुकते हो या तुम जीवन में क्या करना चाहते हो—को जानने के लिए रुकते हो, या पुरानी बातों पर विचार-विमर्श करना चाहते हो।'' रेयान ने आलोक की तरफ देखते हुए कहा, ''तो तुमको पीछे धकेल दिया जाएगा। जैसे हमें अल्पबुद्धि वेंकट जैसे द्वारा पीछे धकेल दिया गया है।''

सरदार ने हाथ से चुंबन का इशारा किया। मेरा अंदाज है कि वह इससे सहमत है।

''लेकिन हम सब इसे बदल सकते हैं।'' रेयान ने कहा।

''कैसे?'' अनुराग ने कहा। कम-से-कम कोई तो इस बकवास को सुन रहा था।

''अपने हिसाब से जीकर। रैट बनकर, माइस नहीं, एक साथ मिलकर काम करो और सिस्टम को मात दे दो। मैं अपने दोस्तों को इस सिस्टम में नहीं जाने दूँगा, बल्कि मेरी दोस्ती इस सिस्टम को मात देगी।''

''कैसे?'' अनुराग ने दोबारा कहा।

''यह सब मेरे और मेरे घनिष्ठ मित्रों के लिए है। तुम्हें सिर्फ थ्योरी मिलेगी; लेकिन मैं तुम्हें प्रैक्टिकल्स के बारे में कोई मदद नहीं कर सकता।''

''हम तुम्हारे दोस्त नहीं हैं?'' सरदार ने भावुकता भरी आवाज में पूछा।

''बिलकुल तुम मेरे दोस्त हो। लेकिन यह मैं सिर्फ अपने घनिष्ठ मित्रों के साथ ही करूँगा।''

किसी ने भी विरोध नहीं किया। यदि और कुछ नहीं तो रेयान का सिद्धांत पार्टी में मनोरंजन का मुख्य हिस्सा था। वोदका की एक बोतल, भाँग की दस सिगरेटें और बाद में फ्लॉयड के तीन कैसेट तथा भाषण तो उस शाम का छोटे सा हिस्सा था। रात्रि के एक बजे अन्य सभी चले गए। साफ-सफाई करने के लिए मैंने और आलोक ने मदद की।

''यह एक अच्छी पार्टी थी।'' आलोक ने कहा।

''मुझे पता है, मोटे! बकवास वेंकट के साथ रहने से तुम इस सबसे वंचित रहे।'' रेयान ने कहा और लड़खड़ाकर चलने लगा।

''तो सिद्धांत के कार्यान्वयन के बारे में क्या विचार है? यह कैसे होता है?'' मैंने

आदर्श भाव से कहा।

"सी2डी।" रेयान ने कहा

"क्या बकवास है?" यह वैज्ञानिक फिल्मों के सूत्र की तरह लग रहा था।

"कॉआपरेट।" रेयान ने कहा और जानबूझकर अपने बिस्तर पर गिर गया।

"कॉआपरेट?"

"हाँ, कॉआपरेट टू डोमिनेट, सी2डी…" रेयान ने कहा और अपनी आँखें बंद कर लीं। वोदका ने अपना असर दिखा दिया था। वह मूर्च्छित हो गया।

"चलो, साथी माउस, अपने कमरे में चलें।" आलोक ने कहा। पार्टी समाप्त हो गई।

मैं रेयान के साथ मशीनिंग की लैब में था, तब मुझे अगले दिन की नेहा के साथ डेट याद आई। इस बार मैडम ने एक उपहार के लिए कहा था। यह पूरी कहानी उसने बनाई थी कि कैसे मैंने उसे कभी कुछ भी नहीं दिया, जबकि वह मुझे कुछ-न-कुछ देती रहती थी—और वह भी बिना कुछ ज्यादा खर्च किए। इस वियोग के बाद एक उपहार माँगने की हिम्मत एक लड़की ही कर सकती है, क्योंकि उन्हें आखिरकार अलग तरह का बनाया गया है। जो भी हो, मैंने उससे वायदा किया था कि मैं बिना उपहार के नहीं आऊँगा—और मैं इसके बारे में पूरी तरह से भूल गया।

"कल सुबह तक।" रेयान ने कहा, "तुम उपहार का इंतजाम कैसे करोगे?"

"मुझे नहीं पता, बस मैं भूल गया। यार, वह रूठ जाएगी। मैं कुछ चॉकलेट खरीद लूँगा, हालाँकि वे भी महँगी हैं।"

"हाँ, लेकिन चॉकलेट? लेकिन यह बिलकुल भी नई चीज नहीं है। कोई आश्चर्य नहीं होगा कि वह तुम्हें एक भी न दे।" रेयान ने कहा।

"जो भी हो। तुम्हारे पास कुछ अच्छे विकल्प हैं।" मैं उसके निष्कर्ष पर खिन्न हो रहा था, जो शायद ठीक थे!

"सोचो यार, सोचो।"

हमने कई मिनट तक सोचा और बहुत सारे विकल्प सामने आए—कपड़े बहुत महँगे, परफ्यूम बहुत तुच्छ, किताबें अवैयक्तिक हैं और इसी तरह के और। मेरे पास न तो समय था और न ही काम चलाने के लिए कोई विकल्प।

"उसके लिए कुछ बना लो।" रेयान ने अपनी उँगली चटकाई।

"क्या?"

"जैसे यहीं लैब में कोई चीज बना लो। एक इंजीनियर के हाथों बना एकदम ऑरिजिनल, कितना बढ़िया विचार है यह?" यह एक अच्छा विचार लग रहा था, यद्यपि पूरी तरह से अव्यावहारिक था। और शायद वह उम्मीद कर रही हो कि मैं कुछ ज्यादा रुपए खर्च करूँ।

"क्या बनाऊँ?"

"मुझे नहीं पता। किसी साधारण उपकरण के बारे में सोचो, जिसे वह इस्तेमाल कर सके।"

मैंने नेहा के जीवन के बारे में सोचने की कोशिश की। उसके पास बहुत सारी चीजों से भरा एक बड़ा बैग है।

"उसके लिए लिपस्टिक रखने का एक छोटा बॉक्स कैसा रहेगा? जब वह अपने बैग से कोई चीज निकालती है तो उसकी लिपस्टिक लुढ़ककर बाहर गिर जाती है।"

"अब तुम ग्राहक की आवश्यकताओं के बारे में सोच रहे हो। ओ.के. लिपस्टिक बॉक्स। लेकिन अधिकतम कितनी लिपस्टिक्स के लिए?"

"तीन···चार।"

"और एक लिपस्टिक की माप?"

"कुछ पता नहीं। शायद तीन इंच ऊँची, एक इंच लंबी और एक इंच चौड़ी।"

"बहुत अच्छा। समझो, हम दो के ऊपर दो रखें···और फिर हम मोटाई की धातु की पत्ती से डिजाइन बनाएँ!"

मेरे मूर्खतापूर्ण लिपस्टिक बॉक्स के लिए मैंने रेयान को एक अश्रद्धालु आई.आई.टी. के गौण प्रतियोगी से एक भाव-विह्वल वैज्ञानिक में बदलते देखा। पहली बार उसने ध्यान से इंजीनियरिंग ड्राइंग बनानी शुरू की, जैसे कि वह वाकई बनाना चाहता है। उसने अन्य जरूरी बातें भी सोचीं, जैसे सहसा ही खुलनेवाला ढक्कन, एक छोटा शीशा (दर्पण) और सबसे ऊपर उसका नाम उकेरना।

डिजाइन के बाद उसने इस काम को हिस्सों में बाँट दिया—काटना, मोड़ना, पॉलिश करना : वे सारे विचार जो हमें क्लास में एकदम बोरिंग लग रहे थे, अब अचानक बड़े ही रोमांचक लगने लगे। हम उस दिन के अपने वास्तविक असाइनमेंट के बारे में भूल गए, क्योंकि वैसे भी हमें अपने ग्रेड्स की परवाह नहीं थी।

तीन घंटे बाद मैंने आखिरी थोड़े अक्षर नेहा चेरियन के मेड इन आई.आई.टी. लिपस्टिक बॉक्स पर उकेरे।

"यह काफी अच्छा है।" मैंने कहा, उसके चिटककर खुलने की प्रक्रिया से प्रभावित होकर—"उसे यह बहुत पसंद आएगा। धन्यवाद, रेयान!"

"किसी को कोई दिक्कत नहीं।" उसने अपना अँगूठा सहमति में उठाया। हाँ, मैं सच में रेयान जैसा बनना चाहता था, जिसे मैं अधिकतर पसंद करता था। कम-से-कम मैं उससे अपने से कम घृणा करता था।

मैंने आइसक्रीम पार्लर में नेहा को वह उपहार दिया।

"क्या? क्या कहा तुमने कि यह क्या है?" उसने उस धात्त्विक सिगरेट के डिब्बे जितने बड़े केस को अपने हाथों में घुमाकर देखा।

"यह एक लिपस्टिक होल्डर है।" मैंने कहा।

"सच में! मैंने इसके बारे में कभी सुना नहीं।"

मैंने उससे उसकी लिपस्टिक माँगी। उसके पास पाँच थीं, जिसका मतलब था कि हमारा डिजाइन क्षमता से कम था। फिर भी, मैंने चार लिपस्टिक लीं—लाल, ताँबे के रंग की, भूरे रंग की और गुलाबी (लड़कियाँ अपने बदन पर यह रंगीन मोम क्यों लगाती हैं, यह मेरे लिए एक रहस्य है) और उन्हें बॉक्स में डाल दिया। आराम से फिट, चिटककर खुलनेवाला कवर—हमारा डिजाइन एकदम सही तरीके से काम कर रहा था। एक सतह पर शीशा था, जिससे कि इस्तेमाल करनेवाला लिपस्टिक को सही तरह एवं सही जगह पर लगाए और गलती से अपने कान को न पेंट कर डाले।

"लेकिन यह लिपस्टिक केस क्यों?"

"मुझे नहीं पता। शायद मुझे तुम्हारे होंठ पसंद हैं।" मैंने कहा।

"बहुत विचित्र हो! क्या तुमने इसे खुद बनाया?" उसने कहा।

"हाँ, रेयान के साथ मिलकर। देखो, इस पर तुम्हारा नाम भी अंकित है।" मैंने बॉक्स को घुमाया और उसकी निचली सतह दिखाई—'नेहा चेरियन', दुनिया का सबसे सुंदर नाम सबसे सुंदर अक्षरों में लिखा हुआ था।

"वाह!" नेहा ने धीरे से कहा और फिर आई.आई.टी., दिल्ली के मशीनिंग लैब में बने उस लिपस्टिक होल्डर के साथ ऐसे खेलने लगी जैसे वह कोई छोटी बच्ची हो।

"वाह!" उसने दोबारा कहा।

पर मैं उस एकाक्षरिक 'वाह' से ज्यादा प्रशंसा की उम्मीद कर रहा था।

"कभी किसी ने मेरे लिए ऐसा कुछ नहीं किया।" नेहा ने कहा। और यही पल था जब तुक्के से मैंने सही समय पर सही निशाना साधा। "मुझे नहीं पता कि यह मेरे दिमाग में कैसे आया, बस आ गया।"

"वैसे मेरे लिए भी मेरी जिंदगी में इससे ज्यादा कोई मायने नहीं रखता।"

शायद यह पूरी तरह सच नहीं था। लेकिन यह पूरा झूठ भी नहीं था। वैसे भी, मुझे लगता है कि लड़कियों से सही बात करनी चाहिए, चाहे वह सच हो या नहीं। वैसे भी मैं हरि हूँ, हरिश्चंद्र नहीं।

"सच?" नेहा ने पूछा।

"हाँ।"

"थैंक यू। देखो, मैं अभी इसका इस्तेमाल करती हूँ।" उसने कहा।

मैंने नेहा को अपने होंठ पर लिपस्टिक लगाते हुए देखा। वह इतनी तल्लीनता के साथ लिपस्टिक लगा रही थी, जितनी तल्लीनता के साथ आलोक क्यूंटी के सवाल हल करता था।

"तुम्हें कितने बजे घर जाना है?" मैंने पूछा।

"नौ बजे तक।" नेहा ने कहा, "मैंने घर में कहा है कि मैं अपनी सहेलियों के साथ डिनर पर जा रही हूँ।"

"वाह, यह तो उनकी उदारता है।" मैंने व्यंग्यपूर्वक कहा।

"वे जानते हैं कि मैं दोबारा समीर के बारे में सोचकर दु:खी थी।"

"सुनो, क्या मैं तुम्हें एक गुप्त जगह पर ले जा सकता हूँ?" मैंने कहा।

"कहाँ?"

"इंस्टी की छत पर।"

"क्या? क्या तुम पागल हो? इंस्टी के ऊपर, जैसे कि इससे बुरी कोई जगह हो ही नहीं सकती।"

"वहाँ कोई नहीं होगा। रेयान और मैं वहाँ हजारों बार गए हैं। वहाँ बाहर का जो नजारा दिखता है वह बहुत ही खूबसूरत है।"

मुझे लग रहा था कि नेहा छत पर जाने के लिए उत्सुक थी। मुझे उसे मनाने और समझाने में थोड़ा समय लगा। मैंने उससे कहा कि हम उसकी स्टैंडर्ड पाँच के अतिरिक्तवाली नीति ऊपर जाने में अपना सकते हैं।

"मैं चलूँगी, लेकिन आज नहीं। अभी नौ बजने वाले हैं। क्यों न हम अगली बार चलें, और उस दिन मैं समीर के लिए पूरा दिन रोऊँगी, ताकि घरवाले मुझे ग्यारह बजे तक बाहर रहने की अनुमति दे दें।"

बाहर रहने के लिए भाई को हथियार बनाने का उसका विचार मुझे कुछ अच्छा नहीं लगा था। लेकिन उसके माता-पिता भी प्रमाणित मूर्ख थे और शायद वे ऐसे दाँव-पेंच का इस्तेमाल करने के ही लायक थे।

"अगली बार हम छत पर मिलेंगे, साढ़े आठ बजे।"

"हाँ, ठीक है।" उसने कहा, "तुमने कहा कि वह जगह सुरक्षित रहेगी, है न?"

"हाँ, मेरा विश्वास करो।" मैंने आँख मारते हुए कहा।

□

10

सहयोग का प्रभाव

"ये लो, हर एक के लिए एक कॉपी।" रेयान ने हमें पेपर बाँटे, जिनका शीर्षक था—सी2डी प्लान।

मैं सी2डी के बारे में भूल ही गया था, लेकिन रेयान बिलकुल नहीं भूला था। वह इस औपचारिक दस्तावेज पर काम कर रहा था। हम ससीज् में बैठे थे और आलोक अपने पराँठों की दूसरी प्लेट में व्यस्त था, जब रेयान ने हमारे बाकी आई.आई.टी. के सफर के लिए यह प्लान निकाला।

"यह क्या है?" आलोक की चिकनी उँगली के निशान उस कागज पर आ गए। वास्तव में उसे आई.आई.टी. प्लान की बजाय एक टिशू पेपर की जरूरत थी। आलोक के खाने के साथ कुछ तो बात थी, जिसे देखना बहुत ही वैयक्तिक था।

मैंने उसकी विषय-सूची पढ़ी।

कोऑपरेट 2 डोमिनेट। आई.आई.टी. का सिस्टम अनुचित है, क्योंकि—

1. वह प्रतिभा और व्यक्तिगत मनोदशा को कुचल देता है या दबा देता है।
2. वह देश के सबसे तीव्र बुद्धिवाले छात्रों से उनके सबसे बेहतरीन वर्ष छीन लेता है।
3. वह तुम्हारा कठोर जी.पी.ए. सिस्टम से अनुमान लगाता है, जो कि रिश्तों-नातों को नष्ट कर देता है।
4. प्रोफेसर विद्यार्थियों की परवाह भी नहीं करते।
5. आई.आई.टी. ने देश के लिए कोई योगदान नहीं किया है।

"तुम्हारे पास यह सब करने के लिए वक्त है?" यह था आलोक का जवाब, जो बेवकूफी भरा था; क्योंकि रेयान के पास तो दुनिया का सारा समय था।

मैंने आगे पढ़ा—इसलिए इस अनुचित सिस्टम से मुकाबला करने का एक ही उपाय है, जो कि है अनुचित साधनों का इस्तेमाल करना—जो कि है कोऑपरेट टू डोमिनेट या सी2डी और इसी प्लान का आलोक, हरि, रेयान इंस्टीट्यूट में अपने आगेवाले समय में

इस्तेमाल करेंगे। मुख्य सिद्धांत हैं—

1. हर असाइनमेंट मिल-जुलकर किया जाएगा—हर व्यक्ति को बारी-बारी से असाइनमेंट करने होंगे। बाकी सब उसकी नकल करेंगे। समय बचेगा और प्रयास का प्रतिलिपीकरण होना भी बचेगा।
2. हम कोर्स की जिम्मेदारियों को बाँट देंगे। उदाहरण के लिए, ऊपर सेमेस्टर में छह कोर्स हैं, तो हममें से हर कोई सिर्फ दो के ऊपर ध्यान देगा। उसे उस कोर्स की सारी क्लासिस पूरी करनी पड़ेंगी, जिसका वह जिम्मेदार है; लेकिन वह बाकी सब कोर्सेस की क्लास छोड़ सकता है। (नोट—रेयान को प्रो. वीरा के सारे कोर्स मिलेंगे) अपने कोर्स की हर एक क्लास में—जो तुम पूरी करोगे—उसके अत्यधिक नोट्स बनाने पड़ेंगे। बाकी सब उनकी नकल करेंगे।
3. हम अपनी प्रयोगशाला के प्रयोगों के निरीक्षणों को एक-दूसरे के साथ बाँटेंगे।
4. हमारी दोस्ती जी.पी.ए. से ऊपर है। जो भी अतिरिक्त समय मिलेगा, हम उसमें अपनी जिंदगी पूरी तरह से आनंदपूर्वक जीएँगे।
5. हम अपने हॉस्टल के कमरों को एक लिविंग यूनिट में बदल देंगे—एक साझा बेडरूम, एक पढ़ाई का कमरा और एक फन रूम।
6. हम वोदका की कीमत आपस में बाँटेंगे, बिना यह परवाह किए कि किसने कितनी ड्रिंक पी।

रेयान ने हमारी तरफ ऐसे देखा जैसे कि वह यह आशा कर रहा था कि हम उसके लिए ताली बजाएँगे। हम चुप रहे, यह सोचते हुए कि वह हमें समझाए कि वह इसके साथ क्या करने वाला था।

''तो तुम लोग इसके बारे में क्या सोचते हो?'' उसने पूछा।

''क्या है यह? किसी तरह का टीन एज क्लब या ऐसा कुछ?''

''अगर तुम इससे सहमत हो तो इस पर हस्ताक्षर कर दो। अपने खून से हस्ताक्षर करो।''

''हाँ, क्यों नहीं!'' मैंने कहा, ''हम कितने बड़े हैं—बारह साल के?''

''मैं इस संबंध में गंभीर हूँ।'' रेयान ने कहा और उससे पहले कि हम कुछ कहते, उसने अपनी जेब से एक रेजर ब्लेड निकाला और एक झटके में उसके अँगूठे से खून की बूँद बाहर आ गई।

''रेयान, क्या तुम पागल हो?'' आलोक चकराया। इस दु:साहसिक कदम पर उसने अपना नाश्ता छोड़ दिया।

''नहीं-नहीं, मैं सिर्फ अपना पक्ष बताना चाह रहा हूँ। तुम निश्चय करो कि तुम्हें क्या करना है।'' रेयान ने कहा, फिर उसने टूथपिक अपने खून में डुबोई और उससे हस्ताक्षर किए।

''क्या हम इसके बारे में पहले चर्चा कर सकते हैं?'' मैंने कहा।

''इसमें चर्चा करने की कोई बात नहीं है। मैं किसी को बाध्य नहीं करता।''

''जैसे कि यह सब निरीक्षण और असाइनमेंट करना, ये सब धोखा नहीं है?'' आलोक ने कहा।

मैं आलोक से सहमत था; लेकिन मैं इस समय वोदका की कीमत से ज्यादा उसके बारे में चिंतित था, क्योंकि रेयान हमेशा हमसे ज्यादा पीता था।

''यह धोखा नहीं है, समझौता है। उन्होंने हमें हमारे जी.पी.ए. से विभाजित कर दिया है। हम सिर्फ साथ मिलकर इसके खिलाफ लड़ रहे हैं।''

''मुझे तो ऐसा कुछ नहीं दिख रहा।'' मैंने कहा।

''तुम हस्ताक्षर कर रहे हो या नहीं?'' रेयान ने अपने हाथ कूल्हे पर रखे।

मैंने सी2डी के बारे में आखिरी बार फिर सोचा।

''ठीक है, मैं इस पर हस्ताक्षर तो कर दूँगा, लेकिन मैं अपने आपको काटने-वाटनेवाला नहीं।''

''सिर्फ एक सेकंड लगता है।'' रेयान ने कहा और इससे पहले कि मैं 'न' कह पाता, उसने मेरी उँगली पर ब्लेड मारा और खून बाहर आ गया।

''तुम जल्लाद...।''

रेयान हँसा और बोला, ''माफ करना, यार। अपना चेहरा तो देखो। कुछ अच्छी भावना दिखाओ और हस्ताक्षर कर दो।''

मैंने रेयान की तरफ खीझते हुए देखा और हस्ताक्षर कर दिए।

आलोक वहीं बैठा रहा। इतना डरा हुआ था जितना कि एक मुरगा कसाई की दुकान पर। अगर पुराना आलोक होता तो वह रेयान के विरोध में खड़ा होता; लेकिन नया और बेहतर आलोक, जो अभी-अभी हमारे साथ वापस आया था, वह दोबारा लड़ाई नहीं करना चाहता था। आलोक ने कहा, ''मैं अपनी उँगली अपने आप काटूँगा।''

और जल्दी ही उसकी छोटी अंगुली से खून निकला और उसने सी2डी पर आदिवासियों की तरह हस्ताक्षर कर दिए। यह बहुत महत्त्वपूर्ण था। मैंने जो किया, उसके बारे में निश्चित नहीं था; लेकिन यह बहुत ही रोमांचक लगा। हमने उसी दिन अपने तीनों कमरों को एक अपार्टमेंट में बदल दिया। रेयान का कमरा बन गया पार्टी रूम, आलोक का कमरा पढ़ाई का कमरा—तीन मेज व कुरसी के साथ मेरे कमरे में तीन बिस्तर थे।

□

''तो तुम तीनों दोस्त अब एक साथ रहने लगे।'' नेहा ने कहा। हम इंस्टी की छत पर जाने के रास्ते में थे, जैसा कि तय हुआ था। वह मुझे शाम को आठ बजे मिली। उसके माता-पिता इस बारे में अनजान थे। उसके किसी सहेली के जन्मदिन की पार्टी में जाने की कल्पना कर रहे थे।

''हाँ, कुछ इस तरह ही। हमने अपने कमरों को एक लिविंग यूनिट में बदल दिया।'' मैंने हाँफते हुए कहा, जब हम इमारत की पीछे की सीढ़ियों पर चढ़ रहे थे।

"काफी मजेदार है।" उसने अपनी आँख से पलक का बाल हटाते हुए कहा।

जब हम छत पर पहुँचे तब तक अँधेरा हो चुका था। और हमेशा की तरह वहाँ कोई नहीं था।

"वाह, उन सितारों को देखो।" नेहा ने कहा।

"हाँ।" मैंने गर्व महसूस करते हुए कहा, जैसे कि मैंने ही यह आसमान रँगा हो।

"और ये सब हमारे हैं। कैंपस का दृश्य देखो। देखो-देखो, यह वह जगह है जहाँ हम रहते हैं।" मैंने इशारा किया। हम ज्यादा कुछ नहीं देख पा रहे थे—लिविंग रूम की लाइट को छोड़कर।

"वाह, हम इनके पास हैं, पर फिर भी कितने दूर हैं।" नेहा ने सीमेंटवाले फर्श पर बैठते हुए कुछ ऐसे कहा जैसे कि वह स्वप्नलोक में थी। "तो?"

"तो क्या?" मैंने कहा।

"वोदका कहाँ है? क्या तुम लड़के यहाँ पीते नहीं?"

"हाँ, लेकिन तुम तो नहीं पीतीं! क्या तुम पीती हो?"

"ऐसा कौन कहता है? मैं पीऊँगी, अगर तुम भी कुछ पीयो तो।"

"हम घंटी के नीचे एक बोतल छिपाते हैं। मुझे देखने दो।" नेहा के निवेदन पर आश्चर्यचकित होते हुए मैंने कहा। वह एक अच्छी लड़की थी, मैंने ऐसा सोचा था। अच्छी लड़कियाँ नहीं पीतीं। लेकिन मैं थोड़ी पी सकता था, इसलिए बोतल के साथ वापस आ गया।

"अच्छा है।" डिश एंटिना के सहारे लेटते हुए उसने कहा, "ऊपर उन सितारों को देखो, कितने खूबसूरत हैं! काश, मैं एक चिड़िया होती!"

जब लोग चिड़िया बनना चाहते हैं, साधारणत: उन्हें चढ़ जाती है। लेकिन वह तो पीने के विचार से ही ऐसा व्यवहार कर रही थी।

"ओह! जी चाहता है, यहाँ हमेशा के लिए लेट जाऊँ। मुझे एक और ड्रिंक दो।" उसने कहा।

"ज्यादा मत पीयो।" मुझे उसे सावधान करना पड़ा।

"हाँ, नहीं पीऊँगी। अगर मेरे पिता ने सूँघ लिया तो वे मुझे मार डालेंगे।"

"बिलकुल, तुम्हारे मुँह से उसकी गंध तो आएगी ही।"

"ज्यादा नहीं, यह देखो।"

उसने अपना पर्स खोला। दस चीजों के बाद उसने इलाइची का एक पैकेट निकाला।

"देखो, इसमें से एक खाकर मैं घर बिना किसी दुर्गंध के जा सकती हूँ।

"सच में, एक तो अभी खाओ और..."

"क्या? क्या मेरे मुँह से दुर्गंध आ रही है?" वह सीधे होकर बैठ गई।

"नहीं, मैंने ऐसा तो नहीं कहा।"

उसने मेरा हाथ पकड़ते हुए अपनी ओर खींचा—"मेरी आँखों में देखो और देखकर

बताओ कि मेरे मुँह से दुर्गंध आ रही है या नहीं?''

''मुझे नहीं पता, मैं तुम्हारे मुँह के इतने पास कभी नहीं आया।'' मैंने सत्यता से कहा, वैसे हमारे मुँह के बीच में अंतर अब कुछ मिलीमीटर भी नहीं रहा।

''भाड़ में जाओ!'' वह हँसी और मुझे धकेल दिया।

''देखो, तुम एकदम डरपोक हो, एकदम डरपोक।''

''नहीं, मैं नहीं हूँ। देखो मुझे, एक प्रोफेसर की बेटी—इंस्टी की छत पर शराब पीए, वह भी फाइव पॉइंट वाले एक लोफर के साथ।''

अगर वह हँस नहीं रही होती तो मैं उसके कहने पर नाराज होता, पर मैंने अवसर का लाभ उठाने का निश्चय किया।

''लोफर? तो क्या मैं एक लोफर हूँ?'' मैंने कहा।

''हाँ, लेकिन...''

''लेकिन क्या?''

''लेकिन मैं अपने लोफर से प्यार करती हूँ।'' उसने कहा और फिर से अपनी ओर मुझे खींचा। फिर से हमारे मुँह कुछ ही मिलीमीटर दूर थे। उसने अपना सिर एक तरफ झुकाया। क्या वह मुझे चुंबन करने वाली थी? या वह मुझे दो वोदका पीने के बादवाला चुंबन करने वाली थी?

''हमें शिक्षा की जरूरत नहीं है।'' एक मोटी गाती हुई आवाज ने हमें आलिंगन से जगाया। कोई इंस्टी की छत पर आ रहा था।

''क्या है?'' नेहा ने कहा, ''तुमने तो कहा था कि यहाँ कोई भी नहीं आता।''

''मुझे नहीं पता, श-श...चुप रहो।'' एंटिना के पीछे छिपने की कोशिश करते हुए मैंने कहा।

मैंने अंत में रेयान की आवाज को उस बेसुरे गाने से पहचाना और उसे हमारे वोदका छिपानेवाली जगह पर जाते हुए देखा।

''यह तो रेयान है!'' मैंने राहत और चिड़चिड़ाहट भरी आवाज में कहा।

''रेयान!'' मैं चिल्लाया।

''हरि!'' हमारी तरफ चलकर आते हुए वह दोबारा चिल्लाया।

''शैतान, तुम यहाँ पर हो और मैं तुम्हें हर जगह ढूँढ़ रहा था। क्या तुम्हारे साथ कोई है?''

''रेयान, मैं चाहता हूँ कि तुम इससे मिलो!''

''यह तो एक लड़की है।'' रेयान ने चिल्लाते हुए ऐसे कहा जैसे कि उसने मुझे मरे हुए खरगोश के साथ देखा हो। नेहा अभी भी मेरे पीछे छिप रही थी, ताकि वह पहचानी न जा सके।

''यह तो नेहा है।'' मैंने कहा।

''नेहा, रेयान से मिलो। रेयान, अब अच्छे बनो और नेहा से 'हैलो' कहो।''

रेयान की आवाज तुरंत धीमी पड़ गई। आदमियों की क्या बात है, लड़की के संगत में वे अलग ही आदमी बन जाते हैं।

''हाय नेहा!'' रेयान ने जिसके बारे में बहुत सुना हो, उसकी ओर ज्यादा घूरने को उपेक्षित करते हुए कहा।

''हाय!'' नेहा ने कहा, अभी भी संदेह में है कि रेयान पर भरोसा किया जा सकता है या नहीं।

''मैं तो सिर्फ हरि को एक असाइनमेंट करने के लिए ढूँढ़ रहा था।'' रेयान ने कहा।

''छोड़ो न रेयान! हम लोग यहाँ ड्रिंक के लिए आए हैं।'' मैंने कहा।

''सच?'' रेयान ने कहा, जैसे कि वह सोच रहा था कि नेहा के पंख लगे होंगे और प्रकाश-चक्र से होगी या ऐसा ही कुछ, ''लेकिन मैंने सोचा था कि नेहा ऐसी नहीं होगी।''

''वैसी कैसी?'' उसने तुरंत पूछा।

''कुछ नहीं।'' रेयान ने कहा और गरम जमीन पर बैठ गया।

''तो क्या सुना है तुमने मेरे बारे में?'' नेहा ने कहा।

''काफी कुछ।'' रेयान ने कहा और उसे हमारी पहली सभी मुलाकातों के बारे में विस्तार से बताने लगा। वे लोग घंटों तक बातें करते रहे और मैं सिर्फ पीता गया। रेयान के पास कोई कंप्यूटर जैसी याददाश्त थी और उसने वे सब बातें बताईं जो मैं खुद भी भूल चुका था।

''उस दिन तो मैंने परिवार नियोजनवाले वृत्तचित्र के बारे में बताया।'' नेहा ने ही-ही करते हुए कहा।

''बिलकुल, वह मुझे सबकुछ बताता है।'' उसने गर्वित होते हुए कहा।

मैं सोच रहा था कि मैं और नेहा चुंबन कर चुके होते और बाकी कुछ भी, अगर रेयान यहाँ नहीं आया होता। मैंने उसे इंस्टी की छत से धक्का देने के बारे में सोचा, लेकिन फिर सोचा कि उससे तो मूड खराब हो जाएगा।

''तो तुमने यह क्यों कहा कि मैं उस तरह की लड़की नहीं हूँ?'' नेहा ने कहा।

''मतलब यह पूरी वोदकावाली चीज। तुम तो एक···जाने दो।'' रेयान ने कहा।

''क्या? बताओ मुझे।'' नेहा ने ऐसी शक्ति से कहा, जो सिर्फ खूबसूरत महिलाओं के पास ही होती है।

''तुम तो एक अच्छी लड़की हो। मतलब, नहीं तो तुम उसे कुछ करने क्यों नहीं देतीं? तुम लोग एक साल से एक साथ हो, फिर भी एक चुंबन नहीं। सिर्फ यह अच्छी-अच्छी प्रोफेसर की बेटी।''

''इसने तुम्हें ऐसा बताया?'' नेहा ने चरमराते हुए कहा।

''बिलकुल! तुम क्या सोच रही हो, तुम एक लड़के के साथ हो या किसी यौन-विमुख के साथ? तुम्हें नहीं लगता कि उसकी भी कुछ जरूरतें हैं।''

''चुप रहो, रेयान!'' यह मेरी ओर से था।

''चलो यार, कभी तो हिम्मत दिखाया करो। यह तुम्हारे ही अच्छे के लिए है।''

''जरूरतें?'' नेहा ने दोहराया, स्तब्ध।

''हाँ, हर आदमी की जरूरतें होती हैं और तुम्हारी जैसी सुंदर लड़कियाँ या तो उनके बारे में जानतीं नहीं या पावर गेम्स के लिए मना करती हैं।''

''पावर?'' नेहा ने दोहराया।

मैं रेयान से कहना चाहता था कि मैं अच्छी तरह से एक जगह पर पहुँच रहा था, धन्यवाद, जब वह वहाँ सीटी मारते हुए पहुँच गया।

''हाँ, पावर। और क्या?'' रेयान ने थोड़ा शांत होते हुए कहा।

''मैं पावर को चाहती हूँ? अब यह तो एक मजाक है। तुम लड़के कभी लड़कियों को नहीं समझते न!'' नेहा ने वोदका से मिले साहस से कहा, जिससे वह रेयान तक से टक्कर ले सकती थी।

''हाँ।'' रेयान ने साबित करते हुए कहा कि वे वास्तव में लड़कियों को नहीं समझते।

उसके बाद नेहा को जल्दी घर जाना था, इसलिए हमने उस विषय पर बहस बंद कर दी। बाद में मैं रेयान पर चिल्लाना चाहता था, लेकिन उसने मेरे लिए दो सिगरेट बना द थीं और मुझे कुमाऊँ तक स्कूटर से ले गया, इसलिए मैंने उसे जाने दिया। वैसे भी, नेहा ज्यादा गुस्से में नहीं दिख रही थी।

मुझे यह अंतर्ज्ञान हो रहा था कि शायद रेयान ने मेरी मदद कर दी हो!

□

11

उपहार

मैं अंदर से बहुत ही बुरा आदमी हूँ और मैंने यह तब सिद्ध किया जब आलोक ने सुबह की क्लास में जाने का काम किया, उसकी वेंकट के साथ के दिनों की जल्दी उठने की आदत का प्रमाण देते हुए मैंने यह इसलिए किया, क्योंकि मेरी और रेयान की सुबह उठने की आदत पर भरोसा नहीं किया जा सकता।

सी2डी बहुत ही महान् था, यह मैंने जाना; क्योंकि पूरे सेमेस्टर में सिर्फ दो कोर्सेस की जिम्मेदारी ही मेरी थी। और बाकी सब कोर्स के लिए आलोक एवं रेयान मुझे सारे असाइनमेंट (जिन्हें मैं कॉपी करता था) और उनके नोट्स (जिन्हें मैं फोटोकॉपी कराता था) देते थे। और मैं इसके बदले में अपने कोर्सेस की सामग्री उन्हें देता था। अब हमें सिर्फ एक या दो घंटे प्रतिदिन पढ़ाई करनी पड़ती थी, और इस वजह से हमारे पास अब फिल्म देखना, स्कूटर चलाना, रेस्टोरेंट, शतरंज, स्क्रैबल, इंडोर क्रिकेट, सोने के लिए, स्क्वैश, (हाँ, रेयान फिर से कोशिश कर रहा था) और हाँ, शराब व सिगरेट के लिए भी बहुत सारा समय था। उस सेमेस्टर से पहले माइनर्स बड़ी ही आसानी से पूरे हो गए। हम कक्षा में अव्वल या कुछ भी आएँ, लेकिन हमारी उम्मीदें कम थीं—सिर्फ हमारे फाइव पॉइंट जी.पी.ए. को बनाए रखना। यह प्रशंसनीय है कि कोई अपनी स्वयं की कम उम्मीदों से इतना खुश हो सकता है।

एक दिन मैं डिजाइन क्लास में था, एक कोर्स जिसकी जिम्मेदारी मेरी थी। रेयान ने मेरे साथ क्लास की। मेरे खयाल से वह समझता है कि वह बहुत ही बड़ा डिजाइनर या कुछ है। प्रो. वोहरा हमें पढ़ा रहे थे।

"क्लास, यह प्रश्न उतारो और मैं चाहता हूँ कि तुम अगले पंद्रह मिनट में इसे खत्म करो। पंक्चर हुई कार आदि के चेसिस को उठाने के लिए एक कार जैक का डिजाइन बनाओ। एक साधारण डिजाइन चित्र के द्वारा।"

प्रो. वोहरा एक हट्टे-कट्टे आदमी थे, जो लगभग पचास साल के थे, जिनका चेहरा एक प्रोफेसर की छवि से अलग असामान्य एवं दयालु था। लेकिन उनके चेहरे का

भोलापन उनके व्यवहार से मेल नहीं खाता था। एक सेमेस्टर में छह टर्म पेपर्स और एक घातक लाल पेन, जो एक के बाद एक डिजाइन सब मिशन को काटता रहता था तो 'दयालु' शायद ही वह शब्द होगा, जो कि उनके बारे में अपना मत व्यक्त करे।

यह मेरा कोर्स था, इसलिए मुझे ही कार जैक का स्कैच बनाना पड़ेगा और रेयान उसकी नकल करेगा। प्रो. वोहरा ने हमें इतना तो पढ़ाया ही था कि हम एक बेसिक स्क्रू (पेंच) के जैसा डिजाइन बना सकें। मैंने बनाना शुरू ही किया था तो रेयान ने कहा, "क्या तुम भी वही बकवास चीज बनाओगे, जो बाकी सब बना रहे हैं?"

"हाँ सर, मैं थॉमस एडिसन नहीं हूँ।" मैंने कहा, "और यह मेरा कोर्स है, इसलिए तुम चुप बैठो और मेरी नकल करो।"

"मेरे पास एक और विचार है।" रेयान ने कहा।

मैं रेयान को बताना चाहता था कि वह अपना दूसरा विचार लेकर भाड़ में जाए और सीधे-सीधे मेरे स्क्रू जैक की नकल करे। लेकिन मैं उसे कभी कुछ नहीं कहता था, और वैसे भी वह कभी किसी की बात सुनता नहीं था।

तो रेयान ने अपना संशोधित स्क्रू जैक बनाया, जिसमें हमें एक साथ जैक को खोलना व उठाना नहीं पड़ता। टायर पंक्चर का मतलब यह नहीं है कि इंजन खराब हो गया है, उसने कहा, इसलिए हम पारंपरिक जैक पर एक मोटर लगा सकते हैं और उसे कार बैटरी तक जोड़ सकते हैं। अगर हम गाड़ी को चालू करते हैं तो फिर मोटर उससे पावर ले सकती है।

"तुम क्या कर रहे हो?" मैंने कहा। रेयान के गाड़ी की बैटरी के स्केच से चिंतित, जो कि अभी दिए हुए काम से बिलकुल ही भिन्न था।

"तुम रुको और देखो। प्रोफेसर इसे बहुत ही पसंद करेंगे।"

मैं अपने पारंपरिक स्क्रू जैक पर ही डटा रहा, बाकी क्लास की तरह। कोर्स का नाम डिजाइन था—न ऑरिजनल डिजाइन।

प्रो. वोहरा क्लास की पंक्ति में चल रहे थे—परिचित डिजाइंस को देखते हुए, जो कि उनके विद्यार्थी साल दर साल बनाते हैं—साधारण स्क्रू जैक। उनका चलना हमारी मेज के पास आकर खत्म हुआ।

"यह क्या है?" प्रो. वोहरा ने अपना सिर घुमाते हुए, जिससे कि वे रेयान की अपरिचित डिजाइन का मतलब समझ सकें, कहा।

"सर, यह एक संशोधित स्क्रू जैक है।" रेयान ने कहा, "यह गाड़ी की बैटरी से जोड़ा जा सकता है।"

"क्या यह इलेक्ट्रॉनिक इंजीनियरिंग की क्लास है?"

"नहीं सर, लेकिन इसकी अंतिम आवश्यकता एक ही है।"

"क्या यह एक आंतरिक ज्वलन इंजन की क्लास है?"

"सर, लेकिन..."

''अगर तुम्हें मेरी क्लास में नहीं रहना या मेरी बात नहीं सुननी तो तुम जा सकते हो।''

प्रो. वोहरा का चेहरा अब दयालु नहीं था। अगर रेयान चुप बैठता तो वे वहाँ से चले जाते।

''सर, यह एक नया डिजाइन है।'' रेयान ने कहा, जैसे कि वह स्पष्ट नहीं था।

''सच है और तुम्हें ऐसा करने के लिए किसने कहा?''

रेयान ने जवाब नहीं दिया, सिर्फ अपनी असाइनमेंट शीट उठाई और एक ही झटके में उसे दो हिस्सों में फाड़ दिया।

''यह लीजिए, यह अब बेकार है।'' रेयान ने कहा।

प्रो. वोहरा का चेहरा ऐंठने के साथ और लाल हो गया—''मेरी क्लास में ज्यादा होशियार मत बनो।''

''माफ करना, सर।'' मैंने कहा, लेकिन यह मेरे कहने के लिए नहीं था। लेकिन उससे तनाव खत्म हो गया। प्रो. वोहरा ने साँस बाहर निकाली और आगे चले गए, रेयान बैठ गया।

''यह जो तुमने किया, वह ठीक नहीं था। तुम जानते हो, वह तुम्हें फेल कर सकते हैं।'' मैंने रेयान से क्लास के बाद कहा।

''मुझे फर्क नहीं पड़ता। मैं तो इस बकवास जगह से जल्द-से-जल्द निकलना चाहता हूँ।'' उसने स्कूटर के स्टैंड को किक मारते हुए कहा, जैसे कि वह प्रो. वोहरा का चेहरा हो।

यह वैसे भी रेयान का कोर्स नहीं था। उसने इसके बाद डिजाइन की और कोई क्लास अटेंड नहीं की। उसने सीधे मेरे असाइनमेंट से उत्तर लिखे बिना कोई दिमाग लगाए और प्रश्नों को देखने की कोशिश भी नहीं की। हाँ, हमारे सबसे बेहतरीन डिजाइनर ने हार मान ली।

हम तीनों अपने पढ़ाई के कमरे में थे, आलोक के थर्मल साइंस के असाइनमेंट की नकल कर रहे थे।

''तो प्रो. वोहरा तुमसे बहुत नाराज हैं।'' आलोक ने कहा।

रेयान चुप रहा।

''बिलकुल, वह तो होंगे ही। तुम्हें उनका चेहरा देखना चाहिए था।'' मैं भी सहयोग करते हुए बोला।

आलोक सिर हिलाते हुए हँसने लगा।

''वह ज्यादा-से-ज्यादा मुझे फेल कर सकता है।'' रेयान ने कहा।

''यह मुद्दा नहीं है।'' आलोक ने कहा।

''मोटे, तुम्हें तो मुद्दा कभी समझ में आएगा ही नहीं, इसलिए छोड़ दो। वैसे प्रो. वीरा ने मुझे लुब्रिकेंट असाइनमेंट के बारे में बात करने के लिए बुलाया था।''

"सच!" आलोक और मैंने एक साथ कहा, यह सोचते हुए कि क्या प्रो. वीरा ने हमें नकल करते हुए पकड़ लिया था?

"चिंता करने की कोई बात नहीं है, यार। मैंने उन्हें अलग से एक पेपर दे दिया। वह एक अंतिम असाइनमेंट नहीं था।"

"तुम्हारे पास अलग पेपर बनाने का समय है।" मैंने कहा।

"मैं जो करना चाहता हूँ, उसके लिए मेरे पास समय है। मेरे पास विभिन्न चीजों के मिश्रण से स्कूटर इंजन के लुब्रिकेंट की योग्यता का पता करने के लिए कुछ प्रयोग करने के विचार थे।"

"कहाँ?" मैंने कहा।

"वैसे तो फ्लयूड मेकैनिक्स की क्लास में। लेकिन उसके लिए हमें चाहिए स्कूटर इंजन और बाकी सामान खरीदने के लिए कुछ पैसे। उससे पहले कुछ प्रयोग मैंने अपने स्कूटर पर किए।"

"वाह! तुम तो अपना स्कूटर बरबाद करने पर तुले हो। हम कैसे घूमेंगे?" मैंने कहा।

"मैं विज्ञान के लिए शायद कुछ करना चाहता हूँ। वैसे मैंने माइलेज पता करने के लिए कई तरह के तेलों का मिश्रण बनाया। मेरे खयाल से मैं साधारण लुब्रिकेंट को 10 प्रतिशत तक हरा सकता हूँ।"

मुझे कहना पड़ेगा कि मैं रेयान से बहुत ही प्रभावित था। सभी की हर मुश्किल के खिलाफ यह आदमी हमारे पेट्रोल बिल में कमी लाने के लिए मेहनत कर रहा था। मैंने उन अतिरिक्त पराँठों के बारे में सोचा, जो कि हम 10 प्रतिशत पेट्रोल की बचत से खरीद सकते हैं।

"प्रो. वीरा ने तुम्हें क्यों बुलाया था?" आलोक ने पूछा।

"उन्होंने कहा कि वे मुझे इंस्टीट्यूट से प्रयोगशाला में प्रयोग करने तथा अनुसंधान के लिए पैसा दिलवाने में मदद करेंगे।"

"वाह! तुम तो एक स्कॉलर बन जाओगे, यार।" आलोक ने कहा।

"हाँ, जो भी हो।" रेयान ने उपेक्षा प्रकट करते हुए अपने कंधे उचकाए।

"यह इतना आसान नहीं है। हमें पहले तो एक प्रस्ताव देना पड़ेगा प्रो. चेरियन को। इसमें बजट, लाभ, समय और ऐसी सब बकवास के बारे में विस्तार से बताना पड़ेगा, फिर एक कमेटी बनेगी। इसमें महीनों लग ज़ाएँगे।"

"लेकिन अगर तुम इसमें कामयाब हो जाते हो···" आलोक ने तेजी से आँखें झपझपाईं, "बहुत खूब, यार।"

"मुझे प्रस्ताव बनाने के लिए अगले कुछ हफ्तों में बहुत मेहनत करनी पड़ेगी। चिंता मत करो, मैं अपने कोर्सेस जारी रखूँगा; लेकिन कोई मौज-मस्ती या फिल्म नहीं।" रेयान ने कहा।

अगर यही बात आलोक ने कही होती तो रेयान गुस्से से पागल हो जाता। लेकिन यह रेयान था और हम उसे कभी कुछ नहीं कहते थे। और वैसे भी मुझे काफी खुशी थी कि वह कुछ ढंग का काम करने जा रहा था।

''ठीक है, हम तुम्हें बता देंगे, जो तुम्हारा काम अधूरा रह जाएगा।'' मैंने कहा और आलोक की तरफ आँख मारी।

''हाँ, लेकिन अब यह तुम्हें रट्टू बना देगा।'' आलोक ने कहा।

''मैं रट्टू नहीं हूँ। रट्टू तो तुम्हीं हो, वेंकट बॉय।'' रेयान ने तुरंत ही मुँह तोड़ जवाब दिया।

□

मुझे यह कहना पड़ेगा कि मुझे आलोक के घर जाना पसंद नहीं था। उसके घर पर जाने का खयाल ही मुझ पर दवाइयों की बदबू, टूटती हुए दीवारें, सीमेंट व खाने की बदबू और उस पर एक महिला, जो सब चीजों पर रोती रहती थी, प्रहार करते थे। फिर भी एक ऐसा शनिवार था आलोक के साथ सिर्फ इसलिए, क्योंकि रेयान अपने रिसर्च प्रस्ताव में व्यस्त था। रेयान को इतना काम करते हुए देखना बहुत ही आश्चर्यजनक था और वह हफ्ते में तीन रातें कंप्यूटर सेंटर या लाइब्रेरी में बिताता था। और उस पर अपना पूरा दिन फ्ल्यूड मेकैनिक्स लैब में लुब्रिकेंट मिश्रण बनाने और फिर अपने स्कूटर पर प्रयोग करने में बिताता था। मैंने उसे 'प्रिया' में लगी उस फिल्म के बारे में बताया, जिसमें छह अश्लील दृश्य थे और उसने मुझे सिर्फ खाली नजरों से देखा। मैंने उसे नई कॉकटेल की सभी विधियों से लुभाने की कोशिश की, लेकिन वह हर रात अपनी छह कप कॉफी पर अडिग रहा। उद्‌देश्य बनाना, किफायती बजट तैयार करना, रिसर्च, पुरानी रिसर्च—उसके प्रस्ताव के हर क्षेत्र में मानो एक अरब पेज हों। वह प्रो. वीरा को अपने ड्राफ्ट देता था, जो हमेशा उससे और अधिक करवाना चाहते थे।

इसलिए जब आलोक ने मुझे अपने घर पर लंच के लिए बुलाया, मैंने अब तक स्कूटर चलाना सीख लिया था और उस दिन रेयान का स्कूटर खाली था (लेकिन रेयान ने हमें आने और जाने तक के किलोमीटर को नोट करने का काम दिया था)।

दिल्ली की सड़कें एक बुरे सपने जैसी हैं और मैं तो रेयान के जितना तेज चलाने के बारे में सोच भी नहीं सकता। आलोक और मैं 50 के ऊपर जा ही नहीं सके, आलोक बातें करता रहा, जब मैं गाय और पुलिसवालों से बचते हुए उपनगर क्षेत्र में जा रहा था।

''क्या तुम्हें लगता है कि रेयान को प्रोजेक्ट मिलेगा?'' पीछे बैठे हुए आलोक ने कहा।

''मुझे ऐसा लगता है। उसका प्रस्ताव ही 80 पन्नों का है, जो अपने आपमें ही एक प्रोजेक्ट है। मेरा मतलब है कि यह सारा उसका खुद का मौलिक कार्य है।''

''हाँ, लेकिन तुम्हें तो पता है कि उसे अपने प्रस्ताव पर एक कवर सीट लगानी होगी।''

''तो?''

''कवर सीट पर विद्यार्थी का नाम और जी.पी.ए. होता है। तुम्हें लगता है कि वे लोग किसी फाइव पॉइंटर को खर्चा देंगे?''

''क्यों नहीं! वे लोग प्रस्ताव पढ़कर निश्चित करेंगे न!''

''वे लोग प्रोफेसर हैं।'' आलोक ने कहा, ''और तुम्हें तो पता ही है कि वे किस प्रकार सोचते हैं।''

''प्रो. वीरा उसके साथ हैं।''

''हाँ, देखते हैं।''

हम आलोक के घर एक घंटे में पहुँच गए। मैंने वहाँ दवाई की बदबू से बचने के लिए मानो साँस लेना ही बंद कर दिया। लेकिन ऑक्सीजन के बिना ज्यादा देर तो नहीं रहा जा सकता था। पर भाग्यवश जल्दी ही आलोक की माँ ने खाना परोस दिया।

''आलोक, देखो, मैंने तुम्हारे व तुम्हारे दोस्त के लिए पनीर बनाया है।'' उसकी माँ ने कहा।

एक गरीब परिवार के हिसाब से आलोक का परिवार काफी अच्छे से खाता था। मेरा मतलब है कि खाने में चावल था, रोटी थी, दाल, गोभी-आलू, आम की चटनी, रायता और हाँ, मटर-पनीर भी। शायद इससे उनके परिवार के मोटापे के बारे में पता चलता है।

''खाओ बेटा, खाओ। शरमाओ मत।'' आलोक की माँ ने मुझसे कहा।

खाना तो लाजवाब था लेकिन वार्त्तालाप एकदम फीका था। आलोक की माँ अपने पिछले हफ्ते की बातें दोहरा रही थीं, जो कि समस्याओं से भरी थीं। मजे की बात यह है कि उसकी सारी समस्याओं का एक ही समाधान था—ज्यादा पैसा। सोमवार को पाँच बार ठीक कराया हुआ गीजर खराब हो गया और नया खरीदने के लिए पैसा नहीं था। बुधवार को टी.वी. एंटीना भी खराब हो गया, जो बहुत ही महँगा था। जब तक वह कुछ पैसा नहीं बचा लेते तब तक उन्हें टी.वी. के खराब प्रदर्शन से ही काम चलाना पड़ेगा। शुक्रवार को आलोक के पिता बिस्तर से गिर गए तो डॉक्टर को घर बुलाना पड़ा, जिस वजह से सौ रुपए और खर्च हो गए। और भी बहुत सी कहानियाँ थीं—राशन की दुकान पर चीनी महँगी हो गई और हफ्ते में दो बार नौकरानी नहीं आई।

''माँ, क्या तुम मेरे दोस्त को बोर करना बंद करोगी?'' आलोक ने कहा।

''नहीं, कोई बात नहीं।'' मैंने और दाल लेते हुए कहा। असल में जो जीवन आलोक की माँ बिता रही थीं वह मुझे चकित कर रहा था। मेरे मन में पिछले एक साल से उनका यही रूप छाया हुआ था कि वे कैसे अपनी साड़ी के पल्लू से अपने आँसू पोंछ रही थीं। लेकिन अब मुझे एहसास हुआ कि उनकी भी एक जिंदगी थी।

वे जीवन में जितनी चुनौतियों का सामना करती थीं, वे लुब्रिकेंट रिसर्च के प्रस्ताव के जैसी तो नहीं थीं, लेकिन महँगे टमाटरों जैसी थीं।

''और तुम जानते हो कि सोफे के स्प्रिंग भी बाहर आ रहे हैं।'' वे बोल रही थीं,

जब आलोक ने उन्हें टोका।

"माँ, क्या तुम अब चुप रह सकती हो? मैं एक महीने के बाद घर आया हूँ और तुम्हारे पास मुझे बताने के लिए केवल यह सब है?"

वे आश्चर्यचकित थीं, "मैं अपनी समस्याएँ और किसे बताऊँ? मेरा एक ही तो बेटा है।"

"बस माँ।" आलोक ने कहा। उसका चेहरा एक महँगे टमाटर जैसा लाल हो गया था।

"मैं चुप रहूँगी।" आलोक की माँ सहमत हो गईं और खाना खाते-खाते अपने आपसे बड़बड़ाने लगीं, "इनके लिए कमाओ, फिर नौकर की तरह इनके लिए काम करो और ये तुम्हारी बात सुनना भी नहीं चाहते। भौतिकी टीचर श्रीमती शर्मा कहती हैं, आजकल बेटे अपने माता-पिता को भूल जाते हैं।"

टन-टन की आवाज हुई। आलोक ने अपनी प्लेट जमीन पर फेंक दी। खाना जमीन पर फैल गया और वह वहाँ से चला गया।

मुझे क्या करना चाहिए था? अपने दोस्त के पीछे जाऊँ, जो मुझे यहाँ लाया था? या वहाँ बैठकर आलोक की माँ को साड़ी से आँसू पोंछते देखूँ? मैंने ठान लिया कि मैं इसमें से कुछ नहीं करूँगा। बस, अपना ध्यान मटर-पनीर पर रखूँगा। खाना अच्छा था और मैं इसीलिए यहाँ आया था, अपने आपको यह कहता रहा प्लेट को ध्यान से देखते हुए।

कहने की जरूरत नहीं कि यह एक अच्छी मुलाकात नहीं थी। आलोक थोड़ा ठंडा हो गया और लिविंग रूम में वापस आकर सोफे पर बैठ गया। आलोक की माँ ने अपना आँसुओं का कोटा पूरा किया और खीर लेने के लिए रसोईघर में चली गईं।

"हरि, तुम इस समस्या से दूर ही रहो। तुम नहीं समझोगे।"

हाँ, सही है, मुझे इससे दूर ही रहना चाहिए, मैंने सोचा। लेकिन वही तो मुझे वहाँ लेकर आया था।

"उन्होंने तुम्हारे लिए खीर और इतना कुछ बनाया है। तुम्हारी समस्या क्या है?"

"यह मेरी समस्या है। तुम नहीं समझोगे, चुप रहो और खीर के लिए इंतजार करो।"

हमने खीर के लिए इंतजार किया, जो कि स्वादिष्ट थी। मैं निश्चिंत था कि आलोक का परिवार अपनी आधी समस्याओं का समाधान कर सकता था, अगर वह खाने में थोड़ा कम खर्च करे, लेकिन अच्छा खाना उनके लिए अधिक महत्त्वपूर्ण था, टी. वी. के प्रसारण से भी अधिक महत्त्वपूर्ण। यह उनकी समस्या थी, इसलिए मैं इससे बाहर ही रहा, तब तक हम वहाँ से चले।

"मैं जानता हूँ, तुम क्या सोच रहे हो?" आलोक ने कहा।

"क्या?"

"कि मैं इतना निर्दयी कैसे हो सकता हूँ?"

मैंने आलोक के बारे में सिर्फ एक ही बात सोची थी कि उसका दिल कितना दु:खी होगा इतना मोटापा देनेवाले भोजन की वजह से।

''नहीं, तुम्हें पहले कभी ऐसे नहीं देखा।'' मैंने मुनीरका क्रॉसिंग का चक्कर लगाते हुए तथा एक मूँगफली बेचनेवाले को बचाते हुए कहा।

''वे सिर्फ इसी के बारे में बात करती हैं—समस्या, समस्या और समस्या।'' आलोक ने कहा, ''और मैं क्या करूँ उनके बारे में?''

''यह तो सच है।'' मैंने कहा, यह सोचते हुए कि आलोक मुझे ऐसी समस्या के बारे में बता रहा है, जिसके बारे में मैं कुछ नहीं कर सकता।

□

मौखिक परीक्षाएँ—मेरे विद्यार्थी जीवन के सबसे अप्रिय और भयभीत कर देनेवाले पल। मैं उनसे ऐसे पीछा छुड़ाता था जैसे मैं सड़क पर पूँछ झटकती गायों से छुड़ाता था। लेकिन दिल्ली के यातायात में गायों की तरह कभी-कभार आपको उनका सामना करना ही पड़ता है। इस बुधवार को डिजाइन की मौखिक परीक्षा थी। सी2डी के अंतर्गत यह मेरा कोर्स था और इसलिए प्रश्नों के उत्तर देने में मुझे सबसे आगे होना था। मैंने आलोक और रेयान को अपनी मदद करने के लिए आश्वस्त करने की कोशिश की; लेकिन उन शैतानों पर कुछ असर नहीं हुआ और वे पिछली रात 10 बजे ही सो गए, मुझे रात भर रटने और संभावित प्रश्नों को तैयार करने के लिए अकेला छोड़ दिया। लेकिन उससे कुछ फायदा नहीं हुआ, क्योंकि मेरे लिए सिर्फ उत्तरों को जानना ही काफी नहीं था।

''हरि, मजबूत ढाँचे को बनाने के लिए सी-40 स्टील सी-20 स्टील से बेहतर क्यों मानी जाती है?''

सी-40 में ज्यादा कार्बन इसलिए ज्यादा सख्त स्टील, ऐसा मैंने सोचा। और लागत के हिसाब से भी वह सस्ता होता है। सी-20 मुलायम या और आसानी से झुक सकता था। मुझे उत्तर पता था…यदि प्रो. वोहरा मेरी आँखों में देखना बंद कर देते।

''सर, सी-40 स्टील…।'' मैंने कहा, रेयान और आलोक की ओर पीछे मुड़कर देखते हुए कि उनकी तरफ से कुछ सहायता की उम्मीद की जाए।

''मेरी ओर देखो, हरि।'' प्रो. वोहरा ने कहा, ''मैं तुमसे पूछ रहा हूँ।''

मैं उनकी तरफ नहीं देखना चाहता था, लेकिन मैं उत्तर देने के लिए भी उत्सुक था। लेकिन मैं अपने चेहरे और बाँहों से पसीने की बड़ी-बड़ी बूँदें ही निकाल पाया।

चार बार कोशिश करने तथा तीन अलग-अलग प्रश्नों के पूछने के बाद प्रो. वोहरा ने हार मान ली।

रेयान ने अपना सिर हिलाया और हँसने लगा, जैसे कि उसे पहले ही पता था कि यह होने वाला है। आलोक चुप रहा। वह अपने मन में यह हिसाब लगाने लगा कि हमने कितने नंबर खो दिए होंगे।

''माफ करना, यार!'' मैंने डिनर पर कहा, ''मैंने तुम लोगों को फिर निराश किया।

मुझे मौखिक परीक्षाओं से घृणा है।''

मेस के कर्मचारियों ने ऐसी रोटियाँ सेंकीं, जिनसे आप जींस बना सकते हैं; मैंने एक को जोर से तोड़ा। मैंने सोचा, इससे मेरी परेशानी कुछ कम हो जाएगी।

''मुझे नहीं पता। जब भी कोई मुझसे एक तनावपूर्ण स्थिति में प्रश्न पूछता है, मैं कुछ कह नहीं पाता।''

''कब से?'' आलोक ने कहा।

''हाई स्कूल से।'' मैंने कहा।

''कुछ हुआ था क्या?'' रेयान ने कहा।

''नहीं...मेरा मतलब है कि हाँ, कुछ नहीं।'' मैंने कहा।

''क्या?''आलोक ने पूछा।

''जाने दो। मुझे जरा चावल पकड़ाना। मैं इन रोटियों को हजम नहीं कर पा रहा हूँ। ये रबड़ जैसी हैं।'' मैंने कहा।

□

नेहा का जन्मदिन 1 दिसंबर को था और मैं हमेशा की तरह असमंजस में था कि उसके लिए क्या उपहार लूँ।

''तुम्हें उसके लिए कुछ खास करना होगा।'' रेयान ने कहा। हम लोग क्लास छोड़कर कैंटीन में लंच कर रहे थे।

''खास, लेकिन कैसे? मेरे पास तो पैसे ही नहीं हैं। इस समय तो मैं टूथपेस्ट भी नहीं खरीद सकता।'' मैंने कहा।

''तुम अपने दाँत साफ नहीं करते?'' आलोक ने ऊपर देखते हुए कहा।

''नहीं यार, मैं रेयान का इस्तेमाल कर रहा हूँ।'' मैंने कहा।

''ठीक है, अब विषय पर आओ मोटू, अब मुझे क्या करना चाहिए?''

''सोचो।'' रेयान ने अपने सिर पर हाथ मारते हुए कहा, जैसे कि वह न्यूक्लियर फिजिक्स के किसी प्रश्न का उत्तर सोच रहा हो। वह एक कृपालु शैतान है।

''मैं तो कुछ भी नहीं सोच पा रहा हूँ।'' मैंने कहा।

''खुद के बनाए उपहार अब और नहीं; लिपस्टिक बॉक्स के साथ हम पहले ही ऐसा कर चुके हैं, इसलिए अब उसका अच्छा असर नहीं होगा। और मैं इतना कंगाल हूँ कि उसे कोई महँगा उपहार भी नहीं दे सकता।''

''क्यों न कोई उपयोगी और सस्ती चीज दो, जैसे रूमाल।'' आलोक ने कहा।

''चुप रहो, आलोक।'' रेयान ने कहा।

मुझे खुशी थी कि रेयान ने मेरी तरफ से कहा। आलोक को रोमानी उपहार के बारे में उतना ही पता था जितना उसकी माँ को उसके बारे में।

''रेयान, मुझे क्या करना चाहिए?'' मैं घबरा रहा था।

''देखो, उसका (उपहार) महँगा होना जरूरी नहीं है, जब तक कि वह एक सरप्राइज

हो। सरप्राइज किसे पसंद नहीं?''

''जैसे कि... ?'' मैंने कहा।

''जैसे कि उसे बधाई देनेवाले तुम सबसे पहले होओ।'' रेयान ने कहा।

रेयान की रूपरेखा काफी स्वाभाविक और सस्ती थी; उसके जन्मदिन की पहली रात को खिड़की से उसके कमरे में घुसना। आधी रात में मैं उसे सबसे पहले मुबारकबाद दूँगा और यह सरप्राइज उसे पूरी तरह मोह लेगा (और इसलिए यह एक महँगे उपहार की आवश्यकता को खत्म कर देगा)। पर यह एक मूर्खतापूर्ण विचार था, क्योंकि हम सिर्फ प्रेमिका के घर में नहीं घुस रहे थे बल्कि एक प्रोफेसर के घर में, वह भी एक विभागाध्यक्ष के। लेकिन रेयान ने इसे थर्मोडायनेमिक के असाइनमेंट से भी आसान बताया—और मैं उससे सहमत हो गया।

तो एक ठंडी रात के साढ़े ग्यारह बजे रेयान, आलोक और मैं चुपके से कुमाऊँ से बाहर निकले। रेयान हमें फैकल्टी हाउसिंग कॉम्प्लेक्स तक अपने स्कूटर पर लेकर गया और स्कूटर को नेहा के घर से लगभग पचास मीटर दूर खड़ा कर दिया। पूरी सड़क एकदम सुनसान व शांत थी, कुमाऊँ के बिलकुल विपरीत। वहाँ असाइनमेंट और रटना तो अभी शुरू ही हो रहा था। प्रोफेसर आराम से सो रहे थे, जबकि उनके चाटुकार रात भर काम कर रहे थे।

''रेयान, क्या तुम निश्चिंत हो कि हम इसे पूरा कर पाएँगे?'' मैंने आखिरी बार पूछा, जब हम प्रो. चेरियन के घर के बगीचे के पास पहुँच रहे थे।

''श, श''हाँ, हम कर सकते हैं; लेकिन अगर तुम चुप रहो तो।'' रेयान ने चेरियन के दरवाजे की कुंडी खोलते हुए कहा।

शांति, सिर्फ दरवाजे के खुलने की थोड़ी सी आवाज, जैसे हम ब्यूटी ऐंड द बीस्ट की गुफा में घुसे।

मैंने नेहा की खिड़की की तरफ देखा और सोचा कि वह शांति से सो रही होगी और उसका चेहरा अँधेरे में चमकता होगा। मेरे दिल की धड़कन तेज हो गई।

''आलोक, पहले तुम चढ़ जाओ। अब पाइप पर चढ़ो।'' रेयान फुसफुसाया।

''यह तो नामुमकिन है।'' आलोक ने कहा।

''मैं तुम्हें सहारा देता हूँ।'' रेयान ने कहा।

जब वह स्टील के पाइप से ऊपर चढ़ रहा था तो वह एक बाँस के पेड़ पर लटके हुए गोरिल्ले जैसा लग रहा था। पाइप के टूटने का खतरा था, उसके वजन और लंबाई (देखा, हमारी इंजीनियरिंग का ज्ञान कभी-न-कभी तो काम आता है) को मद्देनजर रखते हुए, इसलिए हमने उसके छत तक पहुँचने का इंतजार किया।

आलोक के बाद मेरा नंबर था, उसके बाद रेयान का, जो कुछ सेकंड्ड में ही पाइप पर चढ़कर आ गया। आधी रात से दस मिनट पहले हम प्रो. चेरियन की छत पर थे।

वहाँ घोर अँधेरा था। रेयान ने एक बैटरी जलाई और पानी की टंकी व सूखते कपड़ों

के बीच रास्ता ढूँढ़ने का प्रयत्न किया।

"उसका कमरा कहाँ है?" रेयान फुसफुसाया।

मैंने इशारे से दिखाया और हम छत के किनारे की तरफ बढ़े।

"ये रहे फूल।" रेयान ने अपनी कमीज के अंदर से सूरजमुखी के फूल बाहर निकालते हुए कहा।

"तुम ये कहाँ से लाए?" मैंने पूछा।

"अभी, चेरियन के बगीचे से।"

"तुम पागल हो क्या?" मैंने कहा।

"इससे अच्छा प्रभाव पड़ेगा।" रेयान ने कहा, "अब तैयार रहो।"

हमने नेहा की खिड़की पर छत पर पड़े पत्थर फेंककर खटखटाया। पहले पत्थर पर कुछ नहीं हुआ, दूसरे व तीसरे पर भी कुछ नहीं हुआ।

"काम नहीं बन रहा है, शायद वह बहुत गहरी नींद में सोती है।" आलोक ने कहा।

"कोशिश करते रहो।" रेयान ने कहा।

हम बेवकूफों की तरह छोटे-छोटे पत्थर फेंकते रहे। शायद हमारे कुछ पत्थरों के बाद हमें एक प्रतिक्रिया मिली। कमरे में रोशनी हुई और खिड़की चमकने लगी।

पाइप पर चढ़ना तो कठिन था ही, लेकिन अगला कदम उससे भी कठिन था। मुझे अपने आपको खिड़की के किनारे से लटकाना था, आलोक और रेयान ने मेरे हाथ पकड़े हुए थे। लेकिन पहले नेहा को खिड़की खोलनी थी।

"जल्दी, उसका नाम बोलो, इससे पहले कि वह डर के मारे चीखने लगे।" रेयान ने कहा।

"नेहा, मैं हूँ।" आधे घंटे में पहली बार न फुसफुसाते हुए मैंने कहा।

"हरि!" नेहा ने अपनी खिड़की खोलते हुए कहा, "तुम यहाँ क्या कर रहे हो?"

"बताऊँगा, पहले मुझे अंदर आने दो।" मैंने कहा और मैं लटक गया।

"क्या तुम पागल हो?" उसने कहा और अपनी आँखें मलने लगी, जबकि मेरे पाँव उसके सामने हवा में लटक रहे थे।

"रेयान, सँभलकर।" मैंने कहा।

"और कौन है वहाँ?" नेहा ने कहा। अब वह पूरी तरह से जग चुकी थी और आश्चर्यचकित भी थी।

"कोई नहीं···मेरा मतलब कि सिर्फ आलोक और रेयान।" मैंने खिड़की से अंदर घुसते हुए कहा।

"सँभलकर।" उसने कहा, जैसे ही मैं कालीन पर रखे तकियों पर गिरा, खूबसूरत और नाजुक, वैसे ही जैसे एक लड़की के कमरे में हो सकते हैं।

मैंने अपने दोस्तों को अँगूठा दिखाया (जो कि संतुष्टि का संकेत था) और खिड़की

बंद कर ली।

"हरि, तुम यहाँ क्या कर रहे हो?" नेहा ने कहा, "अगर पिताजी जाग गए तो?" उसने अपने बाल ठीक किए। उस समय मैंने उसके नाइट सूट को देखा। उसने बिना बाँह की सूती साधारण सी नाइटी पहन रखी थी, जिस पर छोटे-छोटे तिकोने बने थे। हमेशा की तरह वह बहुत ही खूबसूरत लग रही थी।

"हैप्पी बर्थ डे, नेहा।" मैंने कहा और अपनी कमीज के अंदर से फूल निकाले।

फूल पहले ही टूट और मुरझा चुके थे, लेकिन फूलों और लड़कियों की कुछ एक ही बात है। किसी तरह पौधों के जीवन के ये प्रजनन बहुत ही कमाल कर देते हैं। ये उन्हें बहुत ही सुकून पहुँचाते हैं। नेहा का गुस्सा गायब हो गया और मैं यह कह सकता था कि हमारा उद्‌देश्य अपना काम कर चुका था।

"सूरजमुखी।" नेहा ने कहा, "ये तुम कहाँ से लाए?"

"तुम्हारे बगीचे से ही।"

"क्या?" नेहा ने कहा और एक टहनी मेरे ऊपर फेंकी—"तुम लोफर, तुम कितने चीप्पो हो!"

मैंने जवाब में एक तकिया उठाकर उसकी ओर फेंका। मैं उन फूलों और तकियों की लड़ाई का मजा ले ही रहा था कि उसने उस लड़ाई को जनमते ही नष्ट कर दिया।

"उन तकियों से मत उलझो, उनके कवर पर मैंने हाथ से पेंटिंग की है।"

तकियों के कवर पर हाथ से पेंट करना, लड़कियाँ अपना समय ऐसे ही बेतुके कार्यों में कैसे खराब कर सकती हैं? मेरा मतलब है, रेयान और मेरे पास तो तकिया के कवर भी नहीं हैं, पेंटिंग की तो बात छोड़ो।

"तुम क्या सोच रहे हो?" नेहा ने पास आकर मेरा हाथ पकड़ते हुए कहा।

"कुछ नहीं। मैं तुम्हें इस तरह से जगाने और डराने के लिए माफी चाहता हूँ।"

"कोई बात नहीं, मुझे अच्छा लगा।" नेहा ने कहा, "मेरे खयाल से यह काफी स्पेशल है। आओ बैठो।"

उसने मुझे अपने बिस्तर पर बिठाया। मैं जितना हो सकता था उतना उसके करीब जाकर बैठ गया। मेरी आँखें उसकी छाती की तरफ जा रही थीं। लेकिन उसके साथ ही मैं प्रो. चेरियन के अंदर आने के बारे में भी सोच रहा था।

"तुम क्या सोच रहे हो? मेरी आँखों में देखो!" नेहा ने कहा।

"हूँ…कुछ नहीं, हैप्पी बर्थ डे।" मैंने कहा।

"तो क्या तुम मेरा चुंबन नहीं करोगे?" मेरी आँखें उड़न तश्तरी जैसी हो गईं। वह पीछे हट गई।

"एक मिनट रुको। तुम करना चाहते हो न?"

"हाँ, बिलकुल।"

"तो अब…।" उसने कहा।

"अब क्या?" मैंने कहा।

"तो अब तुम मुझे चुंबन करने वाले हो या नहीं?" शायद ये फूलों की वजह से था, या फिर मेरा उसके कमरे में आने की उत्तेजना या शायद अब वह बड़ी हो चुकी थी। मैं आगे की ओर बढ़ा, वैसे तो मैंने फिल्मों में हजारों चुंबन दृश्य देखे थे, मैं यह नहीं बता सकता कि पहली बार चुंबन करना कितना मुश्किल होता है।

"उफ, इतने जोर से नहीं।" उसने कहा, "आराम से, छोटे-छोटे चुंबन पहले।"

वहाँ से उसने सबकुछ नियंत्रण में लिया। वाकई मैं बहुत उत्तेजित था और ज्यादा अच्छा करने के लिए डर रहा था। लेकिन मैंने चुंबन किया, वह भी प्रो. चेरियन के घर में।

"श-श…पिताजी पानी पीने के लिए उठे हैं।" उसने मुझे दूर हटाते हुए कहा।

"अब क्या?"

"कुछ नहीं, वह ऊपर नहीं आएँगे; लेकिन अब तुम्हें जाना चाहिए।"

"लेकिन मुझे और देर रुकना है।"

"अब जाओ यहाँ से।" उसने मुझे बिस्तर से धक्का देते हुए कहा, जो कि उसके कुछ मिनट पहले प्यारवाले व्यवहार के अनुरूप नहीं था।

आगे और आग्रह करना उचित नहीं था। और वैसे भी मेरे अंदर का एक भाग वहाँ से जल्द-से-जल्द निकलने को कह रहा था।

"तो कैसा था?" रेयान ने मुझे छत पर वापस खींचते हुए कहा।

"अच्छा था, बहुत अच्छा!" मैंने कहा और मेरे चेहरे पर एक बड़ी मुसकान आ गई, जिससे सबकुछ जाहिर हो गया। पाइप से नीचे उतरना भी उतना ही मुश्किल था जितना कि ऊपर चढ़ना; लेकिन असली मुसीबत तो तब आई जब हम बगीचे में पहुँचे। किसी ने लिविंग रूम की लाइट जलाई थी।

"रोशनी कैसे हो गई?" आलोक ने कहा।

"पता नहीं। मेरे खयाल से चेरियन पानी पीने के लिए उठ गया है।" मैंने कहा।

"हमें रेंगते हुए बाहर निकलना पड़ेगा।" रेयान ने कहा। हमें कोई देख न सके, ऐसे हम खिड़की के नीचे झुके घास पर रेंगते हुए चले। आलोक की वजह से एक बालटी जोर से गिर गई, इतनी जोर से कि अब हमारी फुसफुसाहट भी बेकार थी।

"कौन है वहाँ?" एक आदमी की आवाज उधर से आई और हमने उसके कदमों की आवाज भी सुनी।

"ओह, यह तो प्रो. चेरियन हैं। भागो, जान छुड़ाकर भागो यहाँ से।" रेयान ने कहा।

हमने अपना धीमा रेंगना बंद किया और तेजी से वहाँ से भाग निकले। अगर चेरियन ने हमें वहाँ देख लिया होता तो वह हमें उसी समय कॉलेज से बाहर फिंकवा देता।

हम दरवाजे से बाहर बस निकले ही थे, जब अंदर का दरवाजा खुला और चेरियन अपनी पत्नी के नाइट गाउन जैसे कुछ कपड़े पहने बाहर निकले।

"कौन है वहाँ?" अपना चश्मा ठीक करते हुए वह चिल्लाए।

''तुम्हारा बाप!'' रेयान चिल्लाया और हम वहाँ से भाग निकले।

मैं नहीं जानता कि चेरियन ने हमारा पीछा किया था या वह ऐसा करने से डरते थे, लेकिन रेयान के स्कूटर तक पहुँचने तक हम भागते रहे।

''तुम मूर्ख हो क्या? तुमने ऐसा क्यों कहा?'' मैंने वहाँ से उसके स्कूटर से भागते हुए कहा।

''हाँ, क्यों नहीं। मुझे यह कहना चाहिए था न—सर, मैं तो सिर्फ आपका दामाद हूँ, जो अपने दोस्तों के साथ आया था। और वह हमारी खातिरदारी करता न!''

□

12

नेहा के विचार

समीर भैया,

मैं नहीं जानती कि आप कैसे और कब इसे पढ़ेंगे, इस पत्र को, जो मुझे लिखना ही है। मैं आपके आखिरी पत्र के लिए हमेशा जवाब लिखती रहती हूँ, वह पत्र जो आपने सिर्फ मुझे लिखा था; हाँ, मैं ज्यादा से खुश नहीं हूँ। लेकिन मैंने यह तो आपसे पहले भी बहुत बार कहा है।

ठीक है, अब मैं उस लड़के के बारे में बताती हूँ, जिससे मैं मिली। आप हरि को मेरा प्रेमी बुला सकते हैं, जबकि मैं नहीं बुलाती, वह एक छात्र है। क्या आप विश्वास कर सकते हैं? क्या आपको याद है कि हम कैसे कैंपस में रहनेवाले आई.आई.टी. छात्रों से घृणा करते थे? हम एकदम ही अजीब तरह से मिले, उसके अंदर कुछ बात थी जो कि उसकी पहली ही मुलाकात ने मुझे उसकी ओर आकर्षित किया।

देखने में ज्यादा अच्छा नहीं है, न ही वह सुपर स्मार्ट है; लेकिन वह ऐसा ही है, एक पागल फूहड़। जैसा कि आप सोच सकते हैं, पिताजी और माँ को कुछ पता नहीं है, जो कि मैंने आपके जाने के बाद करना सीख लिया है। लेकिन आप तो कल्पना कर सकते हैं कि क्या होगा, अगर पिताजी को पता चल गया। क्या आपको याद है कि उन्होंने कैसे पुलिस को बुलाया था उस आदमी को गिरफ्तार करने के लिए, जिसने मुझे देखकर कैंपस बस स्टॉप पर सीटी मारी थी? और वह घटना जब उन्होंने घर का फोन नंबर बदल दिया था, जब क्लास के एक लड़के ने मुझे नोट्स के लिए फोन किया था? वह अपनी बेटी को सही तरीके से बड़ा करना चाहते हैं। मैं उनके जीवन का मिशन हूँ। वे दोबारा वही गलती नहीं करना चाहते। क्या आपको मेरे साथ ऐसा करना था, भैया? मैं आपको हमेशा यह बताना चाहती हूँ कि मेरे बारे में चिंता मत करो। मैं जानती हूँ कि लड़कियों को अच्छा होना चाहिए। कभी-कभी मुझे लगता है कि यह लड़का सिर्फ शारीरिक संयोग करना चाहता है। दूसरी लड़कियाँ, जिनके बॉय फ्रेंड हैं वे मुझे बताती हैं कि सभी लड़के एक

जैसे होते हैं, सभी को एक ही चीज चाहिए होती है। लेकिन क्या मैं आपको कुछ बता सकती हूँ? मैं भी वही चाहती हूँ। नहीं, मैंने अभी तक कुछ नहीं किया है। लेकिन फिर, मैं समय-समय पर जिज्ञासु हो जाती हूँ और यह सोचना शुरू कर देती हूँ कि हरि क्या करेगा, अगर मैं उसे कुछ करने दूँ? क्या यह सोचना एक बुरी बात है?

ओह नहीं, मैं फिर से आप पर प्रश्नों की बौछार करने लगी। अब मैं आपको हरि के बारे में और बताती हूँ। उसके दोस्त हैं आलोक और रेयान। वे दोनों एकदम पागल हैं। आप यह मत सोचना कि मैंने आई.आई.टी. के लड़कों को पसंद करना शुरू कर दिया या ऐसा कुछ। बात सिर्फ यह है कि ये लड़के कुछ अलग हैं। सबसे पहले तो ये मुश्किल से छात्र कहलाए जा सकते हैं, अगर इनके फाइव पॉइंटर जी.पी.ए. देखें तो।

मैं जानती हूँ कि आप क्या सोच रहे हो कि ये उस तरह के छात्र हैं जिनसे पिताजी घृणा करेंगे, और आप यह सोच रहे होंगे कि यह उसी कारण की वजह से उनके साथ हम-प्याला या हम-निवाला हो रही है। आप गलत हैं, भैया! क्या आप जानते हैं कि मेरे पिछले जन्मदिन पर ये मेरे घर में घुस आए थे, ये लोफर, जिनके बारे में मैं बात कर रही हूँ। हरि मेरे कमरे में घुस आया और मुझे हमारे ही बगीचे से तोड़कर फूल दिए। मैं आशा करती हूँ कि पिताजी इसके बारे में गलत तरीके से न सोचें। और मैं आशा करती हूँ कि मैं उससे हमेशा मिलती रहूँ। वैसे ऐसा बहुत कुछ है, जो मैं अभी हरि के बारे में नहीं जानती।

मेरा इरादा है कि जिस दिन हरि को नौकरी मिलेगी उस दिन मैं पिताजी से उसे मिलवाऊँगी। मेरा मतलब है कि पिताजी थोड़ा बौखलाएँगे, पर तब हरि के पास कुछ तो कहने के लिए होगा। इस समय वह थोड़ा पराजित व्यक्ति है, अगर आप मुझसे पूछें। मुझे माफ करना, अगर मैं अमर्यादित हो रही हूँ। एक चीज तो यह है कि वह रेयान पर मुग्ध है। मुझे नहीं लगता कि यह रेयान इतना भी अच्छा है। वह महँगे कपड़े पहनता है—सिर्फ इसलिए, क्योंकि उसके माता-पिता अमीर हैं। मैं यह सोचती हूँ कि इस लड़के के उद्दंडतापूर्ण व्यवहार के पीछे उसके अंदर का खालीपन छिपा है।

देखा, इन आई.आई.टी. के लड़कों और इनके कॉलेज के बारे में एक बात है। ये हमेशा दीवारों के पीछे बंद रहते हैं और इसलिए हम यह नहीं जान सकते कि वे क्या हैं और क्या चाहते हैं। मैं उनसे यह कहना चाहती हूँ—इससे पहले कि तुम भविष्य के बारे में इतने उत्तेजित हो जाओ, उससे पहले अपने भूत और वर्तमान के बारे में सोचो; लेकिन यह सब उनके लिए ऐसा है जैसे कि कोई दादी माँ भाषण दे रही हो और मैं तो अभी इतनी छोटी हूँ।

अभी के लिए मैं इतना ही लिखूँगी। मैं वादा करती हूँ कि मैं फिर लिखूँगी और मैं यह भी वादा करती हूँ कि मैं हमेशा अच्छी बनी रहूँगी। लेकिन आप माता-पिता को मत बताना कि मैं क्या बड़बड़ा रही थी। देखो, मैंने आपका आखिरी वादा निभाया और

आपके द्वारा लिखे गए पत्र के बारे में किसी को नहीं बताया, चाहे जितना भी उसने मुझे अंदर से तोड़ा हो। इसलिए आप भी वादा निभाना। हाँ, मैं जानती हूँ कि माँ इस सबको सहन नहीं कर पातीं। वह वैसे भी इन दिनों मुश्किल से ही थोड़ी-बहुत बात करती हैं। आप हमें छोड़कर क्यों गए, भैया? यह न्याय नहीं है, यह आप जानते हैं, है न?

आपकी याद में

नेहा

□

13

एक और साल बाद

हम इंस्टी की छत पर पी रहे थे। अब हम तीसरे वर्ष के छात्र थे। शराब अब हमारे लिए कोई नई चीज नहीं थी। इसका मतलब था कि हम कम पी सकते थे और हर बार उलटी नहीं करते, जो यह साबित करता है कि हम एक अच्छा समय बिता रहे थे। हम आज अपने दु:खों को कम कर रहे थे। जिनके दो कारण थे—पहला यह कि फाइल्स पर एक साथ काम करने के बाद, मेकैनिकल इंजीनियरिंग विभाग ने आसानी से रेयान के लूब प्रोजेक्ट को खारिज कर दिया और दूसरा यह कि मैंने एक मौखिक परीक्षा चौपट कर दी। जब मौखिक परीक्षा को चौपट करवाना हो तो उसके लिए सबसे सही आदमी मैं ही हूँ।

''लूब प्रोजेक्ट को गोली मारो। मैंने उस पर बहुत समय नष्ट किया है। लेकिन तुम्हीं देखो, हरि। तुम्हारे बारे में यह कितना विचित्र है। तुम्हारी बोलती क्यों बंद हो जाती है?'' रेयान ने कहा, जिसकी नसों में लाल रक्त कणिकाओं से ज्यादा आत्मविश्वास की रक्त कणिकाएँ बह रही थीं।

''काश, हमें पता होता!'' मैंने हताश होते हुए तिरछी नजर से देखा।

''तुम मौखिक परीक्षा के प्रश्नों के उत्तर जानते हो न। तुम उत्तर जानते हो, है न?'' आलोक ने कहा।

मैंने अपना सिर हिलाया। यह अर्थहीन था। मौखिक परीक्षा देने के बाद भी मेरा डर कम नहीं हुआ।

''रेयान, तुम जानते हो कि मैं मौखिक परीक्षा से घृणा करता हूँ। लेकिन यार, तुम्हें तो बहुत बुरा लग रहा होगा।'' मैंने कहा।

''क्या बुरा? मैंने सिर्फ दस रातें ही तो प्रोजेक्ट पर बिताईं, कुछ संशोधित प्रस्ताव और कुछ सौ घंटे प्रयोगशाला में बिताए। लेकिन अंत में प्रो. चेरियन ने उसे खारिज कर दिया। 'बहुत ही आशावादी और कल्पना-प्रसूत', चेरियन ने कहा। मैं उसका गला दबाना चाहता था।'' रेयान ने घोषणा की।

''लेकिन तुम जानते हो कि तुम्हारा विचार अच्छा है।'' आलोक ने साफ-साफ कहा।

''बिलकुल, यह एक अच्छा विचार है। प्रो. वीरा भी ऐसा ही सोचते हैं। लेकिन चेरियन ऐसा नहीं सोचते और वह विभागाध्यक्ष हैं। खैर, जाने दो।''

''तो क्या यह प्रस्ताव पूरी तरह से खत्म है?'' मैंने कहा।

''मेरी तरफ से प्रो. वीरा शायद प्राइवेट छात्रवृत्ति के लिए कोशिश करें। लेकिन मेरे हिसाब से तो यह खत्म ही समझो।'' रेयान ने कहा।

आलोक चुप बैठा था, नाक में उँगली डाल रहा था और वोदका पी रहा था। यह खीझ पैदा करनेवाला था, लेकिन मुझे इससे कोई फर्क नहीं पड़ता। यह आश्चर्यजनक है कि कैसे एक आदत आपको निरापद बना देती है।

मैंने ठीक से आलोक को देखा, ''कम-से-कम तुम तो खुश हो!''

''खुश?'' आलोक ने दोहराया, ''अच्छा मजाक है।''

''अब क्या हुआ?'' मैंने कहा।

''कुछ नहीं। कभी कुछ अच्छा होता ही नहीं मेरे जीवन में। इसलिए मैं कभी खुश नहीं रहता। बहन की शादी करनी है, यह नई समस्या है मेरे सामने।''

आलोक की बात में सच्चाई थी। एक त्रस्त घर, बेकार ग्रेड्स और हताश दोस्त—शायद ही खुशी तक पहुँचने का रास्ता था। कम-से-कम उसे अपने दोस्तों के सामने नाक में उँगली करने से खुशी तो मिलती थी।

''नेहा कैसी है?'' आलोक ने पूछा।

''वह ठीक है। एक व ही तो है, जिसकी वजह से मैं आई.आई.टी. में रुका हूँ।'' मैंने कहा।

''हाँ, ठीक है। लेकिन क्या तुमने और आगे कुछ किया?'' रेयान ने कहा।

''मैंने अब उसे चुंबन भी किया है।'' मैंने कहा।

''हाँ, लेकिन कुछ साल पहले। इससे और कुछ ज्यादा भी होता है। तुम जानते हो न? या उसके सामने भी तुम्हारी बोलती बंद रहती है?''

आलोक ही-ही करके हँसने लगा।

''भाड़ में जाओ रेयान।'' मैंने कहा, ''नेहा उस तरह की लड़की नहीं है।''

''लेकिन तुम तो उस तरह के लड़के हो। तो तुम उसे उस तरह की बना दो।'' उसने कहा।

''कैसे?''

''मैं तुम्हें सबकुछ नहीं बता सकता।''

अँधेरा होने पर हमने कुमाऊँ लौटने का फैसला किया। समय बीता और मैं उसके लिए भगवान् को धन्यवाद करता हूँ। तो इसका मतलब यह था कि हमारे यहाँ और कम दिन बचे थे।

''मैं खुश होऊँगा, जब कॉलेज खत्म हो जाएगा।'' मैंने कहा।

''कम-से-कम हमने सी2डी को परिपूर्ण कर लिया है।'' आलोक ने कहा।

''बिलकुल।'' रेयान ने कहा और आपत्तिजनक ढंग से मुसकराने लगा, ''वह आखिरी समय कब था, जब हमने अपना असाइनमेंट खुद किया था?''

''मुझे अब भी कभी-कभी इससे डर लगता है।'' मैंने कहा।

''क्यों? प्रोफेसर जो हमें बकवास असाइनमेंट करने को देते हैं, वे उसे कभी भी ध्यानपूर्वक नहीं पढ़ते। उसका उन्हें कभी भी पता नहीं चल पाएगा।'' रेयान ने हमेशा की तरह अहंकारी भाव को खारिज करते हुए कहा।

''लेकिन मैंने सुना है कि प्रो. चेरियन बहुत ही सख्त हैं।'' आलोक ने कहा।

हमें जल्दी ही पता चलने वाला था; अब समय आ गया था, जब चेरियन हमें इंडस्ट्रियल इंजीनियरिंग ऐंड मैनेजमेंट या इंडैम पढ़ाने वाले थे।

''हाँ, अब वे हमें पढ़ाएँगे। मैं तो उसकी किसी भी क्लास में नहीं जानेवाला।'' रेयान ने कहा।

''तुम्हें ऐसा करने की आवश्यकता नहीं। सी2डी के अनुसार यह हरि का कोर्स है।'' आलोक ने कहा और आँख मारी, ''हमारा लड़का अपने पिता को प्रभावित करना चाहता है।''

''कभी-कभी तो मैं चाहता हूँ कि नेहा अपने पिता को मेरे बारे में बताए। यह अच्छी शुरुआत नहीं होगी, अगर मैं उसकी सारी कथाएँ छोड़ दूँ।'' मैंने कहा।

''मैं उनसे घृणा करता हूँ।'' रेयान ने साफ-साफ कहा।

किसी ने भी चेरियन की पहली क्लास नहीं छोड़ी। किसी ने नहीं मतलब रेयान के अलावा किसी ने नहीं। मैं उन शैतान को अपनी आँखों से देखने के लिए उत्सुक था, जिन्होंने मेरी प्रेमिका और मेरे सबसे अच्छे दोस्त को पीड़ित किया। बाकी देखने गए थे देश के सबसे प्रसिद्ध कॉलेज के मेकैनिकल इंजीनियरिंग के विभागाध्यक्ष को। लोग कहते हैं कि चेरियन अपने आई.आई.टी. जीवन में टेन पॉइंटर था। मुझे उस आदमी के बारे में कुछ ज्यादा नहीं पता था, सिवाय इसके कि उसकी बेटी मेरे लिए परफेक्ट टेन थी।

मैं पाँच मिनट जल्दी पहुँच गया था और तीन साल में पहली बार मैंने पहली पंक्ति में जगह ली। मुझे पता नहीं क्यों, लेकिन मैं उसके कोर्स में बहुत ही अच्छा करना चाहता था। शायद ग्रेड इंडैम में अच्छा प्रभाव डालता, जिससे नेहा को मेरा परिचय देने के लिए एक अच्छा रास्ता मिल जाता। यह सुनने में अच्छा लगता—'पिताजी, हरि से मिलिए—वह लड़का जिसने आपके इंडैम कोर्स में टॉप किया।' न कि यह 'पिताजी, हरि से मिलिए जो आपके कोर्स में सी ग्रेड ला पाया।'

प्रो. चेरियन ठीक नौ बजे क्लास में घुसे और अपने साथ किताबों का एक बड़ा सा बंडल लाए, जैसे कि अभी वे किसी लाइब्रेरी से चोरी करके आ रहे हों।

''सब लोग ध्यान दीजिए, हम लेक्चर शुरू करते हैं।'' उन्होंने कठोर आवाज में बोलना शुरू किया।

अपनी प्रेमिका के माता-पिता को पहली बार देखने की बात ही कुछ और होती है।

मैं चाहकर भी अपने आपको नहीं रोक पा रहा था कि कैसे चेरियन नेहा की एक बहुत ही बुरी प्रतिकृति थे। जैसे कि नेहा के मोम के पुतले को पहले तो फुला दिया गया हो और फिर ऊटपटाँग तरीके से पिघला दिया हो। उनका जबड़ा और गोल चेहरा नेहा के जैसा था; लेकिन उनका चेहरा दोगुना बड़ा था, जिस पर बड़े-बड़े मांस के टुकड़े ढीली तरह से लटक रहे थे, जिन जगहों पर नेहा के बहुत ही मुलायम, कसे हुए और साफ-सुथरे गाल थे। नेहा के लंबे और खूबसूरत बालों की जगह चेरियन के सिर का गंजा भाग, जो नरूला के हैमबर्गर से भी बड़ा था। अगर नेहा किसी डरावनी फिल्म के लिए सजती तो अपने पिता जैसी ही दिखती।

"समय और गति का अध्ययन करना ही इंडैम का सार है। इंजीनियर होकर तुम्हारा काम यह है कि तुम इनसानी गतिविधियों को परिमय कामों में परिवर्तित कर सको और वहाँ तीसरी पंक्ति में बात करना बंद करो।" चेरियन ने चॉक का एक टुकड़ा दो छात्रों, जो अपने किसी मजाक पर हँस रहे थे, उन पर फेंकते हुए कहा।

"मिलो अपने ससुर से।" आलोक ने फुसफुसाते हुए कहा।

"ऐसा लगता है, यह मुझे कच्चा ही चबा जाएगा।" मैंने कहा।

चेरियन को फुसफुसाने की आवाज सुनाई दी और उसने बोर्ड पर लिखना बंद कर दिया। वह घूमे और उन्होंने डस्टर मेज पर मारा—"अगले साठ मिनटों तक कोई बात नहीं करेगा।" उन्होंने स्पष्ट आवाज में घोषणा की, ऐसी आवाज जिससे सद्दाम हुसैन भी डर जाए, "यह तुम्हें समझ में आ गया?"

चॉक की धूल की वजह से एक बादल-सा बन गया, जैसे कि चेरियन ने क्लास में कोई ग्रेनेड फोड़ दिया हो। उनके पीछे उनके ऐंठे हुए चेहरे को शायद ही कोई देख पा रहा था। मैंने सोचा कि नेहा ने अब तक की अपनी सारी जिंदगी इनके साथ कैसे बिताई है, मैं उसको उसी समय बचाना चाहता था। मैंने उसके साथ भागने के बारे में सोचा—उसे छत पर से भगा ले जाऊँ, जब चेरियन सो रहा हो। लेकिन मैं उसे लेकर जाता भी कहाँ? हॉस्टल तो एक अच्छी जगह नहीं थी, क्योंकि हम सभी एक ही कमरे में सोते थे।

चेरियन का समय और गति विषय का सबसे पहला उदाहरण एक शर्ट फैक्टरी का था। "मानो वहाँ पाँच कर्मचारी थे। अब या तो हर एक आदमी एक शर्ट बना सकता है या तो हम एक शर्ट बनाने का काम उनमें बाँट सकते हैं। उदाहरण के तौर पर, पहला कर्मचारी कपड़ा काट सकता है, दूसरा पहली सिलाई कर सकता है, तीसरा बटन लगा सकता है इत्यादि।

"कामों के इस विश्लेषण को असेंबली लाइन कहते हैं। लेकिन तुम्हें यह सुनिश्चित करना होगा कि हर एक काम को समान समय दिया जाए—किसी भी तरह की बाधाओं से बचने के लिए।

"इसलिए अगर कपड़ा काटने में छह मिनट लगते हैं और पहली सिलाई के लिए तीन तो दो कर्मचारी पहला काम कर सकते हैं। इस तरह हमें एक तेज असेंबली लाइन मिल सकती है। कर्मचारी केंद्रित रहते हैं तथा अपने कामों में और अधिक कुशल हो जाते हैं। और

इतना ही नहीं, हमें अतिरिक्त उपकरणों की भी जरूरत नहीं पड़ती, जैसे कि पाँच कैंचियों के बजाय हमारा एक कैंची से काम हो सकता है।'' चेरियन ने कहा।

यह सुनने में बहुत ही किफायती लगा। आखिरकार इंजीनियर्स का काम तो यही है न? कर्मचारियों को यह बताया कि काम दक्षतापूर्वक कैसे करें, अपने साधन बचाने के लिए और उचित तरीके सोचें।

''उसकी बातों में दम है।'' मैंने कहा।

''सिर्फ नोट्स बनाते हुए। क्विज में कुछ भी आ सकता है।'' आलोक ने कहा।

मैंने सोचा, मोटू हमेशा कमजोर ही रहेगा, सिवाय उसकी नाक के, जहाँ उसकी मूँछ का हिस्सा पर्याप्त रहता था। मेरा मतलब है कि मैं कोई बहुत बड़ा विचारक या उसके जैसा तो नहीं हूँ, लेकिन कभी-कभार किसी क्लास में ध्यान से सुन सकता हूँ। लेकिन इस लड़के को सिर्फ रटना और परीक्षा में उसकी उलटी करके आना आता है। मैंने इंडैम को रेयान के साथ बहस करने के बारे में सोचा।

साठ मिनट के बाद चेरियन ने अपनी चॉक को नीचे रखा। उन्होंने अपनी शर्टवाले उदाहरण को दस बार संशोधित किया, विभिन्न साधन और समय, विनिधान करने के संयोजनों को दिखाने के लिए। लेकिन खास आई.आई.टी. के ढंग में यह साधारण उदाहरण किसी तरह जटिल इक्वेशन में बदल गया। प्रोफेसर ने इक्वेशंस का इस्तेमाल करते हुए अगली क्लास के लिए एक असाइनमेंट दिया, जिसका मतलब था कि उस रात लाइब्रेरी के कम-से-कम दो घंटे लगने वाले थे।

''क्या तुम बेवकूफ हो? तुम्हें यह इंडैम की बकवास रोचक लगी।'' रेयान ने कहा, जब मैंने उसे क्लास के बारे में बताया।

''क्यों? सोचो इसके बारे में। एक आदमी के काटने और फिर सिलाई करने की वजह...''

''तो तुम एक टेलर को एक कपड़ा काटनेवाले या बटन टाँकनेवाले में तब्दील करना चाहते हो क्या? क्या है वह, कोई रोबोट?''

''नहीं, सिर्फ थोड़ा स्मार्ट। देखो, अगर तुम ओपटिमाइजेशन इक्वेशन का इस्तेमाल करोगे।''

''इक्वेशन गई भाड़ में! तुम क्या चाहते हो कि कर्मचारी अपने घर पर क्या कहे? यह कि मैंने आज दस शर्ट्स बनाईं? या यह कि मैंने पचास कपड़े काटे? तुम्हें अंदाजा भी है कि हर काम कितना दिमागी परेशानी देनेवाला बन जाएगा।''

''यह तो बेवकूफी है।'' मैंने कहा, ''यहाँ बात योग्यता और प्रसिद्धि की है।''

''लेकिन क्या ऐसा हो सकता है कि हर कर्मचारी अपनी शर्ट खुद बनाना चाहे और फिर उसका डिजाइन प्रसिद्ध करना चाहे? यह तो वही चेरियन की पुरानी बकवास है, इनसानों को मूर्ख मशीनों की तरह समझो।''

''मुझे लगता है कि तुम्हें उनकी क्लास में जाना चाहिए, रेयान। मैं अभी नहीं समझा

सकता। लेकिन उनकी बात में तर्क था।''

''जाहिर है, उनकी बातें तुम्हारे लिए तर्क बनाती हैं। तुम उनकी बेटी के साथ रहना चाहते हो।''

''ऐ, चुप रहो, सिर्फ सीधे से क्लास में आओ, ठीक है। अब बहुत हो गया है। अब तुम्हें सिस्टम को एक मौका देना चाहिए।''

''यह एकदम बेतुका सिस्टम है, इसलिए और कोई तरीका नहीं। अब मुझे असाइनमेंट दे दो, ताकि मैं उसकी नकल कर सकूँ।''

□

मैं नेहा से इंस्टी गेट के बाहर एक वॉकडेट के लिए मिला। वॉकडेट वह होती है, जिसमें आप अपनी प्रेमिका के साथ एक लंबी वॉक पर जा सकते हों, थोड़ी ताजा हवा और एक अच्छे वार्त्तालाप के लिए। वॉकडेट्स की सबसे बढ़िया बात यह होती है कि एकदम फ्री होती है। मेरे लिए, जो एकदम कंगाल है, क्योंकि आखिरी बार रेयान के स्कूटर में पेट्रोल भरवाने की बारी मेरी थी, यह एक प्रत्यक्ष विकल्प था। नेहा ने रास्ता चुना था—एक पाँच किलोमीटर (आना व जाना) का, जो कैंपस के आस-पासवाले गाँवों से होते हुए था।

''तो फिर मुझे बताओ, क्या सोचा तुमने मेरे पिताजी के बारे में?'' नेहा ने ऐसे कहा जैसे उसने सोचा हो कि मैं यह सुनकर उत्सुकता से उछलूँगा।

''मैं उनके बारे में कुछ भी नहीं जानता, लेकिन मेरे खयाल से वह बहुत ही सख्त मिजाज हैं। तुम उनके साथ कैसे रहती हो?''

''तुम जानते हो, वे अच्छे छात्रों से बहुत प्रभावित होते हैं। मैं आशा करती हूँ कि तुम उनके कोर्स में बहुत अच्छा करोगे।''

''मैं कोशिश कर रहा हूँ। लेकिन मुझे कभी भी 'ए' नहीं मिला है। और वे एक सप्ताह में एक दर्जन असाइनमेंट देते हैं। और यहाँ मौखिक परीक्षा का भी एक घटक है, जिससे मुझे घृणा है।''

''अगर तुम्हें 'ए' मिलता है तो मैं शायद उन्हें बता दूँगी कि हम दोस्त हैं।''

''हाँ-हाँ, मैं कोशिश कर रहा हूँ। वैसे हम कहाँ जा रहे हैं?''

''बस चलते रहो, मेरे दिमाग में एक जगह है।''

मैं चुप रहा, यह आशा करते हुए कि उसने एक सुनसान जगह सोची होगी। वही एक जगह है, जिसकी जरूरत होती है, जब कोई डेटिंग कर रहा हो—एक खाली जगह जहाँ कुछ करने के लिए भी न हो और कोई आदमी भी न हो। फिर भी, हम देखते हैं कि हर जगह खाने-पीने की दर्जनों दुकानें होती हैं, सिनेमाघर और आइसक्रीम पार्लर, सभी डेटिंग को बढ़ावा देते हैं। इसके बजाय वे ढेर सारे खाली कमरे क्यों नहीं बनवा देते?

नेहा मुझे एक कच्चे रास्ते से ले गई, जो कि कटवारिया गाँव तक जाता था। कुछ अधनंगे बच्चे हमें गौर से देख रहे थे, जैसे कि हम किसी दूसरी दुनिया से आए हों। दो भैंसें भी अपनी शाम की सैर पर थीं और उनमें से एक हमारा पीछा कर रही थी।

''क्या तुम्हें पक्का पता है कि हम कहाँ जा रहे हैं?'' मैंने शंका जताते हुए पूछा।

''बिलकुल, मैं जानती हूँ। इस रास्ते के अंत में जो मंदिर देख रहे हो, वो वहाँ।''

मैंने अपनी आँखें मिचमिचाईं। वहाँ एक मंदिर पर झंडा था—करीब एक किलोमीटर दूर।

कुछ देर बाद जो भैंस हमारा पीछा कर रही थी, उसने अब हमारा पीछा करना बंद कर दिया और अब हम अकेले थे।

हम मंदिर तक पहुँच गए और वहाँ की उपेक्षित सीढ़ियों पर बैठ गए। एक कुत्ता, जो वहाँ सो रहा था, ने अपनी एक आँख खोलकर हमारी ओर देखा। मंदिर के सामने एक रेलवे लाइन थी। मेरे खयाल से वह दिल्ली रिंग रेलवे के लिए इस्तेमाल होती थी, लोकल सिटी ट्रेन जिसे ज्यादा कोई इस्तेमाल नहीं करता था। इसलिए वे सिर्फ हर घंटे में दो चलती थीं।

''यह मंदिर यहाँ ऐसे अज्ञात स्थान पर क्यों है?'' मैंने उसका हाथ उठाते हुए कहा। कुत्ते को कोई फर्क नहीं पड़ा था। वहाँ और कोई नहीं था।

''मेरे खयाल से सिर्फ कुछ गाँववाले कुछ खास दिनों में इसे इस्तेमाल करते हैं। लेकिन मुझे यहाँ अच्छा लगता है।'' नेहा ने सहारे के लिए मुझसे सटकर बैठते हुए कहा।

हमने चुंबन किया। मुझे पता नहीं किसने शुरुआत की थी। एक नियमित प्रेमिका होना एक अच्छी बात है। तुम्हें हर बार जब चुंबन करना पड़े तो सोचना नहीं पड़ता। लेकिन नेहा के साथ सिर्फ इतनी दूरी तक ही जा सकते हैं। मैंने सहारे के लिए अपना हाथ उसके कंधे पर रखा और फिर एकदम सोचे-समझे, लेकिन फिर भी अनभिप्रेत लगनेवाले तरीके से मैंने अपना हाथ उसकी छाती की ओर जाने दिया। मैंने सोचा कि शायद उसकी प्रतिक्रिया पहले की तरह कठोर नहीं होगी।

''नहीं।'' नेहा ने कहा, जिस पल मैं थोड़ा रोमानी होने लगा था।

उसने मुझे धक्का देकर हटाया और उठकर बैठ गई।

''तुम कितनी खूबसूरत हो!'' जितना हो सके उतना उदार होते हुए मैंने कहा।

''चुप रहो।'' उसने कहा और हँसने लगी, ''तुम्हारी ये दकियानूसी बातें तुम्हें कुछ हासिल नहीं करा सकतीं। थोड़ी शर्म करो, हम एक मंदिर के पास हैं।''

हाँ, क्यों नहीं! मैंने सोचा, जैसे कि मंदिर के पास चुंबन करना तो ठीक है, लेकिन जो मैंने किया वह गलत था। मैं क्या बताऊँ, नेहा तो विपरीतता की रानी है।

मैंने उसके पास जाने की दोबारा कोशिश की, लेकिन विवाद करना बेकार था।

''सिर्फ चुंबन। तुम्हें पता है, यह सब गलत है।'' उसने चेताया।

हमारी प्यार करने की प्रक्रिया खत्म हो गई, या वस्तुत: मेरे प्यार करने के प्रयत्न का आधे घंटे का समय, जिसके बाद उसे घर जाना था। हम खड़े हुए, वहाँ सोते हुए उस कुत्ते को आखिरी बार देखा और घर की तरफ चल पड़े।

''क्या तुम्हें पता है कि मेरे भाई की मृत्यु दुर्घटना में उन पटरियों पर हुई थी।'' उसने कहा।

''नहीं, मुझे नहीं पता था। कैसे हुआ यह?''

''मुझे आज भी वह दिन याद है, 11 मई। भैया टहलने के लिए गए थे। हमें दोपहर में जानकारी मिली। मेरा मतलब है, पिताजी को बताया गया। उन्होंने हमें शाम को ही बताया और मुझे तो मृत शरीर को देखने भी नहीं दिया गया।'' उसकी आवाज काँपने लगी।

हम गाँव के पास पहुँच रहे थे, इसलिए मैं निश्चित नहीं था कि उसे अपने कंधे पर रोने दूँ या नहीं। लेकिन उसने कुछ ही ऐसा करने का सोचा तो मैं मना नहीं कर पाया।

''नेहा, कोई बात नहीं।'' मैंने कहा, मुझे पता था कि दो नटखट बालक हमें देख रहे थे। शायद एक लड़के और लड़की को प्रेम करते हुए उन्होंने सिर्फ फिल्मों में देखा होगा।

नेहा दूर तब हुई जब बच्चों की संख्या आठ तक पहुँच गई।

''अरे, ये इतने सारे बच्चे कहाँ से आ गए?'' उसने अपने आँसू पोंछ लिये। वे आठ बच्चे ज्यादातर नंगे, हमारी तरफ इतने ध्यान से देख रहे थे जैसे कि कोई फिल्म देख रहे हों।

''देखो, यह एक हीरोइन है।'' मैंने बच्चों से कहा।

''रवीना टंडन।'' भीड़ में से पाँच साल के एक बच्चे ने कहा।

नेहा हँसने लगी, जिससे मुझे काफी राहत मिली; क्योंकि ज्यादातर उसका मूड ठीक होने में समय लगता था।

हम आगे चलने लगे, जब तक कि हम कैंपस के करीब आ गए, जहाँ हमने अलग-अलग रास्ते अपनाए।

''शायद किसी दिन तुम्हें अपने पिता को उनके कोर्स के टॉपर की तरह मिलवा पाऊँगी।'' उसने आँख मारी और आगे चलने लगी। मैंने अपने निर्धारित पाँच मिनट तक इंतजार किया और फिर कैंपस की तरफ चल पड़ा। क्या मैं उससे प्यार करने लगा था? मैंने चलते हुए आगे पड़े पत्थर को ठोकर मारी—काश, वह हर समय इतनी अच्छी न होती!

□

14

वोदका

आलोक बुरी तरह से बौखलाया और परेशान-सा घर से लौटा।

"तुम्हारे माता-पिता कैसे हैं?" उसकी ससीज पर गंभीर चुप्पी से डरते हुए मैंने पूछा, उसमें डेली स्पेशल में क्या है वह भी नहीं पूछा।

"हर बार की तरह त्रस्त। पिछले हफ्ते घर पर एक और बहुत बड़ा ड्रामा हुआ। मेरी बहन के लिए एक और अच्छा रिश्ता है, लेकिन हमारे पास उसके लिए पैसा नहीं है। इसलिए या तो हम न कह दें या बोंड पर हस्ताक्षर कर दें, जिसका मतलब है कि हमें बाद में देना होगा, जब मैं कॉलेज पास कर लूँगा और मुझे नौकरी मिल जाएगी।"

"यह तो मुश्किल है।" रेयान ने ध्यान देते हुए कहा, जो नींद से जागता हुआ अभी हमारे पास आया था।

"लेकिन यह मेरा कर्तव्य है, यार और मैं उन्हें प्यार करता हूँ। और मैं उन्हें परेशानी में नहीं देख सकता।" आलोक ने कहा।

"तो तुम किस तरह की नौकरी करोगे?" मैंने कहा।

"जिसमें कि सबसे ज्यादा पैसा मिलता हो।" आलोक ने कहा।

"यह तो बकवास है। क्या तुम ऐसा कुछ नहीं करना चाहते, जो तुम्हारा मन चाहे?"

"मुझे पैसा पसंद है।" आलोक ने अपना खाना खत्म करते हुए कहा। जब तक उसके पास पैसा नहीं आता तब तक वह पराँठे से ही काम चलाएगा।

हम सेमेस्टर के बीच में थे और थोड़े-थोड़े समय के बाद मैं अपने लक्ष्य के बारे में सोचने लगता था—इंडैम में अच्छा करना है। तीसरा साल आते-आते आई.आई.टी. के हर विद्यार्थी को अपनी औकात पता चल जाती है। हम अब फाइव पॉइंटर ही बनकर रह गए थे। हमारी आशाएँ ज्यादा नहीं थीं और हमारे ग्रेड्स हमें कभी निराश नहीं करते थे। लेकिन इंडैम में मुझे 'ए' चाहिए था, ऐसा जो मेरी मार्कशीट पर कभी नहीं था।

आलोक ने मुझे मेरी ऊँची महत्त्वाकांक्षा के बारे में बताया, "चेरियन तुम्हें कच्चा

चबा जाएँगे। तुम आजकल बहुत कम सोते हो। तुम जानते हो कि वह सिर्फ 2 या 3 ए देता है, है न?''

''मैं जानता हूँ। लेकिन मुझे पूरी लगन के साथ मेहनत करनी होगी। यह एक ग्रेड मात्र नहीं है, बल्कि यहाँ नेहा दाँव पर है।''

''तुम्हें अब तक असाइनमेंट में कितने नंबर मिले हैं?''

''चालीस में से तैंतीस। मैंने उन पर दीवाने की तरह काम किया है।''

''हाँ, सही है। तुम्हें 'ए' लाने के लिए कुल अस्सी नंबर चाहिए।''

''मैं जानता हूँ, जिसमें से मौखिक दस का है और मेजर्स पचास के।''

''तो जब तक तुम्हें मेजर्स में पूरे नंबर नहीं मिलते, तुम्हें मैखिक में अच्छा करना ही होगा।''

''मैं जानता हूँ। इसलिए इस बार मुझे यह करना ही होगा।'' मैंने उस विचार से घबराते हुए कहा।

''शांत यार, बी ग्रेड भी इतना बुरा नहीं होगा।''

''ऐ आलोक, मुझे ए चाहिए।''

''ठीक है फिर, शुभकामनाएँ।'' आलोक ने कहा और ससी ने और पराँठे परोसे।

''तुम्हारी प्रेमिका कैसी है?'' रेयान ने कहा।

''नेहा ठीक है। वह मुझे उस जगह ले गई थी जहाँ उसके भाई की दुर्घटना हुई थी। क्या यह अजीब नहीं है?'' मैंने कहा।

''शायद इसलिए, क्योंकि तुम खास हो। और उसके लिए उस जगह का कुछ खास महत्त्व है।'' आलोक ने कंधा उचकाते हुए कहा।

''मोटू सही कह रहा है। वह तुम्हें चाहती है, यार।'' रेयान ने कहा, ''उसके भाई की मौत वैसे कब हुई?''

''लगभग तीन साल पहले 11 मई को।'' मैंने और अधिक स्पष्ट करते हुए कहा, ''वह टहलने गया था, जब उन्हें दोपहर में बताया गया कि रिंग रेलवे की ट्रेन ने उसे कुचल दिया।''

''अरे, यह तो आश्चर्यजनक है।'' आलोक ने कहा, ''और मैंने सोचा कि रिंग रेलवे का तो इस्तेमाल ही नहीं होता।''

''वह उनका इस्तेमाल नहीं कर रहा था, मोटे। वह तो उससे कुचला गया।'' रेयान ने स्पष्ट करते हुए कहा।

''हाँ, काफी दुर्भाग्यपूर्ण है।'' मैंने कहा।

''वैसे उबलती गरमी की सुबह कौन टहलने जाता है!'' रेयान जानना चाहता था।

''चुप रहो, यार। वह अब मर चुका है और तुम उसका मजाक उड़ा रहे हो।'' मैंने आपत्ति व्यक्त करते हुए कहा।

''नहीं, मेरा मतलब यह नहीं था। मेरा मतलब है कि सुनो मोटे, पहली रिंग रेलवे

कितने बजे चलती है?"

"मुझे नहीं पता।" आलोक ने कहा, जो अपने पराँठे खाने में व्यस्त था और थोड़ा गुस्सा भी था; क्योंकि रेयान बार-बार उसे 'मोटे' बुला रहा था।

"मैं जानता हूँ, दस बजे शायद। क्यों?" मैंने कहा।

"इस बारे में सोचो, मई के महीने में सुबह के दस बजे, मेरे हिसाब से तापमान 40 डिग्री हो जाता है। और यह काफी गरम होता है। मई की सुबह कौन टहलने जाता है!"

"वह गया था, नहीं तो वह मरता नहीं, है न?" आलोक ने झुँझलाते हुए कहा। वह कभी खुद टहलने गया क्या, मेरे खयाल से इसलिए वह इसके बारे में ज्यादा नहीं जानता था।

"मैं जानता हूँ कि वह मरा; लेकिन मेरा तर्क यह है कि···" रेयान ने कहा, "खैर, जाने दो।"

"क्या, मैं जानना चाहता हूँ?" मैंने कहा।

"मेरा मानना है कि वह एक दुर्घटना थी ही नहीं।"

□

चेरियन के मौखिक परीक्षावाले दिन मैं सिरदर्द के साथ उठा। मेजर्स शुरू होने में अभी दो हफ्ते बाकी थे, लेकिन आज मेरे इंडैम के भाग्य का फैसला होना था। सोने की कोशिश करो, सोने की कोशिश करो, मैंने पिछली रात यह हजारों बार दोहराया; लेकिन उससे कुछ फायदा नहीं हुआ।

"हे भगवान्! तुम तो एकदम परेशान लग रहे हो।" रेयान ने मुझे बाथरूम में कहा, जब हम साथ में दाढ़ी बना रहे थे।

"मैं ठीक से सो नहीं पाया। मैं जानता हूँ कि यह (मौखिक) बहुत ही खराब करनेवाला हूँ।" मैंने कहा और अपने चेहरे पर पानी डाला।

रेयान ने अपने जिलेट शेविंग जैल के नोजल को दबाया और अपने दो ब्लेडवाले सेंसर रेजर को तैयार किया। उसके माता-पिता ने शायद उसे ये सारे उपकरण और सुंदर दिखने के लिए भेजे हैं, जैसे कि उसे और अधिक सुंदर दिखने की जरूरत है। उसे आलोक की तरह समय-दर-समय फुंसियाँ क्यों नहीं होतीं?

"सुनो हरि!" रेयान ने अपने गालों पर रेजर चलाते हुए कहा, "तुम वैसे भी इस कोर्स के लिए बहुत मेहनत कर चुके हो। अगर तुमने आज यह खराब कर दिया तो तुम्हारे लिए आगे कोई आशा नहीं बचेगी। और शायद तुमसे ज्यादा बेहतर जवाब और कोई नहीं जानता।"

"उत्तरों को जानने की समस्या कब से बन गई? और वह चेरियन हैं, साधारण लड़के भी इनसे डरते हैं।" मैंने कहा।

"देखो, मैं तो इस मौखिक परीक्षा के लिए नहीं जा रहा हूँ। लेकिन अगर तुम डरे तो मेरे पास उसका एक समाधान है।"

"तुम नहीं आ रहे हो, रेयान? यह 10 प्रतिशत का है। और चेरियन पागल हो जाएँगे,

अगर कोई छात्र उनकी परीक्षा के लिए नहीं आएगा तो।''

''मैंने कसम खाई है कि जहाँ तक हो सके, मैं उनका चेहरा नहीं देखना चाहूँगा। बात 10 प्रतिशत की है तो मुझे कोई फर्क नहीं पड़ता। मुझे थोड़े ही किसी के पिता को प्रभावित करना है।''

''तुम्हारी मरजी। लेकिन फिर भी मुझे लगता है कि तुम्हें आना चाहिए। वैसे तुम्हारा इरादा क्या है?''

''मैं नहीं जानता कि यह काम करेगा या नहीं।''

''मुझे बताओ, यार। मैं अभी बहुत परेशान हूँ।''

रेयान ने अपना चेहरा तौलिए से पोंछा। उसने अमेरिका के किसी महँगे आफ्टर शेव की बोतल खोली और अपने गालों पर अत्यधिक मात्रा में लगाया।

''वोदका हर समस्या का समाधान।''

''क्या? वोदका? मैं मौखिक परीक्षा के बारे में बात कर रहा हूँ, रेयान! मैं यहाँ किसी पार्टी की तैयारी नहीं कर रहा हूँ।''

''मैं जानता हूँ। लेकिन तुम जानते हो कि वोदका कैसे हमें संयमित बना देती है और हमसे ज्यादा बात करवाती है? कौन जानता है! दो बड़े-बड़े घूँट ले लो, तुम्हारे काम आएँगे।''

''तुम पागल हो! मौखिक परीक्षा सुबह ग्यारह बजे है। यह पीने का कोई समय है!''

''अगर तुम्हें उनके मौखिक में शून्य मिले तो तुम क्या सोचते हो कि नेहा कभी तुम्हें अपने पिता से मिलवाएगी?''

शून्य मिलने या इंडैम में 'बी' या 'सी' ग्रेड मिलने का खयाल मेरे दिमाग में आया।

''कितना?''

''बस, सिर्फ दो घूँट। चलो, मेरी अलमारी में थोड़ी पड़ी है।''

मैं रेयान के कमरे में गया, जहाँ उसने महँगे कपड़ों में शराब की बोतलें छिपाई थीं। बोतल के पास थे बहुत सारे लिफाफे, सभी अमेरिका के टिकटवाले।

रेयान ने स्टील के गिलास को एक-तिहाई भरते हुए उसमें वोदका डाली।

''वे लिफाफे कैसे हैं?'' मैंने पूछा।

''कुछ नहीं। यह लो, पहला गिलास...एक, दो, तीन।'' रेयान ने कहा।

मैं विश्‍वास नहीं कर पाया कि ये लिफाफे इतने महत्त्वपूर्ण नहीं थे। मेरा मतलब है कि वहाँ कम-से-कम सौ लिफाफे थे।

''तुम्हारे माता-पिता के भेजे हुए पत्र हैं न?'' मैंने अंदाज करने का जोखिम उठाते हुए कहा।

''हाँ। यह लो एक और।'' रेयान ने कहा।

''तुम्हें विश्‍वास है कि यह ज्यादा नहीं हो जाएगी।''

''नहीं, बल्कि यह लो तीसरा गिलास। यह लो, मैं तुम्हारा साथ देता हूँ।''

उसके बाद मेरे तीसरे गिलास के साथ रेयान ने भी मेरा साथ दिया। मेरे खाली पेट में चोट लगाती हुई, मेरी आँतों को चीरती हुई वोदका मेरे अंदर एक आग के गोले की तरह गई।

''ठीक है फिर, मैं चला डैडी से मिलने।'' मैंने खुशी से कहा।

''ऑल द बेस्ट, हरि! और हाँ, सुनो, इन लिफाफों के बारे में आलोक से कुछ मत बताना।''

''क्या बताऊँ?'' मैंने कहा। मैं वैसे भी उनके बारे में कुछ नहीं जानता था और अगर रेयान उसकी चर्चा नहीं करता तो भी बतानेवाला नहीं था।

''कुछ नहीं, सिर्फ उनके बारे में बात न करना। वे हर हफ्ते मुझे पत्र लिखते हैं और महीने में एक बार एक चेक भेजते हैं। मैं कभी उनका जवाब नहीं देता, बस यही है।''

''तुम क्यों नहीं जवाब देते?'' मेरे अंदर आए हुए जोश से मजा लेते हुए पूछा।

''क्योंकि मैं उनसे घृणा करता हूँ। वास्तव में मैं उनके बारे में नहीं सोचता। मेरा मतलब है कि वे भी मेरे बारे में ज्यादा चिंता नहीं करते, तो नाटक किस बात का करना?'' रेयान ने कहा।

''रेयान, तुम जानते हो कि ये जो तुम बड़ी-बड़ी बातें अपने माता-पिता के बारे में करते हो कि तुम उनकी परवाह नहीं करते... ?'' वोदका मेरे लिए बात कर रही थी।

''हाँ, उसके बारे में क्या?''

''मुझे नहीं लगता कि यह सच है। मेरा मतलब है कि यह सच कैसे हो सकता है?'' मैंने उसके शत्रुतापूर्ण रुख की परवाह न करते हुए कहा। मैं जो कह रहा था, मैं उससे सहमत था। वे सारे जिलेट, आफ्टर शेव, जो उन्होंने भेजे हैं, वह उन्हें प्यार कैसे नहीं कर सकता था?

''यह सच है। तुम जिंदगी में एक बच्चे हो यार, बस जाओ और अपनी परीक्षा देकर आओ।'' रेयान ने कहा और एक सिगरेट जलाई। सिगरेट पीना आदमी को और गंभीर बना देता है।

''मैं जा रहा हूँ। लेकिन अगर यह सच होता तो तुम वे सारे पत्र क्यों रखते?'' मैंने थोड़ा पीछे हटते हुए कहा।

□

चेरियन पहले ही क्लास में थे। मेरी बारी दस मिनट में आने वाली थी और मैं आलोक के पास बैठ गया।

''रेयान कहाँ है?'' उसने फुसफुसाते हुए अपने नोट्स को आखिरी बार पढ़ते हुए कहा। आलोक हमेशा आखिरी समय तक नोट्स दोहराता है।

''वह नहीं आनेवाला।'' मैंने कहा।

''क्या? वह एक पागल है।'' उसने अपना सिर हिलाते हुए कहा।

''वह कहता है कि उसे फर्क नहीं पड़ता। उसी तरह जिस तरह उसे अपने माता-

पिता के बारे में...।'' मैंने कहा। वाक्य का जो दूसरा भाग था वह वोदका की वजह से कहा गया।

''क्या तुम ठीक हो, हरि? तुम थोड़े अस्पष्ट सुनाई दे रहे हो। और वह बदबू क्या है...? क्या तुम पीकर आए हो?''

''श-श...चुप रहो। सिर्फ थोड़ी सी। रेयान ने कहा था, इससे थोड़ी मदद मिलती है।''

''रेयान! क्या तुम कभी अपने बारे में भी सोचते हो?'' आलोक ने कहा।

''हरि!'' इससे पहले कि मैं आलोक को उत्तर दे पाता, प्रो. चेरियन ने मेरा नाम पुकारा। जिस पल का मुझे इंतजार था, वह आ गया था। मेरा पहला 'ए' अगले पाँच मिनट में तय होने वाला था।

''तो बताओ, उत्पादन करने का वह कौन सा सिस्टम है, जिससे कि विस्तृत सूची को कम किया जा सकता है?'' प्रो. चेरियन ने हमेशा की तरह बिना किसी शुभकामना के शुरुआत की। सिर्फ एक सीधी कठोर आवाज, जैसे कोई मशीन बात कर रही हो।

''गुड मॉर्निंग, सर।'' मैंने कहा।

''गुड मॉर्निंग हरि, अब मेरे सवाल का जवाब दो।'' उसकी आँखें नेहा की बड़ी और फूली हुई आँखों का रूप ही दिखाई देती थीं।

''गुड मॉर्निंग, सर।'' मैंने फिर से कहा, अपने दिमाग को शुरू करने के लिए।

''वह सब ठीक है, हरि। अगर तुम्हें कोई दिक्कत न हो तो तुम इसका उत्तर दो।''

''सर, जापानी विस्तृत सूची को कम करनेवाला सिस्टम...'' मैंने शुरुआत की।

''हाँ, वही। तुम उसको जानते हो या नहीं?'' प्रो. चेरियन ने कहा। उनकी आवाज थोड़ी तेज हो गई।

''मैं सर...मैं सर...'' मैंने कहा।

''उसका जवाब है—जे आई टी या जस्ट इन टाइम। मैं विश्वास नहीं कर सकता कि आजकल के छात्र इतने आसान प्रश्नों का उत्तर भी नहीं दे सकते। अगला, असेंबली लाइन और बैच मैन्यूफैक्चरिंग में क्या अंतर है?''

''सर, यह तो बड़ा ही आसान सवाल है, हिक्...'' मैंने कहा।

''तुम इस तरह से क्यों बात कर रहे हो? और यह दुर्गंध कैसी है? क्या तुमने पी है, मि. हरि? क्या तुम मेरी क्लास में पीकर आए हो?''

''नहीं सर...सर, मैं सचमुच प्रश्न का उत्तर जानता हूँ।'' मैंने बौखलाते हुए दोहराया।

''तुमने सच में पी रखी है। इन आजकल के छात्रों की हिम्मत तो देखो जरा।'' प्रो. चेरियन ने कहा और मेरी ओर एक चॉक का टुकड़ा फेंका। वह टुकड़ा मेरी छाती पर लगा, जिससे मुझे थोड़ा दर्द भी हुआ। पीने के बाद भी मुझे पता था कि कुछ गलत हो रहा है। मैं वास्तव में एक मौखिक परीक्षा में बोल रहा था, लेकिन उसका कोई मतलब नहीं बन रहा था।

''सर!'' मैंने कहा।

"मेरी क्लास से इसी समय बाहर निकल जाओ। बाहर निकलो अभी!" प्रो. चेरियन का चेहरा लाल हो गया था और उन्होंने अपनी फाइल मेज पर दे मारी।

मैंने जाने के लिए अपनी नोटबुक उठाई, तब चेरियन मेरी तरफ आए। उन्होंने एक लाल पेन निकाला और मेरी शीट पर एक गोला बनाया। और फिर उसके ऊपर एक और गोला बनाया।

"शून्य, तुम्हारे लिए यही उचित है। काश, मैं तुम्हें नेगेटिव अंक दे पाता!" उन्होंने कहा, "और तुम अपने मेजर्स में बहुत ही अच्छा करना, मैं तुम्हें इन सबसे इतनी जल्दी नहीं छोड़ने वाला।"

मैं चुप रहा। उतने सारे वोदका के घूँट सिर्फ एक शून्य के लिए, वह तो मैं वोदका के साथ या उसके बिना भी अपने आप ही हासिल कर लेता।

"उफ!" रेयान ने अपनी मुट्ठी को दूसरे हाथ में मारते हुए कहा, जब उसने कुमाऊँ में इस कहानी के बारे में सुना।

"क्या उफ! किसने कहा था तुम्हें ऐसा ऊटपटाँग विचार बताने के लिए?" आलोक ने कहा।

"मैंने सोचा कि यह काम करेगा; लेकिन वोदका थोड़ी ज्यादा हो गई।" रेयान ने कहा। वह एक बास्केटबॉल के साथ खेल रहा था, बॉल को बार-बार दीवार पर मार रहा था।

"क्या तुम यह आवाज बंद कर सकते हो?" आलोक ने कहा, "तो अब तुम क्या करोगे, हरि?"

"क्या करूँगा? 'ए' लाना तो असंभव था और चेरियन सोचते हैं कि मैं एक शराबी हूँ। अच्छा तरीका चुना है उसकी बेटी के प्रेमी ने।" मैंने अपना चेहरा अपने हाथों में छिपाते हुए कहा।

थप-थप। रेयान चुप रहा और उसकी तरफ से जो आवाज आई वह सिर्फ बॉल की थी।

"रुको!" आलोक ने कहा, रेयान से बॉल छीनते हुए, "और अब कहो कुछ।"

"आलोक!" किसी ने बाहर से आवाज लगाई। वह नीचे का चौकीदार था।

"आलोक के लिए फोन है!" चौकीदार ने चिल्लाते हुए कहा।

"जरूर घर से होगा।" आलोक ने कहा, "चलो हरि, इंडैम पर अब बहस का कोई फायदा नहीं।"

मैं आलोक के साथ नीचे आया—और किसी के लिए नहीं, बल्कि अपने आप को इंडैम की पूर्ण विफलता से ध्यान बँटाने के लिए।

"हैलो अम्मी! हाँ, कैसी हो आप? हाँ, मैं जानता हूँ कि मैं बहुत समय से घर नहीं आया हूँ।" आलोक ने फोन पर बात करते हुए कहा।

"क्या, दीदी की सगाई हो गई! वाह, मेरा मतलब है कि लड़केवाले मान गए।" आलोक ने कहा। उसकी आवाज में खुशी सुनाई देने लगी।

''हाँ, मैं बहुत खुश हूँ। पिताजी कैसे हैं? मैं जानता हूँ...बिलकुल, बस एक बार मुझे नौकरी मिल जाए, मैं सबके लिए करूँगा माँ...हाँ, तो आप उपहार देने के लिए कर्ज ले रहे हो...''

मैं आधा वार्त्तालाप ही सुन पाया, लेकिन पूर्णतः समझ गया कि क्या हो रहा था। आलोक के माता-पिता आखिर में अपनी बेटी का हाथ किसी को देने में सफल हो गए। उसने बाद में बताया, लड़के के परिवार को एक मारुति कार दहेज में चाहिए थी। लेकिन वह उसे आलोक की पढ़ाई पूरी करने और नौकरी करने तक देने के लिए सहमत हो गए। शादी भी तभी होने वाली है, लेकिन अब कम-से-कम उनका रिश्ता तो पक्का हो गया।

''मुबारक हो, तुम्हारी बहन की शादी हो रही है। तो क्या तुम्हारा परिवार खुश है? या दुःखी है कि वह चली जाएगी?'' मैंने आलोक से फोन के बाद कहा।

''उन्हें इससे काफी राहत मिली है। मैं आशा करता हूँ कि मुझे एक ऐसी नौकरी मिल जाए, जिससे कि मैं यह खर्च पूरा कर सकूँ। कार के अलावा एक दावत भी तो होगी।''

''तुम लोग उसकी शादी बाद में क्यों नहीं कर देते? इतनी जल्दी क्या है?''

''जितनी उसकी उम्र बढ़ेगी, लोग उतना ही दहेज माँगेंगे। अभी रुकने का मतलब बाद में ज्यादा खर्च। मैं खुश हूँ कि यह रिश्ता तय हो गया।''

यह तो क्रेडिट कार्ड जैसा लग रहा था, अगर तुम अभी नहीं चुकाओगे तो यह बाद में तुम्हें अधिक चुकाना पड़ेगा। उनका राहत लेना समझ में आता है।

''लड़का क्या करता है?'' मैंने पूछा।

''यह तो मुझे नहीं पता, मैं पूछना भूल गया।'' आलोक ने कहा।

□

कई सप्ताह बीत गए, हम कुमाऊँ के मेस में खाना खा रहे थे। वह गुरुवार का दिन था शायद, क्योंकि उस दिन कुमाऊँ में कोंटिनेंटल डिनर दिया जाता था। लेकिन वास्तव में यह सिर्फ मेस के कर्मचारियों का हमें असली खाना न देने की माफी थी। मीनू सुनने में तो बहुत अच्छा था—नूडल्स, फ्रैंच फ्राई, टोस्ट और सूप। लेकिन इनका स्वाद बहुत ही खराब था। रसोइए नूडल्स गोंद जैसे पदार्थों से बनाते थे—वे आपस में चिपककर एक संयोजित ढेर के जैसे लगते थे। फ्रैंच फ्राई एकदम ठंडे थे और या तो कच्चे थे या इतने जले हुए जैसे कोयले खा रहे हों। मशरूम सूप की क्रीम को आप कीचड़ के पानी के समान समझ सकते हैं, फर्क इतना था कि वह गरम और नमकीन था।

''यह तो बड़ा ही बेकार है, यार।'' आलोक ने कहा, जब उसके नूडल्स ने फ्रोक से अलग होने से इनकार कर दिया, ''मैंने तुमसे कहा था न कि हमें बाहर जाकर खाना चाहिए।''

''मुझे पता नहीं था कि यह इतना बेकार होगा। और सेमेस्टर भी अब खत्म हो गया है। मैं पूरी तरह से कंगाल हूँ।''

''हाँ, वास्तव में यह सही है।'' आलोक ने कहा।

"हमें मेजर्स के लिए अब पढ़ाई शुरू कर देनी चाहिए। अब दस दिन भी नहीं बचे हैं।"

"हाँ, लेकिन अब मुझे कोई फर्क नहीं पड़ता। इंडैम की बरवादी के बाद मैं हर कोर्स में पास होने की ज्यादा परवाह नहीं करता।"

"रेयान, मुझे लगता है कि तुम्हें इंडैम पर केंद्रित होना चाहिए। तुम्हारा मौखिक परीक्षा में न जाना चेरियन को अच्छा नहीं लगा। जब वह तुम्हारा नाम क्लास की हाजिरी में बुलाते हैं तब आपत्तिजनक ढंग से मुसकराते हैं।"

"मैं जानता हूँ।" रेयान ने अपना आधा खाया हुआ फ्रैंच फ्राई गुस्से में फेंकते हुए कहा, "मुझे क्विज में चालीस में से सोलह मिले और मौखिक में शून्य। मुझे पास होने के लिए मेजर्स में पचास में से चौबीस चाहिए।"

"यह इतना आसान नहीं है।" जो हकीकत थी, उसे बताते हुए मैंने कहा।

"इससे ज्यादा खराब क्या हो सकता है, मैं फेल हो जाऊँगा। तो क्या?" रेयान ने कहा और सूप पीना चाहा। सभ्यता के बारे में थोड़ा भी न सोचते हुए उसने सूप पिया और वापस प्याले में उगला।

"चेरियन तुम्हें दोबारा करवाएँगे, क्योंकि महत्त्वपूर्ण कोर्स है।" आलोक ने कहा। "उस सूप की तरह जिसे तुमने वापस उगला है।"

"बकवास!" रेयान ने कहा। मैं निश्चित नहीं था कि उसका यह कहना खाने पर निशाना था या चेरियन के कोर्स को दोबारा करने के आसार को देखते हुए करने का था।

"यार, अगर मुझे सिर्फ एक 'ए' मिल जाता तो नेहा मेरी हो जाती।" मैंने कहा।

"मुझे लगता है कि हम अभी भी कुछ कर सकते हैं।" रेयान ने कहा।

"क्या? इतनी पी लूँ कि नेहा को भूल जाऊँ?" मैंने खिल्ली उड़ाते हुए कहा।

"नहीं। अगर तुम मेजर्स में पूरी तरह सफल हो जाते हो तो तुम हासिल कर सकते हो, है न?"

"मुझे चालीस में से तैंतीस मिले हैं, 'ए' पाने के लिए अस्सी चाहिए। मेजर्स पचास के होते हैं। मुझे पचास में से छियालीस कैसे मिलेंगे?"

"कोई अवसर नहीं है, यार। रेयान, अब इसे और तंग मत करो। सब खत्म हो गया है।"

"कुछ खत्म नहीं हुआ है, मेरे दोस्तो, कभी सबकुछ खत्म नहीं होता। अगर मैं तुम्हें बताऊँ कि तुम्हें मेजर्स में अच्छा स्कोर मिल सकता है तो क्या तुम मेरी बात मानोगे?"

"पागल मत बनो। मुझे इंडैम पर एक दिन में बीस घंटे लगाने पड़ेंगे और फिर भी शायद सफल न हो सकूँ। चेरियन का मेजर्स टेस्ट आश्चर्यचकित करने वाले प्रश्नों से भरा होगा। मेरी तो वाट लग गई...!" मैंने शोक व्यक्त करते हुए कहा।

"क्या हो, अगर तुम प्रश्न पहले से ही जानते हों?" रेयान ने कहा।

"क्या होगा, क्या होगा? रेयान, क्या तुम सपना देख रहे हो?" आलोक ने कहा।

“नहीं, मैं सपना नहीं देख रहा, मोटे। मैं अपने दोस्त की मदद करने की कोशिश कर रहा हूँ। मुझे लगता है कि हमें मेजर्स का पेपर किसी तरह मिल सकता है।”

“कैसे?” मैं स्तब्ध था।

“उसे चेरियन के दफ्तर से चुपके से निकालकर।” रेयान ने कहा।

आलोक और मैं पूरे एक मिनट के लिए शांत पड़ गए, कितना समय उसकी बेतुकी बातों और अस्वादिष्ट खाने को पचाने में लगा।

“तुम्हारा मतलब है कि हम उसे चोरी कर लें? एक आई.आई.टी. के प्रोफेसर के मेजर्स पेपर को चोरी कर लें? क्या तुमने यही कहा है?” आलोक ने कहा।

“इसे इतना कौतूहलपूर्ण तरीके से बताने की कोई आवश्यकता नहीं है। यह इतनी भी बड़ी...”

“क्या तुम पागल हो? बताओ मुझे, क्या तुम पागल हो?” आलोक ने कहा और मेस से बाहर चला गया।

मैं भी वहाँ से बाहर चला गया। नेहा के साथ आने वाली मुलाकात के बारे में तल्लीन, खासकर मैं प्रो. चेरियन के साथ हुए पिछले हादसे को कैसे अस्वीकृत कर सकता हूँ?

□

15

ऑपरेशन पेंडुलम

अगले दिन कुमाऊँ के लॉन में रेयान अपने हमेशावाले मिजाज में था। ''तुम लोग मेरी बात तो सुनो।''

''कोई अवसर नहीं है, तुम यह नहीं कर सकते हो। कृपया यह बकवास बंद करो।'' आलोक ने कहा।

''उसके पास एक मुद्‍दा है।'' मैंने सहमति देते हुए कहा। लेकिन मुझे भी पूरी तरह से नहीं पता था कि वह मुद्‍दा क्या था?

''क्या तुम लोग सिर्फ एक मिनट के लिए मेरी बात सुन सकते हो? तुम्हें कुछ नहीं करना होगा।'' रेयान ने कहा।

''जरूर।'' मैंने कहा।

''हमें इस जगह पर रहते हुए तीन साल हो गए हैं न! और हमें क्या मिला है?'' रेयान ने कहा।

''अरे, यह सिस्टम कैसे खराब है? इन सबके बारे में तुम वापस मत शुरू हो जाओ, रेयान! सीधे अपने मुद्‍दे पर आओ।'' आलोक ने कहा।

''मैं आ रहा हूँ, मैं आ रहा हूँ।'' उसने कहा, यह अहसास करते हुए कि उसके पास कोई धैर्यवान् श्रोतागण नहीं थे। उसने अपनी जेब से एक शीट निकाली—दो ए फोर साइज की शीट एक साथ जुड़ी हुई—और उसे घास पर बिछा दिया। दो पत्थरों को पेपर वेट की तरह इस्तेमाल किया। उसने पनपनाते हुए शुरुआत की, ''सज्जनो, यह इसी बिल्डिंग का नक्शा है। सारे प्रोफेसर्स मेजर्स के पेपर्स टेस्ट से एक हफ्ते पहले ही तैयार और प्रिंट कर लेते हैं, लेकिन हमारे चेरियन एक आदर्श व्यक्ति हैं, इसलिए उनके पेपर्स तो जरूरत से पहले ही तैयार हो जाएँगे। यह देखो, चेरियन का दफ्तर छठी मंजिल पर है। छत नौवीं मंजिल पर है।''

रेयान का चेहरा बहुत ही गंभीर था, ठीक वैसे ही जैसे आलोक का परीक्षा लिखते समय होता है। यह कोई अनियमित वार्त्तालाप नहीं था। उसने इन सब बातों पर काफी समय

तक सोच–विचार किया।

"मैंने तुमसे कहा था कि यह पूरा विचार एकदम बेकार होगा। तुम हमें यह सब जानकारी कैसे बता सकते हो, जैसे कि हमने 'हाँ' कह दिया हो।" आलोक ने कहा।

लेकिन ऐसा ही है रेयान। वह निश्चय करता है और फिर उसका प्रस्ताव बनाता है, और फिर वह वही करता है जो उसे वैसे भी करना था।

"रेयान, यह सब क्या है, यार?" मैंने कहा।

"जरा मेरी बात सुनो तो सही। हरि, मैं तुम्हें वह 'ए' ग्रेड दिलवा सकता हूँ, जो तुम चाहते हो। जरा सोचो, तुम्हारी प्रेमिका तुम्हें स्वीकार करने में शरमाएगी नहीं। और तुम भी मोटे, तुम्हारी ग्रेड शीट पर भी यह 'ए' इतना बुरा नहीं लगेगा, जब तुम नौकरी ढूँढ़ोगे।"

"लेकिन यह सब कितना गलत है! बहुत···बहुत गलत।" आलोक ने आपत्ति व्यक्त करते हुए कहा—रेयान की मूर्खता के खिलाफ मेरी सहमति के लिए मेरी ओर देखते हुए। लेकिन मैं तो वैसे ही नेहा के साथ हाथों में हाथ लिये इंस्टी के बगीचे में, जब चाँद निकल आया हो, चलने के बारे में सोच रहा था। क्या मुझे सचमुच में 'ए' मिल सकता था?

"यह सब तभी गलत माना जाएगा, अगर हम पकड़े गए, है न?" रेयान से तर्क करना बहुत ही मुश्किल था, खासकर अगर उस समय तुम अपनी खूबसूरत प्रेमिका के बारे में सोच रहे हो। हाँ, यह एक अपराध तभी है, जब कोई तुम्हें पकड़ता है। नहीं तो यह एक अच्छा इरादा सिद्ध होगा।

"लेकिन···" आलोक ने दोबारा कोशिश की।

"ठीक है, अब मुझे खत्म करने दो।" रेयान ने आलोक को अपनी बात खत्म करने का मौका न देते हुए कहा क्योंकि मैं रेयान की ओर देख रहा था।

"छत नौवीं मंजिल पर है। अगर मैं अपने आपको रस्सियों के सहारे लटका लूँ और फिर चेरियन की खिड़की तक नीचे आ जाऊँ तो फिर मैं उसके कमरे तक पहुँच सकता हूँ। तुम लोग मेरी मदद कर सकते हो, ठीक उसी तरह जैसे हमने हरि को नेहा के कमरे तक पहुँचाया था।"

"क्या तुम पागल हो? नेहा का कमरा आसान था, रस्सी की कोई जरूरत नहीं पड़ी थी। इंस्टी नौ मंजिल की है।" मैंने कहा।

"मुझे डर नहीं लगता। मैंने स्कूल के समय रॉक क्लाइंबिंग की है।" रेयान ने कहा।

"लेकिन क्या होगा, अगर खिड़की खुली न हो?" आलोक ने कहा।

मुझे दिख रहा था कि रेयान को आलोक का प्रश्न पसंद आया। न सिर्फ इसलिए कि रेयान ने उसके बारे में पहले से ही सोचा हुआ था, लेकिन इसलिए भी इसका महत्त्व था कि आलोक चर्चा में शामिल हो रहा था। लेकिन एक मिनट रुको, क्या मैं इस बातचीत में शामिल था, फिर इसलिए कि यह रेयान का विचार था? लेकिन एक 'ए' मिलना अच्छा होता।

"हाँ, खिड़कियों के बारे में क्या करोगे?" मैंने कहा।

"इंस्टी की खिड़कियों की कुंडियाँ रबड़ से भी कमजोर हैं। वे उसी तरह की

खिड़कियाँ हैं, जैसी कुमाऊँ हॉस्टल में हैं। एक जोर का धक्का मारो तो वे खुल जाएँगी।''

''फिर भी, तुम अपने आपको छत से कैसे लटकाओगे?'' मैंने कहा।

''मैंने कहा न, मुझे डर नहीं लगता।''

''अगर हमें किसी ने देख लिया तो?'' मैंने कहा।

रेयान की यही बात है। वह होशियार तो है ही, उसके साथ-साथ निडर भी है। यह पौरुषाभिमान बात को चौपट कर सकता है—अत्यधिक आत्मविश्वास की वजह से।

''हमें कोई नहीं देखेगा।'' रेयान ने कहा।

''हाँ, बिलकुल। तीन लड़कों का इंस्टी की छत से लटकना आम बात है न। इंस्टीट्यूट सुरक्षा को कोई फर्क नहीं पड़नेवाला न!'' आलोक ने आपत्तिजनक तरीके से हँसते हुए कहा।

''मोटे, उस समय बहुत अँधेरा होगा।'' रेयान ने कहा।

''लेकिन हमसे कुछ आवाज हो सकती है, या हमारी हरकत सुरक्षा जीप से देखी जा सकती है। याद रखो, हम छत पर नहीं होंगे, बल्कि साइड पर से लटक रहे होंगे। शायद हम दिख जाएँ।''

''चलो यार⋯।'' रेयान ने परेशान होते हुए कहा।

''बहुत ही खतरनाक है। भूल जाओ इसके बारे में।'' आलोक ने घास को तोड़ते हुए कहा। मुझे भी अपना सिर हिलाना पड़ा। और इसके अलावा रेयान का इस तरह से बंजी जंपिंग करने के खयाल से ही मेरे पसीने छूट रहे थे।

''ठीक है, तो क्या तुम्हारे पास कोई अन्य अच्छा तरीका है?'' रेयान ने तंग आते हुए कहा।

''फिर भी, तुम आगे क्या करने वाले थे?'' मेरी जिज्ञासा मुझ पर हावी हो गई।

''ठीक है, ये हैं अगले कदम।'' रेयान ने कागज की ओर इशारा करते हुए कहा—''पहला, सामनेवाली दाहिनी दीवार की लाइट जलानी है। दूसरा, एक मोहर बंद भूरे बैग को पूरे कमरे में ढूँढ़ना है। तीसरा, सील को चाकू से खोलना है और मेजर्स के पेपर की एक कॉपी बाहर निकालनी है। चौथा, एक मोमबत्ती और नई सील का इस्तेमाल करके बैग को वापस सील-बंद करना है। पाँचवाँ, वहाँ से जल्द-से-जल्द भागना है।''

''घुसने की प्रक्रिया के बाद आगे का काम आसान है।'' आलोक ने कहा, ''लेकिन शायद हम घुस नहीं सकते। चलो, अब चलते हैं। मुझे भूख लग रही है।''

''शायद एक रास्ता है।'' मैंने कहा।

''क्या?''

''उसके दरवाजे से। उसके दफ्तर के मुख्य दरवाजे से।'' मैंने कहा।

''कैसे? ताला तोड़कर? हाँ, क्यों नहीं! तुम तो जानते हो कि आवाज की वजह से ऐसा करना असंभव है और उसे अगले दिन पता चल जाएगा।'' रेयान ने कहा।

''नहीं, ताला तोड़ने की जरूरत नहीं है। सिर्फ चाबी का इस्तेमाल करके सावधानी

से अंदर घुसना।'' मैंने कहा।

''चाबी! पर तुम्हें उसकी चाबी कहाँ से मिल जाएगी?'' आलोक ने कहा।

''नेहा की गाड़ी की चाबियों के गुच्छे से। उसके पिता के दफ्तर की चाबियाँ उसके गुच्छे में रहती हैं।'' मैंने कहा।

सब लोग पाँच सेकंड के लिए चुप हो गए। यह शांति मेरी होशियारी की दाद के लिए थी।

''वाह! मेरे खयाल से फिर तो तुम्हें सिर्फ चाबियों की चोरी करना है।'' रेयान ने कहा।

''क्यों न उन्हें आधा घंटे के लिए चुपचाप निकाल लिया जाए और उनकी नकली चाबियाँ बनवाई जाएँ?'' रेयान ने कहा।

''मेरे खयाल में यह ठीक है; लेकिन यह उतना आसान भी नहीं है। पर किया जा सकता है।'' मैंने कहा।

मैं अपनी होशियारी पर आत्मसंतोष दिखाते हुए हँसा। चेरियन का दफ्तर अब एक खुला दरवाजा था।

''हरि, तुम तो एक हीरा हो, यार। यह तो बहुत ही अच्छा विचार है।'' रेयान ने कहा।

उसने संशोधित विचार को फिर से सोचा। इस समय तो यह काफी आसान लग रहा था, और हमने अब इसके बारे में बात करने में काफी बहुत समय नष्ट कर दिया था। अब हम इससे पीछे नहीं हट सकते थे।

''तो हम रात में ऊपर जाएँगे, वैसे ही जैसे छत पर वोदका पीने के लिए जाते हैं। लेकिन हम छठी मंजिल पर रुकेंगे और चेरियन के दफ्तर पर छापा मारेंगे।'' रेयान ने कहा।

''छापा नहीं, सिर्फ चाबी घुमाएँगे और अंदर घुस जाएँगे।'' मैंने कल्पना में चाबी घुमाते हुए कहा।

''हमें इस ऑपरेशन को एक नाम देना चाहिए। कुछ अच्छा सा, कुछ ऐसा जिससे किसी को शक भी न हो और आसान भी हो।''

''ऐसा कुछ, जो हमारी त्रस्त तकदीर को घुमा दे।'' मैंने कहा।

''हाँ, इसे घुमानेवाला ऑपरेशन बुलाया जा सकता है—ऑपरेशन पेंडुलम!'' रेयान ने कहा।

और उस चमकते हुए बगीचे में अपनी सूर्य-सी चमकती हुई आँखों के साथ हमने एक साथ मिलकर कहा, ''ऑपरेशन पेंडुलम!''

□

16

मेरे जीवन का सबसे लंबा दिन : 1

कहते हैं कि आपके जीवन में कोई भी दिन इतना महत्त्वपूर्ण नहीं हो सकता; लेकिन मैं आपको बताऊँ कि ऑपरेशन पेंडुलम मेरे आई.आई.टी. के दिनों का सबसे यादगार और सबसे लंबा दिन था। हर क्षण मेरे दिमाग में हर घटना इतनी जीवंत हो जाती है, जैसे लगता है कि कल ही की बात है। यही वह दिन था, जिसने हमारे जीवन को बदल दिया, या कम-से-कम हमको बदल दिया।

ऑपरेशन पेंडुलम के लिए कोई तारीख निश्चित नहीं थी। ऐसा सोचा था कि जिस दिन हमारे हाथ में खास चीज होगी, उस दिन ही हम इसको कर देंगे। मेजर्स में एक सप्ताह से भी कम समय था, इसलिए हमें विश्वास था कि चेरियन ने अब तक पेपर तैयार कर दिया होगा। और उन प्रश्नों के उत्तर ढूँढ़ने के लिए भी तो हमें कुछ समय चाहिए था न। इसलिए जितना जल्दी हो सके उतना ही अच्छा है।

11 अप्रैल ऑपरेशन पेंडुलम का दिन, वह दिन जो नेहा के साथ डेट के साथ शुरू हुआ। मुझे तभी समझ जाना चाहिए था, जब मुझे नेहा ने बताया कि उसके टखने में मोच आ गई है।

''क्या?'' मैंने फोन पर कहा, ''मैं तुमसे मिलने के लिए तरस रहा हूँ। आज मना मत करना। इसके बाद मेजर्स शुरू हो जाएँगे।''

''लेकिन हरि, मैं दस कदम भी नहीं चल सकती। क्या हम फिर कभी और नहीं मिल सकते?''

''क्या मैं तुमसे सिर्फ आधे घंटे के लिए मिल सकता हूँ? मैं घर आ जाऊँ तो कैसा रहेगा?''

मुझे मालूम था कि नेहा की माँ उस दिन घर पर नहीं होंगी। वह ग्यारह तारीख थी। उस दिन वह पैदल मंदिर गई होंगी। इसलिए नेहा उस दिन मिलने के लिए सहमत हो गई।

''घर? पागल हो गए हो क्या? अगर तुम्हें किसी ने देख लिया तो?''

''तीसरा साल खत्म हो रहा है, क्या तुम अब इतना डरना छोड़ सकती हो?''

"लेकिन..."

"और अगर मुझे 'ए' ग्रेड मिला तब, वैसे भी तुम मेरा परिचय करानेवाली हो, ठीक?"

"ठीक है, लेकिन सिर्फ आधे घंटे के लिए। और ठीक 11:30 पर आ जाना, क्योंकि मैं दरवाजा खुला छोड़ूँगी।" उसने कहा।

"बहुत अच्छा, तो मिलते हैं।" मैंने चैन की साँस के साथ फोन नीचे रखते हुए कहा। उस दिन मुझे उससे सिर्फ मिलना था या उसकी कार देखनी थी।

"सब ठीक तो है?" मुझे कुमाऊँ छोड़ते समय रेयान ने पूछा।

"बिलकुल। दो घंटे बाद मिलता हूँ।" मैंने कहा।

□

"श-श, शांत, जल्दी से अंदर आ जाओ।" नेहा ने धीरे से कहा।

"यहाँ कोई नहीं है।" मैंने कहा।

"तुम सनकी हो। आज ही मिलने की इच्छा क्यों हुई?" नेहा ने मुझे अपने कमरे की तरफ ले जाते हुए कहा।

"हाँ, तुम्हें पता है, तीसरा साल खत्म हो रहा है और मेजर्स आदि...।" मैंने कहा। मेरी आँखें कमरे में चारों तरफ चाबी रखने की जगह ढूँढ़ रही थीं।

"तो?" नेहा ने कहा।

"तो मैंने सोचा, परीक्षाओं से पहले तुमसे मिलना शुभ होगा।" उसकी तरफ बैड पर बैठते हुए मैंने कहा।

"वाह, कितना रोमांटिक है!" उसने कहा, "मैंने सोचा, मेरा लोफर मेरी लालसा में है और मेरे लिए मरा जा रहा है—और बहुत कुछ..."

"हाँ, मैं था।" मैंने कहा और उसे गले लगाने के लिए आगे झुका। यह सच था। मैं हमेशा उसकी लालसा में था। वह सुंदर लग रही थी। सूजा हुआ टखना पूरी गुलाबी और क्रेप पट्टी से लिपटा हुआ था। वह सुंदर दिख रही थी।

"आउच, धीरे से।" मुझे बिस्तर पर धकियाते हुए उसने कहा, "मुझे मालूम है, तुम्हें किस चीज की लालसा है।"

"क्या?"

"मेरा शरीर, मैं नहीं।" उसने नाक हवा में ऊपर की तरफ किए हुए कहा।

अंतर क्या है? मैंने सोचा। कभी-कभी लड़कियों को समझना काफी मुश्किल हो जाता है।

"यह सच नहीं है।" मैंने कहा, यह अंदाजा लगाते हुए कि यही सही उत्तर होगा।

"यहाँ आओ।" उसने मुझे बुलाया और चुंबन किया।

"माँ कब वापस आएँगी?"

"दो घंटे में। तुम जानते हो, समीर भैया की तारीख...।"

''हाँ, मुझे पता है, आज ग्यारह है। पता है नेहा, मैं तुमसे इसके बारे में पूछना चाहता था।''

''किसके बारे में?''

''इसके बारे में मैं रेयान से बात कर रहा था।''

''तुमने समीर के बारे में रेयान से बात की?''

''नहीं, सिर्फ बात कर रहा था कि उसका देहांत कैसे हुआ। तुम्हें पता है, रोज साथ घूमना आदि।''

''तो?''

''तो रेयान ने एक बात बताई, एक अच्छी बात।''

''वह क्या?''

''कि जो मई की गरम सुबह घूमने जाता है···।''

वह चुप हो गई। मुझे अपनी बाँहों में से छोड़ दिया और अलग बैठ गई।

''नेहा!'' मैंने प्रेरित किया।

''हरि।'' उसने कहा और सिसकने लगी, ''हरि, मैं तुम्हें बताना नहीं चाहती थी, लेकिन बताना पड़ेगा।''

''क्या?''

''रुको।'' उसने कहा और अपनी अलमारी खोलने के लिए गई। चमकीले, रंग-बिरंगे कपड़े दिखाई पड़े, कुमाऊँ के आम लड़के के कपड़ों से जरा अलग तरह के। नेहा ने मोड़ा हुआ एक पेपर बाहर निकाला।

''इसे पढ़ो।'' उसने कहा।

मैंने पेज खोला और मेरी भौंहें ऊपर उठ गईं। उस पर समीर के हस्ताक्षर थे—

प्रिय नेहा,

मेरी छोटी बहन, मैं आज भी तुम्हें उतना ही प्यार करता हूँ जितना कि तब जब तुम्हें पहली बार अपने हाथों में पकड़ा था, जब तुम पैदा हुई थीं। मैं उस दिन बहुत गर्वित था और हमेशा रहूँगा।

नेहा, क्या तुम एक बात को गोपनीय रख सकती हो? जब तुम्हें यह पत्र मिलेगा, तब शायद मैं इस दुनिया में नहीं हूँगा। लेकिन तुम्हें यह बात समझनी होगी कि इस दुनिया में किसी को भी इस पत्र के बारे में पता न चले।

मैंने तीन बार आई.आई.टी. में प्रवेश पाने की कोशिश की और हर बार पिताजी को निराश किया। वे इस सच्चाई से ऊपर नहीं आ सकते कि उनका बेटा भौतिक, रसायन और गणित नहीं समझ सकता। मैं यह नहीं कर सकता नेहा इससे कोई फर्क नहीं पड़ता कि मैंने कितनी मेहनत की, मैंने कितने साल पढ़ाई की या मैंने कितनी किताबें पढ़ीं। मैं आई.आई.टी. में प्रवेश नहीं पा सकता। और पिताजी की आँखों में भरे दर्द को नहीं देख सकता।

उन्होंने अपने जीवन में हजारों आई.आई.टी. छात्र देखे हैं और यह नहीं देख सकते कि उनका अपना बेटा यह क्यों नहीं कर सकता। अच्छा नेहा, वे उन छात्रों को देखते हैं, जिन्होंने यह कर दिखाया। वे उन हजारों छात्रों को नहीं देखते जो यह नहीं कर सके। उन्होंने मुझसे दो महीने तक बात नहीं की। मेरे ही कारण वे माँ से भी अच्छी तरह बात नहीं करते। मैं क्या कर सकता हूँ? अपने मरने तक कोशिश करता रहूँ या बस मर जाऊँ?

यदि किसी को यह पता लग गया कि मैंने आत्महत्या की है तो माँ शायद जीने योग्य नहीं रहेंगी। लेकिन मुझे किसी को बताना था—और मैं तुम्हारे अलावा किसे बताता। मैं तुम्हें प्यार करता हूँ, नेहा। तुम उन्हें बता देना कि मैं घूमने गया हूँ।

तुम्हारा आत्मीय भाई,

समीर

□

''यह क्या मुसीबत है!'' मैंने पागल पन सा महसूस करते हुए कहा। ऐसा नहीं होता कि तुम एक आत्महत्या पत्र हर अपने अपने हाथों में पकड़ो।

''यह सच है। मुझे कभी भी तुम्हें यह नहीं बताना चाहिए था। लेकिन मैं तुम्हारे इतनी करीब हूँ और तुमने इसकी खोज-बीन शुरू कर दी और…'' वह फूटकर रोने लगी।

''सुनो, अब शांत हो जाओ।'' मैंने अपने आपको ज्यादा और उसको कम कहते हुए कहा। उसने पाँच मिनट बाद रोना बंद कर दिया और मैंने उसे एक गिलास पानी दिया।

''तुम जानना चाहती हो कि मेरी मौखिक परीक्षा में क्या हुआ?'' शायद वह इस बात पर हँस पाएगी, मैंने सोचा और कहा, ''रेयान ने मुझे दो-तीन पैग वोदका पिला दी।''

नेहा ने अपना सिर ऊपर उठाया और चीखी, ''वह तुम थे? पिताजी ने बताया था। वह तुम थे?'' उसने मुझे तकिए से मारना शुरू किया। वह फिर हँसने लगी। वह सुंदर लग रही थी, और मैं उसकी सुंदरता को निहारने के लिए वहाँ हमेशा के लिए बैठ सकता था; लेकिन मैं तो आज एक मिशन पर था—ऑपरेशन पेंडुलम के लिए चाबी प्राप्त करना।

''रुको, इससे चोट लगती है।'' मैंने बैड पर उसकी तरफ खिसकते हुए कहा।

''मेरे पास मत आना, पियक्कड़, लोफर! तुम्हें पता है, पिताजी उस दिन दो घंटे तक विचारमग्न रहे।'' वह इतना जोर से हँस रही थी कि उसे एक हाथ से अपना पेट दबाना पड़ रहा था।

मैं उसके पास बैठ गया। वह मौखिक परीक्षा के बारे में बात करने लगी। मैं धीरे-धीरे उसका हाथ सहलाने लगा। उसने जरा भी विरोध नहीं किया।

''हरि, मैं एक ऐसे आदमी की दोस्त हूँ, जो अपनी मौखिक परीक्षा देने के लिए शराब पीकर गया था; जबकि मेरे पिताजी का ऑफिस यहाँ से एक किलोमीटर से भी कम की दूरी पर है।'' उसने कहा और हँसी, ''यह कितना विचित्र है!''

''सच?''

''हाँ।'' उसने कहा।

"आराम से, नेहा।" मैंने कहा, अबोध कलाई के एक और चक्र के डर से।

"क्या तुम बाहर जाना चाहती हो?"

"नहीं, क्यों? तुम्हें यहाँ अच्छा नहीं लग रहा?"

"अच्छा लग रहा है। बस, एक सिगरेट पीना चाहता हूँ।" मैंने कहा।

"ओह, हाँ, मैंने सुना है, तनाव में सिगरेट बहुत रिलेक्स देती है। कृपया मेरे लिए भी एक लाना।" उसने कहा।

"पर तुम तो सिगरेट नहीं पीती हो!"

"इस वक्त जरूरत है। जल्दी करो, मुझे एक कश लगाना है।"

मुझे अवसर नजर आया। तत्काल कार्यवाही करनी थी, "क्या मैं तुम्हारी कार ले जा सकता हूँ?"

"क्यों? तुम्हें रेयान का स्कूटर नहीं मिलेगा?"

"नहीं, वह स्क्वैश के लिए जाएगा। क्या मैं ले जा सकता हूँ?"

"ठीक है, चाबियाँ फ्रिज पर रखी हैं। लेकिन जल्दी आना।" खड़े होकर उसने मेरी शर्ट उठाते हुए कहा।

"हे, वह मेरी शर्ट है, जो तुम पहन रही हो।" मैंने इशारा किया।

"मुझे पता है। मुझे यह अच्छी लगती है। यह इतनी ढीली है और एक छोटी सी नींद लेने के लिए अच्छी है।" उसने कहा और नींद आ जाने का बहाना किया।

"नेहा, बेतुकी बात मत करो। मैं बाहर कैसे जाऊँगा?"

"मेरी टी-शर्ट पहन लो।" उसने आलस्य भरे अंदाज में कहा।

"यह गुलाबी है और बहुत कसी हुई भी है। क्या तुम पागल हो?"

"नीचे के कमरे की अलमारी से पिताजी की एक शर्ट ले लो।"

"नेहा, पागल मत बनो।"

"हरि, तुम अभी जाओ और मेरे लिए सिगरेट लाओ। तुमने मुझे थका दिया है।" उसने कहा और मेरे ऊपर एक तकिया फेंककर मारा।

यह सोचते हुए कि यदि मैं प्रो. चेरियन की कार और लड़की ले सकता हूँ, तो उसकी शर्ट भी ले सकता हूँ; मैंने उसकी अलमारी से एक सफेद शर्ट निकाल ली—बिलकुल प्लेन, सिर्फ बाँह पर 'डीसी' का चिह्न बना था।

मैंने फ्रिज पर से चाबियों का गुच्छा उठा लिया। छह चाबियाँ थीं, उनमें से एक जरूर चेरियन के ऑफिस की होगी।

"बस!" घर से बाहर निकलते हुए मैंने अपने आपसे कहा।

मैं खाली सड़क पर गाड़ी चला रहा था, क्योंकि दोपहर थी। गरमी के कारण लोग घरों के अंदर ही बैठे थे। मैं सीधा चाबी बनानेवाले की दुकान पर जिया सराय गया।

"कौन सी?" दुकानदार ने कहा।

"छह-की-छह।" मैंने कहा।

जब दुकानदार ने नई चाबियाँ बनानी शुरू कीं, तो मैंने सिगरेट का एक पैकेट खरीद लिया। जो मैंने सोचा था, यह उससे भी आसान निकला। मैंने एक सिगरेट जलाई और नेहा से फिर लिपटने के सपनों में खो गया। यह मेरे जीवन का सबसे अद्‌भुत दिन था।

चाबियाँ जल्दी ही बनकर तैयार होने वाली थीं। मैंने नई चाबियों का गुच्छा अपनी जेब में डाला और इंस्टीट्यूट के गेट से वापस कैंपस की तरफ कार लेकर चला।

जैसे ही मैं फैकल्टी हाउसिंग की तरफ मुड़ा, मेरे सामने एक साइकिल जा रही थी। मैं पागल हूँ, बेवकूफ हूँ, एक सनकी झटके के साथ मैंने सोचा। जैसे ही मैंने हॉर्न बजाया, साइकिल सवार ने मेरी तरफ मुड़कर देखा। वे प्रो. चेरियन थे।

□

17

मेरे जीवन का सबसे लंबा दिन : 2

तुम्हारी जिंदगी में कभी ऐसा समय आता है, जब तुम इतने भयभीत हो जाते हो कि तुम चिल्लाना चाहते हो, और कभी-कभी बहुत भयभीत हो जाते हो और ऐसा लगता है कि तुम जैसे जम गए हो। मेरा मतलब है कि तुम एक बर्फ के डिब्बे में जीवाश्म जैसे बन जाते हो और फिर कभी जीवित नहीं हो पाते। जब प्रो. चेरियन अपनी साइकिल से उतरे और मेरी ओर बढ़े, या अपनी गाड़ी की तरफ, तब मैं बिलकुल जम सा गया था।

वे मेरे पास आकर खड़े हो गए। मुझे शायद गाड़ी से बाहर निकल जाना चाहिए था; लेकिन मैं इतना डरा हुआ था कि एक इंच भी हिल न सका। मुझे अपने दिल की धड़कन साफ सुनाई दे रही थी, जो कि चेरियन के शब्दों से तेज थी।

''यह मेरी गाड़ी है।'' उसने कहा।

ठीक है, मैंने सोचा—दस में से दस। मैं इस स्थिति का सामना कर सकता हूँ, मैंने अपने आपसे कहा और साँस लेने की कोशिश की।

''हाँ, सर।'' मैंने कहा।

''तुम कौन हो और मेरी गाड़ी में क्या कर रहे हो?'' उन्होंने अगला प्रश्न पूछा।

''सर, मैं तो सिर्फ गाड़ी घर वापस, सर...'' मैंने कहा, शायद उतना ही बेवकूफ दिखते हुए जितना मैं दिख रहा था।

चेरियन ने अपनी साइकिल सड़क के किनारे खड़ी की और मोम के पुतले का रोल (अभिनय) छोड़ते हुए मैं गाड़ी से बाहर निकला।

''क्या तुम मेरे घर जा रहे थे?'' चेरियन ने गाड़ी के आगे का दरवाजा खोलते हुए कहा। हाँ, अब वह गाड़ी चलाने वाले थे। क्या मैं घर जा सकता हूँ?

''हाँ, सर।''

अचानक उनकी भौंहें तन गईं।

''मैं तुम्हें जानता हूँ। तुम एक छात्र हो, है न? तुम्हारा नाम क्या है?''

"हरि, सर!" मैंने कहा। इस बात की खुशी थी कि उसने उस चीज के बारे में पूछा जिसका मुझे यकीन था।

"तुम वही हो न, जो मेरी मौखिक परीक्षा में अजीब ढंग से पेश आ रहे थे?"

मैंने अपना सिर अपराध-भाव से हिलाया।

"अंदर आओ।" चेरियन ने कहा।

मैंने चुपचाप आगे का दरवाजा खोला और गाड़ी में उनके साथ बैठ गया। उन्होंने गाड़ी चलाई।

"तुम्हें चाबी किसने दी?"

मैं उस आखिरी शब्द पर उछल पड़ा। मैंने अपनी पैंट की जेब को बाहर से छुआ। हाँ, डुप्लीकेट चाबियाँ अभी भी वहाँ थीं।

मुझे अब कुछ सोचना पड़ेगा—और कोई कारण कि मैं उनकी गाड़ी क्यों चला रहा था, सिवाय उनकी बेटी के लिए सिगरेट खरीदने के।

"नेहा, सर।" मैंने जानबूझकर थोड़ा रुककर कहा।

"तुम नेहा को जानते हो?" प्रोफेसर की भौंहें ऊपर चढ़ गईं।

"सर, मैं उससे सड़क पर मिला। गाड़ी का टायर पंक्चर हो गया था।"

"तो?" चेरियन ने कहा।

"सर, मैं वहाँ से गुजर रहा था, इसलिए मैंने मिस्त्री की दुकान तक गाड़ी को धक्का देने में मदद की। उसे वापस जाना था और इसलिए मैंने गाड़ी घर वापस लाने की पेशकश की।"

चेरियन शांत थे। क्या वह मेरी बात मान गए थे? मेरे खयाल से वे मान गए, क्योंकि उन्होंने गाड़ी स्टार्ट की और धीरे-धीरे चलाने लगे।

"तुमने ऐसी पेशकश क्यों की?"

"बस, मैं मदद करना चाहता था।" मैंने शालीनता से अपने कंधे उचकाए, जैसे कि मैं दिन भर अच्छे कामों को ढूँढ़ता फिरता हूँ।

"और तुम्हारी कोई क्लास नहीं थी?"

"एक खाली पीरियड था, सर।"

"बेवकूफ लड़की!" चेरियन ने जोर से कहा, "गाड़ी किसी भी अनजान व्यक्ति को दे देती है। मुझे उससे इसके बारे में बात करनी पड़ेगी।"

मैं चुप रहा। मेरे दिमाग में अब एक नया विचार उभर आया कि क्या नेहा ने अपने कपड़े पहन लिये होंगे? यदि मुझे दस सेकंड मिल जाते चेरियन के उसे मिलने से पहले। या क्या मैं वहाँ से गायब हो सकता था?

चेरियन ने गाड़ी अपने घर में खड़ी की।

"सर, क्या मैं अब जा सकता हूँ?"

''नहीं, अंदर आओ। इस बेवकूफ लड़की को तुम्हारा धन्यवाद तो करना चाहिए कम-से-कम। वैसे तो मैं अपने घर के आसपास तुम जैसे लड़कों को फटकने भी नहीं देता।''

''ठीक है, सर।'' मैं अब उसकी बात पूरी तरह समझ गया। चेरियन ने घर की घंटी बजाई। नेहा ने सिर्फ एक बैडशीट लपेटे हुए दरवाजा खोला।

''क्या तुम···।'' फिर उसने अपने पिता को देखा, ''पिताजी।'' नेहा ने अपनी आँखें मिचमिचाते हुए और बैडशीट को अच्छी तरह ओढ़ते हुए कहा। जरूर यह सिरहन एक सिगरेट से भी ज्यादा थी।

''अपनी चाबियाँ, मैम!'' मैं जल्दी-जल्दी बोल रहा था, ''चिंता मत कीजिए, मैंने आपका पंक्चर ठीक करा दिया है और आपकी गाड़ी वापस ले आया हूँ।''

''हूँ।'' उसने मेरी तरफ देखा।

''नेहा, क्या तुम पागल हो गई हो? तुमने कपड़े क्यों नहीं पहने हुए हैं?'' चेरियन ने अपनी आवाज को धीमा रखने की कोशिश करते हुए कहा, सिर्फ इसलिए, क्योंकि मैं वहाँ खड़ा था।

नेहा ने फिर आँखें झपझपाईं—अपने कमरे में गायब होने से पहले संभवत: कपड़े पहनने के लिए।

''यह मेरी बेटी पागल है। आओ बैठो।'' चेरियन ने कहा।

''सर, हमने गाड़ी को बीस मिनट तक धक्का लगाया, वह शायद थक गई होंगी।'' मैंने कहा।

नेहा पिता की अच्छी लड़कीवाला सलवार-कमीज पहनकर वापस आई। उसके हाथों में पानी के गिलास लिये एक ट्रे थी।

जब चेरियन पानी पी रहा था तब मैंने दोहराया, ''मैं अभी तुम्हारे पिताजी को बता रहा था कि कैसे तुम्हारा टायर पंक्चर हो गया और मैंने तुम्हारी कैसे मिस्त्री तक ले जाने में मदद की और फिर इसे (गाड़ी) वापस यहाँ ले आया। यहाँ वापस आते समय सर मुझे रास्ते में मिल गए।''

''ओह!'' नेहा ने एक समझदार लड़की का भाव व्यक्त करते हुए कहा।

''तुम एक अनजान व्यक्ति को अपनी गाड़ी कैसे सौंप देती हो?'' चेरियन ने पूछा।

''मुझे माफ करना, पिताजी।'' नेहा ने कहा और सोफे पर बैठ गई।

''सर, क्या अब मैं जा सकता हूँ?'' मैंने कहा।

चेरियन ने आधा सिर हिलाया—और मैं घर से बाहर था। मैं जितना हो सकता था उतनी तेजी से चलने की कोशिश कर रहा था।

''हरि!'' चेरियन चिल्लाया, जब मैं दरवाजे पर था। मैं डर गया और मुड़ा।

''हाँ, सर।''

''तुम्हें पता है कि तुम चलाक नहीं हो।'' उन्होंने कहा।

मैं हमेशा से ही कम ग्रेड्सवाले छत्रों के प्रति चेरियन के तिरस्कार के बारे में जानता था। लेकिन मुझे नहीं पता कि वह इसके बारे में इतने निष्कपट हैं।

''सर, मैं जानता हूँ। सर मैं··· मैं और मेहनत से पढ़ूँगा।''

''मेरा मतलब यह नहीं था।''

''सर?''

''तुम जानते हो, मैं भी एक जमाने में छात्र था। और मुझे चारों साल दस जी.पी.ए. मिले।''

''मैं जानता हूँ, सर!''

''अगर तुम यह सोचते हो कि तुम मेरी बेटी के साथ छेड़छाड़ कर सकते हो और मुझसे बच जाओगे तो तुम गलत हो।''

मैं चुपचाप खड़ा रहा।

''तुम मेरी मौखिक परीक्षा में पीकर आए थे और अब मैं तुम्हें अपनी बेटी के साथ मसखरी करते हुए पाता हूँ, वह भी मेरी गाड़ी में और मेरी शर्ट पहनकर।'' चेरियन ने कहा और मेरा कॉलर पकड़ लिया—''तुम सावधान रहो हरि, सावधान! यह आई.आई.टी. है, न कि कोई घटिया रीजनल कॉलेज। पहले मौखिक और अब मेरी बेटी। मेरी बेटी!''

''सर, आप जैसा सोच रहे हैं वैसा नहीं है।''

''तुम मुझे मत बताओ कि क्या सोचना है। मैं जानता था कि मेरी बेटी इन दिनों भटकी हुई है। हे भगवान्! और वह भी तुम्हारे जैसे निकृष्ट व्यक्ति को लिफ्ट दे रही है। तुम मेरे घर और मेरी बेटी से दूर रहो। बस, दूर रहो, समझे?''

''अच्छा, सर।'' यह आशा करते हुए कि चेरियन मेरा कॉलर छोड़ देगा, मैंने कहा। मैं अब निस्तेज हो रहा था।

''ठीक है। मैं नहीं चाहता कि लोग इस बारे में कोई बात करें, इसलिए इस विषय में दोबारा बात नहीं करूँगा। लेकिन तुम उससे दूर रहो और अपने कोर्स पर ध्यान दो। क्योंकि इंस्टी में एक बार भी अगर तुमसे कोई गलती हुई तो मैं तुम्हें पूरी तरह से बरबाद कर दूँगा।'' चेरियन ने कहा। उसका चेहरा लाल हो गया था।

''सर, मैं दूर रहूँगा। अब मुझे जाने दीजिए।'' मैंने निवेदन करते हुए कहा।

उन्होंने मेरा कॉलर छोड़ दिया। उनकी उँगलियाँ अभी भी काँप रही थीं। मैं उनके दरवाजे से बाहर निकला और कुमाऊँ की ओर दौड़ा। यह मेरी जिंदगी की सबसे तेज दौड़ थी। मैं सिर्फ एक बार रुका, जब मैं चेरियन की साइकिल के पास से गुजरा। मुझे नहीं पता कि मुझे क्या हुआ था। मैंने मुड़कर देखा कि वहाँ आस-पास कोई नहीं है और फिर साइकिल के दोनों टायरों में से हवा निकाल दी। वह दानव इसी का हकदार था। और इससे

शायद उसे यह विश्वास हो जाए कि इस दुनिया में टायर पंक्चर होते हैं।

□

"हो ही नहीं सकता, यार।" मैंने हाँफते हुए कहा, जब मैं रेयान के कमरे में पहुँचा।

"क्या नहीं हो सकता? क्या तुम्हें चाबियाँ मिलीं?" रेयान ने कहा।

मैंने अपना हाँफना थोड़ा कम करने की कोशिश की।

"क्या हुआ?" रेयान के कमरे में आते हुए आलोक ने पूछा।

"बरबादी, बरबादी हुई।" मेरी धड़कन थोड़ी कम हुई और मैंने उन्हें पूरी कहानी बताई।

रेयान हँसने लगा। वैसे तो वह बहुत ही हिम्मतवाला है, लेकिन मैंने उससे यह उम्मीद नहीं की थी। चेरियन वहाँ थे और उन्होंने मेरा कॉलर पकड़ रखा था और मुझे बरबाद करने की धमकी दी।

"रेयान, यह मजाक नहीं है।" मैंने कहा।

"सच में।" उसने कहा और जोर से हँसते हुए बोला, "फिर क्या है? चेरियन की शर्ट, नेहा बैडशीट पहने। प्रोफेसर तो एकदम पागल ही हो गया होगा।" रेयान थोड़ा और हँसना चाहता था—"काश, मैं वहाँ होता!"

"चुप रहो, यार यह तो और परेशानी हो गई।" आलोक ने कहा।

"कैसी परेशानी? तुम चाबी तो लाए हो न?" रेयान ने पूछा।

मैंने अपना सिर हिलाया और चाबी के गुच्छे को बाहर निकाला।

"तो अब भी हम यह सब करने वाले हैं?" मैंने कहा।

"क्यों नहीं! चेरियन को इसके बारे में कैसे पता चलेगा?" रेयान ने कहा और चाबियों के गुच्छे को अपने सामने ऐसे घुमाने लगा जैसे कि वह कोई लुभावने अंगूरों का गुच्छा हो।

"मुझे पता नहीं। मैं घबराया हुआ हूँ रेयान, मैं सच में बहुत घबराया हुआ हूँ।"

"आराम से, यार। तुम एक ही दिन में मानसिक आघात और दहशत से गुजरे हो।" रेयान ने फिर से हँसते हुए कहा।

"हरि सही कह रहा है। हमें ऑपरेशन पेंडुलम पर दोबारा विचार करना चाहिए।"

"बकवास।" रेयान ने कहा, "इससे हमारा केस और भी मजबूत हो गया है। हरि की आखिरी उम्मीद यही है कि वह मेजर्स में बहुत अच्छा करे। ऐसा करने पर ही वह प्रो. चेरियन को विश्वास दिला सकता है कि वह इतना बुरा नहीं है।"

"धन्यवाद रेयान।" मैंने कहा।

"अरे, कोई बात नहीं, हरि। आज तुम्हें थोड़े झटके मिले; लेकिन तुमने काफी अच्छे से सँभाल लिया। प्रो. चेरियन को जो चाहे, सोचने दो।"

''मैं सोच रहा हूँ कि वह नेहा के साथ क्या करेगा?'' मैंने कहा।

''उसके बारे में तुम कुछ नहीं कर सकते, क्या कर सकते हो? और कम-से-कम आज तो नहीं। हम पहले मेजर्स का पेपर ले आएँ, उसके बाद दूसरी बातों के बारे में सोचेंगे।''

''तुम्हें नेहा से कुछ दिनों के बाद ही बात करनी चाहिए। चिंता मत करो, चेरियन इसे दबाने की कोशिश करेंगे। वे नहीं चाहेंगे कि लोगों को इसके बारे में पता चले। और वे इस तरह के पिता नहीं लगते, जो अपनी बेटी से इन सब बातों के बारे में बात कर सकें।'' आलोक ने कहा और अपना हाथ मेरे कंधे पर रखा।

''हम दोस्त हैं, यार। अब बस शाम तक का इंतजार करना है। याद रखो कोऑपरेट टू डोमिनेट।'' रेयान ने कहा और हम दोनों ने हाथ मिलाए।

दो घंटे बाद, ठीक पाँच बजे। आलोक के घर से फोन आया। हम रेयान के कमरे में बैठे ताश खेल रहे थे।

''आलोक, जरूरी फोन है।'' नीचे खड़े चौकीदार ने चिल्लाते हुए कहा। आलोक ने अपने ताश के तीन पत्ते फेंक दिए।

''क्या हुआ?'' मैंने कहा।

''मुझे नहीं पता। शायद मेरी बहन की शादी की तारीख तय हो गई हो।'' उसने सीढ़ियों से जाते हुए कहा।

''नीचे चलते हैं। अगर यह सच है तो हम मोटे से दावत लेंगे।'' रेयान ने आलोक के पीछे जाते हुए कहा।

''हाँ माँ, हाँ, मैं ठीक हूँ। क्या हुआ, तुम दुःखी लग रही हो?'' आलोक ने कहा।

रेयान एवं मैंने एक-दूसरे की तरफ देखा और संदेह प्रकट करते हुए अपने कंधे उचकाए।

''सच में? क्या? मेरा मतलब है कि वे ऐसा कैसे कर सकते हैं?'' आलोक ने कहा। उसका चेहरा मुरझा गया था। रेयान और मैं वहाँ से पीछे हट गए। इस बार दावत नहीं मिलनेवाली।

''पिताजी को क्या हुआ? माँ, जोर से बोलो, फोन में कुछ सुनाई नहीं दे रहा है। क्या हुआ? कुछ खा नहीं रहे हैं? कब से?'' आलोक ने कहा और फोन कट गया। फोन खराब हो गया था।

वह वहीं टेलीफोन बूथ में ही बैठ गया। कमजोर लकड़ी का बॉक्स उसके वजन से हिलने लगा।

''क्या तुम यह मान सकते हो?''

''क्या? यह फोन पूरे हफ्ते से ऐसे ही परेशान कर रहा है।'' रेयान ने कहा।

''लड़केवालों ने रिश्ता तोड़ दिया।'' आलोक ने कहा।

"क्यों?" मैंने कहा।

"वह दहेज का एक भाग अभी चाहते थे, ताकि लड़का न भाग जाए (या उसे रोककर रखा जाए)। माँ ने कहा कि वह कर्ज के लिए आवेदन करेंगी; लेकिन उसमें कुछ समय तो लग सकता है। उस दौरान उन्हें एक और रिश्ता मिल गया और सबकुछ खत्म हो गया। साले, घटिया लोग!" आलोक ने कहा।

"यह तो बहुत बुरा हुआ। तुम इस तरह के परिवार में अपनी बहन की क्यों शादी करना चाहते हो?" मैंने कहा।

"मैं नहीं जानता। सारे लड़केवालों के परिवार एक जैसे होते हैं। पिताजी बहुत दुःखी हैं और उन्होंने खाना-पीना छोड़ दिया है। घर में सब उलट-पुलट हो रहा है और यह फोन भी खराब हो गया।"

"यह शायद अच्छा ही है कि फोन खराब है। वैसे भी तुम क्या कर लेते? चलो, अब उठो, ऊपर चलकर बात करते हैं।" रेयान ने आलोक को सहारा देते हुए कहा।

□

हम ऊपर गए और कुछ देर तक चुप रहे। आखिरकार रेयान ने चुप्पी तोड़ी।

"छह बज गए।" उसने कहा, जैसे कि कोई डॉन अपने साथियों से कह रहा हो, 'चार घंटे और। हम रात को दस बजे अपने ऑपरेशन के लिए कुमाऊँ से निकलेंगे।'

मैंने अपना सिर हिलाया, शायद ही उसकी बात सुनते हुए। मैं सोच रहा था कि नेहा इस समय क्या कर रही होगी?

"रेयान!" आलोक ने कहा, "मैं इस समय चिंतित हूँ।"

"किस बारे में?" रेयान ने कहा।

"मैं इस ऑपरेशन के बारे में चिंतित हूँ। पहले हरि चेरियन से मिला है, फिर दीदी का रिश्ता टूटा है और शायद पिताजी दोबारा बीमार हो गए हैं। अब वे खाना नहीं खा रहे हैं। मेरा मतलब है कि जरूरी तो नहीं कि हम यह करें, क्या करना पड़ेगा?"

"एक मिनट रुको अब।" रेयान ने खड़े होते हुए कहा।

"तुम्हारी बहन के रिश्ते का इससे क्या लेना-देना? और तुम्हारे पिताजी बिलकुल ठीक हो जाएँगे।"

आलोक अविश्वास के भाव के साथ चुप रहा।

रेयान ने मेरी ओर देखा और फिर आलोक की ओर दोबारा देखा। वह कमरे में चहल-कदमी करने लगा और दोबारा बोलना शुरू कर दिया, "लेकिन मुझे यह बताओ, क्या यह समय उचित है यह सब चर्चा करने के लिए? हमने निर्णय ले ही लिया था। देखो, हमारे पास चाबियाँ भी हैं।"

उसने गुच्छे को अपने हाथ में घुमाया।

"लेकिन रेयान, हमें यह जोखिम लेने की अभी कोई जरूरत नहीं है।" आलोक

ने कहा।

''कोई जोखिम नहीं है। बस चार घंटे में पेपर हमारे पास होगा, कहानी खत्म।''

''हरि, तुम क्या सोचते हो?'' आलोक ने कहा।

''एक मिनट रुको।'' रेयान ने अपनी आवाज में उत्साह लाते हुए कहा।

''क्या तुम इसे मजबूर करोगे?''

''हरि, क्या यह मोटा वही करना चाहता है, जो इसने पहले सेमेस्टर के बाद किया था?''

''शांत हो जाओ, रेयान।'' मैंने नेहा के साथ बिताए हुए आखिरी लमहों के बारे में सोचने को रोकते हुए कहा, ''तुम चिल्ला क्यों रहे हो?''

''तो फिर मोटे को अपना मन बनाने के लिए बोल दो।'' रेयान ने कहा और नीचे बैठ गया। फिर उसने एक सिगरेट जलाई और एक कश मारा।

''नहीं, मैं तुम लोगों से अलग नहीं होना चाहता, यार।'' आलोक ने कहा।

''या चाहता है कि यह यहाँ रहे और हम सारा काम करें, ताकि इसे पेपर फ्री में मिल जाएँ?'' रेयान ने कहा।

''देखो, यह मेरे बारे में क्या सोचता है? यह मेरे ऊपर विश्वास नहीं करता।'' आलोक ने कहा।

''शांत यार!'' मैंने कहा, ''मेरे खयाल से हम सब बहुत परेशान हैं। हमारे पास चार घंटे हैं, जब तक कि इंस्टी खाली नहीं होता। हमारे पास चाबियाँ हैं। हमें पेपर चाहिए। अगर हम यह करेंगे तो साथ में करेंगे, है न?''

''हाँ।'' रेयान ने कहा।

हमने आलोक की तरफ देखा।

''हाँ।'' आलोक ने रेयान से दस गुना कम आवाज में कहा।

''और हमने जोखिम के बारे में सब सोच लिया है?'' मैंने रेयान की ओर देखते हुए कहा।

''हाँ, बिलकुल।'' उसने जवाब देते हुए कहा।

''बस, फिर हमें यह कर देना चाहिए। और आलोक, तुम्हारी दीदी को दूसरा अच्छा लड़का मिल जाएगा। अगर अब नहीं तो, शायद तब जब तुम्हें नौकरी मिल जाएगी, तब तुम शादी के लिए खर्चा कर सकोगे। इतनी जल्दी क्या है? ठीक है न?'' मैंने आलोक की ओर देखते हुए कहा।

''ठीक है।'' आलोक ने कहा। उसकी आवाज अब पहले से अधिक आत्मविश्वास से भरी थी।

''दोस्त।'' मैंने दोनों की ओर देखते हुए कहा।

''हाँ, बिलकुल।'' रेयान और आलोक ने एक साथ कहा।

“मैं तुम्हारे साथ हूँ।” आलोक ने कहा।

“अच्छा। अब हम अगले कुछ घंटे चुप रहते हैं।” मैंने नेहा के बारे में सोचते हुए कहा।

हम लगभग तीन घंटे तक चुप रहे। आलोक ने बीच में अपने पिता के बारे में चिंता जाहिर की। लेकिन हमने उसे परेशान न होने के लिए कहा, क्योंकि उसकी माँ ऐसी स्थितियों का पहले भी सामना कर चुकी थीं। हम खाना खाने मेस में नहीं गए। हमें यह लगा कि वहाँ बैठे लोग हमारे दिमाग में चल रही बातों को पढ़ लेंगे।

“दस बज गए।” रेयान ने कहा और हम उछल पड़े, जैसे ही घड़ी में दस बजे।

□

18

मेरे जीवन का सबसे लंबा दिन : 3

हम अपनी मौजूदगी का कोई सबूत नहीं छोड़ना चाहते थे। कई सालों में पहली बार हम इंस्टी रेयान के स्कूटर के बजाय पैदल गए। हम चुपचाप हॉस्टल के बगल से गुजर रहे थे—हाथ में किताबें लिये, जैसे कि हम आधी रात पढ़ाई के लिए लाइब्रेरी में जा रहे हैं।

''तो तुम्हारे माता-पिता ने तुम्हारी बहन के लिए इतनी जल्दी रिश्ते देखने क्यों शुरू कर दिए? उसकी उम्र क्या है?'' मैंने फुसफुसाते हुए बहुत ही डरे हुए कहा।

''तेईस वर्ष। मेरे खयाल से उन्हें लड़का तभी देखना चाहिए, जब मैं काम करने लगूँ। मेरे लिए कर्ज लेना तब ज्यादा आसान होगा।'' आलोक ने कहा।

मैं उससे सहमत था।

''मगर मुझे नौकरी मिले तब न! मेरे जैसे बेकार फाइव पॉइंटर के लिए ज्यादा नौकरी नहीं हैं।'' उसने कहा।

''शायद इस 'ए' से तुम्हारी कुछ मदद हो जाए।'' मैंने कहा।

''शऽऽ…'' रेयान ने कहा, जैसे ही हम इंस्टी बिल्डिंग में पहुँचे।

हम जरूरत से ज्यादा सावधान थे। हमने इंस्टी के एक कोने को चौकीदारों को देखने के लिए छाना। लेकिन वे इस समय कभी भी लॉबी के आस-पास नहीं घूमते थे और हम अपने वोदका सेशन के लिए कई बार ऊपर जा चुके थे। फिर हम अलग हो गए और हमने बिल्डिंग के चारों ओर देखा। वहाँ कोई नहीं था।

चेरियन का दफ्तर छठी मंजिल पर था। सीढ़ियों पर तो कम-से-कम उजाला था। हम हर सीढ़ी खत्म करने के बाद जोर से गिनते थे—

''…और छह। हम पहुँच गए चारों। हम यहाँ से बाहर जाएँगे और चेरियन का दफ्तर दाहिनी तरफ, सातवाँ दरवाजा।'' रेयान ने कहा।

हम छठी मंजिल पर चलने लगे। पूरे कॉरीडोर में उजाले के लिए एक बल्ब जल रहा था।

''डी.सी. चेरियन, विभागाध्यक्ष।'' रेयान ने चेरियन के कमरे के बाहर लगी नेम प्लेट

को पढ़ते हुए कहा। आलोक मेरे पीछे छिप रहा था, जब रेयान ताले को पटक रहा था।

''चाबियाँ।'' रेयान ने अपना बायाँ हाथ आगे बढ़ाते हुए कहा।

मैंने चाबियों का गुच्छा निकाला, उन्होंने ऐसे आवाज की जैसे रेडियो चला हो।

''शांति बनाए रखो।'' आलोक ने कहा।

''तुम इतना डरना बंद करो, मोटे। कोई नहीं जानता कि हम यहाँ हैं।'' वह मुझे खिझा रहा था।

''रेयान, सही चाबी ढूँढ़ो, यार।'' मैंने कहा।

''मैं कोशिश कर रहा हूँ। लेकिन यहाँ इस गुच्छे में एक हजार चाबियाँ हैं। रुको, यह वाली; नहीं, यह वाली; नहीं, यह...हाँ, मुझे लगता है, यह है।''

''क्या यही है?'' आलोक थोड़ा परेशान दिख रहा था।

रेयान ने कुंडी एक ही बार में खोल दी। दरवाजे को लात मारकर खोल दिया। तो यही था आई.आई.टी., दिल्ली के मेकैनिकल इंजीनियरिंग विभाग के अध्यक्ष का स्थान, जो अब हमारा था। रेयान ने दीवार में ढूँढ़कर लाइट जला दी।

''तुम क्या कर रहे हो?'' आलोक ने पूछा।

''फिर हम कैसे ढूँढ़ेंगे, मोटे। बस शांत रहो। हमें कोई नहीं देख सकता। अपना समय लो और ढूँढ़ो। मैं कुछ और भी ढूँढ़ना चाहता हूँ।''

''क्या?''

''मेरे लूब प्रोजेक्ट का प्रस्ताव। चेरियन साले ने उसे अपने दफ्तर में कहीं दबा दिया और फिर वह वहाँ से कहीं नहीं गया। प्रो. वीरा ने मुझे बताया है कि उसकी एक कॉपी उसकी टिप्पणी के साथ यहीं-कहीं होनी चाहिए।''

''ठीक है, रेयान। क्या पहले हम पेपर ढूँढ़ सकते हैं?''

''लेकिन हम शुरुआत कहाँ से करें?'' आलोक ने चेरियन की दराज में रखे ढेर को देखते हुए कहा, ''इस तरह से तो पूरी रात लग सकती है।''

''भूरे रंग के बैग, जिन पर लाल मोम की सील (मोहर) हो उसको ढूँढ़ो। वह हमेशा पेपर के समय सील खोलते हैं।'' हमने समय बचाने के लिए दराज आपस में बाँट लिये और सबकुछ ढूँढ़ना शुरू कर दिया। मैंने जर्नल्स देखे, एडमिनिस्ट्रेटिव कागजात देखे, कोर्स की क्रम सूची देखी और समय-तालिका देखी। बीस मिनट तक हमें कुछ भी हासिल नहीं हुआ था।

''कुछ मिला?'' मैंने पूछा।

रेयान और आलोक ने असहमति जताते हुए अपना सिर हिलाया।

दस मिनट बाद रेयान पीछे हट गया और चेरियन की कुरसी पर बैठ गया।

''क्या, क्या हुआ?'' मैंने कहा।

''मैंने अपने शैल्व ढूँढ़ लिये। उनमें कुछ नहीं मिला। लेकिन मुझे मेरा लूब प्रस्ताव मिल गया। वह कहता था, इस प्रोजेक्ट की कोई लाभोन्मुखी व्यावहारिकता या विद्या संबंधी

कोई उपयोगिता नहीं है।''

''वैसे मुझे भी यहाँ कुछ नहीं मिल रहा। क्या तुम मदद करना चाहते हो?'' मैंने कहा।

''लाल सील और भूरा बैग। इंडैम मेजर्स, गोपनीय। क्या आप लोग इसी को ढूँढ़ रहे हैं?'' आलोक ने कहा और बैग हमारे सामने हिलने लगा।

हम उछल पड़े।

''मोटे, यही है यार।'' रेयान ने कहा।

''हाँ।'' मैंने कहा और हमने एक-दूसरे से हाथ मिलाए।

''मुझे तो विश्वास ही नहीं हो रहा है।'' आलोक ने कहा।

''वह इसलिए, क्योंकि तुम मुझ पर भरोसा नहीं कर रहे थे। लेकिन हमारे पास अभी भी काम बाकी है। इसलिए रुको, जब तक मैं इस सील से निपटता हूँ।'' रेयान ने अपनी जेब से सामान निकालते हुए कहा। एक ब्लेड, मोमबत्ती, लाइटर और कुछ मोम बैग को दोबारा बंद करने के लिए।

''यार, तुम तो पूरी तैयारी के साथ आए हो।'' आलोक ने राहत भरी मुसकराहट को न रोक पाते हुए कहा।

''तुम क्या चाहते हो? मुझे थोड़ा समय दो।'' रेयान ने ब्लेड अपने अँगूठे व उँगली के बीच में पकड़ा और काम पर लग गया। उसने धीरे-धीरे सील को ब्लेड से बहुत ही सफाई से खोल दिया।

''तुमने यह सब कहाँ से सीखा?'' मैं प्रभावित था। ''मैं इंजीनियर बनने के लिए पढ़ाई कर रहा हूँ। यह सब सीखना इतना मुश्किल नहीं है। अब चुप रहो।'' रेयान ने कहा।

''कितनी देर?'' आलोक ने कहा और वह चेरियन के सामनेवाली कुरसी पर बैठ गया।

''दस मिनट। चुप रहो, नहीं तो मुझसे पेपर का हिस्सा फट जाएगा।'' रेयान ने कहा।

दो मिनट बीत गए। मैंने आलोक की ओर देखा, जो अपने चेहरे को छिपाए बैठा था। मैं बता सकता था कि वह अपने घर के बारे में फिर से सोच रहा था।

''मुझे उम्मीद थी कि पिताजी जल्दी ठीक हो जाएँगे। अगर वे ठीक से नहीं खाएँगे तो अधिक बीमार हो सकते हैं। काश, मैं कुछ कर सकता!''

अगर हम आलोक के परिवार का खाने के प्रति रुझान देखें तो, मुझे पक्का विश्वास है कि वे दोनों बीमार पड़ जाते, अगर खाना नहीं मिलता।

''चिंता मत करो, यह किसी की गलती नहीं है। अगर तुम मुझसे पूछो तो लड़केवाले बहुत ही घमंडी हैं।'' मैंने उसे दिलासा देते हुए कहा।

''वे सब एक जैसे ही होते हैं। मैं बस पिताजी का हाल-चाल पता करना चाहता हूँ। लेकिन कुमाऊँ में वह फोन काम कर रहा हो तब न।'' आलोक ने कहा।

''हो गया।'' रेयान ने कहा, जैसे ही उसने सील को कम-से-कम नुकसान के साथ

खोला। उनके अंदर थीं सौ नई शीट्स। मेजर्स पेपर की नई कॉपी।

''वाह, ये तो पेपर हैं। लाओ, मुझे देखने दो।'' मैंने कहा।

''नहीं। मैं तुम लोगों को जानता हूँ। तुम लोग अभी यहीं इस पर चर्चा करने लगोगे। मैं इसे अपने पास रखता हूँ, जब तक हम यहाँ का काम खत्म नहीं कर लेते और यहाँ से बाहर नहीं निकल जाते।'' रेयान ने कहा।

''और क्या बाकी है?'' आलोक ने कहा।

''मुझे नई सील लगानी है। तुम्हें क्या लगता है, मैं यह मोमबत्ती क्यों लाया हूँ।'' रेयान ने कहा।

''फिर भी, मुझे लगता है कि तुम्हें अभी समय लगेगा बंद करने में।'' आलोक ने कहा।

''जल्दी करो, रेयान।'' मैंने कहा।

''चुप रहो।'' उसने कहा, जब उसने मोम की एक ताजा बूँद को मोमबत्ती में गरम किया। वह एक कुशल कारीगर, जो अपने काम में माहिर हो, जैसा दिख रहा था।

''सुनो हरि, चेरियन के दफ्तर में फोन है न?'' रेयान ने कहा

''हाँ, वो रहा वहाँ।'' मैंने कहा, उन किताबों की तरफ इशारा करते हुए जहाँ फोन रखा था।

''शायद मुझे यहाँ से जल्दी से एक फोन कर लेना चाहिए।'' आलोक ने कहा।

''सच में? क्या तुम थोड़ी देर रुक नहीं सकते?''

''तब तक बहुत देर हो जाएगी। वैसे भी मुझे पिताजी का हाल पूछना है बस। और हमारा काम भी पूरा हो गया है।''

''ठीक है।'' मैंने सहमति जताते हुए अपने कंधे उचकाए।

आलोक खड़ा हुआ और फोन के पास चला गया।

''मेरे खयाल से तुम्हें बाहर की लाइन के लिए 9 लगाना पड़ेगा।'' मैंने कहा।

''अब तुम लोग क्या कर रहे हो? क्या तुम चुपचाप नहीं बैठ सकते?'' रेयान ने गुस्सा करते हुए कहा, जैसे ही उसने पिघली हुई मोम को नई सील से हटाया।

''सिर्फ एक मिनट के लिए घर पर फोन कर रहा हूँ। तुम्हारा काम खत्म होने तक इंतजार करना मुश्किल है।'' आलोक ने कहा।

''क्या तुम बाहर से फोन नहीं कर सकते?'' रेयान ने कहा, ''क्या तुम एक रुपया भी खर्च नहीं कर सकते, कंजूस?''

''सिर्फ एक मिनट चाहिए। तुम अपनी सील पर ध्यान दो।'' आलोक ने नंबर मिलाते हुए कहा।

उसका नंबर जल्दी ही लग गया और यह स्पष्ट था कि उसकी माँ आलोक के फोन का ही इंतजार कर रही थीं। आलोक ने ज्यादा बात नहीं की, उसकी माँ अपनी दुःख भरी जिंदगी और उसकी दीदी के दुर्भाग्य के बारे में बता रही थीं।

रेयान पुरानी सील के निचले हिस्से पर ताजा सा मोम लगाता जा रहा था। मैं रेयान के लूब प्रस्ताव को पढ़कर अपना समय बिताने की कोशिश कर रहा था। यही वह समय था, जब फोन के तार हम पर भारी पड़ गए।

तब मुझे यह नहीं पता था, लेकिन इंस्टी फोन सिस्टम इसी तरह काम करता था। हर प्रोफेसर के कमरे में एक फोन होता है, जो कि आई.आई.टी. नेटवर्क का हिस्सा होता है। इसका इस्तेमाल खासकर आंतरिक नंबरों को मिलाने के लिए किया जाता है। बाहरी नंबरों को मिलाने के लिए नेटवर्क कुछ बाहरी लाइनों से जुड़ता है। ९ दबाने पर आंतरिक फोन एक बाहरी लाइन के लिए कहता है और कैंपस की टेलीफोन लाइन को बदल देता है। टेलीफोन एक्सचेंज इसे स्वचालित ढंग से बदल देता है। हर व्यस्त लाइन के लिए स्विच बोर्ड पर लगा एक छोटा-सा लाल रंग का बल्ब जलने लगता है। हर बार जब कोई बाहरी लाइन के लिए कहता है तब वह लाइट हरे रंग की हो जाती है। यह कंट्रोल रूम इंस्टीट्यूट के सुरक्षा दफ्तर में है, जो कि इंस्टी बिल्डिंग की निचली मंजिल पर है। एक नाइट ऑपरेटर और एक गार्ड वहाँ बैठते हैं—ज्यादातर अपनी ड्यूटी के दौरान बातें करते हुए या सोते हुए। तो एक छोटा लाल बल्ब छठी मंजिल में से किसी एक फोन पर जल गया और फिर वह लाल बल्ब हरे रंग का हो गया। रात को इस समय प्रो. चेरियन अपने कमरे में क्या कर रहे हैं? गार्ड ने हैरानी जताई। ऑपरेटर के पास यह विकल्प था कि वह फोन पर होनेवाले वार्त्तालाप को सुन सके, और उसने ऐसा ही किया। यह प्रो. चेरियन नहीं हैं। यह तो एक माँ की आवाज थी, जो किसी आलोक नाम के आदमी को अपनी बेटी की दुःख भरी कहानी सुना रही थी। सुरक्षा गार्ड ने अपना वॉकी-टॉकी निकाला और गश्त लगानेवाले गार्ड को चेरियन के कमरे को देखने को कहा। गश्त वाला गार्ड एक और गार्ड के साथ छठी मंजिल पर आया।

दुर्भाग्यवश, जैसा मैंने कहा, हमें इन सबके बारे में तब नहीं पता था।

''कुछ पन्नों पर टिप्पणी लिखी है।'' मैंने कहा।

''सब बकवास। चेरियन इस प्रोजेक्ट को मौका ही नहीं देना चाहता था। मैंने कार्य-क्षमता के सुधार के परिणाम सिद्ध करके दिखाए हैं। वह इसे व्यावहारिक न होने की वजह से कैसे बंद कर सकता है? वह बकवास, आउच!'' मोम की बूँद उसकी उँगली पर गिर गई।

''चिंता मत करो, तुम सील पर ध्यान दो। और तुम जल्दी करो, आलोक।'' मैंने कहा।

दो गार्ड्स आए और हमारे दरवाजे के बाहर खड़े हो गए। वे वहाँ दो मिनट से खड़े होंगे, जिससे पहले कि उन्होंने हमारा दरवाजा खोला। एक जली हुई मोमबत्ती, पिघला हुआ मोम, प्रोफेसर की कुरसी पर कोई बैठा हुआ, कुछ बिखरे हुए कागज। वहाँ जो हो रहा था, उसको समझने के लिए उन गार्ड्स का शिक्षित होना जरूरी नहीं था।

आलोक भय से जड़वत् हो गया और उसके हाथ से फोन नीचे गिर गया। उसकी माँ को लगा होगा कि फोन फ़िर खराब हो गया। वास्तव में हम सभी मरे समान हो गए थे। मैं भी अपनी कुरसी पर जम गया और मुझे नहीं पता कि कैसे क्या बोलना है; लेकिन रेयान ने सोच

लिया कि पहले क्या बोलना था।

“ओह! गार्ड साहब। हैलो, अंदर आइए। मैं आपको सब समझाता हूँ।” उसने जितना हो सके उतना शांत होने की कोशिश करते हुए कहा।

“तुम कौन हो?”

“गार्ड साहब,” रेयान ने खड़े होते हुए और अगर जरूरत पड़ी तो वहाँ से भागने के लिए तैयार होते हुए कहा। आलोक और मैं भी उसके पीछे आ गए। किसी भी तरह के अचानक मिलनेवाले निर्देश के इंतजार में।

“हमारे पास मत आओ।” गार्ड ने कहा, “हम प्रोफेसर को अभी बुला रहे हैं।”

“अरे नहीं गार्ड साहब, हमारी बात तो सुनिए।” रेयान ने दरवाजे के पास जाते हुए कहा। अब यह स्पष्ट था कि हमें वहाँ से भागना पड़ेगा।

गार्ड ने हमारे इरादे को समझ लिया था। शायद वह बहुत ही डरा हुआ था। वह पीछे हट गया और उसने हमें कमरे के अंदर बंद कर दिया। हमने उसे दरवाजे पर कुंडी लगाते हुए और अपने साथवाले गार्ड को प्रोफेसर व मुख्य सुरक्षा अधिकारी को बुलाने के लिए कहते हुए सुना। रेयान ने गार्ड को दोबारा बुलाने की कोशिश की; लेकिन इसका कोई फायदा नहीं हुआ। हम वहीं थे, तीनों मध्य रात्रि में छठी मंजिल पर चेरियन के दफ्तर में बंद।

हमने मुँह से एक शब्द भी नहीं निकाला, सिर्फ एक-दूसरे के चेहरों को देखा। हम सिवाय इंतजार के और कुछ नहीं कर सकते थे। मेरे जीवन का सबसे लंबा दिन खत्म ही नहीं हो रहा था।

□

19

मेरे जीवन का सबसे लंबा दिन : 4

मैं अपने भीतर ही चला गया समय के उस छोटे काल में, जिसमें पहले चेरियन के दफ्तर का दोबारा दरवाजा खुला और हमारे भाग्य का फैसला हुआ। सब चुपचाप बैठे रहे और रेयान व आलोक ने जो भी कहा, उसकी उपेक्षा की अगर उन्होंने कुछ कहा तो। हमारे साथ आगे क्या होगा, इसके दृश्य मेरे सामने आने लगे। कल सुबह तक सभी प्रोफेसर्स कुमाऊँ और अन्य हॉस्टल में रह रहे छात्रों को हमारे बारे में पता चल जाएगा। प्रो. चेरियन के दफ्तर से मेजर्स पेपर चुराते हुए पकड़े गए, कोई छोटी बात नहीं। शायद इंस्टी के डायरेक्टर भी इस खास मौके पर आएँ। अगर चेरियन चाहे तो वह हमें गोली से उड़वा दें; लेकिन जो भी हो, वह हमें आसानी से नहीं जाने देंगे। वह क्या कहते हैं उसे? अनुशासन समिति या डिस्को, जो छात्र अनुशासन तोड़ते हैं, उनका भाग्य बताने के लिए। अचानक फाइव पॉइंटर जी.पी.ए. मुझे अच्छा लग रहा था। यदि मैं सिर्फ इस जगह से एक साधारण नौकरी के साथ पास होकर निकल जाऊँ तो यह सब खत्म हो जाएगा। लेकिन अब तो इस जी.पी.ए. को बनाए रखना और डिग्री लेना भी मुश्किल लग रहा था। क्या चेरियन नरमी से पेश आएँगे, अगर हम उनके सामने गिड़गिड़ाएँगे? क्या हम यह मानने से मना कर दें कि हम यहाँ चोरी करने आए थे? क्या हम सबकुछ मान लें और माफी माँगें? क्या हम कुछ मिनटों के लिए वापस उस समय में जा सकें और आलोक को वह फोन करने से मना कर सकें? क्या मैं फिर यह दिन दोबारा जी सकता हूँ?

ये फालतू प्रश्न मेरे दिमाग में खरगोश की तरह इधर-उधर घूम रहे थे। मैंने एक लंबी साँस ली; हमें इन कुछ पलों का सामना करना था।

''कोई आया है।'' रेयान ने कहा और हम खड़े हो गए।

कुंडी खोली गई और लगभग दस लोग कमरे के अंदर आए। मैंने दो सुरक्षा गार्ड्स और मुख्य सुरक्षा अधिकारी को उनकी वरदी से पहचाना। एक दूसरा आदमी, जो उनके साथ था, वह था टेलीफोन ऑपरेटर। मैं जानता था, उसने इंस्टी की वरदी पहनी हुई थी। ये कुछ बेवकूफ आज के हीरो बन गए थे।

और फिर मेकैनिकल इंजीनियरिंग विभाग के दो प्रोफेसर भी थे। प्रो. वीरा भी वहाँ थे। और हाँ, वहाँ वह आदमी भी था जिसके दफ्तर में हमने अल्पकाल के लिए डेरा डाला था—प्रो. चेरियन। वह अचंभित खड़े थे, यह सोचते हुए कि उनके दफ्तर में इतनी आसानी और सफाई से कैसे घुस गए? वहाँ पर आई.आई.टी. के नामी लोग आए हुए थे, ज्यादातर पाजामों में थे। लोग ज्यादा गुस्सा हो जाते हैं, अगर उन्हें उनके पाजामों में तंग किया जाता है।

गार्ड ने सभी को अंदर आने के लिए कहा—हम पर नजर रखते हुए, अगर हमने दोबारा भागने की कोशिश की तो।

''तुम?'' चेरियन ने सीधा मेरी ओर देखते हुए कहा। वह भी सोच रहा होगा कि सुबह उसकी बेटी और शाम को उसका दफ्तर। मुझे भी गुस्सा आता, अगर एक दिन में कोई मेरे इस तरह पीछे पड़ा होता तो।

''तुम लोग यहाँ क्या कर रहे हो?'' प्रो. वीरा ने कहा, शायद यह जानते हुए कि हम वहाँ क्या कर रहे थे। गार्ड ने सभी को वह सब बताया, जो उसने हजारों बार देखा; मोमबत्ती, सील और मेजर्स के पेपर। शायद प्रो. वीरा हमें एक अच्छा झूठ बोलकर वहाँ से भागने का मौका दे रहे थे।

हमने कुछ नहीं कहा, यह आशा करते हुए कि चुप्पी हमें बचा लेगी।

''नकल सर, मेजर्स पेपर चुरा रहे थे। मेरे गार्ड्स ने इन्हें पकड़ लिया।'' मुख्य सुरक्षा अधिकारी ने कहा, इतना गर्वित होते हुए जैसे कि उन्होंने किसी आतंकी के गुट का पता लगा लिया हो।

''तुम मेरे दफ्तर से पेपर चुरा रहे थे? तुम अंदर कैसे घुसे?'' चेरियन ने सीधे मुझसे पूछा।

''तुम इसे जानते हो?'' किसी एक प्रोफेसर ने चेरियन से पूछा।

''ज्यादा नहीं। मैंने इसे क्लास में देखा है, एक बहुत ही कमजोर छात्र है। डीन शास्त्री! क्या आप जानते हैं कि यह मेरी मौखिक परीक्षा में पीकर आया था? मैं इसे उसी समय से जानता हूँ, हरि कुमार, है न?''

मेरा खयाल है कि चेरियन हमारी सुबह की मुलाकात को अन्य प्रोफेसर को नहीं बताना चाहता था।

''और बाकी तुम्हारे नाम क्या हैं?'' डीन ने पूछा।

''आलोक गुप्ता, सर। कुमाऊँ हॉस्टल, मेकैनिकल इंजीनियरिंग।'' आलोक ने कहा।

''रेयान ओबेरॉय, ठीक वैसा ही।'' रेयान ने कहा।

''क्या तुम सोचते हो कि तुम ज्यादा स्मार्ट हो?'' डीन ने कहा।

''नहीं सर। इसीलिए तो हम पेपर लेने आए थे, सर।'' रेयान ने कहा।

थप्पड़! डीन ने रेयान को थप्पड़ मारा। मैं उनसे सहमत था। यह समय रेयान की इस तरह की टिप्पणी के लिए सही नहीं था।

थप्पड़! थप्पड़! इससे पहले कि मुझे यह पता चलता कि क्या हो रहा है, डीन ने

आलोक और मेरे मुँह पर भी थप्पड़ जड़ दिए।

मैं क्या बताऊँ, यह कितना शर्मनाक था। प्रोफेसर, सुरक्षा अधिकारी और चेरियन—सब हमारी ओर घूर रहे थे, जब हमारे चेहरे लाल हो गए। लेकिन हम चुप रहे। मैं गुप्त रूप से यह आशा कर रहा था कि वे हमें थप्पड़ मारें और हम सारी बातों को भूल जाएँ। अगर मारना ही सजा थी तो चाहे जितना मार लें। लेकिन कृपा करके डिस्को न करें और हमारे कैरियर के साथ न खेलें।

''तुम लोग अपराधी हो। क्या तुम यह सोचते हो? तुम अपराधी हो। पुलिस को बुलाओ।'' चेरियन ने कहा। उनका पूरा शरीर काँप रहा था, जैसे कि उन्हें ही थप्पड़ लगे हों।

वह फोन की ओर जा रहे थे तब प्रो. वीरा बोले, ''चेरियन सर, एक मिनट। इससे पहले कि आप पुलिस को बुलाएँ, यह बात बहुत ही बड़ी बन जाएगी।''

''यह एक बड़ी बात है!'' चेरियन ने जोर से चिल्लाते हुए कहा।

हमें थप्पड़ मारो चेरियन, मैंने सोचा। मैं जानता हूँ कि वे ऐसा करना चाहते थे, खासकर मुझे।

''डीन शास्त्री, आप ही इन्हें समझाइए। पुलिस को बुलाने का मतलब है कि यह किस्सा अखबारों तक जाएगा। मेरा मतलब है कि क्या आप वास्तव में चाहते हैं कि आई.आई.टी. का नाम खबरों में गलत कारणों की वजह से आए?'' प्रो. वीरा ने तर्क करते हुए कहा।

''हूँ…!'' डीन शास्त्री ने अपने हाथ मलते हुए कहा।

''सर, हमारे पास इंस्टी में ऐसी सब चीजों से निपटने के साधन हैं, हैं न? पुलिस बिना रिपोर्ट के तो नहीं आएगी।'' प्रो. वीरा ने कहा।

''वीरा शायद ठीक कह रहे हैं। मैं इन बदमाशों की वजह से आई.आई.टी. के नाम पर कीचड़ नहीं उछलने दे सकता।''

इस स्थिति में भी लगा कि 'बदमाश' शब्द बहुत ही सुखद और मजाकिया था। मैं मुसकरा रहा था।

''सर, मैं भी आई.आई.टी. का नाम खराब नहीं करना चाहता। लेकिन मैं चाहता हूँ कि ये लड़के सजा भुगतें। क्या समझते हैं ये अपने आपको!'' चेरियन ने कहा।

''मैं सहमत हूँ, कि यह काफी बेहूदी हरकत है। हम इनके कैरियर के बारे में इतनी आसानी से फैसला नहीं कर सकते। हमारे पास इनसे निपटने के साधन हैं; लेकिन उसका इस्तेमाल बहुत ही कम होता है। इन्हें डिस्को में ले जाओ।''

उसके आखिरी शब्द को सुनने के बाद अब काँपने की बारी हमारी थी। शायद हमारी चुप्पी इतनी अच्छी साबित नहीं हुई। कुछ करो चतुर रेयान, मैं कहना चाहता था, लेकिन वह चुप खड़ा रहा। सिर्फ आलोक ने कुछ किया। वह अपने ही साधारण ढंग से रोने लगा।

''सर, प्ली सर! हम बहुत ही शर्मिंदा हैं। हमें माफ कर दीजिए, सर।'' उसने कहा।

''और कोई बहस नहीं। इन छात्रों का स्तर हर साल गिरता जा रहा है। हम तत्कालीन

डिस्को में बात करेंगे कल!'' डीन ने घोषणा करते हुए कहा।

''डीन सर, आप प्रवेश परीक्षा में इनकी बुद्धिमत्ता तो देख सकते हैं, लेकिन इनकी ईमानदारी की परीक्षा कैसे लेंगे?'' मुख्य सुरक्षा अधिकारी ने कहा। उस रात उसकी उपलब्धियों के लिए शायद उसे कम श्रेय मिला।

□

अगली सुबह कुमाऊँ हॉस्टल के नोटिस बोर्ड के आस-पास भीड़ जमा हो गई। एक छोटे से कागज के टुकड़े पर, जो कि एक बैंक चेक के साइज के बराबर होगा, एक छोटा नोटिस लगा था, जो कि लंबे वार्त्तालापों की शुरुआत के लिए काफी था।

''यह सूचना देने के लिए है कि आज रात दस बजे मेकैनिकल इंजीनियरिंग विभाग के कॉन्फ्रेंस रूम में एक अनुशासन समिति बैठेगी। मीटिंग का एजेंडा है यह तय करना कि हरि कुमार (कुमाऊँ), आलोक गुप्ता (कुमाऊँ) और रेयान ओबेरॉय (कुमाऊँ) के द्वारा 11 अप्रैल को किए गए आरोपित अनुशासनिक उल्लंघनों पर आगे क्या तय किया जाए।''

हम तीनों नोटिस बोर्ड के पास आने के लिए भी बहुत ही शर्मिंदा थे। हम भीड़ ों से जितना जल्दी हो सकता था, निकल गए, ताकि कोई हमसे प्रश्न न पूछे।

''क्या हुआ?'' अनुराग ने कहा, ''ज्यादा क्लासिस छोड़ रहे थे क्या?''

''ऐसा करने से डिस्को नहीं बैठाया जाता। और कोई बात होगी।''

''मुझे लगता है कि कोई बड़ी बात है। वे डिस्को एक दिन में ही रख रहे हैं।'' एक कुमाऊँ नाइट ने कहा।

''हाँ, वह भी रात में। कुछ तो मेकैनिकल इंजीनियरिंग विभाग से संबंधित है।''

हमने हमारे कुमाऊँ के होशियार साथियों को खुद ही यह जानने के लिए छोड़ दिया कि क्या हो रहा है। हम नीचे गरदन किए कैंपस से बाहर निकल गए। नेहा की बदौलत मैं ऐसी कई जगहें जानता था, जहाँ हमें कोई नहीं ढूँढ़ सकता था। आइसक्रीम पार्लर मुझे एकदम सटीक जगह लगी। आलोक सीधा काउंटर पर गया और तीन स्ट्रॉबेरी कोन के साथ वापस आया।

''रेयान, तुम्हारे पास पैसे हैं? मेरे पास कुछ नहीं है।'' आलोक ने आइसक्रीम देते हुए कहा।

''मोटे, तुम्हें अभी भी खाना सूझ रहा है।'' मैंने कहा।

''यह तो सिर्फ आइसक्रीम है, यार। बस ध्यान बँटाना चाहता हूँ। तुम तो जानते ही हो कि पिछली रात मैं दो सेकंड भी नहीं सोया।''

''मैं भी नहीं।'' मैंने कहा।

''तुम्हें क्या लगता है, वे क्या करेंगे?'' आलोक ने कहा।

''शायद इंडैम में हमें 'एफ' दे दें।'' रेयान ने कहा।

''क्या एफ! मुझे कभी भी एफ नहीं मिला। हमें कोर्स को दोबारा देना पड़ेगा।''

आलोक ने कहा।

''मैं जानता हूँ। लेकिन यह जिंदगी का अंत नहीं है।'' रेयान ने कहा।

''क्या तुम लोग सपना देख रहे हो? वे लोग एक डिस्को रखेंगे, इतने सारे प्रोफेसर के साथ सिर्फ हमें एक 'एफ' देने के लिए!'' मैंने कहा।

''सर, यथार्थ में वापस आओ। डिस्को बहुत ही कम मिलता है। और जब वह मिलता है तो कोई दया नहीं दिखाता है।''

''तो वे क्या कर सकते हैं?'' आलोक ने कहा।

''हमें कॉलेज से निकाल सकते हैं, या सामान्यतः वे एक साल या एक सेमेस्टर के लिए निलंबित कर सकते हैं।''

''बाहर निकाल देंगे?'' आलोक ने काँपते हुए कहा, जैसे कि आइसक्रीम ने उसे ठंडक दे दी हो।

''वे बाहर नहीं निकालेंगे। ऐसा कभी नहीं हुआ है। उन लोगों के साथ भी नहीं हुआ था, जो तुम जानते हो, कॉक की बोतल घुसाते हुए कहाँ पकड़े गए थे।'' रेयान ने कहा।

''वे तुम्हें एक साल या सेमेस्टर के लिए बरखास्त कर सकते हैं और तुम्हारे कैरियर को बरबाद करने के लिए यह काफी है। उसके बाद तुम नौकरी ढूँढ़ने की कोशिश करना जरा।'' मैंने कहा।

''पूरे एक सेमेस्टर के लिए? तो फिर हम क्या करेंगे?'' आलोक ने कहा। ऐसा लग रहा था जैसे वह अभी नींद से जाग रहा हो।

मैं चुप रहा। रेयान ने अपना स्ट्रॉबेरी कोन खत्म कर दिया और टिशू पेपर को सीधा कूड़ेदान में फेंक दिया।

''कुछ बोलो यार, क्या होगा अब?''

''खुद ही समझ जाओ, मोटे। एक या दो सेमेस्टर में तुम्हारी ग्रेड शीट पर कोई ग्रेड नहीं होगा। उस पर शायद 'निलंबित' की मुहर लगा देंगे। एक लड़के के लिए यह बहुत ही अच्छा तरीका होगा, नौकरी के लिए वार्त्तालाप शुरू न करने का, क्यों?'' रेयान ने कहा।

''मुझे नहीं लगता कि कोई तुम्हें नौकरी देगा। अमेरिका की कंपनियाँ इस सबको बहुत ही गंभीरता से लेती हैं। एम.बी.ए. कॉलेज में भी एडमिशन नहीं मिलेगा। वे भी साक्षात्कार में यही पूछेंगे।''

''दूसरे शब्दों में, हमारी जिंदगियाँ बरबाद हो चुकी हैं।'' मैंने कहा, यह देखते हुए कि मैंने अपनी आइसक्रीम को छुआ तक नहीं था। कोन बहुत ही गल गया था। मैंने उसे रेयान की ओर बढ़ा दिया—कूड़ेदान में फेंकने के लिए।

''और तुम लोग इन सबके बारे में इतने शांत हो! इसके बारे में तुम इतने शांत कैसे हो सकते हो? सोचो, मेरे माता-पिता पर क्या बीतेगी? दीदी का क्या होगा?'' अपनी कुहनियों को मेज पर रखते हुए तथा अपने बाल खींचते हुए आलोक ने कहा। फिर उसने अपना चेहरा छिपा लिया अपने आँसुओं को छिपाने के लिए।

''कौन कहता है कि मैं इन सबके बारे में शांत हूँ?'' रेयान ने कहा और खड़ा हो गया। उसकी आवाज इतनी तेज थी कि उसने काउंटर पर बैठे-सोते हुए आदमी को भी जगा दिया।

''शांत रहो और बैठ जाओ। यहाँ इंस्टी के आदमी हो सकते हैं।'' मैंने कहा।

''भाड़ में जाएँ लोग, भाड़ में जाए इंस्टी और भाड़ में जाए यह मोटा, जो सोचता है कि सिर्फ इसे ही रात भर नींद आती और यही भविष्य के बारे में सोचता है। जागो मिस्टर आलोक, यह रोने और बाल खींचने का समय नहीं है। दस घंटे बाद हमारा डिस्को है और शायद हमें यह सोचना चाहिए कि हम उन प्रोफेसर को क्या जवाब देंगे।''

''ओह, अच्छा।'' आलोक इस बार खड़ा हो गया। मेरे खयाल में खड़े होकर चिल्लाना ज्यादा आसान है। ''ओह, अच्छा मिस्टर रेयान!'' आलोक ने कहा, ''तो तुम हो, जो अपने दिमाग के साथ नीति के बारे में सोचना चाहते हो। मैं कहता हूँ, भाड़ में जाओ तुम और भाड़ में जाए तुम्हारी नीति! क्या हुआ ऑपरेशन पेंडुलम का?''

मेरे लिए उन्हें चुप कराना मुश्किल था। शायद उन्हें इसकी जरूरत थी।

''ऑपरेशन पेंडुलम! तुम मुझसे यह कह रहे हो कि वह खराब नीति थी? किस छोटे बच्चे को अपनी माँ से बात करनी थी?'' रेयान ने कहा।

''ओह, अच्छा। और इतिहास में ऐसा कोई आई.आई.टी. इन नहीं है, जो किसी प्रोफेसर के दफ्तर में घुसपैठ करता है? कुछ नहीं होगा। मेरे बेशर्म गधे, कुछ नहीं होगा।''

वे पाँच मिनट तक बहस करते रहे, जिसके बाद मैं रोने लगा। वे एक-दूसरे में व्यस्त थे। वैसे मैंने भी नहीं सोचा था कि यह डिस्को मुझ पर इतना हावी हो जाएगा। मैं आलोक की तरह रो रहा था। यह बहुत ही शर्मनाक था; लेकिन इस वजह से उन्होंने मेरी तरफ देखा तो।

''अब तुम्हें क्या हुआ?'' रेयान ने कहा।

''कुछ नहीं, बस तुम दोनों चिल्लाना बंद करो। इससे कुछ फायदा नहीं होगा। इस समय हमें एक-दूसरे की जरूरत है।''

''यह सही कह रहा है। बैठ जाओ, मोटे!'' रेयान ने कहा। हम अब अगले पाँच घंटे बैठे रहे। हमने दो बनाना टॉफी कोंस, एक मिंट चॉकलेट चिप और तीन रेस्पबेरी डिलाइट्स को खाते-खाते अपनी जिंदगी बचाने के बारे में बहस की या सोचा। उम्मीद बहुत कम थी, लेकिन हमसे जो हो पाता, हमें करना था। हमारी नीति बिलकुल भी रचनात्मक नहीं थी; हमारी नीति थी—ईमानदार होना, शांत रहना और दया की भीख माँगना।

हम शाम छह बजे कुमाऊँ पहुँचे, जहाँ मेरे लिए प्रो. वीरा के कम-से-कम छह संदेश थे। वे हमसे डिस्को से पहले मिलना चाहते थे। हम उनसे नौ बजे मिलने के लिए तैयार हो गए।

□

''तुम डुप्लीकेट क्या बनाकर लाए थे?'' प्रो. वीरा ने फिर से पूछा।

जो कहानी हमने उन्हें बताई, उससे वे पूरी तरह से अचंभित थे।

"चाबियाँ सर, जिया सराय से छह रुपए में।" मैंने कहा।

प्रो. वीरा कुरसी पर आराम से बैठ गए और हँसने लगे।

"यह तो अविश्वसनीय है। मैंने आई.आई.टी. में ऐसा कभी नहीं सुना है। तो रेयान, तुमने सोचा कि तुम विभाग के अध्यक्ष के कमरे में ऐसे ही जा सकते हो और पेपर चुराकर एक 'ए' ला सकते हो?"

"हाँ, सर।" रेयान ने विनम्र आवाज में कहा।

"और हरि, तुम गए और इन चाबियों को नेहा से चुपके से ले आए, जो तुम कहते हो कि तुम्हारी प्रेमिका है, इसलिए ताकि तुम उसके पिता के कमरे में चोरी कर सको?"

"यह सही है, सर।" मैंने कहा।

"और तुम आलोक, तुम इनके इस मूर्खतापूर्ण प्लान में शामिल हो गए?"

"ये मेरे दोस्त हैं, सर।" आलोक ने कहा।

मुझे यह कहना पड़ेगा कि यह कथन मुझे छू गया। एक पल के लिए मैं हमारे साथ हुई इन सभी बातों को भूल गया और खुश हो गया कि आलोक के लिए यह कारण काफी था।

"तुम लोग मूर्ख हो। तुम जानते हो कि तुम महामूर्ख हो।" प्रो. वीरा ने कहा। वे काफी रूखे नजर आ रहे थे, लेकिन हमें वे पसंद थे और इसके अलावा वे सही थे।

"सर, हम लोगों ने करीब-करीब काम खत्म कर लिया था। आलोक ने एक फोन…" रेयान ने कहा।

"करीब-करीब काम खत्म कर लिया था?" प्रो. वीरा ने बीच में रोकते हुए कहा, "क्या यह सब इतना मायने रखता है? तुम सोचते हो कि मैं तुम्हें मूर्ख इसलिए बुला रहा हूँ कि तुम पकड़े गए?" प्रो. वीरा की आवाज अब और कठोर हो गई थी। वह गुस्से से लाल हो रहे थे।

"तुम रेयान ओबेरॉय, मैं सोचता था कि तुम हमारे सबसे होशियार छात्रों में से एक हो। तुम्हारा लूब प्रोजेक्ट किसी भी छात्र की तरफ से आए काम से बेहतर था। मुझे तुम्हारे काम से कोई फर्क नहीं पड़ता। लेकिन तुम इतने बेवकूफ हो कि तुमने अपनी ग्रेड शीट पर एक मामूली से अक्षर के लिए अपने भविष्य को दाँव पर लगा दिया।"

रेयान ने अपना सिर झुका लिया।

"और तुम तीनों पक्के दोस्त हो। लेकिन तुममें से एक भी इस मूर्खता को करने से नहीं रोक पाया। तुम जानते हो कि चेरियन तुम लोगों को जेल में फिंकवा देते।"

"सर, हम उनसे माफी माँगेंगे, सर। शायद वे दयालु हो जाएँ।" आलोक ने कहा।

"दयालु? यह डिस्को है, मदर टेरेसा का घर नहीं। तुमने चेरियन का चेहरा देखा था?" प्रो. वीरा ने कहा।

हम तीनों चुप हो गए। हम प्रो. वीरा के दफ्तर में लगी घड़ी की आवाज सुन सकते थे। साढ़े नौ बज रहे थे।

''तो डिस्को से तुम्हारी दलील क्या है? दोषी या निर्दोष?'' प्रो. वीरा ने कहा।

''दोषी। उन्होंने हमें रँगे हाथों पकड़ा है, सर।'' मैंने कहा।

''हूँ, हूँ। मेरे खयाल से सबसे पहले तुम्हें बाहर निकाल देनेवाले तर्क को अपने रास्ते से निकाल देना चाहिए।'' प्रो. वीरा ने कहा।

''आपका मतलब है कि वहाँ कोई मौका है!'' आलोक ने कहा।

''ज्यादा नहीं, अगर चेरियन हाथ धोकर पीछे न पड़ें तो। तुम चाबियों के बारे में क्या कहोगे?'' प्रो. वीरा ने कहा।

''मैं नेहा को इस मामले में नहीं लाना चाहता। मैं सोच रहा हूँ कि मैंने सोचा कि हम कहेंगे कि हमने बहुत सारी चाबियाँ इकट्ठी की थीं और फिर हमने सबको लगाकर देखा और उनमें से एक काम कर गई।'' मैंने कहा।

''तुम सच क्यों नहीं बताते? तुमने मुझे तो सबकुछ बता दिया।'' प्रो. वीरा ने कहा।

''मैं नहीं चाहता कि नेहा को पता चले।'' मैंने कहा।

''सुनो लड़को, मैं यहाँ तुम्हारी मदद करने की कोशिश कर रहा हूँ। मेरे खयाल में तुम बहुत बड़ी मुसीबत में हो; लेकिन अगर तुम बातों को कुछ घुमा-फिरा के बता सकते हो तो शायद तुम्हारी मुसीबतें थोड़ी कम हो जाएँ।''

''जैसे कि क्या?''

''सबसे पहले, हमें कोशिश करके सजा के कुछ अन्य विकल्प बताने चाहिए। मैं वहाँ रहूँगा। तुम्हें यह सुझाव दिया जा सकता है कि कोर्स में एक 'एफ', सबके सामने माफी और सौ घंटे के लिए समाज-सेवा।''

''समाज-सेवा क्या है?'' रेयान ने कहा।

''बस, कैंपस में थोड़ी मदद करना—साइकिल पार्क की पुताई या पेड़ लगाना, इस तरह की चीजें।'' प्रो. वीरा ने कहा।

''मुझे इन सबसे घृणा है।'' रेयान ने कहा।

''चुप रहो, रेयान। यह ठीक है। आप आगे बोलिए, सर।'' मैंने कहा।

''दूसरे, मैं चाहता हूँ कि तुम कहानी को कुछ अलग अंदाज में पेश करो। मुझे झूठ बोलना बिलकुल पसंद नहीं; लेकिन इसके अलावा तुम्हारे पास कोई चारा भी नहीं है। तो बजाय यह कहने के कि तुमने अलग-अलग चाबियाँ लगाने की कोशिश की, यह कहो कि नेहा ने तुम्हें चाबियाँ दीं।'' प्रो. वीरा ने कहा।

''क्या?'' हम तीनों ने एक साथ कहा।

''सुनो, अगर तुम यह कहते हो कि तुम नेहा को जानते हो और किसी वजह से वह अपने पिता से नाराज थी और उनसे बदला लेने के लिए उसने तुम्हें चाबियाँ दीं, तो यह घटना व्यक्तिगत हो जाएगी। डिस्को कमेटी सोचेगी कि तुमने जान-बूझकर यह नहीं किया। मुझे नहीं पता, शायद वह इस बात को अनसुना कर दें; लेकिन तुम्हें यह जोखिम लेना चाहिए।''

''जब नेहा को पता चलेगा तो वह क्या सोचेगी!'' मैंने कहा, ''इसका तो सवाल ही

नहीं उठता कि हम यह करें।''

''एक दु:खी प्रेमिका, एक कलंकित डिग्री और कॉलेज के बाद कोई नौकरी न मिलने से तो बेहतर है।'' प्रो. वीरा ने कहा।

''प्रो. वीरा ठीक कह रहे हैं, हरि!'' रेयान ने कहा, ''तुम चेरियन के परिवार को इसमें शामिल करोगे तो शायद वे पीछे हट जाएँ। आखिरी चीज यह होगी कि तुम उनकी बेटी के प्रेमी हो।''

''लेकिन इससे तो पूरी दुनिया को वैसे ही पता चल जाएगा।'' मैंने कहा।

''तुम्हें पूरी कहानी बताने की जरूरत नहीं है। सिर्फ यह कहो कि नेहा तुम्हारी थोड़े दिनों से दोस्त है। मैं दावे के साथ कह सकता हूँ कि चेरियन फिर इसके बारे में विवाद नहीं करेंगे।'' आलोक ने कहा।

''आलोक, तुम भी यही सोचते हो कि यह सही रास्ता है?'' मैंने कहा।

''हाँ, हमें अपनी जान बचानी है न! आओ, बचाव के लिए यह अंतिम नीति है, अंतिम बचाव के लिए।'' आलोक ने कहा।

इस कहानी से सहमत होने के लिए मैं अपने आपसे घृणा कर रहा था। नेहा क्या सोचेगी, जब वह सुनेगी कि मैंने क्या कहा? कि उसने चाबियाँ देकर मेरी मदद की? शायद वह मुझसे हमेशा के लिए घृणा करने लगेगी। घड़ी में दस बज गए थे, विभागीय कमेटी रूम में जाने का अब समय हो गया था।

प्रेम अब द्वितीयक या गौण हो गया था।

□

20

मेरे जीवन का सबसे लंबा दिन : 5

आई.आई.टी. का डिस्को नाचनेवाले डिस्को से मुश्किल और अलग होता है। यहाँ रोशनी फीकी है, कमरे में मौत जैसा सन्नाटा होता है और अधिकतर बूढ़े लोग होते हैं। करीब दस प्रोफेसर अर्द्धवृत्त आकार में बैठते हैं, जबकि आरोपित छात्र कमरे के एकदम बीच में बैठते हैं। प्रोफेसर हर तरफ (दिशा) से छात्रों पर प्रश्नों की बौछार करते हैं। हमारी जगह की बदौलत हम उन सबसे एक जैसे फासले पर होते हैं। वह वस्तुत: एक कोर्ट रूम का ज्यादा प्रभावशाली डिजाइन है, मेरे खयाल से इंडैम से प्रेरित होकर।

डीन शास्त्री ने हमें हमारी जगह लेने के लिए कहा। सह-संचालक थे डीन शास्त्री, डॉ. वर्मा और प्रो. चेरियन। प्रो. वीरा अन्य सात प्रोफेसरों में से थे, जिनका महत्त्व कम था। उनमें से कई जँभाई ले रहे थे, शायद उन्हें रोज इस समय सोने की आदत थी।

जाहिर है, उनके छात्रों के लिए तो, जिन पर असाइनमेंट का एक और सैट लाद दिया गया होगा, रात अभी शुरू हो रही होगी।

''अनुशासन समिति की सुनवाई अब शुरू की जाए, अन्य सह-संचालको!'' डीन शास्त्री ने कहा।

''तुम अब शुरुआत कर सकते हो।'' डायरेक्टर और प्रो. चेरियन ने कहा। मेरे खयाल में इस औपचारिकता की वजह से वे अपने आपको अत्यधिक शक्तिशाली समझ रहे थे।

क्या होगा, अगर मैं आज खामोश रहा? मैंने सोचा और मेरे पूरे शरीर से पसीने छूट गए। सभी प्रोफेसर्स ने स्पेशल डिस्को फाइल खोली, जिसमें पिछली रात के हादसे का पूरा वर्णन था। रेयान ने मेरी घबराहट को देख लिया। यह हैरानी की बात है कि जो तुम्हें अच्छे से जानते हैं, वे सबकुछ पहचान जाते हैं।

''हरि!'' उसने फुसफुसाते हुए कहा।

मैंने उसकी ओर देखा।

''मैं जानता हूँ कि तुम किस वजह से चिंतित हो। याद रखो, यह मौखिक परीक्षा नहीं

है। अगर तुमने अपनी जुबान यहाँ नहीं खोली तो तुम एक शून्य से भी बड़ी मुसीबत में होगे। तुम समझ रहे हो न?''

"हाँ।'' मैंने कहा।

"और मैं तुम्हें एक बात बता देना चाहता हूँ, जिसे मानने से मैं घृणा करता हूँ, तुम एक दमदार घोड़े हो, यार।'' रेयान ने कहा।

"क्यों?''

"वह यह कि तुम भरी दोपहर में उसके घर गए और उसकी इकलौती बेटी से मिलकर आए। ऐसा मेरे दोस्त, एक सच्चा हीरो ही कर सकता है।'' रेयान ने कहा।

"तुम्हें ऐसा लगता है?'' मेरा सिर ऊँचा हो गया।

"हाँ, मैं ऐसा सोचता हूँ। मैं तुम्हें सलाम करता हूँ, यार। तुम्हारे जैसा दोस्त पाकर मैं बहुत ही गर्वित महसूस कर रहा हूँ।'' रेयान ने कहा।

मैं खुशी से खिल उठा।

"छात्र एक-दूसरे से बात न करें।'' डीन शास्त्री ने कहा और फाइल से ऊपर देखने लगे।

"माफ़ करना, सर!'' मैंने कहा। रेयान और मैंने एक-दूसरे की ओर खुशी से अँगूठा दिखाया कि मैं इन बूढ़ों के प्रश्नों का जवाब तो आसानी से दे सकता हूँ।

"मिस्टर हरि कुमार, यहाँ फाइल में ऐसा लिखा है कि कल रात तुम अपने दो दोस्तों के साथ प्रो. चेरियन के ऑफिस में पाए गए। क्या यह सच है?'' डीन शास्त्री ने कहा।

"हाँ, सर।'' मैंने कहा।

"रेयान ओबेरॉय, हमें मालूम हुआ है कि सुरक्षा गार्ड ने एक मोमबत्ती, मोम, सील और मेजर पेपर के लिफाफे को तुम्हारे हाथ में पाया था। क्या यह सच है?''

"हाँ, सर।'' रेयान ने सहमति देते हुए कहा।

"आलोक गुप्ता, हमें पता चला है कि पिछली रात प्रो. चेरियन के फोन से तुमने ही फोन किया था।''

आलोक ने हामी भरते हुए अपना सिर हिलाया।

"क्या तुम लड़को! अपने को इस घटना का दोषी मान रहे हो?'' डायरेक्टर ने कहा।

"हाँ सर, हम उत्तेजित हो गए थे!'' मैंने कहा।

मैं अपने इस तरह से प्रश्नों के उत्तर देने पर आश्चर्यचकित था।

अन्य प्रश्न स्वभाव में कुछ शब्दाडंबरपूर्ण थे और थोड़े नैतिकता से भरे थे। मुझे अब वह सब याद भी नहीं है, वह ईमानदारी और चरित्र के बारे में थे। हमने अनेक बार माफी माँगी। आखिरकार उन्होंने वह प्रश्न पूछा, जिसका हम इंतजार कर रहे थे।

"तुम मेरे दफ्तर में घुसे कैसे?'' प्रो. चेरियन ने कहा।

"हमारे पास चाबियाँ थीं, सर।'' रेयान ने कहा।

"तुम्हें चाबियाँ कैसे मिलीं?'' वे बौखलाए हुए लग रहे थे।

"सर, हम सर···" मैंने कहा और फिर चुप बैठ गया। नहीं, मुझसे यह नहीं होगा।

"हरि की दोस्त नेहा ने हमें चाबियाँ दी।" रेयान ने पूर्ति करते हुए कहा।

"नेहा कौन है ?" डीन शास्त्री ने पूछा।

"नेहा चेरियन प्रो. चेरियन की बेटी है। मैं उसे पिछले तीन महीनों से एक दोस्त की तरह जानता हूँ।" मैंने कहा।

कमरे में शांति छा गई और डीन शास्त्री व डायरेक्टर वर्मा के चेहरे ढीले पड़ गए। वे अब प्रो. चेरियन की ओर घूम गए, जैसे कि अब वे निशाने पर हों। लेकिन यह डिस्को की आचार-संहिता नहीं थी।

"क्या जो तुम कह रहे हो, उस पर तुम्हें पक्का यकीन है ?" डीन शास्त्री ने कहा।

"जी हाँ। वह अपने पिता से नाराज थी और उनसे बदला लेना चाहती थी। उसने हमें चाबियाँ दीं और हम उत्तेजित हो गए।" मैंने कहा।

उसके बाद और ज्यादा प्रश्न नहीं किए गए। लेकिन किसी तरह हर प्रोफेसर अपने पास बैठे आदमी से बात करना चाहता था। बाकी के सोए हुए सात प्रोफेसर्स भी अब जाग गए। यह केस अब एक साधारण रँगे हाथों पकड़े गए केस से ज्यादा रोमांचक हो गया था। चेरियन ने डीन शास्त्री और डायरेक्टर के कानों में कुछ फुसफुसाया।

डीन शास्त्री ने सहमति से अपना सिर हिलाया और एक घोषणा की—"हमारी छात्रों से पूछताछ खत्म हो गई है। मुझे लगता है कि अब हमें समिति के साथ अच्छी तरह विचार-विमर्श करना होगा इस महत्त्वपूर्ण फैसले को लेने के लिए। इसमें शायद थोड़ा समय लग सकता है, शायद दो घंटे भी। लेकिन जब हम इससे निपट जाएँगे, तब हमारा अंतिम फैसला सुना दिया जाएगा। कोई अपील नहीं, कोई दलील नहीं। छात्र अब जा सकते हैं।"

डीन शास्त्री ने हमें कमरे से बाहर जाने का इशारा किया। हम डिस्को रूम से बाहर निकल गए और कैंपस लॉन में आ गए।

"तुम्हें क्या लगता है कि यह ठीक हुआ ?" आलोक ने कहा।

मैंने अपने कंधे उचकाए। नेहा की याद मुझे परेशान कर रही थी।

"किसको पता ? यहीं पास में इंतजार करते हैं।" रेयान ने मध्य रात्रि की गीली घास पर बैठते हुए कहा।

"इसमें कई घंटे लग सकते हैं।" मैंने कहा।

"वैसे भी हमारे पास और क्या है करने के लिए ? लेकिन यहाँ नहीं, इंस्टी की छत पर चलते हैं।" आलोक ने कहा।

मुझे इंस्टी की छत पर जाने का सुझाव अच्छा लगा। वही एक जगह है, जहाँ हम इस समय सबसे सुरक्षित महसूस करेंगे, क्योंकि कुमाऊँ जाना भी इस समय मुश्किल होगा। वहाँ सभी की आँखें हम पर होंगी।

"लेकिन हमें कैसे पता चलेगा कि उनका काम खत्म हो गया ?" रेयान ने कहा।

"हम नीचे देखते रहेंगे। कॉरीडोर की लाइट जली है। जब वे बाहर आएँगे तो हमें

खुद ही दिख जाएगा।''

''ठीक है, चलो ऊपर चलते हैं।'' रेयान ने कहा।

हम इंस्टी की बिल्डिंग की छत पर बैठे थे—एक-दूसरे से पाँच फीट दूर, एक काल्पनिक त्रिकोण के किनारे पर।

चाँद कुछ ज्यादा ही दुःसाहस से चमक रहा था, जो कि उसकी सिर्फ परावर्तित रोशनी है। उस दिन कुछ अलग-सा लग रहा था। नेहा को इस मामले में लाकर मैं अपने आपसे घृणा कर रहा था। वास्तव में मैं एक धोखेबाज होने के लिए अपने आपसे घृणा कर रहा था। और बाकी सब चीजों के लिए भी—चाबियों को डुप्लीकेट कराने के लिए सहमत होना, ऑपरेशन पेंडुलम का हिस्सा बनना और अपनी जिंदगी को ऐसे मोड़ पर ले आना। मैं यहाँ तक कैसे आया? मैं अपने स्कूल के पूरे समय तक टॉपर था। इसी से तो मैं आई.आई.टी. में आ पाया! लेकिन अब मैं एक कम अंक प्राप्त करनेवाला क्यों हूँ, फाइव पॉइंटर, एक धोखेबाज मध्य रात्रि में इंस्टी की छत पर बैठा हुआ, अपने भविष्य से अनिश्चित?

यह बड़ा विचित्र है कि कैसे तुम्हारा दिमाग इन सब प्रश्नों से भर जाता है। भाड़ में जाए, उत्तर देना भी तो दिमाग का ही काम है। तो फिर वह अपनी मुश्किलें खुद ही क्यों नहीं हल करता? मैंने निश्चय किया कि मेरे कहने का कोई अर्थ नहीं है। दो निद्रा-रहित रातों से कोई मदद नहीं मिली। लेकिन प्रश्नों का दिमाग में उठना रुक ही नहीं रहा था।

मैंने अपने दोस्तों की तरफ देखा। दोस्त? वैसे ये क्या होते हैं? यह आलोक कौन है? और इसमें मैं क्या कर सकता हूँ कि उसका बाप अधमरा है और उसकी बहन की शादी बिना पैसे के नहीं हो सकती? फिर मैंने रेयान की ओर देखा। हाँ, बना-ठना, स्मार्ट और आत्मविश्वासी। वह आदमी, जो अपने आपमें दृढ़ है, वह पूरी दुनिया से लड़ सकता था। उसे तो चेरियन से बदला लेना था। अब इसकी क्या जरूरत थी? अब यह नहीं लगता कि उसके सारे विचार असल में इतने स्मार्ट होते हैं। मैं उसकी बात क्यों सुनता हूँ और आलोक की नहीं? और अब सब इतने चुप क्यों हैं?

मैंने अपना सिर झुकाया रेयान की स्विस घड़ी में समय देखने के लिए, सुबह के तीन बज गए थे।

''चाय?'' रेयान ने अपने हाथ मलते हुए कहा।

''नहीं, मैं तो वैसे ही पूरी तरह से जागा हूँ, शुक्रिया।'' मैंने कहा।

''हाँ, मैं भी ठीक हूँ।'' आलोक ने कहा।

चाय। बस रेयान इस समय, सिर्फ इतना ही कह पाया। जो हमारे लिए महत्त्वपूर्ण था उन सबको अपने से दूर करने की क्षतिपूर्ति के लिए कैफीन के घूँट पीना।

''यहाँ काफी ठंड है।'' रेयान ने कहा।

मैंने सहमति में अपना सिर हिलाया।

हाँ, रेयान, यहाँ बहुत ठंड है। असल में, दिल्ली की इस रात में दिसंबर जितनी ठंड

है, मैं यह कहना चाहता था। लेकिन तुम्हें पता है, मुझे वह महसूस नहीं हो रही है। इस समय हम पर क्या बीत रही है। कुछ घंटों में हम आई.आई.टी. से बाहर फेंक दिए जाएँ और फिर हमें न तो अच्छी शिक्षा मिल सके, न नौकरी। लेकिन मैंने दूसरा जवाब चुना।

''हाँ, लगभग पाँच डिग्री होगा।'' मैंने कहा।

आधा घंटा बीत गया। रेयान खड़ा हुआ और छत के कगार तक पहुँच गया। नौ मंजिल की ऊँचाई, यह इंस्टी की सबसे ऊँची जगह है। लेकिन फिर भी वहाँ कोई मुँड़ेर नहीं थी, क्योंकि छत पर जाना मना था। एक कदम—और रेयान भारहीन होकर नीचे गिरने के आखिरी पल का आनंद ले सकता था। वह कगार पर खड़े होकर झुककर नीचे देखने लगा। फिर उसने अपना एक पैर आगे की ओर बढ़ा दिया।

''तुम क्या कर रहे हो?'' आलोक ने कहा।

हाँ, तुम आखिर कर क्या रहे हो, रेयान? मैंने सोचा। क्या हमने अपनी जिंदगी कगार पर काफी नहीं जी ली? क्या हमारा जीवन पहले ही बरबाद नहीं हो गया है? क्या हम डिस्को के परिणाम का इंतजार ध्यान केंद्रित करके शांति से नहीं कर सकते?

''वापस आ जाओ।'' मैंने उसे बुलाते हुए कहा।

वह मुड़ गया।

''यह बहुत ही ऊँची है।'' धीरे-धीरे वह पीछे हटने लगा और जहाँ हम बैठे थे वहाँ आ गया।

हाँ, वह ऊँची है। हाँ, वहाँ ठंड है। और कोई अंतर्दृष्टिवाले कथन सर, मैंने सोचा।

आदमी में अगर किसी चीज की कमी है तो वह है मुश्किल समय में चुप रहना। आलोक और मेरे पास तो कोई शब्द नहीं थे, जबकि रेयान थर्मोडायनेमिक और अंतरिक्ष संबंधी अवस्था पर अपनी टिप्पणियाँ दे पाया। नेहा से एकदम अलग, जिसके पास हर मौके पर बोलने के लिए सही और सटीक शब्द होते थे। लेकिन इसके बाद नेहा अब कभी नहीं होगी, खासकर आलोक ने जैसे कहा 'बचाव की आखिरी नीति', उस नीति को डिस्को इंटरव्यू में इस्तेमाल करने के बाद। नेहा अब मेरे साथ नहीं रही—मेरा पेट अंदर से खाली जैसा लग रहा था। मैं स्वयं को बहुत डरा-सा महसूस कर रहा था। अब जब यह हकीकत मुझे समझ में आती है तो मैं यहाँ पर हूँ, अपने दो सबसे घनिष्ठ मित्रों के साथ—एक मुझे उस कॉलेज से बाहर फिंकवाएगा, जिसमें आने के लिए मैंने दो साल मेहनत की और फिर आने के बाद तीन साल तक इसे झेला और दूसरे ने मेरी प्रेम कहानी, चाहे जैसे भी है, उसका भी अंत कर दिया।

''तुम्हें लगता है कि शायद डिस्को में नरमी बरती जाएगी?'' आलोक ने कहा।

''यह अनुशासन समिति है, कोई मजाक नहीं। तुम जानते हो कि डिस्को कभी भी किसी से मजाक नहीं करता।'' मैंने कहा।

डिस्को क्या नाम है, मुझे इस समय भी विचित्र लग रहा है, जब मैं उसके बीच में हूँ।

रेयान ने हम दोनों की ओर देखा।

''यह सब एक बुरा विचार था।'' उसने कहा।

शुक्रिया, रेयान। यहाँ बहुत ठंड है, यह बहुत ऊँचा है और हाँ, ऑपरेशन पेंडुलम एक बुरा विचार था। बस ऐसे ही प्रत्यक्ष कथन देना जारी रखो।

साढ़े चार बजे हमें नीचे से कुछ आवाजें सुनाई दीं। कुछ स्कूटर स्टार्ट हो रहे थे, अब थके हुए प्रोफेसर घर लौटना चाहते थे। यही हमारे लिए इशारा था, नतीजा आ चुका था।

''आओ यार, हमें भागकर नीचे चलना होगा।'' मैंने कहा।

''हाँ, चलते हैं। प्रो. वीरा वहाँ होंगे।'' रेयान ने कहा।

''मैं यहीं रहूँगा। तुम मुझे वापस आकर बता देना।'' आलोक ने कहा।

''बस नीचे आओ, मोटे।'' रेयान ने कहा।

''नहीं, जब प्रोफेसर बताएँगे तो मैं उनका सामना नहीं कर पाऊँगा।'' उसने कहा।

''ठीक है फिर। चलो चलें, हरि।'' रेयान ने कहा।

हम भागकर सीढ़ियों से नीचे उतरे। ज्यादातर प्रोफेसर्स जा चुके थे। डीन शास्त्री, चेरियन और वीरा वहाँ खड़े थे।

''प्रो. वीरा सर!'' रेयान ने पीछे से उनके पास आते हुए कहा।

''रेयान!'' प्रो. वीरा ने कहा, ''एक सेकंड रुकें।''

प्रो. वीरा ने चेरियन व डीन शास्त्री से कुछ और मिनट बात की। जल्दी ही उन्होंने एक-दूसरे को शुभ रात्रि कहा। चेरियन अपनी गाड़ी में चले गए, उस गाड़ी में जिसकी वजह से यह सब हुआ।

''सर!'' मैंने कहा।

''रेयान और हरि, तुम दोनों को निकाला नहीं जा रहा है।'' प्रो. वीरा ने कहा।

''सच? तो फिर क्या निर्णय हुआ?'' मैंने कहा।

''हमने घंटों बातें कीं। हमारे विचार अलग-अलग थे; लेकिन आखिरकार डिस्को ने यह निर्णय लिया कि तुम लोगों को एक सेमेस्टर के लिए निलंबित किया जाए।''

''सर!'' मैंने कहा।

''मैंने बहुत कोशिश की। लेकिन डिस्को किसी पर भी नरमी नहीं बरतता। तुम एक सेमेस्टर खो दोगे, जिसका मतलब है कि तुम्हारे पास चौथे वर्ष के कोर्स खत्म करने के लिए एक आखिरी सेमेस्टर ही है। और तुम्हें इंडैम में 'एफ' मिलेगा और तुम्हें इसे दोबारा करना होगा। और फाइनल वर्ष में प्रोजेक्ट को मत भूलो। इस समय इंस्टी के नियम के हिसाब से तुम इतने सारे कोर्स का भार नहीं ले सकते।'' प्रो. वीरा ने कहा।

''तो हमें अपने कोर्सेस अगले साल करने होंगे। और हमें नौकरी के इंटरव्यू के लिए भी नहीं बैठने दिया जाएगा।'' मैंने कहा।

''मुझे दुःख के साथ कहना पड़ रहा है, लेकिन हाँ। मैंने प्रो. चेरियन से निलंबित सेमेस्टर में कुछ प्रोजेक्ट क्रेडिट देने के लिए बात की। मैंने पूछा कि क्या तुम लोग मेरे साथ काम कर सकते हो, तो उन्होंने सीधे मना कर दिया। निलंबन मतलब पूरा निलंबन।''

''सब खत्म हो गया। हमारी ग्रेड शीट बरबाद हो गई है। हमें कोई नौकरी नहीं मिलेगी। और हमें एक अनुपयोगी डिग्री के लिए एक और साल रुकना पड़ेगा।'' मैंने कहा।

रेयान चुप रहा।

''मैं माफी चाहता हूँ कि यह सब इस तरह से हो गया, यारो!'' प्रो. वीरा ने हमारे कंधे थपथपाते हुए कहा। वे हमारे सामने से अपने स्कूटर से चले गए। कुछ देर और एगजॉस्ट के धुएँ के बाद वे वहाँ से जा चुके थे।

हम इंस्टी की छत पर चले गए, जहाँ आलोक हाथ जोड़े इंतजार कर रहा था। शायद वह पूजा कर रहा था, या शायद उसे ठंड लग रही थी।

''एक सेमेस्टर के लिए निलंबित। इंडैम में 'एफ' वन कोर्स पूरा करने के लिए अगले साल तक रहना होगा।'' रेयान ने आलोक को संक्षिप्त में बताते हुए कहा।

''क्या?'' आलोक ने अपने ध्यान से बाहर निकलते हुए कहा।

''प्रो. वीरा ने कोशिश की, हमें बाहर फेंके जाने से बचाया। लेकिन फिर भी, यह हमारे लिए बहुत बुरा है। मुझे नहीं पता कि हम क्या करेंगे।'' मैंने कहा।

हम दोबारा नीचे बैठ गए। सुबह के पाँच बज गए थे। दिन निकलने में एक घंटा ही शेष रह गया था।

आलोक बिना कुछ कहे खड़ा हो गया। मैं चाहता था कि वह कुछ कहे, क्योंकि वह बहुत ही परेशान हो गया था। वह छत की उस कगार पर जाकर खड़ा हो गया, जहाँ एक घंटे पहले रेयान खड़ा था।

''तुम सही थे, रेयान। यहाँ ऊँचाई है।'' आलोक ने कहा।

''तुम ठीक तो हो, आलोक?'' रेयान ने कहा।

''हाँ, तुम सोचते हो कि क्या तुम्हीं छत की कगार पर खड़े हो सकते हो?'' आलोक ने पूछा।

''नहीं, बस वापस आ जाओ। हम नीचे चलते हैं। अब बहुत हो गया।'' रेयान ने कहा।

आलोक ने नीचे देखते हुए जवाब दिया, ''पहली बार रेयान, मैं तुमसे सहमत हूँ। सच में, अब बहुत हो गया। मैं सोचता हूँ कि मैं बस नीचे चला जाऊँ।''

आलोक की आवाज में कुछ गड़बड़ थी। मैं उसकी ओर देखने के लिए पीछे मुड़ा—वह सीधा खड़ा था, फिर एक बार कूदा और फिर सीधा नीचे। आधे सेकंड के अंतर में वह आँखों से ओझल हो गया था। गुरुत्वाकर्षण ने अपना काम बखूबी कर दिया था।

□

21

मेरे जीवन का सबसे लंबा दिन : 6

इससे पहले मैं कभी एंबुलेंस के अंदर नहीं गया था। और उसके अंदर का माहौल काफी दिल दहलानेवाला था। जैसे कि किसी अस्पताल को कहा गया हो कि अपने पूरे सामान के साथ चलो। इंस्ट्रूमेंट कैथीटर, ड्रिप्स एवं दवाइयों का एक डिब्बा और उसके आस-पास दो बैड थे। मेरे व रेयान के खड़े होने के लिए भी जगह नहीं थी और जबकि आलोक को अच्छे से फैलाकर लिटा दिया गया था। मेरे खयाल से जिसकी 23 हड्डियाँ टूटी हों उसे एक बैड तो मिलेगा ही। चादरें, जो वास्तव मे सफेद थीं, लेकिन अब आलोक के खून से पूरी लाल हो गई थीं। आलोक वहाँ वह ऐसी हालत में लेटा था कि उसे पहचानना भी मुश्किल था, उसकी आँखें फटी थीं और जीभ उसके मुँह से बाहर निकल रही थी किसी नकली दाँत वाले बूढ़े की तरह। डॉक्टर ने हमें बाद में बताया कि उसके आगे के चार दाँत टूट गए।

उसके हाथ-पाँव अचेत हो गए थे, ठीक उसके पिता के दाहिने हिस्से की तरह। उसका दाहिना घुटना इस तरह मुड़ा था, जिसे देखकर ऐसा लग रहा था कि आलोक के अंदर हड्डी ही नहीं थी। वह एकदम स्थिर था।

''अगर आलोक ठीक हो जाता है तो मैं अपने इन मूर्खतापूर्ण दिनों के बारे में एक किताब लिखूँगा।'' मैंने कसम खाई। इस तरह के अजीब वायदे आप तब करते हैं जब आपका दिमाग बिलकुल परेशान होता है और आप पचासों घंटों से सोए न हों।

एंबुलेंस हमें एम्स तक ले गई। दिल्ली का सबसे बड़ा अस्पताल। खून और निद्रा-रहित दो रातों ने मुझे सन्न कर दिया था। मुझे नहीं पता किसने एंबुलेंस बुलाई और किसने यह अस्पताल चुना। शायद वह सुरक्षा गार्ड था। मेरे आस-पास सभी लोग जल्दी में काम कर रहे थे। एम्स के इमरजेंसी वार्ड में ज्यादा मेडिकल पेशेवर थे। यह एक सरकारी अस्पताल था, इसलिए लोग ज्यादा थे और सर्विस कम थी। उनको हरकत में लाते हुए रेयान उनमें से कुछ पर चिल्लाया।

''नौ मंजिल?'' स्टेचर चलानेवालों में से एक ने कहा, शायद यह सोचते हुए कि इतने भारी वजन को आई.सी.यू. में ले जाने का कोई मतलब भी है क्या?

डॉक्टरों ने हमें बाहर जाकर इंतजार करने को कहा। मैं इंतजार करते-करते थक गया था। मैं बाहर लकड़ी के एक स्टूल पर बैठा था। अंदर जिंदगी और मौत से लड़ रहे रोगियों के रिश्तेदार मेरे आस-पास बैठे थे—माएँ, बेटियाँ, बेटे और पिता। मैंने नींद से लड़ने की कोशिश की, लेकिन काम नहीं बना।

रेयान ने मुझे दोपहर बारह बजे उठाया। मेरे बदन का पूरा हिस्सा जकड़ गया था।

"वह बच जाएगा। डॉक्टर ने बताया है कि उसकी हालत खराब है, लेकिन वह बच जाएगा।"

"क्या? कैसे? मेरा मतलब है, सच में?"

"हाँ, मतलब वह अपने पिछले भाग पर गिरा था, ठीक फव्वारे के अंदर, जो कि इंस्टी बिल्डिंग के पास था। क्या तुम यह मान सकते हो? डॉक्टर ने कहा कि उसके मोटे पिछवाड़े और पानी की छह इंच की परत ने उसके झटके को कम कर दिया।"

भगवान् का शुक्रिया कि आलोक मोटा शरीर का था। और भगवान् का शुक्रिया कि उन्होंने इंस्टी बिल्डिंग के पास वह बेकार फव्वारा बनाया। उसके पैरों में ग्यारह फ्रेक्चर, हाथों में दो इतने भी बुरे नहीं थे। यह देखा जाए कि मोटा कितना खाता है, वह शायद अपनी हड्डियों को वापस पा लेगा।

"मैंने सोचा कि वह मर जाएगा, मैंने सच मैं सोचा कि वह मर जाएगा।" मैंने कहा और रेयान को गले लगाया और फिर मैं रोने लगा। मुझे पता नहीं कि मैं उस समय आलोक की तरह क्यों रोने लगा। यह काफी शर्मनाक था, लेकिन अस्पताल में यह चलता है।

"क्या वह जगा है?"

"नहीं। लेकिन वह इसलिए, क्योंकि वह पिछले दो दिनों से नहीं सोया है। चलो, उसके पास चलते हैं।" रेयान ने कहा।

हम आई.सी.यू. के अंदर गए और आलोक को सोते हुए देखा।

"रोगी को आराम करने के लिए समय चाहिए।" नर्स ने कहा और हमें चुप रहने को कहा। हम आई.सी.यू. से निकले और कुमाऊँ के लिए बस पकड़ी।

बस में वापस जाते हुए रेयान मेरी ओर मुड़ा, "तुम जानते हो हरि, मोटे के मुझ पर कई उधार हैं।"

"सच में?" मैंने कहा।

"अगर वह नहीं होता तो शायद मैं फाइव तक पहुँचने के लिए भी पढ़ाई नहीं करता।" रेयान ने कहा।

रेयान ने जो कहा, मेरे खयाल में वह सही था। एक वही था जो हमें किताबों की तरफ ले जाता था। और अब वह वहाँ लेटा था और हमारे पास अब पढ़ने के लिए कोई किताब नहीं थी।

"तुम्हें लगता है कि वह ठीक हो जाएगा?" रेयान ने कहा

"वह ठीक हो जाएगा, रेयान! वह ठीक हो जाएगा।" मैंने कहा और रेयान को गले

लगाया। पहली बार हिम्मतवाला रेयान अंदर से टूटा हुआ महसूस हो रहा था। उसने मुझे और जोर से गले लगाया।

''मुझे माफ कर दो, हरि।'' रेयान ने कहा और उसकी आवाज ऐसे सुनाई दे रही थी जैसे वह आँसुओं से लड़ रहा हो।

''मुझे माफ कर दो।''

''कोई बात नहीं। हम इन सबसे जरूर बाहर निकलेंगे।'' मैंने कहा।

हम सभी को आराम चाहिए था और हमारे पास समय था—चार महीने, दुनिया भर का आराम करने के लिए।

□

22

रेयान के विचार

मैंने सब बरबाद कर दिया। मोटा वहाँ आई.सी.यू. में अपनी जिंदगी से लड़ रहा था। वह सच में एक दुर्भाग्य था, है न? यह ऑपरेशन पेंडुलम एक बड़ी गलती थी—जाहिर है, बाद में सूझी अक्ल की बात। यह सबकुछ ठीक हो सकता था अगर मोटे ने एक रुपया बचाने के लिए वह फोन नहीं किया होता या उससे भी अच्छा कि वह आता ही नहीं। और कुछ नहीं तो उसमें इतनी तो अक्ल होनी चाहिए थी कि वह कूदता नहीं। क्या बात है आलोक, या हरि के साथ भी? वे कब बड़े होंगे?

अब तुम कहोगे कि मैं यह नहीं मानना चाहता कि यह मेरी गलती थी। रेयान सबको दोषी ठहराएगा—अपने माता-पिता, अपने दोस्त, अपने कॉलेज, शायद भगवान् को भी—अपने सिवाय किसी को भी। वह ऐसा लड़का है, जो हर चीज में आनाकानी करता है। मैं उसे दोषी नहीं ठहराता। तुम हरि, हरि का संस्करण पढ़ रहे हो। वह बुरा आदमी कैसे हो सकता है, है न? आखिरकार हरि तो सिर्फ फूहड़ ढंग से बोलनेवाला आई.आई.टी.यन है, जो अपने ग्रेड्स और जिंदगी को सही दिशा नहीं दे पा रहा है। वह बहुत सरल और खोया-खोया है—निराशा से प्रेम में है, दिखने में एकदम आकर्षकहीन है, अपने साथियों को साथ रखना चाहता है, मौखिक परीक्षा में हकलाता है—वगैरह, वगैरह। इस बेचारे की हालत पर सिर्फ दया आती है, है न!

क्या तुमने कभी यह जाना है कि इस मिस्टर सॉरी के ऊपर भी एक परत है, जो वह उतारना नहीं चाहता और जिसे वह अपनी—हाँ, यहाँ मूल शब्द है—अपनी किताब में! जैसे कि वह कभी अपने माता-पिता के बारे में नहीं बताता। या शायद आपको लगे कि कैसे उसकी मौखिक परीक्षा खराब हो गई। उसकी कहानी बताए—माफ करना, लेकिन ऐसा नहीं होगा। या फिर वह हमेशा आलोक के परिवार का मजाक क्यों उड़ाता है—मेरा मतलब है कि वह विचित्र है; लेकिन क्या आप संवेदनशील नहीं कहेंगे?

नहीं, लेकिन वह इन सबके बारे में नहीं बताएगा। शायद मैं इन सबके बारे में थोड़ा बता सकूँ, ''ज्यादा लिखूँगा और वह सीधा सबकुछ काट देगा।'' लेकिन उससे पहले मैं

आलोक के बारे में बात करना चाहता हूँ। यार, तुम नौ मंजिल से नहीं कूदते, अगर कुछ पागल बूढ़ों ने तुम्हारे ऊपर डिस्को न किया होता या फिर तुम उस गाड़ी के लिए किसी बेकार आदमी को खरीद पाओगे। वह इतना बेवकूफ क्यों है? अगर वह इतना पागल था तो उसे मुझे धक्का दे देना चाहिए था।

तुम जानते हो, तुम जो चाहो सोच लो; लेकिन मुझे आलोक पसंद है। हाँ, हम लड़ते हैं, झगड़ते हैं और कभी-कभार मुझे उसके रटने तथा उसके रोने से घृणा होती है। लेकिन आखिर में वह आदमी वह एक निस्स्वार्थ जिंदगी जी रहा है। वह असल में क्विज में कोई ऊँचा औसत नहीं चाहता। वह एक आई.आई.टी. यन भी नहीं होना चाहता (लेकिन वैसे भी कौन बनना चाहता है)। यह सब वह सिर्फ अपने परिवार के लिए कर रहा है। जैसे वह बारह साल की उम्र से ही अपने पिता की सेवा कर रहा है, किताबों, दवाइयों और दु:खों के उस कमरे में बंद रहकर। इसी वजह से वह कभी बड़ा नहीं हो पाया। इसलिए वह सोचता है कि बीस साल की उम्र में रोना ठीक है।

और इसी वजह से उसने कभी मौज-मस्ती नहीं की। लेकिन इसका मतलब यह नहीं कि वह नहीं चाहता। तुम्हें क्या लगता है कि वह हमारे साथ क्यों बना रहा? या फिर वह वापस क्यों आ गया? क्योंकि एक समय पर उसने यह माना कि वह वेंकट जैसा नहीं था। वह सिर्फ एक लड़का था, जो कि एक कलाकार बनना चाहता था, लेकिन बन नहीं पाया। और वह एक ऐसा लड़का था, जिसके पास जिंदगी में असली दोस्त नहीं थे—लेकिन वह उन्हें चाहता था। और जब मैंने उसे भयंकर रैगिंग से बचाया, जो उसके साथ रोज नहीं होता था। इसलिए वह मेरे साथ बना रहा और मेरे साथ लड़ा और मुझे गाली दी और मुझसे घृणा की। लेकिन इस दौरान वह अपने आपसे लड़ रहा था, गाली दे रहा था और अपने आपसे घृणा कर रहा था। मैंने उसकी भावनाओं को हिला दिया—किसी को हर हाल में अपने माता-पिता की देखभाल करना जरूरी नहीं था, किसी को सिस्टम को मानना जरूरी नहीं था, किसी को मौज-मस्ती का बलिदान करना जरूरी नहीं था। मैंने उसके ऊपर प्रभाव डाला, उसने प्रतिरोध किया; लेकिन उसके साथ उसे वह पसंद भी आया। और फिर, मैंने उस पर थोड़ा और दबाव डाला, और थोड़ा, तब तक जब तक मैंने कुछ ज्यादा ही कर दिया। भगवान्, कृपा करके उसे बचा लेना।

लेकिन हरि? उससे मैं कुछ सवाल पूछना चाहता हूँ। जैसे कि अपने माता-पिता के बारे में बताओ, हरि? क्या उस पर कोई अध्याय नहीं बननेवाला? और तुम्हारे पिता क्या सेना में कर्नल हैं? तुम्हारे घर में क्या नियम हैं—कोई टी.वी. नहीं, कोई संगीत नहीं, जोर से हँसना नहीं : ये सब सिर्फ अनुशासन के लिए, है न?

और तुम्हारी माँ—जो कई दिनों तक चुप रह जाती थीं, ठीक है न? ओह, एक मिनट रुको, मुझे इन सबके बारे में बात नहीं करनी है। और उस बेल्ट का क्या, जो तुम्हारे पिता अपनी अलमारी में टाँगते हैं? क्या तुम अब भी उसके बारे में सपना देखते हो हरि? उन्होंने तुम्हें वापस जवाब देने से मना किया था। अगर तुम अपने बड़ों को उलटा जवाब दोगे तो तुम

दंडित होगे कठोरतापूर्वक। क्या अब मौखिक का समय है? क्या तुम्हें अब भी दर्द होता है, हरि?

ठीक है, मुझे लगता है कि मैं अब बात कुछ ज्यादा बढ़ा रहा हूँ। हरि ठीक है, उसके ऐसे कुछ विवाद हैं, जिनके बारे में वह बात नहीं करना चाहता। और सिर्फ इसलिए कि कोई एक किताब लिख रहा है तो वह सबकुछ बता दे। आखिरकार यह किताब आई.आई.टी. के बारे में है—वह जगह जहाँ लोग अपना भविष्य बनाते हैं। पुरानी बातों को दोबारा उठाने का क्या मतलब?

तो मैं आई.आई.टी. पर वापस आ जाता हूँ। हरि (उसके अंदर उतनी वोदका जितना वह सहन नहीं कर सकता) ने मुझे दोस्ती पर अपने विचार बताए थे। उसने कहा, ''रेयान, तुम बेवकूफ हो, जो अपने दोस्तों के लिए इतनी कुरबानी देते हो। कुछ बातों में आलोक भी ऐसा पागलपन अपने परिवार के लिए दिखाता है। तुम दोनों वास्तव में क्या चाहते हो, उसे भूल गए हो।''

अत्यंत गंभीर क्यों? तो मैंने पूछा कि क्या उसे पता था कि उसे क्या चाहिए? और उसने सहमति में सिर हिलाया।

''तुम्हें क्या चाहिए?'' मैंने पूछा।

''तुम्हारे जैसा बनना।''

''क्या?'' मैंने ठीक से सुना नहीं।

''मुझे नेहा चाहिए।'' उसने कहा और बेहोश हो गया।

तो यहाँ माजरा क्या है—यानी दूसरों के लिए जीना तो नहीं चाहता, लेकिन दूसरों जैसा बनना चाहता है?

मैं कहता हूँ, वह एकदम उलझा हुआ है।

□

23

काजू बरफी

हमारे निलंबित सेमेस्टर के दो महीने बीत गए थे, जब आलोक कुमाऊँ वापस आया। उसके खाँचे (प्लास्टर) अभी भी लगे हुए थे और डॉक्टर ने कहा कि अब तो उतर भी जाएँगे, उसके बाएँ पैर में हमेशा के लिए थोड़ा दर्द रहेगा। अपनी जिंदगी को दोबारा पाने के लिए थोड़ा हर्जाना तो भरना ही पड़ा मेरे खयाल में, जिसका मतलब था कि आलोक जिंदगी भर उस रात को जो हुआ, उसे भुला नहीं पाएगा।

हम उससे रोज अस्पताल मिलने जाते रहे, क्योंकि वैसे भी हमारे पास करने को कुछ नहीं था। हम कभी भी उस सेमेस्टर में घर जाने की बात नहीं करते थे। हमें पता था कि हमें कुमाऊँ में ही एक-दूसरे के साथ रहना था। कोई हमसे ज्यादा बात नहीं करता था। अगर कोई करता भी था तो वह अंदर की कहानी जानना चाहता था—हमने क्या किया, डिस्को कैसा था, आलोक क्यों कूदा वगैरह-वगैरह। इसलिए हमें अपने कमरों में रहना और अपने बाहर जाने के कार्यक्रम को सिर्फ अस्पताल जाने तक ही रखना भाता था।

आलोक ने हमसे यह वायदा कराया कि उसकी कूदनेवाली घटना को उसके परिवार से छिपाकर रखेंगे। उसकी हड्डियाँ धीरे-धीरे ठीक हो रही थीं। एक और महीने में वह थोड़ा-थोड़ा चलकर बाथरूम तक जा सकता था और अपने आपको बाथरूम में दूसरे लोगों की मौजूदगी से शरमाने से बच सकता था। वैसे तो डॉक्टर ने हमें दोबारा गिरने के बारे में बात करने से मना किया था, लेकिन रेयान स्वयं को पूछने से नहीं रोक पाया, ''पागल हो क्या ?'' लेकिन आलोक चुप रहा। प्रो. वीरा भी दो बार अस्पताल गए थे। वे हमारे हौसले बढ़ाते थे, यह कहकर कि वह हमारे आखिरी सेमेस्टर में हमारे क्रेडिट पूरा करने में अथवा कोर्स दिलाने में पूरी मदद करेंगे। उन्होंने असफलतापूर्वक प्रो. चेरियन से क्षमा या दया के निवेदन के लिए भी बात की।

प्रो. वीरा आलोक का स्वागत करने कुमाऊँ भी आए, ''तो शेर, आ गए अपनी गुफा में वापस!'' उन्होंने कहा।

आलोक मेरे बैड पर बैठा हुआ था। उसका धड़ तकियों के सहारे आरामदायक

अवस्था में था।

"सर, आपने यहाँ आने की तकलीफ क्यों की?"

"कोई बात नहीं।" प्रो. वीरा ने खारिज करते हुए कहा और अपने बैग में से एक डिब्बा निकाला, "ये लो, मिठाई खाओ, आलोक के कुमाऊँ वापस आने और किसी और वजह की खुशी में।"

आलोक ने डिब्बे की तरफ देखा और प्रो. वीरा के हाथों से खींच लिया। जब खाने की बारी आती है तब मोटा सब औपचारिकताएँ भूल जाता है। डिब्बे में काजू बरफी थी, उसकी मनपसंद।

"आपको यह लाने की तकलीफ नहीं करनी चाहिए थी, सर।" उसने कहा। उसकी आवाज मिठाई के तीन पीस मुँह में होने के कारण दब गई थी।

"बस मजे करो, यार। तेरह टूटी हुई हड्डियाँ और दो महीने में घर, यह तो जश्न मनाने की बात है।" प्रो. वीरा ने आलोक का सिर सहलाते हुए कहा।

हम आलोक की वापसी से भी बहुत खुश थे और अब काजू बरफी के डिब्बे से भी। लेकिन आलोक एक सेकंड के लिए डिब्बा छोड़े तब न।

"सर, मिठाई लाने का दूसरा कारण क्या था?" रेयान ने पूछा।

"हाँ, बिलकुल। मेरे पास तुम लोगों के लिए अच्छी खबर है।" आखिरकार प्रो. वीरा ने कहा।

"क्या चेरियन एक और डिस्को करना चाहता है।" रेयान ने कहा।

"शांत रहो, रेयान।" प्रो. वीरा ने कहा, "मैं जानता हूँ कि तुम लोगों के लिए यह समय बहुत ही मुश्किल भरा है। लेकिन इस बार मैं सीधा डीन के पास गया था।"

"क्या?" आलोक और मैंने एक साथ कहा।

"तुम्हें वह लूब प्रोजेक्ट याद है? प्रो. चेरियन ने आगे के अनुसंधान की स्वीकृति कभी नहीं दी; लेकिन मैं डीन के पास गया कि हम प्रो. चेरियन के प्रति सूचना के अनुसार अपने प्रस्ताव का पुनरीक्षण करके दोबारा जमा करेंगे।"

"मैं उनके किसी भी पुनरीक्षण पर काम नहीं करनेवाला।" रेयान ने कहा।

"क्या अब तुम शांत रहोगे, रेयान? सर, लेकिन हम दोबारा क्यों जमा करेंगे।" मैंने कहा।

"यही तो मेरा विचार है। अगर वह हमें दोबारा जमा करने की सहमति देते हैं तो यह सिद्ध करने के लिए कि हमारे लुब्रिकेंट्स उपयोगी हैं, इसके लिए हम और अनुसंधान करेंगे। इस तरह प्रस्ताव की स्थिति में हम थोड़ा और अनुसंधान करेंगे।" प्रो. वीरा ने कहा।

"और?" रेयान ने तिरछी नजर से देखा।

"और इसका मतलब है कि तुम लोग वह प्रयोग करने में मदद कर सकते हो। मैंने डीन से पूछा कि क्या वह तुम लोगों को प्रयोगशाला में पहले किए हुए काम को पुनरीक्षण के काम के लिए सहमति देंगे, क्योंकि यह तुम्हारे समय का बेहतर सदुपयोग होगा? और खुशी

की बात यह है कि डीन मान गए हैं।''

रेयान ने डिब्बा आलोक के हाथों से छीन लिया, मिठाई के दो पीस लिये और बैठकर एक सिगरेट जलाई।

''क्या मुझे कोई समझा सकता है कि इस सबका क्या लाभ होगा? हम इतना काम करेंगे बिना किसी लाभ के।'' उसने कहा।

''ऐसा करने से हमें शायद लाभ हो।'' प्रो. वीरा ने रेयान के मुँह से सिगरेट निकालकर फेंकते हुए कहा, ''एक तो तुम अपनी ग्रेड शीट की कमी को बाद में समझ सकते हो, और मुझे पता नहीं, लेकिन अगर उन्हें प्रस्ताव पसंद आ गया तो तुम्हें अगले सेमेस्टर में काम के लिए अच्छे ग्रेड प्रदान किए जाएँगे।''

''सच?'' आलोक ने कहा, ''आपका मतलब है कि हम अन्य छात्रों की तरह ही चार साल में डिग्री पूरी कर लेंगे?''

''ऐसा लगता है कि आपने इन सबमें काफी सोच-विचार किया है।'' मैंने कहा।

''चेरियन ऐसा कभी नहीं होने देगा। मैं इस बात में नहीं पड़नेवाला।'' रेयान ने कहा।

''शायद वे न करें। लेकिन अगर काम अच्छा है और डीन को पसंद आया तो क्या पता चलता है? कम-से-कम हमारे पास खाली समय में करने के लिए कुछ है तो सही।''

''हमारे पास बहुत कुछ है खाली समय में करने के लिए।'' रेयान ने कहा।

''रेयान, क्या तुम प्रो. वीरा से अच्छे ढंग से बात कर सकते हो?'' मैंने कहा। किसी तरह डिस्को ने मेरा रेयान के प्रति रवैया बदल दिया था। अब मेरे लिए उसे वह बात कहना, जो उसे सुनना पसंद नहीं, कहना आसान हो गया था।

उसने भी ज्यादा बहस नहीं की।

''कोई बात नहीं, हरि। रेयान स्पष्ट रूप से इंस्टी की किसी भी चीज पर भरोसा नहीं करता; लेकिन लड़को, यह तुम्हारे लिए आखिरी मौका है। और अगर तुम लूब प्रस्ताव पर और ज्यादा काम करोगे तो क्या पता, इस बार हमें शायद कोई प्रायोजक मिल जाए!''

''सर ठीक कह रहे हैं, रेयान। और हम इसे तुम्हारे बिना नहीं कर सकते। यह तुम्हारा प्रोजेक्ट है।''

''क्या तुम लोग यह वास्तव में करना चाहते हो?'' रेयान ने कहा

''हाँ।'' आलोक और मैंने कहा।

''लेकिन एक शर्त पर।'' रेयान ने कहा।

''वह क्या?'' प्रो. वीरा ने कहा।

''मुझे बाकी बची काजू बरफी मिले तो।'' रेयान ने कहा।

''दस बजे मेरे लैब में कल से शुरू करेंगे।'' प्रो. वीरा ने जैसे ही कहा, हम खिलखिलाकर हँसने लगे।

□

24

क्या हम यह कर पाएँगे?

नेहा—इस नाम ने मेरी रातों की नींद उड़ा रखी थी। यह सच है कि मेरी इंजीनियरिंग की डिग्री विषादपूर्ण स्थिति में है। यह सच है कि हम पूरा दिन प्रो. वीरा के लैब में गुलामों की तरह, शायद उद्देश्यहीन एक ग्रीस को दूसरी ग्रीस में मिलाते रहते थे। यह सच है कि मुझे मेरी ग्रेड शीट में खराब ग्रेड्स मिलेंगे, जिस वजह से मुझे ढंग की नौकरी भी नहीं मिल पाएगी; लेकिन इनमें से कोई भी बात इतनी परेशान नहीं करती जिस वजह से मुझे अनिद्रा हो जाए। वास्तव में चार महीने की छुट्टियाँ अपनी नींद पूरी करने के लिए काफी थीं। लेकिन एक इनसान, जिसकी आवाज, सुगंध, चित्र, अनुभूति हर रात मेरे बगल में आ जाती और जिसने मेरा सोना मुश्किल कर दिया था, वह थी नेहा।

मैंने उसे किसी एक 11 तारीख को फोन करने की कोशिश की। पर उसने दो मिनट में ही फोन काट दिया, यह कहते हुए कि उसे मुझसे ऐसा करने की उम्मीद नहीं थी। मेरे खयाल से जिसे वह लोफर बुलाती थी, उससे वह काफी उम्मीदें रखती थी।

मैंने तुरंत दोबारा फोन किया और निष्फलता से यह बताने की कोशिश की कि यह विचार मेरा नहीं था और कैसे उसे मानना मेरी कितनी बड़ी भूल थी।

''तुमने मेरा इस्तेमाल किया है, हरि। जैसे कि अन्य लोग करते हैं, तुमने मेरा इस्तेमाल किया।'' उसने कहा। अन्य लोगों की तरह! वैसे वह कितने आदमियों के साथ रह चुकी थी, मैंने सोचा।

मैं तो सिर्फ मेजर्स का पेपर चुपके से निकालने की कोशिश कर रहा था। ठीक है, मेरा चाबियों का डुप्लीकेट बनाना गलत था; लेकिन मैंने सिर्फ इसलिए किया, क्योंकि ऐसा करना सुविधाजनक था। किसी भी तरह रेयान, दूसरा कोई उपाय ढूँढ़ ही लेता। मैंने उसे यह बताने की कोशिश की। लेकिन उसने कहा कि तुम आदमियों को कभी समझ में नहीं आएगा, है न? मैंने सोचा कि उसे भी समझ में नहीं आ रहा था; लेकिन मैं अब भी उससे पागलों की तरह प्यार करता था।

''और तुमने डिस्को को यह बताया कि मैंने तुम्हें चाबियाँ दीं। मैंने हरि? तुम्हें पता

है, पिताजी अब तक उस बात को सच मानते हैं।''

मैं खुश था कि चेरियन ने उस बात का यकीन किया। नेहा कैसे समझेगी? अगर उन्हें पता चलता कि हमने चाबियाँ डुप्लीकेट बनवाई हैं तो हम उन असली अपराधियों जैसे नजर आते। शायद हम असली अपराधी थे। लेकिन वह मुद्दा नहीं था। यार, लड़कियों को समझाना इतना मुश्किल क्यों होता है? क्या वे सब भूलकर आगे नहीं बढ़ सकतीं? क्या मुझे कुछ गलत बात कहनी चाहिए, जो वे सुनना चाहती हैं?

''नेहा, मैं जानता हूँ कि मैंने वे सारी चीजें कीं। लेकिन एक स्तर पर वह मैं नहीं था। वह तुम्हारा हरि नहीं था।'' मैंने कहा। जाहिर है, मैंने जो कहा उसका कोई मतलब नहीं था। लेकिन लड़कियों के साथ यही परेशानी है। तुम उन्हें उलझानेवाली कोई भी बात करो और वे मान जाती हैं।

''फिर क्यों हरि, क्यों?''

''मैं नहीं जानता। क्या मैं तुमसे सिर्फ एक बार मिल सकता हूँ?'' मैंने कहा।

''बिलकुल नहीं। सबकुछ खत्म हो चुका है।'' इसके बाद उसने फोन काट दिया। इसका मतलब था कि मुझे एक और महीने इंतजार करना पड़ेगा या और तीस निद्रा-रहित रातों को झेलना पड़ेगा।

फिर अगली 11 तारीख आई और मैं नेहा को फोन करने के लिए स्वयं को रोक नहीं पा रहा था।

मैं सुबह दस बजे उठा। आखिरकार 11 तारीख, मैंने अपने आपसे कहा और तुरंत अपने कमरे से बाहर आया। मुझे फोन जल्दी करना था। और इस बार सोच-समझकर अच्छी बातें करनी थीं। मैं नीचे उतर रहा था तब मैंने एक बूढ़ी औरत को ऊपर जाते हुए देखा। किसी की माँ, मैंने सोचा; लेकिन मैं यह सोचना बंद नहीं कर पा रहा था कि वह काफी देखी-समझी लग रही थी। फिर मुझे ध्यान आया कि यह तो आलोक की माँ है।

''हैलो आंटी! मैं हूँ हरि।'' मैंने कहा।

''अरे, हरि बेटा! तुम सब कहाँ हो? मुझे हॉस्टल आना पड़ा, क्योंकि आलोक दो महीनों से घर नहीं आया। वह ठीक तो है?'' उन्होंने हाँफते हुए पूछा।

''हाँ, आलोक ठीक है, आंटी। वह एक प्रोजेक्ट में व्यस्त है।'' आलोक से न मिलने देने का तरीका सोचते हुए मैंने कहा।

''अंकल नीचे ऑटो में बैठे हैं। उसे जल्दी बुलाओ, हम सब उसके लिए चिंतित हैं।'' उन्होंने कहा।

''हाँ आंटी, जरूर।'' मैंने ऊपर भागते हुए कहा।

आलोक अपने बैड पर बैठा मैगजीन पढ़ रहा था और चिप्स खा रहा था। रेयान उसके पास बैठा था, एक अश्लील मैगजीन हाथ में लिये। उसके सिगरेट के धुएँ से आलोक का पूरा कमरा भरा था।

''क्या तुम लोग पागल हो? सुबह-सुबह धुआँ और अश्लील तसवीरें देख रहे

हो?'' मैंने कहा।

''तुम इतने चिंतित क्यों हो रहे हो? जब हम तरोताजा हैं तो क्यों न सबसे बेहतरीन चीजें की जाएँ।'' रेयान ने कहा।

''आलोक, तुम्हारे माता-पिता यहाँ आ गए हैं!'' मैंने कहा।

''क्या?'' आलोक ने कहा और उसके हाथ से चिप्स नीचे गिर गए।

''हाँ, तुम्हारी माँ सीढ़ियाँ चढ़ रही हैं। वे काफी गुस्से में हैं और काफी चिंतित भी; क्योंकि तुमने फोन नहीं किया।''

''तुम्हारा मतलब है कि वे यहाँ आ रही हैं?'' आलोक ने सिगरेट का धुआँ हटाने के लिए अपने हाथ हिलाते हुए कहा।

''हाँ, और मुझे लगता है, अब वह तुम्हारी टूटी हड्डियाँ देखने वाली हैं।''

''नहीं।'' आलोक चिल्लाया।

''बस, अपने बिस्तर में ही रहो। हम तुम्हारे पैर चादरों से ढक देंगे।'' रेयान ने अश्लील मैगजीन आलोक के गद्दे के नीचे छिपाते हुए कहा।

''ऐसा नहीं हो सकता। उसके पिता नीचे इंतजार कर रहे हैं अपने इकलौते बेटे का।'' मैंने कहा और चिप्स खाने लगा। उन दोनों को परेशान होता देखना काफी मजेदार था।

''बकवास!'' आलोक ने अपने तकियों को ठीक करते हुए कहा।

''और मुझे लगता है कि तुम्हें गालियाँ थोड़ी कम करनी चाहिए।'' मैंने कहा।

□

आलोक की माँ ने एक मिनट बाद दरवाजा खटखटाया। यह आश्चर्यजनक है कि एक मिनट में कितना काम हो सकता है। रेयान ने ऐश ट्रे और वोदका की बोतल बाहर फेंक दी। उसने मेज पर कोर्स की किताबें और असाइनमेंट भी सजा दिए। सारे गंदे कपड़े एक अलमारी में छिपा दिए।

''हैलो माँ! आपको यहाँ देखकर अच्छा लगा।'' आलोक ने कहा।

''आलोक, मैं तुमसे बात नहीं करूँगी। तुम हमें पूरी तरह से भूल गए हो।'' आलोक की माँ ने मिठाइयों के डिब्बे मेज पर रखते हुए कहा। मैंने सोचा कि क्या उन डिब्बों पर आक्रमण करना अभी ठीक होगा?

''मैं व्यस्त था।'' आलोक ने कहा।

''चुप रहो। दो महीने हो गए हैं। तुमने उस दिन से फोन नहीं किया, जब से तुमने पिताजी और दीदी के रिश्ते के बारे में बात की थी। क्या हुआ? तुम हमारी समस्याओं के बारे में बात नहीं करना चाहते?''

''नहीं माँ। प्रो. वीरा का एक असाइनमेंट है, वह हम सबको काफी व्यस्त रखता है।'' आलोक ने कहा।

''मेरा बेटा बहुत ज्यादा काम करता है।'' आलोक की माँ ने मेरी और रेयान की ओर देखते हुए कहा। ''तुम लोगों को बीच-बीच में आराम करना चाहिए। आखिर तुम्हारी

नौकरियाँ अब सिर्फ एक सेमेस्टर दूर हैं।'' उन्होंने कहा।

रेयान और मैं मिठाई के डिब्बों को घूरते हुए मुसकराए। कृपा करके आंटी, एक बार तो खाने को कहो।

''आलोक, तुम्हें अगले हफ्ते घर आना ही होगा। देखो, पिताजी भी सिर्फ तुम्हारे लिए इतनी दूर ऑटो से आए हैं।''

''आपने ऑटो लिया! उसमें तो सत्तर रुपए लगते हैं।'' आलोक ने कहा।

''तो, तेरे पिताजी कैसे आते? और अब तो जल्दी ही मेरा बेटा नौकरी करने लगेगा।'' आलोक की माँ ने कहा, ''और हरि, तुम लोग लड्डू क्यों नहीं खा रहे हो?''

रेयान और मैं उनका वाक्य पूरा होने से पहले ही डिब्बों पर टूट पड़े।

''माँ, लेकिन फिर भी।'' आलोक ने कहा।

''चुप रहो। देखो, दीदी ने भी तुम्हारे लिए नई जीन्स भेजी है। तुम्हें पता है, उसने यह अपने जेब खर्च से पैसे बचाकर खरीदी है।'' उन्होंने एक भूरा पैकेट देते हुए कहा।

''शुक्रिया माँ! मैं इसे किसी खास अवसर के लिए रखूँगा।'' आलोक ने कहा।

''लेकिन इसे एक बार पहनकर देख लो, चलो उठो।'' आलोक की माँ ने कहा।

''नहीं माँ, मैं बाद में पहन लूँगा।'' आलोक ने कहा।

''क्या बाद में? हम अभी साइज बदल सकते हैं। आलसी मत बनो। उठो, अगर ठीक नहीं आई तो?'' आलोक की माँ ने उसका पैर हिलाते हुए कहा। मुझे यकीन है कि उसे दर्द हुआ होगा।

''नहीं, माँ।'' आलोक ने अपने दाँत दबाते हुए कहा।

''उठो।'' आलोक की माँ ने जोर डालते हुए बैडशीट उसके ऊपर से उठाते हुए कहा। उन्हें ऐसा नहीं करना चाहिए था। क्योंकि आलोक के दोनों पैरों और कूल्हों पर प्लास्टर अभी भी लगे थे। उसके पैरों पर वे निशान दिख रहे थे, जहाँ डॉक्टरों ने टाँके लगाए थे। यह सब हम भी नहीं देखना चाहते थे।

''हे भगवान्!'' आलोक की माँ ने कहा और उनका चेहरा उनके हाथों के साथ नीचे गिर गया।

''माँ, प्लीज।'' आलोक ने कहा, उन्हें दूर धकेलते हुए और यह आशा करते हुए कि वे यहाँ आतीं ही नहीं।

आलोक की माँ की हालत ऐसी हो गई जैसे कि उन्हें उबकाई आ रही हो। रेयान को उन्हें दोबारा कुरसी पर बैठाने के लिए सहारा देना पड़ा। मैंने उन्हें एक गिलास पानी दिया।

''यहाँ क्या हो रहा है? कोई मुझे बताएगा?'' उन्होंने कहा।

रेयान ने मेरी ओर देखा। अब हमारा कमरे से बाहर जाने का समय आ गया था।

''हम नीचे जाते हैं। हम अंकल को हैलो कहेंगे और यह कह देंगे कि आलोक लैब में है। ठीक है, आंटी?''

उन्होंने अपना सिर सहमति से हिलाया। उनकी आँखों में आँसू आ गए। क्या उनके

परिवार में कोई भी पुरुष अपने पैरों पर खड़ा हो सकता था?

"शांत रहो, माँ। यह सिर्फ एक स्कूटर एक्सीडेंट..."

आलोक ने कहा, जब हम दरवाजा बंद करके जा रहे थे। मुझे निश्चित पता था कि उन्हें पता चल जाएगा कि वह झूठ बोल रहा है। एक स्कूटर एक्सीडेंट, जिसमें रेयान और मैं एकदम ठीक हैं, इसे मानना काफी मुश्किल था। हमने उन्हें आधे घंटे बाद अपने आँसू पोंछकर जाते देखा। हम ऑटो के पास ही खड़े थे आलोक के पिता के साथ बाते करने की कोशिश करते हुए। वे काफी खुश लग रहे थे। शायद वे अपने असाधारण तरीके से बाहर घूमने का आनंद ले रहे थे।

"आलोक व्यस्त है?" उन्होंने अपने होंठ बंद करते हुए कहा।

"हाँ, उसका एक महत्त्वपूर्ण प्रोजेक्ट है।" आलोक की माँ ने ऑटो में बैठते हुए कहा।

"बाय आंटी!" रेयान और मैंने हाथ हिलाया।

"वापस रोहिणी, मैडम?" ऑटो ड्राइवर ने ऑटो चालू करते हुए कहा।

"नहीं, मुझे मेकैनिकल इंजीनियरिंग विभाग ले चलो।"

"आंटी!" हमने एक साथ कहा।

"कुछ बातें ऐसी होती हैं, जो एक माँ समझ जाती है, जिसके बारे में शायद उनका बेटा बात नहीं करना चाहता। मैं घर जाने से पहले तुम्हारे प्रो. वीरा से मिलना चाहती हूँ।" उन्होंने कहा और ऑटो वहाँ से चला गया।

"उन्हें पता चल जाएगा। उन्हें डिस्को के बारे में पता चल जाएगा।" मैंने रेयान का कंधा हिलाते हुए कहा।

"तो उन्हें लगने दो पता। वह उनका अधिकार है।" रेयान ने अपना हाथ मेरे कंधे पर रखते हुए कहा।

आलोक की माँ के जाने के बाद हम नाश्ते के लिए ससी चले गए।

"आज मुझे अपना फोन करना है।" मैंने कहा।

"क्या वह तुमसे बहुत गुस्सा है?" रेयान ने कहा।

"वह एक महीने पहले तो थी। वह मुझे याद तो करती होगी, है न?" मैंने कहा।

"मुझे नहीं पता कि यह जरूरी है क्या, लोगों को याद करना; लेकिन उस बारे में कुछ करना नहीं।" रेयान ने कहा और अपनी जीन्स की जेब से एक भूरे रंग का लिफाफा निकाला। ससी ने एक प्लेट पराँठा परोसा। रेयान ने चिट्‌ठी को मेज पर रख दिया और गरम पराँठे को तोड़कर खाने लगा।

"यहाँ आलोक के बिना आने और खाने में कितना अंतर है। खाना खाने की पागलों की तरह कोई जल्दी नहीं है।" रेयान ने कहा।

"क्या यह चिट्‌ठी घर से आई है?" मैंने कहा।

"अगर तुम ऐसा कहते हो तो। वे कहाँ हैं अब 'ला' या कहाँ!" रेयान ने कहा।

''तुम्हारे माता-पिता तुम्हें कितनी बार पत्र लिखते हैं?'' मैंने कहा।

''पहले हफ्ते में एक बार, फिर दो हफ्ते में एक बार। अब वे महीने में एक बार लिखते हैं।'' रेयान ने अपने पराँठे के हर टुकड़े पर ढेर सारा मक्खन लगाकर खाते हुए कहा।

''क्या तुम इन पत्रों का जवाब देते हो?'' मैंने कहा।

''नहीं, अगर वह एक कोरियर पत्र न हो तो। उस स्थिति में जब चिट्ठी पहुँचाने वाला आदमी मुझे उसी समय कुछ वाक्य लिखने के लिए कहता है।''

''तो यहाँ मामला क्या है, रेयान? मेरा मतलब है कि वे विदेश में रहकर पैसा कमाने की कोशिश कर रहे हैं तो तुम उनके खिलाफ क्यों हो?''

''मैं उनके खिलाफ नहीं हूँ। मैं बस उनसे विमुख हूँ। मुझे एक और पराँठा चाहिए।''

''चुप रहो। ऐसा कैसे हो सकता है? मेरा मतलब है कि ऐसा कैसे हो सकता है कि तुम उनके सारे पत्र जमा करके रखते हो? मैंने उन पत्रों को देखा था। कई सौ थे तुम्हारी वोदका की बोतलों के पास।''

रेयान ने खाना बंद कर दिया—''वे बहुत ही दुर्बोध हैं। मैं उनके बारे में बात नहीं करना चाहता।''

''तुम मुझे नहीं बताओगे?''

''वह बहुत ही अजीब है। मेरे बोर्डिंग स्कूल खत्म होने के बाद मैं उन्हें कहता रहा कि हमें साथ में रहना चाहिए। लेकिन उनका अंतरराष्ट्रीय व्यापार उसी समय जोर पकड़ रहा था और उन्हें जाना पड़ा। मेरे खयाल में जो मैं चाहता था वह उन्होंने कभी नहीं सोचा। यह ठीक है कि मुझे डॉलरों में चेक मिलते हैं, धन्यवाद। लेकिन मुझे ये सब हम तुम्हारी कमी महसूस करते हैं, वाली बकवास से माफ करो। अगर तुम याद करते हो तो उसके बारे में क्या कर रहे हो?''

''क्या तुमने उन्हें डिस्को के बारे में बताया?'' मैंने कहा।

''क्या तुम पागल हो?'' रेयान ने कहा।

''तुम जानते हो, आई.आई.टी. के बाद तुम उनका व्यापार में हाथ बँटा सकते हो। मेरा मतलब है कि तुम यह तो जानते हो कि हमारी नौकरी की क्या स्थिति होने वाली है। लेकिन तुम्हें चिंता करने की कोई जरूरत नहीं है।''

''इसका तो सवाल ही नहीं उठता।'' अपने हाथों को जोर से खींचते हुए रेयान ने कहा, ''कभी नहीं। मैं पराँठे की दुकान खोल लूँगा, कुली बन जाऊँगा, गाड़ियाँ धो लूँगा; लेकिन उनके साथ कभी नहीं जाऊँगा।''

''वे तुम्हारे माता पिता हैं।''

उसने मेरी ओर हेय दृष्टि से देखा, ''तो बहुत-बहुत धन्यवाद! मैं आलोक के पास वापस जा रहा हूँ। तुम अपनी प्रेमिका के साथ अच्छा समय बिताना।''

''रेयान, क्या तुम अपने लूब प्रोजेक्ट को त्याग सकते हो, जब वह सफल होने ही वाला हो?'' मैंने कहा।

"क्या?"

"जवाब दो।" मैंने कहा।

"यही तो एक अच्छी चीज है, जो मैंने आई.आई.टी. में की है। वह मेरा दीवानापन है, मेरा-खून पसीना है और मेरा विश्वास है। नहीं, मैं उसे कैसे त्याग सकता हूँ।"

"शायद यह पोट्री व्यापार तुम्हारे माता-पिता के लिए तुम्हारे लूब प्रोजेक्ट जैसा है।" मैंने भी साथ में उठते हुए कहा।

उसने चिट्ठी उठाई और वहाँ से चला गया।

"इसका जवाब देना, रेयान।" मैंने सड़क के उस पार से चिल्लाते हुए कहा।

उसने पत्र अपनी जेब में दोबारा रख लिया।

□

"नेहा, क्या तुम हो?" मैंने कहा, जबकि मुझे पूरा विश्वास था कि वही थी।

"हरि!" उसने कहा। उसकी आवाज से यह बात छिप नहीं पाई कि वह मेरे फोन का इंतजार कर रही थी।

"इससे पहले कि तुम फोन नीचे रखो, क्या मैं कुछ बातें कह सकता हूँ?" मैं काफी विनम्र था।

"मैं तुम्हें बहुत याद करता हूँ और तुमसे प्यार करता हूँ। मैं तुम्हारे इतना करीब था और फिर मैंने सब बरबाद कर दिया। मुझे तुम्हारे पिताजी के कोर्स में 'ए' चाहिए था। मैंने सोचा, मैं उन्हें प्रभावित कर पाऊँगा। किसी तरह हमने अपने मूर्ख दिमागों में यह ऑपरेशन पेंडुलम सोचा। उन्होंने हमारे ऊपर डिस्को किया, हमारी जिंदगी खराब कर दी। अब तुम भी मुझसे बात नहीं करना चाहतीं…।" मेरी आवाज अब धीमी हो गई।

"हरि!"

"क्या?"

"मैंने भी तुम्हें बहुत याद किया।" वह रोने लगी।

काश, मैं भी रो सकता! लेकिन उसके उन शब्दों ने मुझे खुश कर दिया। मैंने स्वयं को भाग्यशाली माना और अपनी खुशी को नियंत्रण में करने की कोशिश की। गंभीर आवाज बनाए रखो, मैंने अपने आपसे कहा।

"ओह नेहा, मत रोओ।" मैंने कहा, शायद उसे थोड़ा और रुलाने के लिए। मैं बता नहीं सकता कि जब एक लड़की यह कहकर रोती है कि उसने तुमको याद किया, तो कितना अच्छा लगता है।

"मैं यह नहीं कर सकती, हरि। मैं तुम्हें नहीं भुला सकती। तुमने वह सब क्यों किया?" उसने कहा।

"मैं बता सकता हूँ। क्या हम मिल सकते हैं—सिर्फ दस मिनट के लिए?" मैंने कहा।

"क्या हमें मिलना चाहिए? मेरा मतलब है कि पिताजी ने मुझसे कसम ली है कि मैं

तुमसे कभी नहीं मिलूँगी।'' उसने कहा।

अब क्या करें? मैंने ऐसे कुछ तर्कशील आधार के बारे में सोचने की कोशिश की, जिससे कि पिताओं से किए गए वादों को तोड़ा जा सके। लेकिन मेरे दिमाग में कुछ नहीं आया।

''मैं तुम्हें याद कर रहा हूँ, नेहा।'' मैंने कहा।

''मैं भी तुम्हें याद कर रही हूँ। क्या तुम दो बजे आइसक्रीम पार्लर पर आ सकते हो?'' उसने कहा।

''हाँ, क्यों नहीं; लेकिन एक शर्त पर।'' मैंने कहा।

''क्या?''

''इस बार हम स्ट्रॉबेरी नहीं खाएँगे। मुझे चॉकलेट ज्यादा पसंद है।'' मैंने कहा।

''चुप रहो, हरि।'' उसने अपनी हँसी को छिपाने में असफल होते हुए कहा। लो, मैंने कर दिया। आँसुओं से हँसी तक सिर्फ एक ही फोन में। और उसके साथ एक छोटी सी डेट भी तय कर ली। मैं उस पब्लिक फोन बूथ पर खुशी से नाचने लगा, जिससे कि दुकान पर खड़े ग्राहकों को लगा जैसे मैंने कोई लॉटरी जीत ली है।

''तो फिर मिलते हैं।'' मैंने कहा और फोन रख दिया। मैंने सिक्के को अंदर जाते हुए सुना। एक रुपया खर्च करने का कितना अच्छा परिणाम था!

□

नेहा आइसक्रीम पार्लर में दो घंटे तक रही। जिन दस मिनट के लिए वह आई थी, उससे बारह गुना ज्यादा। अंत तक, मैंने उसे सबकुछ बता दिया था। वह ज्यादा देर तक दुःखी न रह पाई। मेरे खयाल में, ऐसा इसलिए हुआ कि मैंने स्ट्रॉबेरी भी खरीदी और चॉकलेट भी, या फिर इस वजह से कि वह मुझे देखकर बहुत खुश थी। हमने अगली मुलाकात की तारीख एक सप्ताह बाद की तय की और जल्द ही हम अपनी अगली डेट को पिछलीवाली तय करने के चक्कर पर वापस आ गए। इस प्रकार मेरे खाली सेमेस्टर को बिताने में मेरी मदद हो जाती थी।

हम दिन में आठ घंटे प्रो. वीरा की लैब में काम करते थे, कभी-कभी दस या ग्यारह भी। रेयान और ज्यादा समय तक काम करता था, सोलह घंटों तक भी। उसने अनुसंधानों के लिए अपने स्कूटर को पूरी तरह खोल डाला, जिस वजह से हमारे लिए इंस्टी में आने-जाने की समस्या खड़ी हो गई थी। एक महीना तो आलोक ने बैसाखियों का प्रयोग किया और उसके बाद धीरे-धीरे लँगड़ाकर चलता था। प्रो. वीरा को दूसरा नया प्रस्ताव बहुत पसंद आया। वे डीन को समय-समय पर हमारी प्रगति के बारे में बताते रहते थे। वे अभी एक खाली ग्रेड शीट या अन्य क्रेडिट के बारे में बात नहीं करते थे; लेकिन हम जानते थे कि जब तक हम प्रोजेक्ट खत्म नहीं कर लेते, तब तक तो कोई मौका नहीं है। हमने प्रो. वीरा को अंतिम ड्राफ्ट सेमेस्टर खत्म होने से एक सप्ताह पहले ही दे दिया। वह दो सौ पृष्ठ का था, जो रेयान, आलोक और मेरी तरफ से था।

"वाह! यह तो काफी बड़ा प्रस्ताव है।" प्रो. वीरा ने कहा।

"यह लगभग सारा-का-सारा अध्ययन था। हमने ऑपटीनम मिक्स को वैसे भी छोड़ दिया है।" रेयान ने कहा।

"मैं जानता हूँ कि यह एक प्रस्ताव से भी बढ़कर है।" प्रो. वीरा ने पन्ने पलटते हुए कहा, "मुझे विश्वास नहीं हो रहा कि चार महीने इतनी जल्दी गुजर गए।"

"मुझे भी। मेरे खयाल से, अब फिर से कक्षाओं में जाने का समय आ गया है।" मैंने कहा।

"और बहुत सारी कक्षाएँ। इस बार अधिकतर क्रेडिट्स हैं और अब मैं कोई क्लास नहीं छोड़नेवाला।" आलोक ने कहा।

"मैं भी नहीं, ठीक है न रेयान?" मैंने कहा।

"हाँ, मैं भी साथ में आऊँगा।" रेयान ने कहा, "तो प्रो. वीरा अब हम सब इस बाकी बचे समय का क्या करें?"

"चलो, देखते हैं।" प्रो. वीरा ने प्रस्ताव को अपनी मेज पर रखते हुए कहा, "मुझे एक बार इसे पढ़ने दो। वैसे ज्यादा संशोधन नहीं हुए तो मैं इसे ऐसे ही जमा कर दूँगा। तुम लोगों ने बहुत अच्छा काम किया है और अब तुम लोग एक सप्ताह के लिए छुट्टी ले लो, इससे पहले कि तुम्हारा काम से लदा सेमेस्टर शुरू हो।"

"और क्रेडिट व ग्रेड शीट, सर?" आलोक ने खुश होते हुए कहा।

"वह बाद में, लड़को। वह सब इस प्रस्ताव की स्वीकृति पर निर्भर है। ज्यादा आशाएँ मत रखना, लेकिन हम कोशिश करेंगे।" प्रो. वीरा ने कहा।

हम अपने तीन महीने के काम को छोड़कर उनके दफ्तर से बाहर आए। उससे शायद हमारी कोई मदद नहीं हो, लेकिन उसमें हमने अपनी सारी मेहनत लगा दी थी। अंतिम सेमेस्टर 5 जनवरी को शुरू होने वाला था। अब से सिर्फ एक सप्ताह बाद और उसके छह दिन बाद 11 तारीख को नेहा के साथ मेरी डेट थी, जब वह पूरा दिन खाली थी। काश, वह मुझे दोबारा घर आने दे! मैंने सोचा।

□

25

पत्र का रहस्य

हमें फाइनल सेमेस्टर का पहला दिन उतना ही खास लग रहा था जितना कि इंस्टीट्यूट में पहली क्लास। हम आठ बजे की क्लास के लिए साढ़े छह बजे उठ गए। रेयान नहाया और फिर उसने प्रसाधन किया, अपने बालों को बड़ी ही सावधानी से कंघा करने के लिए बीस मिनट तक लगा रहा।

फिर भी हम क्लास शुरू होने से पहले पहुँच गए। यह प्रो. सक्सेना की रेफ्रिजरेशन और एयर कंडीशनिंग या आर.ए.सी. की क्लास थी। वे एक वरिष्ठ प्रोफेसर थे और ऐसे संकेत थे कि विभाग का अगला अध्यक्ष बनने की दौड़ में उनका नाम सबसे आगे था। लेकिन ऐसा तभी होता, अगर चेरियन को कोई और जिम्मेदारी मिलती, रिटायर्ड हो जाता या फिर मर जाता। लेकिन यह सब शीघ्र होने वाला नहीं था, इसलिए प्रो. सक्सेना फाइनल वर्ष के छात्रों को चीजें कैसे ठंडी रखनी हैं, पढ़ाने में ही संतुष्ट थे। हम क्लास में आनेवाले सबसे पहले छात्र थे और वे पहले से ही क्लास में थे।

''आओ, आओ, स्वागत है।'' प्रो. सक्सेना ने कहा, ''यह तो एक आश्चर्य है। किसने सोचा होगा कि चौथे वर्ष के छात्र क्लास के लिए जल्दी पहुँचेंगे।''

मेरे खयाल में वे सही थे। फाइनल सेमेस्टर में लोग नौकरी के इंटरव्यू और एम.बी.ए. के दाखिले की तैयारियों में ज्यादा व्यस्त रहते हैं। हमने तो यह जानने की भी कोशिश नहीं की थी कि इस बार कौन-कौन सी कंपनियाँ रंगरूट भरती कर रही थीं, क्योंकि हमें नहीं पता था कि हमें इस साल डिग्री मिलेगी या नहीं।

''गुड मॉर्निंग, सर।'' रेयान ने कहा। हमने सबसे आगे की सीटें लीं। हम चार महीनों के बाद एक क्लास रूम में बैठ रहे थे। ब्लैक बोर्ड इससे पहले कभी इतना अच्छा नहीं लगा था। मैंने सोचा कि क्लास कब शुरू होगी।

''तुम्हारे नाम क्या हैं?'' प्रो. सक्सेना ने पूछा।

''मैंने ये नाम सुने हैं।'' उन्होंने हमारे नाम सुनने के बाद कहा। उनके माथे पर सलवटें आ गईं, जैसे ही उन्होंने कुछ याद करने की काशिश की।

"सर, पहला सेमेस्टर हमारा डिस्को हुआ था। आप उस कमेटी का हिस्सा थे।" रेयान ने कहा।

"अरे हाँ।" प्रो. सक्सेना ने कहा, "हाँ, वह चेरियनवाला मामला, तो यह तो कई महीनों बाद तुम्हारी क्लास होगी।"

हमने दृढ़तापूर्वक अपने सिर हिलाए।

"अब सब समझ में आ गया। तो तुम्हारी स्थिति क्या है ? क्या तुम समय पर डिग्री पाओगे ?" प्रो. सक्सेना ने कहा। मैं यह स्पष्ट रूप से नहीं कह सकता कि उनकी आवाज में सचमुच की चिंता झलक रही थी या क्लास से पहले वह अपना समय व्यतीत कर रहे थे।

"हमारे पाँच क्रेडिट कम हैं, सर। वैसे तो हमारा यह सेमेस्टर पूरी तरह कोर्सेस से लदा हुआ है।" आलोक ने कहा।

"कितने कोर्सस हैं तुम्हारे पास ?"

"छह।" मैंने कहा।

"वाह ! ज्यादातर फाइनल सेमेस्टर में छात्र दो करते हैं। और उसमें भी वे बहुत कम क्लास में आते हैं। तुम लोग पूरा दिन क्लासिस में रहोगे।" प्रो. सक्सेना ने कहा।

"हाँ सर, और कोई चारा नहीं है।" मैंने कंधा उचकाते हुए कहा।

"क्या तुमने प्रो. चेरियन से क्रेडिट के बारे में बात की ?" प्रो. सक्सेना ने कहा।

"प्रो. वीरा हमारे लिए कोशिश कर रहे हैं।" मैंने कहा।

"हूँ। फिर भी, यह सिस्टम बहुत ही निर्दयी है। देखो लड़को, तुम्हारे कम जी.पी.ए. के साथ भी तुम्हें आराम से नौकरी मिल जाएगी। इस बार बहुत सारी सॉफ्टवेयर कंपनियाँ आई हैं। लेकिन इस डिस्को से शायद तुम्हारी पूरी डिग्री खराब हो जाए।" प्रो. सक्सेना ने कहा।

अगले कुछ मिनटों में कई और विद्यार्थी धीरे-धीरे करके आए। मेरे खयाल में क्लास में हम दस थे, जबकि इस कोर्स में तीस से ज्यादा हैं। मुझे याद है कि दूसरे और तीसरे वर्षों में हम आठ बजे की क्लास में आते भी नहीं थे। लेकिन इस समय मैं याद करने के लिए नहीं रुक सकता था।

"थर्ड लॉ ऑफ थर्मोडायनेमिक्स।" प्रो. सक्सेना ने उठकर ब्लैक बोर्ड की ओर जाते हुए कहा।

रेयान, आलोक एवं मैंने अपने पैन निकाले और अगले एक घंटे में प्रोफेसर ने जो भी कहा, हमने वह सब लिख लिया।

□

फाइनल सेमेस्टर शुरू होने के दो सप्ताह बाद मैं नेहा से मिला। पहली बार मुझे एक डेट पर पहुँचने के लिए मशक्कत करनी पड़ी। मुझे सप्ताहांत पर पाँच असाइनमेंट खत्म करने थे और आनेवाले माइनर टेस्ट के लिए नोट्स दोहराने थे। मैं किसी भी कोर्स में फेल नहीं होना चाहता था और किसी तरह मेरे अंदर आई.आई.टी. में मेरे आखिरी दिनों में पढ़ने की

उत्सुकता जाग उठी थी। लेकिन नेहा के साथ डेट की तो बात ही कुछ और थी, इसलिए अब अपने इर्गोनॉमिक्स असाइनमेंट की शीट को जोड़ते हुए मैं आइसक्रीम पार्लर की ओर भागा।

"बीस मिनट देर से! क्या तुम जानते हो कि तुम बीस मिनट देर से हो?" नेहा ने कहा।

"माफ करना, लेकिन ये असाइनमेंट..."

"मुझे आज जल्दी वापस जाना है। पिताजी के बड़े भाई और उनका परिवार खाने पर आ रहा है। पिताजी उनके लिए व्यवस्था करने में लगे हैं। और तुम कब से इतने असाइनमेंट करने लगे हो?" उसने अपने हाथ अपने कूल्हे से नहीं हटाए।

"मुझे नहीं पता। मैं और जोखिम नहीं लेना चाहता। क्या मैं तुम्हारे लिए एक आइसक्रीम ला सकता हूँ?"

"नहीं, शुक्रिया। तुम्हारा इंतजार करते-करते मैंने एक खा ली है। चूँकि आज मेरे रिश्तेदार आ रहे हैं, अत: बहुत सारा खाना होगा। और मैं घटाना चाह रही हूँ।" उसने कहा।

"क्या घटाना चाह रही हो?" मैंने पूछा।

"अपना वजन।" उसने कहा।

"सच में? क्यों, तुम तो बहुत अच्छी दिख रही हो?" मैंने कहा।

"सवाल ही नहीं उठता। मेरे कॉलेज की अन्य लड़कियों को देखो। वह सब छोड़ो, यह बताओ, आजकल क्या कर रहे हो?" उसने कहा।

"क्लासिस, क्लासिस और क्लासिस। हर रोज सुबह आठ से छह तक। फिर लाइब्रेरी में और तीन घंटे। फिर असाइनमेंट व रिवीजन के लिए और दो घंटे। मैं दीवाना-सा ही रहा हूँ। लेकिन क्या करूँ? इससे पहले इतना काम कभी था ही नहीं।"

"और रेयान व आलोक क्या कर रहे हैं?" उसने पूछा।

"वे भी मेरी तरह इतना ही काम कर रहे हैं। पर हमारे क्रेडिट्स फिर भी कम रह जाएँगे।" मैंने कहा।

"तुम्हारा सी2डी क्या हुआ, वो अब कोऑपरेट टू डोमिनेट...।"

"वह सब बकवास था। ऐसे काम नहीं होता है, नेहा। मैं जानता हूँ, ऐसे नहीं होता है। मैं इस समय शायद बहुत व्यस्त हूँ, लेकिन काफी कुछ सीख रहा हूँ। मैं सिर्फ असाइनमेंट को नकल करके सिस्टम को हरा नहीं रहा हूँ। बातें सिस्टम को हराने की हैं ही नहीं।"

"वाह, मेरा लोफर तो एकदम गंभीर हो गया है। तो फिर क्या बात है?" उसकी आवाज में काफी परिहास नजर आ रहा था, जो कि अच्छा समझा जा सकता है।

"बात है ज्ञान की और सिस्टम का ज्यादा-से-ज्यादा लाभ उठाने की, अगर उसमें गलती भी हो तो भी। और हमेशा उस रेयान की बात सुनना जरूरी नहीं है।" मैंने कहा।

"तुम तो स्मार्ट बनते जा रहे हो। मैं अपने लोफर को याद कर रही हूँ।" उसने कहा।

मैं चुप हो गया और उसकी आँखों में देखा। मैं एक ही झटके में उठा और उसके होंठों का चुंबन लिया।

''हरि, क्या तुम पागल हो? यहाँ लोग मुझे जानते हैं।'' उसने कहा।

''बस, तुम्हें याद दिलाने के लिए कि तुम्हारा लोफर अब भी वही है।'' मैंने कहा।

''हाँ, ठीक है। वह जाने दो, देखो, मैं क्या लाई हूँ।'' उसने कहा और अपने बैग में से कागज का एक टुकड़ा निकाला।

''यह तो तुम्हारे भाई का पत्र है।'' मैंने कहा।

''हाँ, उसका आखिरी पत्र। मैं चाहती हूँ कि तुम इसे रखो।'' उसने कहा।

''क्यों?'' मैंने कहा। यह एक बड़ा अजीब तोहफा था।

''मुझे नहीं पता। पिताजी मुझ पर अब विश्वास नहीं करते। और आजकल वह अकसर मेरे कमरे की तलाशी लेते हैं। मैं नहीं चाहती कि उन्हें यह पत्र मिले।''

''सच में? क्या वे तुम्हें बहुत परेशान कर रहे हैं?'' मैंने कहा।

''ज्यादा नहीं। मैं बस उनसे ज्यादा बात नहीं करती। लेकिन मैंने उन्हें तुम लोगों के बारे में बातें करते सुना है।''

''क्या? कहाँ?''

''मैं तुम्हें बताऊँ तो क्या तुम यह पत्र रखोगे?''

''तुम जानती हो कि मैं रखूँगा। तो उन्होंने क्या कहा?''

''कुछ दिन पहले डीन शास्त्री घर आए थे। वह किसी प्रस्ताव के बारे में बात कर रहे थे।''

''लूब प्रोजेक्ट।'' मैंने कहा।

''हाँ, वैसा ही कुछ। प्रो. वीरा ने उन दोनों को एक-एक कॉपी दी थी। डीन शास्त्री उसे देखकर काफी प्रभावित थे।''

''तुम्हारे पिता ने क्या कहा?'' मैंने कहा।

''मुझे नहीं लगता कि तुम्हें वह सुनना चाहिए।''

''नहीं, मुझे बताओ।'' मैंने चिल्लाते हुए कहा।

''उन्होंने कहा कि वह एक ठीक-ठाक प्रस्ताव था। लेकिन उन्होंने डीन शास्त्री से उन छात्रों पर विश्वास न करने को कहा। उन्होंने कहा कि क्या पता? उन्होंने एक बार अपराध किया है, शायद उन्होंने इस प्रस्ताव को बनाने में भी धोखा किया हो। उन्हें बस उनके क्रेडिट चाहिए, और बस इतना ही कहा।''

''एकदम बकवास। तुम जानती हो नेहा, हमने कितनी मेहनत से वह काम किया था!''

''मैं जानती हूँ। लेकिन उन्होंने ऐसा ही कहा। डीन शास्त्री ने उन्हें थोड़ा और सोचने के लिए कहा।''

मैंने उस पत्र को मेज पर रख दिया। मैंने उसे खोलकर बिछा दिया, यह थे समीर के आखिरी शब्द। ऐसा व्यक्ति, जो आई.आई.टी. में दाखिला लेने की अपने पिता की चाहत से इतना तंग आ गया कि उसने मौत बेहतर समझी। मैंने सोचा कि अगर अपने ऊपर से ट्रेन गुजर

जाए तो कितना दर्द होगा।

‘‘कृपया स्ट्रॉबरी के दो ब्रिक देना।’’ मैंने पीछे एक आवाज सुनी।

‘‘हैलो चेरियन साहब! क्या हुआ, बड़े मेहमान आ रहे हैं आज रात?’’ काउंटर पर खड़े लड़के ने कहा।

‘‘हाँ, मेरा भाई कनाडा से आ रहा है। उसे आइसक्रीम बहुत पसंद है।’’ मैंने प्रो. चेरियन की आवाज सुनी। मैं मेज पर जम-सा गया था, ठीक उसी तरह जैसे फ्रिज में रखे सारे फ्लेवर। नेहा भी जम गई। हम उनके बिलकुल विपरीत बैठे थे और पार्लर से बाहर नहीं भाग सकते थे। मैं अंदर-ही-अंदर यह प्रार्थना कर रहा था कि वे हमें न देखें। लेकिन यह चेरियन थे। स्टील काउंटर के फ्रेम में दिखा प्रतिबिंब उनके लिए काफी था।

‘‘नेहा!’’ वह हमारी ओर मुड़े। मुझे लगता है कि उनकी चिल्लाहट सुनकर पार्लर की सारी आइसक्रीम पिघल गई होगी।

नेहा ने कुछ नहीं कहा। मैं भी नहीं हिला। मैंने याद किया, जब आखिरी बार चेरियन को देखा था। जब वह डिस्को के अध्यक्ष थे। क्या वे मुझे फिर से बरबाद कर देंगे? मैंने तो अब तक आइसक्रीम भी नहीं ऑर्डर की थी।

चेरियन आया और मेरे पास बैठ गया। मेरा दिल जोर-जोर से धड़कने लगा, जैसे कि वह मेरा शरीर छोड़कर पार्लर से बाहर जाना चाहता था।

‘‘तुम्हारे पास हिम्मत है। तुम साले रासकल, तुम्हारे पास बहुत हिम्मत है!’’ चेरियन ने मेरी ओर घूरते हुए कहा।

नेहा ने अपना गला साफ किया; लेकिन चेरियन ने उसे चुप रहने का इशारा किया।

‘‘सर, मैं बस...सर...बस मुझे कुछ...सर, बस यह मुझे यहाँ अचानक मिल गई।’’ मैंने कहा, एक ही समय पर बोलते और सोचते हुए।

‘‘क्या तुम मुझे दोबारा बेवकूफ बना रहे हो?’’ चेरियन ने अपना हाथ मेज पर मारते हुए कहा। उनका वह हाथ उस खुले हुए पत्र पर गिरा, जिससे पत्र थोड़ा सा फट गया।

‘‘पिताजी, सावधानी से।’’ नेहा ने उनके हाथ को दूर हटाते हुए कहा।

‘‘यह क्या है?’’ चेरियन ने कहा।

नेहा ने अपनी हथेली खोली और पत्र को ढक लिया।

‘‘कुछ नहीं। कुछ नहीं, पिताजी।’’ उसने कहा।

‘‘क्या है यह, रासकल?’’ चेरियन ने मेरी ओर देखते हुए कहा। उसका हाथ अभी भी पत्र पर रखा हुआ था।

‘‘मेरी बेटी को फँसाने के लिए प्रेम-पत्र लिखते हो। मैंने तुमसे अपनी बेटी से दूर रहने के लिए कहा था न। तो एक डिस्को तुम्हारे लिए काफी नहीं था।’’

‘‘यह समीर का पत्र है।’’ मैंने कहा।

‘‘हरि, चुप रहो।’’ नेहा ने तुरंत कहा। मुझे नहीं पता कि मैंने ऐसा क्यों कहा। लेकिन मैं उसे नहीं दोहराऊँगा।

''क्या कहा इसने?'' चेरियन ने कहा।

नेहा और मैं चुप रहे।

''अपना हाथ हटाओ, नेहा।'' चेरियन ने कहा और उसकी ओर गुस्से से देखा। नेहा ने अपने हाथ पीछे कर लिये, उन्हें अपने चेहरे पर आँसू पोंछने के लिए लाते हुए। चेरियन ने पत्र उठाया और खामोशी से पढ़ने लगा।

चेरियन ने अपने संयम को बनाए रखने की कोशिश की; लेकिन उसकी आँखें छोटी हो गईं और उसकी उँगलियाँ काँपने लगीं। उसने पत्र को एक बार फिर पढ़ा और फिर एक बार—और फिर एक बार और। आइसक्रीम के दो ब्रिक, जो उसने खरीदे थे, अब पिघल रहे थे और मेज पर एक तालाब बना रहे थे। लेकिन चेरियन के दिमाग में बन रहे तालाब की हमें और चिंता हो रही थी। उसने अपना चश्मा उतार दिया और फिर उसकी आँखों ने कुछ ऐसा किया, जिसके बारे में नहीं सोचा जा सकता। हाँ, यह था हमारा विभागाध्यक्ष, मेरी जिंदगी का उत्पीड़क और अब उसकी आँखें नम हो गई थीं। दो मोटे-मोटे आँसू कोने से निकल आए। और मैं था वहाँ चेरियन परिवार के साथ बैठा, जब वह रो रहा था। मैं चाहता तो उनका साथ दे सकता था, लेकिन मैं वह नहीं करना चाह रहा था। और वैसे भी, समूह में रोने के लिए आइसक्रीम पार्लर एक अच्छी जगह नहीं थी।

''पिताजी, आप ठीक तो हैं न?'' नेहा ने अपने आँसू पोंछते हुए कहा।

उसके पिता अब फूट-फूटकर रो रहे थे। एक बड़े आदमी को इस तरह रोता देख बड़ा अजीब लग रहा था। मेरा मतलब है कि तुम उम्मीद करते हो कि वह तुम्हें रुलाएँगे। काश, रेयान यहाँ होता!

''चलो, घर चलें, पिताजी।'' नेहा ने उठते हुए कहा।

चेरियन ने स्वयं को अपनी बेटी को सौंप दिया। मैंने नेहा को आइसक्रीम का बैग थमा दिया, जो अब एक सीरप जैसा हो गया था। उसके पिता पत्र को बार-बार चूम रहे थे।

वे पार्लर से बाहर चले गए और मुझे नेहा के साथ अगली डेट तय करने का मौका नहीं मिला। लेकिन मैं अपने को भाग्यशाली मान रहा था कि मैं चेरियन से हुई मुलाकात से बच गया। नेहा गाड़ी की ड्राइविंग सीट पर बैठी। उसके पिता आगे की सीट पर अब भी बैठकर रो रहे थे।

''सर, क्या आप उस आइसक्रीम के पैसे देने वाले हैं?'' काउंटर के पास खड़े लड़के ने मुझसे पूछा।

□

''तुम्हारा मतलब है कि चेरियन रो रहा था। मतलब सच में रो रहा था?'' रेयान मेरी बात का यकीन नहीं कर रहा था।

''फूट-फूटकर रो रहा था, यार! चेहरे पर हाथ रखे। ढेर सारे आँसू बह रहे थे। पर अफसोस, मुझे दो बिक्र आइसक्रीम का पैसा देना पड़ा।''

''यह देखने योग्य था। मैं उसे दोबारा देखने के लिए चार के पैसे दे सकता हूँ। हाँ,

वह भी दुख भोगते हैं, हाँ!'' रेयान ने नाचते हुए खुशी जताई।

''यह मजाक नहीं है, रेयान। वह पूरी तरह स्तब्ध हो गया होगा।'' आलोक ने कहा।

''तो? यह मेरी समस्या नहीं है। लेकिन मैंने अवसर गँवा दिया। काश, मैं वहाँ होता!'' रेयान ने कहा।

''तो फिर अब हम कल के लिए असाइनमेंट करें? क्या कल आर.ए.सी. की क्लास है?'' मैंने पूछा।

''हाँ, है।'' आलोक ने कहा, ''तो प्रस्ताव के बारे में क्या चल रहा है?''

''मुझे नहीं पता।'' नेहा ने बताया कि चेरियन नहीं चाहता। अगले हफ्ते प्रो. वीरा से बात करते हैं।''

''तुम्हें पता है, कंपनियाँ आ भी गई हैं। मैंने नोटिस बोर्ड पर देखा। सॉफ्टवेयर में काफी नई कंपनियाँ आई हैं।'' आलोक ने कहा।

''उन्हें देखने से कोई फायदा नहीं। अगर हमें क्रेडिट्स नहीं मिले तो, उसके बारे में सोचने के लिए पूरा साल होगा।'' मैंने कहा, जैसे ही हम असाइनमेंट करने के लिए नई शीट निकाल रहे थे।

मैं उस रात चार बजे सोया। पत्र पढ़ने के बाद चेरियन का जो चेहरा हो गया था वह मेरी आँखों के सामने घूम रहा था। जरूर वह थोड़ा अजीब था, जैसे कि रेयान ने कहा। लेकिन वह काफी दु:खी था। चेरियन जैसा कठोर आदमी ऐसा कैसे हो सकता है? ये कठोर लोग आखिर किस चीज के बने होते हैं? और जैसे नेहा अपने पिता को वहाँ से ले गई, वह उससे बहुत प्यार करती होगी। और चेरियन भी अपने बेटे से बहुत प्यार करता होगा, तब भी जब उसने उसे इतना त्रस्त कर दिया कि उसे अपने आपको मारना पड़ा। क्या सभी माता-पिता अपने बच्चों से प्यार करते हैं? रेयान का क्या? क्या वह अपने माता-पिता को प्यार करता था? क्या वे उससे प्यार करते थे?

और फिर, मैं उठ बैठा। सुबह के चार बजे एक पत्र लिखने की चाह हुई। शायद सुबह जो बरबादी एक पत्र ने मचाई थी, उससे मैं काफी प्रभावित हो गया। मैं कुमाऊँ से निकला और कंप्यूटर सेंटर गया। चौबीस घंटे खुले रहनेवाले सेंटर में छात्र अपने रिज्यूम पर काम कर रहे थे। नौकरी के इंटरव्यू होने वाले थे। हाँ, लेकिन हमारे लिए नहीं।

प्रिय मम्मी-डैडी,

मैं रेयान आपका बेटा। माफ कीजिए कि मैं यह सब लिख रहा हूँ। आज रात बस मुझे यह लिखना ही था कि मेरी जिंदगी में क्या चल रहा है। और जो चल रहा है, उसमें सब अच्छा नहीं है। लेकिन अगर मैं आपको नहीं बताऊँगा तो किसे बताऊँगा¨ ?

मैं करीब दो घंटे तक लिखता रहा। ज्यादातर मैंने जो लिखा, उसका कोई अर्थ नहीं था, लेकिन मैंने बहुत सी चीजों के बारे में लिखा। हमारे जी.पी.एस. के बारे में हमारे डिस्को के बारे में, हमारे कलंकित ग्रेड शीट के बारे में, प्रो. वीरा के बारे में, और हमारे अटके हुए

लूब प्रोजेक्ट के बारे में। मैंने यह भी लिखा कि कैसे वे मुझे प्यार नहीं करते थे। इसलिए मुझे अपने साथ नहीं रखते थे। मुझे पता था कि मैं जो कर रहा था, गलत था। रेयान बनकर उसकी जिंदगी की कहानी और उसके रहस्यों को लिख रहा था। अगर उसे पता चल गया तो वह मुझे मार डालेगा। लेकिन मैं दिन निकलने तक लिखता रहा। मैंने सोचा कि यह मैंने अच्छा काम किया, रेयान से तो बेहतर ही। जब मैंने आखिर में प्रिंट लिया तो वह दस पन्नों का था। रेयान के हस्ताक्षर की नकल करना आसान था, और वैसे भी उसके माता-पिता उस पर तो शक नहीं करेंगे। मैंने उनका पता रेयान के कमरे से चुरा लिया था। उस पत्र को भेजने में तीस रुपए का व्यय आया।

"तुम कहाँ से आ रहे हो?" रेयान ने दिन निकलने के बाद मेरे कमरे में आने पर कहा।

"कुछ नहीं, बस थोड़ी दूर टहलने गया था।" मैंने कहा।

क्या झूठ बोलना गलत है?

□

26

डैडी से मुलाकात

प्रो. सक्सेना को उस दिन अपनी क्लास भंग करनी पड़ी। एक चपरासी ने उन्हें एक समाचार दिया, जिसे उन्होंने पढ़ा और क्लास की ओर घूमे।

''हरि, रेयान और आलोक कौन हैं?'' उन्होंने पूछा, यह जानते हुए कि हम आगे की सीट पर बैठे थे।

हमने अपने हाथ ऊपर किए।

''प्रो. चेरियन के कमरे में जाओ। वे तुमसे इसी समय मिलना चाहते हैं।''

मैंने शांत रहने की कोशिश की; लेकिन मेरा दिल जोर-जोर से धड़क रहा था। क्या यह हमारे लूब प्रोजेक्ट का अंत होगा? क्या चेरियन एक और डिस्को करेगा? क्या वह मुझे पुलिस के हवाले कर देगा, सिर्फ इसलिए कि मैंने नेहा के लिए आइसक्रीम खरीदी? क्या उसे लगा होगा कि मैंने उन ब्रिक के लिए भी पैसे दिए थे? विसंगत बातें मेरे दिमाग में आती जा रही थीं, जब तक कि हम चेरियन के कमरे में नहीं पहुँचे, जहाँ मैंने देखा कि एक नया ताला लग गया था।

अंदर प्रो. शास्त्री और प्रो. वीरा प्रो. चेरियन के साथ बैठे थे। किसी ने हमें बैठने के लिए नहीं कहा।

''तुम लड़कों से क्लास छोड़कर बुलाने के लिए हम माफी चाहते हैं। लेकिन हमने सोचा कि जब तक हम साथ हैं तो तुमसे कुछ बात कर लें।'' डीन शास्त्री ने कहा। ये प्रोफेसर्स हमेशा समस्या से क्यों घिरे रहते हैं? मैंने सोचा। पर हमने पूरी गंभीरता एवं शांति बनाए रखी।

''हमने तुम्हारे प्रो. वीरा के साथ किए काम को देखा है और तुम्हारे प्रस्ताव को भी देखा है, और हमें यह पता चला है कि तुमने अपने निलंबित सेमेस्टर में इस पर काम किया है।'' डीन शास्त्री ने कहा।

हमने प्रो. वीरा की ओर देखा।

''हाँ सर, इन्होंने मेरी लैब में तीन महीने तक काम किया है।'' प्रो. वीरा ने कहा।

''अब प्रो. वीरा ने यह अपील की है कि सातवें सेमेस्टर की अनुपस्थिति को हम अनुसंधान कार्य के रूप में देखें, बजाय अनुशासनिक कारणों के। क्या यह उचित है?''

हमने अपने आपसे वायदा किया था कि हम उस कमरे में एक शब्द नहीं बोलेंगे। यह एक आसान सवाल था, लेकिन हमें अब और परेशानियाँ नहीं चाहिए थीं।

''डीन शास्त्री को जवाब दो।'' प्रो. वीरा ने हमसे कहा।

''हाँ, सर।'' आलोक ने कहा।

मैंने कभी भी चेरियन की आँखों में नहीं देखा; लेकिन उसकी चुप्पी हिम्मत तोड़ देनेवाली थी। सबसे प्रमुख व्यक्ति कुछ क्यों नहीं कह रहा है?

''तो मेरे खयाल में तुम्हें एक साफ ग्रेड शीट मिल जाएगी, ठीक है!'' डीन शास्त्री ने कहा।

आलोक, रेयान और मैंने सहमति से अपने सिर हिलाए।

''वैसे इन मामलों में आखिरी निर्णय तुम्हारे विभाग के अध्यक्ष के हाथ में है। और तुम लोग यह अच्छी तरह जानते हो कि तुम्हारी गलतियों को माफ करना इतना आसान नहीं है। लेकिन इस बार प्रो. चेरियन तुम्हारे सातवें सेमेस्टर को एक अनुसंधान सेमेस्टर दिखाने के लिए सहमत हो गए हैं।''

''क्या?'' हम तीनों ने एक साथ कहा। कभी-कभी अच्छी खबर भी झटका दे सकती है।

''हाँ, प्रो. चेरियन मान गए हैं। मुबारक हो, तुम लोगों ने अच्छा काम किया है।'' प्रो. वीरा ने कहा।

तब मैंने पहली बार चेरियन की ओर देखा। उसका चेहरा अभी भी स्थिर था, जैसे कि वे इस कमरे का भाग ही न हो। इसे क्या हुआ? मैंने सोचा कि शायद कोई नशीला पदार्थ लेने के बाद इसने अपना होश खो दिया है। जो भी कारण हो, मैं कमरे से तुरंत भागना चाहता था, इससे पहले कि वह अपना निर्णय बदल दे।

''धन्यवाद सर, बहुत-बहुत धन्यवाद!'' आलोक ने कहा।

''धन्यवाद सर। क्या अब हम जा सकते हैं सर?'' मैंने कहा।

''हाँ-हाँ, जरूर। हम भी जा ही रहे थे।'' डीन शास्त्री ने कहा। वे और प्रो. वीरा उठने लगे।

''वैसे यह सेमेस्टर कैसा चल रहा है?'' डीन शास्त्री ने पूछा।

''ठीक चल रहा है, सर; लेकिन हमारे पाँच क्रेडिट कम हैं।'' मैंने जवाब दिया।

''किस चीज में कम हैं?'' डीन शास्त्री ने पूछा।

''हमारे पास चार वर्ष में अपनी डिग्री खत्म करने के लिए समय है, इसलिए हम किसी भी नौकरी या दाखिले के लिए नहीं जा सकते।'' मैंने कहा।

''तो क्या तुम लोगों ने पूरा कोर्स-भार लिया है?'' डीन शास्त्री ने कहा।

''हाँ, सर। हमारी क्लासिस बहुत हैं।'' रेयान ने कहा।

"यह फिर से एक विभागीय मुद्दा है। इसीलिए मैं कहता हूँ कि इन लड़कों को अनुशासन नहीं तोड़ना चाहिए और इस तरह के झंझटों से दूर रहना चाहिए।" डीन शास्त्री ने कहा और कमरे से बाहर चले गए।

प्रो. वीरा ने मेरे कंधे थपथपाए और वहाँ से चले गए।

"धन्यवाद सर!" मैंने चेरियन से कहा। मुझे नहीं पता कि मैंने ऐसा क्यों किया। शायद मैंने सोचा कि बाहर जाने से पहले यह शिष्टाचार अच्छा रहेगा।

"हरि, क्या तुम एक मिनट के लिए रुक सकते हो?" प्रो. चेरियन ने पहली बार कहा।

"हाँ, जरूर।" मैंने कहा। आलोक और रेयान ने कमरे से बाहर जाते हुए मेरी ओर सरसरी नजर से देखा।

"बैठो।" चेरियन ने अपने सामने रखी कुरसी की ओर इशारा करते हुए कहा, वे दरवाजे पर ताला लगाने के लिए उठे।

इसने मुझे रुकने को क्यों कहा? क्या यह मुझे जान से मारने वाला है?

"तो तुम्हारे पाँच क्रेडिट कम हैं, क्यों?" चेरियन ने कहा। यानी उसके कमरे में लोगों ने जो कहा था, वह उसने सुना था।

"हाँ, सर।" मैंने कहा।

"तुम जानते हो, अगर मैं इस सेमेस्टर में प्रो. वीरा के साथ इस प्रोजेक्ट पर काम करने की अनुमति दे दूँ तो हम तुम्हें लैब के क्रेडिट्स दे सकते हैं।"

अब इसका क्या मतलब था—'अगर मैं अनुमति दूँ'? क्या चेरियन मुझे याद दिला रहा था कि मेरा भविष्य पूर्णतः उसके हाथों में है? बिलकुल, वह तो मैं जानता हूँ, सर। अभी तो मैं एक साफ ग्रेड शीट मिलने पर उत्साहित हूँ। शायद कुछ समय बाद मुझे नौकरी भी मिल जाए। क्या अब मैं जा सकता हूँ?

"तुम क्या सोच रहे हो?" चेरियन ने पूछा।

"कुछ नहीं, सर।" मैंने अपने खयालों से बाहर आते हुए कहा।

"मैंने कहा कि मैं तुम्हें लैब क्रेडिट दिला सकता हूँ; लेकिन यह तभी हो सकता है, यदि तुम इस सेमेस्टर में इस प्रोजेक्ट पर काम करने को तैयार हो। मैं जानता हूँ कि तुम बहुत व्यस्त हो।" चेरियन ने कहा।

क्या चेरियन का दिमाग पूरी तरह से फिर गया है? यह क्या कह रहा है? यह मेरी डिग्री को बचाने में मेरी मदद कर रहा था। अगर मैं थोड़ा अधिक काम करने को तैयार हूँ तो। यह भी कोई पूछने की बात है! मैं पाँच अतिरिक्त क्रेडिट पाने के लिए अगले चार महीने लैब में रहने को भी तैयार हूँ। अपनी डिग्री समय पर पाने के लिए मैं लुब्रिकेंट्स भी पीने को तैयार हूँ।

"मेरे खयाल में हम लैब में थोड़ा अधिक कार्य कर लेंगे।" मैंने कहा।

"अच्छी बात है, मुझे प्रो. वीरा से बात करने दो, फिर देखते हैं कि वे तुम्हारे लिए

क्या कर सकते हैं। अगर सब ठीक रहा तो इस सेमेस्टर में हम तुम्हें पाँच क्रेडिट दे देंगे।''

''हम सबके लिए, सर? मेरा मतलब है, आलोक और रेयान भी?''

''हाँ, बिलकुल।'' प्रो. चेरियन ने कहा।

''धन्यवाद सर!'' मैंने अपने माथे से पसीना पोंछते हुए कहा। यह पल मुझे हकीकत से दूर लग रहा था।

''धन्यवाद हरि!'' चेरियन ने मुझे जाने को कहा।

''किसके लिए?'' मैंने कहा।

''कुछ नहीं। मेरे खयाल से तुम्हें अब प्रो. सक्सेना की क्लास में वापस जाना चाहिए और नौकरी के इंटरव्यू के लिए तैयारी करनी चाहिए।'' चेरियन ने कहा।

''अवश्य सर।'' मैंने कहा।

''और इंटरव्यू में वैसा व्यवहार मत करना जैसा मेरी मौखिक परीक्षा में किया था।'' चेरियन ने कहा और हँसने लगे। मैंने उनकी हँसी में द्वेष-भावना को परखने की कोशिश की; लेकिन वह निष्कपट लग रही थी। उनके साथ मैं भी हँसने लगा।

''ठीक है, सर।'' मैंने कहा और उनके कमरे से निकला।

□

हमने डिस्को के बाद से शराब कम पीने का वायदा किया था, लेकिन चेरियन की यह खबर बहुत बड़ी थी और आनंद मनाने के योग्य थी।

''दूसरी बोतल खोलो।'' आलोक ने कहा, ''आज मैं तुम्हें कह रहा हूँ रेयान, दूसरी बोतल खोलो।''

''आराम से मोटे, हमें अब भी असाइनमेंट व लैब में काम करना है, और उन इंटरव्यू को मत भूलो।'' मैंने कहा।

''कैसे? हरि, तुमने यह कैसे किया?'' रेयान ने अब पूरी तरह टल्ली होते हुए कहा।

''मैंने कुछ नहीं किया। मैंने सोचा कि वह पागल हो गया है। लेकिन उसने यही कहा।'' मैंने अपने कंधे उचकाते हुए कहा।

''तुम्हारा जवाब नहीं, यार।'' रेयान ने कहा, जब वह मेरी तरफ आया और मेरे गाल को चूमा। मुझे बिलकुल पसंद नहीं, जब वह ऐसा करता है।

''आलोक, अगला इंटरव्यू कौन सा है?'' मैंने रेयान को दूर हटाते हुए पूछा।

''ठीक है यार, तो।'' आलोक ने कंपनियों की सूचना-पत्रिका से भरी फाइल निकालते हुए कहा। ''हम फाइव पॉइंटर हैं, याद है? तो इनमें से कई कंपनियाँ हमें नहीं लेंगी।''

''मुझे फर्क नहीं पड़ता, यार। मुझे वैसी नौकरी के बारे में बताओ, जो हमें ले लेगी।'' रेयान ने कहा।

''सॉफ्टवेयर। यह इस साल का सबसे नया सेक्टर है। वे समूह में सब लोगों को लेते हैं। उनकी चयन-प्रणाली में जी.पी.ए का उतना महत्त्व नहीं है।'' आलोक ने कहा।

''मुझे सॉफ्टवेयर पसंद है।'' रेयान ने दृढ़तापूर्वक कहा।

''इंटरव्यू कब है?'' मैंने कहा।

''तीन हफ्ते बाद एक अच्छा मौका है। क्या कहते हो तुम? हम सभी को उसके लिए आवेदन करना चाहिए? क्या पता, हम सब साथ में हों।'' आलोक ने कहा।

''हम जरूर साथ में होंगे।'' मैंने कहा और अपना गिलास उठाया।

''पाँच क्रेडिट्स के लिए चीयर्स।'' हम सबने एक साथ कहा।

□

सुबह छह बजे अलार्म बजा। इंटरव्यू का वह बड़ा दिन आ गया था। उस सेमेस्टर में पहली बार हमने अपनी सुबह की तीन क्लासें छोड़ीं। पिछले कुछ हफ्तों में हमने जबरदस्त मेहनत की, क्योंकि हमारे ऊपर पहले से चौदह घंटे प्रतिदिन काम का भार और उसके ऊपर तीन घंटे प्रो. वीरा की लैब का अतिरिक्त भार आ गया।

आज सॉफ्टवेयर की कंपनियों का इंटरव्यू था। हमारे जैसे कम जी.पी.ए. वाले छात्रों को नौकरी मिलने का यह अच्छा अवसर था।

''उठो मोटे, इंटरव्यू के लिए ढंग से तैयार होना पड़ेगा।'' मैंने चिल्लाते हुए कहा।

''क्या हमें नौकरी मिल जाएगी?'' आलोक ने कहा।

''अगर तुम बिस्तर पर पड़े रहोगे तो नहीं मिलेगी।'' रेयान ने उसकी चादर खींचते हुए कहा।

आई.आई.टी.यन इस इंटरव्यू के लिए काफी तैयारी करते हैं। चार साल में पहली बार मैंने टाई पहनी। यह एक अजीब टाई थी, काले रंग की थी, जिस पर नारंगी धब्बे थे या इसका उलटा था, मैं भूल गया। लेकिन पिछले साल एक सीनियर ने भी इसे पहना था और कुमाऊँ में रहनेवाले इसे भाग्यशाली मानते थे। रेयान को एक नई सिल्क की टाई अपने माता-पिता से मिली थी। पिछले कुछ हफ्तों से उसके उपहारों की संख्या बढ़ गई थी। मैंने सोचा कि उनको मेरा पत्र मिल गया होगा।

रेयान के स्कूटर में अब इंजन नहीं था, इसलिए हमें इंस्टीट्यूट तक ऑटो लेना पड़ा। हम पैदल चलकर अपनी पैंट और कमीज की क्रीज को खराब नहीं करना चाहते थे, जैसा कि रेयान ने बताया।

'टेक्नोसॉफ्ट सॉफ्टवेयर इंटरव्यू यहाँ'—इंस्टी बिल्डिंग में एक साइन लगा था। वहाँ हम करीब पचास थे। सभी मेरे बैच से इस तरह तैयार होकर आए जैसे हम किसी शादी में जा रहे हों।

''वास्तव में हमारे आधे बैच को पहले ही नौकरी मिल गई थी। हमारे जैसे अंडर परफोर्मर के लिए यह सबसे अच्छा मौका है।'' आलोक ने कहा।

मैंने यह सोचने की कोशिश की कि किस दिन से मैं उस शब्द 'अंडर परफोर्मर' से इतनी अच्छी तरह से संबंध रखने लगा। क्या वह समय था जब हमने अपनी पहली क्विज खराब की? या हमारा पहला जी.पी.ए.? या फिर डिस्को? मेरे खयाल में हमने काफी सारी चीजों को खराब किया है, जिस वजह से हम अब इस क्लब का एक भाग हैं।

हम तीनों में से रेयान का इंटरव्यू सबसे पहले था, उसके बाद आलोक और फिर मैं। इंटरव्यू से पहले हमने एक अभिवृत्ति टेस्ट दिया। उसमें बड़े ही आसान आईक्यू प्रश्न थे, जो कोई भी आईटियन एक बोतल वोदका पीने के बाद भी उनका जवाब दे सकता है।

''इंटरव्यू ही प्रमुख है। वे लोग वही निर्णय लेते हैं।'' आलोक ने कहा। हमने अपनी ग्रेड शीट जमा की। सातवें सेमेस्टर का स्थान खाली था, जिसमें 'रिसर्च एबसेंस' छपा था। बाकी के सेमेस्टर काफी साधारण थे, काफी सारे 'सी' और 'डी'।

''शुभकामनाएँ, रेयान।'' आलोक ने रेयान को गले लगाते हुए कहा।

''जरा बचाकर, क्रीज खराब मत करो।'' रेयान ने चेताते हुए कहा।

वह बीस मिनट के बाद बाहर आया।

''कैसा था?'' आलोक ने कहा।

''पता नहीं। मेरे खयाल से ज्यादा अच्छा नहीं था। उन्होंने सिर्फ मेरे कम ग्रेड्स के बारे में पूछा और मैं यह क्यों करना चाहता हूँ यह सब।'' रेयान ने कहा।

''तो तुमने क्या कहा?'' मैंने कहा।

''बस जो भी हो। देखते हैं, क्या होता है।'' उसने कहा।

आलोक बीस मिनट के लिए अंदर गया। उसके बाहर आते ही मुझे जाना था।

तीस साल के एक आदमी ने कमरे में मेरा स्वागत किया।

''हाय, मैं हूँ कमल देसाई। तुम हरि हो, है न?'' उसने कहा।

''हाँ, सर।'' मैंने कहा।

''बैठो, बैठो। और मुझे 'सर' मत कहो, मुझे 'कमल' बुलाओ।''

मैं चुपचाप बैठ गया। कमल मेरी फाइल को पढ़ने लगा और फिर ग्रेड शीट पर आकर रुक गया।

''हूँ...फाइव पॉइंट फोटी एट कुल मिलाकर, क्या हुआ?'' उसने मेरी आँखों में देखा।

यही वह समय था, जब मुझे घबराहट का दौरा पड़ना चाहिए था। लेकिन इस बार ऐसा नहीं हुआ। मुझे पता नहीं क्यों, लेकिन जब से मैंने रेयान का प्लान फेल होते, आलोक को कूदते और चेरियन को रोते देखा है, दुनिया में कोई भी चीज अब मुझे डराती नहीं है।

''मैंने अपना पहला सेमेस्टर काफी खराब किया था, सर...मेरा मतलब कमल। और आई.आई.टी. में अगर पहली बार चूक गए तो वापसी करना बहुत मुश्किल होता है।''

''यह तो काफी रोमांचक है। पहले सेमेस्टर में क्या हुआ?'' कमल ने पूछा।

''पता नहीं। शायद कॉलेज की जिंदगी जीनी चाही। मेरे खयाल में, आई.आई.टी. उस तरह का कॉलेज नहीं है।'' मैंने कहा।

''हाँ, आई.आई.टी. कुछ अलग है। तो मुझे बताओ, क्या तुम्हें आई.आई.टी. पसंद है?'' कमल ने पूछा।

यह काफी पेचीदा प्रश्न था। ऐसा प्रश्न मुझसे कभी किसी ने नहीं पूछा था। मैंने सोचा

था कि मैं जल्दी बता दूँ कि कैसे मैं यहाँ बिताए हर पल से घृणा करता हूँ; लेकिन मैं ऐसा नहीं कर पाया। मैंने अपना पहला दिन याद किया—वह दिन, जब रेयान ने मुझे बाकू और उसकी कोक की बोतल से बचाया था। चार साल, और जल्दी ही मैं इस जगह को हमेशा के लिए छोड़ने वाला हूँ। क्या यह जगह मुझे पसंद आई?

"मुझे पता नहीं। मेरे साथ ऐसी बातें हुई हैं, जिन्हें मैं भुला देना चाहता हूँ। लेकिन मैं अपने प्रिय मित्र से यहीं मिला और आशा करता हूँ कि यह जगह मुझे एक नौकरी दिलवाएगी।"

कमल हँसने लगा। मुझे ऐसा लग रहा था कि दस साल पहले वह भी यहाँ का छात्र था। मैंने सोचा कि उसके समय में उसका क्या जी.पी.ए. रहा होगा। आई.आई.टी. की यही बात है। आप लोगों को देखते हैं और यह सोचते हैं कि उनका जी.पी.ए. क्या था। आप उनका मूल्यांकन करने की कोशिश करते हैं, जो अच्छा नहीं है।

कमल ने उसके बाद कुछ और सवाल किए, जैसे कि मेरी रुचि सॉफ्टवेयर सेक्टर में क्यों है? यह भी कोई पूछने की बात है! मैं उस हर सेक्टर को पसंद करूँगा, जो मुझे नौकरी देगा और यह मेरा आखिरी मौका था।

"तुम्हारे साथ बात करना बहुत दिलचस्प रहा। अभी के लिए बस इतना ही।" कमल ने मुझे बाहर छोड़ते हुए कहा।

"तुम्हारे साथ बात करना बहुत दिलचस्प रहा!" मैंने इस वाक्य को तीन बार अपने दिमाग में दोहराया। अब इसका क्या मतलब था। यह कहने का विनम्र तरीका कि मैं अजीब था? या मेरे लिए कोई अवसर नहीं था? या मेरी एकदम बेकार रेज्यूम फाइल? या वह सचमुच प्रभावित हो गया?

हमने परिणाम आने के लिए एक घंटा और इंतजार किया। और यह जब आया तो मैंने महसूस किया कि शायद इस बार मेरा भाग्य कुछ चमत्कार दिखाने जा रहा था।

"हरि, तुम्हें और मुझे नौकरी मिल गई। तुम्हें मुंबई में ऑफर मिला है और मुझे दिल्ली में।" आलोक ने मेरी कमीज खींचते हुए कहा।

मैं सन्न रह गया और अगले पाँच मिनट तक उसे जवाब नहीं दे पाया। छात्रों के एक झुंड ने, जो नोटिस बोर्ड की ओर भागे जा रहा था, मुझे धक्का सा दिया। मैं अपने खयालों में खोया हुआ था। अब से कुछ दिन पहले तक मैं अपने पाँच क्रेडिट खत्म करने के लिए एक अतिरिक्त साल बिताने और कलंकित ग्रेड शीट लेने वाला था। लेकिन अब मेरे पास एक रास्ता था और एक नौकरी भी थी।

"मुझे नहीं मिली।" रेयान ने कहा।

जरूर कोई गलती होगी। आलोक और मुझे नौकरी कैसे मिल सकती है, जबकि रेयान को नहीं मिली?

"क्या हुआ?" मैंने कहा।

"मुझे नहीं पता। हटो, यार!" रेयान ने हमसे दूर जाते हुए कहा।

"वह कहाँ जा रहा है?" आलोक ने कहा।

"मुझे नहीं पता।" मैंने कहा।

कुछ पलों के लिए मैं अपनी खुद की नौकरी भूल गया। रेयान को नौकरी नहीं मिली? वही तो सबसे रचनात्मक, आत्मविश्वासी व स्मार्ट है। वह वह था, जो मैं हमेशा बनना चाहता था। क्या हुआ, अगर उसे इंस्टी में सबसे कम ग्रेड्स मिले थे, लेकिन यह रेयान है, हैलो!

"हमें नौकरी मिल गई, हरि। महीने के छह हजार।" आलोक ने कहा।

"हूँ! और हाँ!" मैंने कहा, रेयान के प्रति अपनी चिंता को थोड़ी देर के लिए भूलते हुए। तो अब हम सिर्फ फाइव पॉइंट समथिंग नहीं रहे, अब हम फाइव पॉइंट कोई बन गए हैं।

□

आलोक ने उस रात अपने माता-पिता से दो घंटों तक फोन पर बात की। मेरे खयाल से उसने उन्हें पूरा-का-पूरा प्रस्ताव पत्र सुना दिया। उसकी माँ ने पूरा-का-पूरा पैकेज लिख लिया—मूल वेतन, यात्रा भत्ता और हाँ, सबसे जरूरी मेडिकल लाभ। आलोक बहुत ही खुश था।

मैं अब तक थोड़ा सन्न था। जब आपके साथ कुछ अच्छा होता है तो आपको ऐसा लगता है कि कुछ विचित्र हो रहा है। जैसे कि यह सब एक सपना हो। जैसे कि टेक्नोसॉफ्ट का कमल देसाई मुझे फोन करेगा कि यह सब मजाक था। और फिर मेरी नौकरी मुंबई में थी।

"क्या हुआ तुम्हें? तुम उत्साहित नहीं लग रहे।" आलोक ने फोन बूथ से बाहर निकलते हुए कहा।

"मैं··· मैं। लेकिन यह मुंबई में है। नेहा का क्या होगा?" मैंने कहा।

"उसके बारे में क्या? आई.आई.टी. के बाद भी तुम उसके साथ रहोगे?" आलोक ने निश्छलता से पूछा, जैसे कि वह सिर्फ मेरे यहाँ के कोर्स का हिस्सा हो।

"क्यों नहीं!" मैंने अपनी उँगली को बूथ की ग्रिल पर रखते हुए कहा।

आलोक ने अपने कंधे उचकाए। उसके साथ बात करना अर्थहीन था। वह शायद हमारी नौकरी से मिलनेवाले डेंटिल लाभ के बारे में बात करता।

"रेयान कहाँ है?" आलोक ने पूछा।

"मेरे खयाल से, वह लैब गया है। उसने कहा कि वह प्रो. वीरा से बात करना चाहता है।" मैंने कहा।

"मैं आशा करता हूँ कि उसे भी कोई नौकरी मिल जाए। मेरे खयाल से, मेरे खुश न होने का यह भी एक कारण है।"

"उसके लिए यह इतना आसान नहीं होगा। उसका जी.पी.ए. सिर्फ फाइव पॉइंट जीरो वन है और वह क्लास में आखिरी है। उसके लिए कहीं भी नौकरी मिलना मुश्किल है।" आलोक ने कहा।

"लेकिन वह इतना मेधावी है। मेरा मतलब है कि पूरा-का-पूरा लूब प्रोजेक्ट उसी का है।"

"जी.पी.ए. का अपना महत्त्व है।" आलोक ने कहा और वहाँ से चला गया।

□

एक महीने बाद भी रेयान को कोई नौकरी नहीं मिली। हमारा सेमेस्टर काफी जल्दी आगे जा रहा था, खासकर इस वजह से, क्योंकि हम सब काम खत्म करने में बहुत व्यस्त थे। रेयान कंपनियों में आवेदन करता रहा, लेकिन उसे दो जगह से ही इंटरव्यू के लिए बुलावा आया। क्लास के आखिरी छात्र को नौकरी मिलना हमेशा ही मुश्किल रहता है। उस हिसाब से अगर उस दिन कमल देसाई ईमानदारी से नहीं परखता तो शायद आज मैं भी रेयान की स्थिति में ही होता।

"तुम लोगों को हार नहीं माननी चाहिए, रेयान। तुम्हें कोशिश करते रहनी चाहिए।" प्रो. वीरा ने कहा, जब हम लैब में थे।

रेयान के स्कूटर का इंजन पूरे जोरों से दौड़ रहा था। आज के मिश्रण की बहुत ही अजीब दुर्गंध थी, जिससे पूरी लैब में बदबू भर गई थी। मैं आशा कर रहा था कि यह हमारे फाइनल लुब्रिकेंट का ऑपटिमल मिश्रण न हो।

"मैं ऐसा नहीं कर सकता, प्रो. वीरा। इससे काम नहीं बनने वाला।" रेयान ने इंजन के निकास से निकल रहे धुएँ को देखते हुए कहा।

"हाँ, तुम ऐसा कर सकते हो। लेकिन मुझे ऐसा लगता है कि तुम सिर्फ एक सॉफ्टवेयर कंपनी की नौकरी करने से ज्यादा बड़े कार्य को अंजाम देने के लिए बने हो।" प्रो. वीरा ने कहा।

"आपके कहने का क्या मतलब है?" रेयान ने कहा।

"मेरा मतलब है कि तुम्हें अनुसंधान के क्षेत्र में काम करना चाहिए। एक सॉफ्टवेयर कंपनी की नौकरी में क्या रखा है? तुम बस विदेशियों की जगह सस्ते व कम पैसे में खरीदे गए ठेका मजदूर हो। रेयान, क्या तुम्हें वास्तव में ऐसा लगता है कि तुम वहाँ खुश रहोगे?"

"मैं तो हूँगा।" आलोक ने कहा।

"मैं रेयान से पूछ रहा हूँ। तुम लोग दोस्त हो, लेकिन तुम क्या करना चाहते हो, वह जरूरी नहीं कि एक जैसा हो।" प्रो. वीरा ने कहा।

"जैसे कि क्या? मैं और क्या कर सकता हूँ?" रेयान ने पूछा।

"क्या तुम मेरे आर.ए. बनकर काम करना चाहते हो?" प्रो. वीरा ने कहा, "रिसर्च असिस्टेंट। मैं तुम्हें दो साल का कॉण्ट्रैक्ट दिला सकता हूँ। ज्यादा पैसे नहीं मिलेंगे, लगभग महीने के दो हजार। लेकिन तुम कैंपस में रह सकते हो और लुब्रिकेंट पर अपनी रिसर्च जारी रख सकते हो।"

मैंने रेयान का चेहरा देखा। दो हजार रुपए उसके चेहरे पर साफ लिखा था, हमारे वेतन का एक-तिहाई। क्या रेयान इसे स्वीकार कर पाएगा?

''यह मात्र एक सुझाव है।'' उन्होंने आखिर में कहा।

''यह एक बेहतरीन सुझाव है। और अगर हमें एक निवेशक मिल जाए, जो तुम्हारे उत्पाद को अपना व्यापार बनाना चाहता हो तो क्या पता तुम कितने सफल हो जाओ।'' प्रो. वीरा ने कहा।

रेयान ने मेरी ओर देखा। मुझे ऐसा लगा कि जैसे वह चाहता है कि मैं उसके लिए निर्णय लूँ। मुझे उसके बारे में जितना करना चाहिए था, उससे कम सोचा, लेकिन अपना जवाब दिया।

''मुझे लगता है कि तुम यह करके काफी खुश रहोगे, रेयान और मुझे यकीन है कि एक दिन तुम्हें इसके लिए कोई-न-कोई निवेशक जरूर मिलेगा।'' मैंने कहा।

''इस उत्पाद के लिए मैंने बाजार को कम-से-कम 10 करोड़ का आँका है। मुझे पता नहीं, लेकिन शायद तुम्हें लगभग 20 प्रतिशत की रॉयल्टी मिलेगी। हाँ, यदि पहले हमें फैक्टरी में निवेश करनेवाला मिल जाए।'' प्रो. वीरा ने कहा।

''मैं यह करूँगा।'' रेयान मुसकराया, ''मैं आपका आर.ए. हूँ, सर।''

''यस!'' मैंने कहा और उसे उत्साहित किया।

''तो मेरे खयाल से अब हम सब नौकरी-पेशा हैं।'' आलोक ने कहा, ''क्या अब हम पार्टी कर सकते हैं?''

''बिलकुल, तुम्हें पार्टी करनी चाहिए। लेकिन वोदका पर नियंत्रण रखना।'' प्रो. वीरा यह कहकर हँस रहे थे।

□

27

फाइव पॉइंट समवन

यह दीक्षांत समारोह का दिन था, आधिकारिक तौर पर आई.आई.टी. में हमारा आखिरी दिन। हम अंत तक संघर्ष करते रहे, लेकिन अंततः हमने कर दिया। हमने अपने आखिरी सेमेस्टर के सभी कोर्सेस पास कर लिये, लैब कार्य खत्म कर लिया और हम सबको कोई-न-कोई नौकरी मिल गई। चार वर्षों में एक आई.आई.टीयन इतने की तो उम्मीद करता ही है; लेकिन हमारे लिए यह किसी चमत्कार से कम नहीं था। पिछले कुछ दिनों में मैंने नेहा से बहुत ही कम बात की थी। मैंने एक बार तब फोन किया था जब मुझे नौकरी मिली थी—और वह रोई थी, क्योंकि (अ) वह मेरे लिए बहुत खुश थी, (ब) क्योंकि मेरी नौकरी मुंबई में थी।

यह मालूम करना कि लड़कियाँ कैसे दो अलग कारणों के लिए एक ही समय पर रो सकती हैं, मुश्किल था। लेकिन मैंने उस पर ज्यादा दबाव नहीं डाला। उसने यह भी कहा कि अगर हम कुछ दिनों के लिए न मिलें तो अच्छा होगा, क्योंकि अगर प्रो. चेरियन को पता चला तो वह फिर से आगबबूला हो जाएँगे। ईमानदारी से कहूँ, तो मुझे यह ठीक ही लगा (वैसे मैंने उसके लिए बहुत बड़ा उपद्रव मचाया) उन सब कोर्सेस के साथ। मैंने चेरियन को तब से नहीं देखा था, जब से उसने मुझे माफ कर दिया था। लेकिन आज मैं उसे दोबारा देखूँगा। विभाग का अध्यक्ष पास करनेवाले बैच के लिए भाषण देगा। हम उस पास होनेवाले बैच का हिस्सा थे और यह अपने आपमें गर्व की बात थी। आलोक, रेयान और मैंने अपना स्नातक गाउन पहन रखा था। हमेशा की तरह रेयान सबसे अच्छा दिख रहा था।

''मैं आगे नहीं बैठूँगा। हम आगे सो नहीं सकते।'' मैंने विरोध करते हुए कहा, जैसे ही हम दीक्षांत हॉल में पहुँचे।

''नहीं, यहाँ यह हमारा आखिरी दिन है। मैं सबकुछ देखना चाहता हूँ।'' आलोक ने जोर डालते हुए कहा।

''तो फिर तुम अपने चश्मे का नंबर बदलवा लो।'' रेयान ने कहा।

आलोक ने बहुत जोर डाला कि हम पहली पंक्ति में बैठें और हम मंच के सामने बैठ

गए। हमने मेहमानों की गैलरी की तरफ मुड़कर देखा।

"वह रही मेरी माँ और दीदी। देखो, पिताजी भी वहाँ हैं।" आलोक ने व्हील चेयर की तरफ हाथ हिलाया।

"तुम्हारे माता-पिता भी यहाँ आए हैं, है न?" मैंने रेयान से पूछा।

"हाँ, वे कल रात ही आए हैं। मैंने उन्हें न आने के लिए कहा था, लेकिन वे फिर भी आ गए। देखो, वे बैठे हैं तीसरी पंक्ति में।" रेयान ने थोड़ा गर्व से कहा।

हाँ, वे थे। वहाँ तीन सौ अन्य छात्रों के माता-पिता के साथ उस बड़े दीक्षांत हॉल में सभी बैठे थे, बहुत ही गर्वित।

मैंने नेहा को देखा। वह अपने पिता के साथ आई थी, अन्य शिक्षकों के परिवारों के साथ बैठी थी। मैंने उसकी ओर हाथ हिलाया और दस अन्य प्रोफेसर्स ने वापस मेरी तरफ हाथ हिलाया।

"बैठ जाओ, हरि। अब कार्यक्रम शुरू होने वाला है।" आलोक ने मुझे नीचे खींचा।

प्रो. चेरियन मंच पर आए। सब शांत हो गए, और दीक्षांत हॉल एक मकबरे जैसा शांत हो गया।

"गुड मॉर्निंग। मेकैनिकल इंजीनियरिंग विभाग का अध्यक्ष होने के नाते मैं आप सभी का इस कार्यक्रम में स्वागत करता हूँ। आज इस देश को होनहार मेकैनिकल इंजीनियरों को सौंपते हुए हमें गर्व हो रहा है। मैं यह भाषण पिछले दस वर्षों से हर वर्ष देता आ रहा हूँ।" प्रो. चेरियन ने पानी का एक घूँट भरते हुए कहा।

"दस वर्ष। वास्तव में यह आदमी बड़ा ही अनुभवी है।" आलोक ने फुसफुसाते हुए कहा।

"एक के बाद दूसरी क्लास को यातनाएँ देने के लिए।" रेयान ने कहा।

"श-श…" मैंने कहा।

"और हर साल मैं एक जैसा ही भाषण देता हूँ—अपने सबसे अच्छे होनहार छात्रों को मुबारकबाद देते हुए और यह बताते हुए कि भविष्य में भी कैसे उन्हें उपलब्धियाँ हासिल करनी चाहिए। वास्तव में मैं भाषण पिछले वर्ष के भाषण को देखकर ही बनाता हूँ। लेकिन इस बार मैं कुछ अलग करने वाला हूँ। इस बार मेरे पास कोई लिखित भाषण नहीं है। मैं बस एक कहानी सुनाना चाहता हूँ।"

यह सुनकर लोगों में थोड़ी हलचल सी हुई। कोई भी यह सोच नहीं सकता था कि चेरियन कहानी सुनाएगा। टॉपर्स के नाम बोलो, सबको अपनी शुभकामनाएँ दो और कहानी खत्म। लेकिन यहाँ क्या हो रहा है?

"एक समय की बात है, जब आई.आई.टी. में एक छात्र था। वह बहुत ही होनहार था और यह सच है कि चार साल के बाद उसका जी.पी.ए. 10.00 था। उसके बहुत ही कम दोस्त थे, क्योंकि इतना जी.पी.ए. बनाए रखने के लिए दोस्तों के लिए समय नहीं होता।"

वहाँ बैठे लोग कर्तव्यनिष्ठा के साथ मुसकराए।

"लेकिन उसके सहपाठी जरूर थे। सहपाठी, जो यह होनहार लड़का सोचता था कि उससे कम स्मार्ट हैं, ऐसे सहपाठी जो स्वार्थी थे और बहुत सारा पैसा कमाना चाहते थे या बिना मेहनत किए यू.एस.ए. जाना चाहते थे। और उसके सहपाठियों ने बिलकुल वैसा ही किया। वे एम.एन.सी. में काम करने चले गए या कुछ विदेश चले गए। कुछ ने यू.एस.ए. में अपनी कंपनियाँ खोल लीं। अधिकतर कंप्यूटर और सॉफ्टवेयर की। याद रहे, यह आज से बीस साल पहले की बात है, तब कंप्यूटर एक नई चीज थी।"

प्रो. चेरियन दोबारा पानी पीने के लिए रुके।

"इसकी बात का मतलब क्या है?" आलोक ने कहा।

"मुझे नहीं पता। मैंने तुमसे कहा था कि हमें पहली पंक्ति में नहीं बैठना चाहिए। अब हम सो भी नहीं सकते।" रेयान ने कहा।

"लेकिन वह होनहार लड़का वहीं रह गया, क्योंकि उसके कुछ सिद्धांत थे। वह अपनी शिक्षा को स्वार्थ और व्यक्तिगत लाभ के लिए नहीं इस्तेमाल करना चाहता था। वह देश की सेवा करना चाहता था। वह अनुसंधान (रिसर्च) करना चाहता था। इसलिए आई.आई.टी. में ही रह गया। लेकिन आई.आई.टी. में एक रिसर्च प्रोजेक्ट को पास कराना टेलीफोन की खोज करने से भी ज्यादा मुश्किल है।" प्रो. चेरियन ने कहा और भीड़ में बैठे शिक्षक मुसकराने लगे।

"इस प्रकार वह होनहार लड़का निराश हो गया। लेकिन वह फिर भी कोशिश करता रहा; लेकिन एक प्रोफेसर बनने से ज्यादा यहाँ कोई और कुछ नहीं पा सकता। दस साल बीत गए, जब उसके कॉलेज के दोस्त उससे मिलने आए। उनमें से एक का जी.पी.ए. सेवन पॉइंट समथिंग था और उनकी अपनी सॉफ्टवेयर कंपनी थी। कंपनी का कुल व्यापार 20 करोड़ डॉलर हो गया था। एक और दोस्त एक बहुराष्ट्रीय टूथपेस्ट कंपनी का प्रमुख था और वह एक बी.एम.डब्ल्यू. कार में आया। लेकिन इन सबसे उस सिद्धांतवादी लड़के को कुछ फर्क नहीं पड़ा।

"जैसा कि आप लोगों ने अनुमान लगा लिया होगा कि वह होनहार लड़का मैं ही हूँ। और उस समय मैंने सोचा कि इससे क्या फर्क पड़ता है कि दूसरों ने व्यक्तिगत लाभ के लिए ज्यादा पाया है। मैं अब भी वही था जिसका जी.पी.ए. बेहतर था। किसी वजह से मैंने यह निर्णय लिया कि मेरे बेटे को भी आई.आई.टी. में जाना चाहिए। मैं चाहता था कि वह भी हमारे परिवार की महान् बौद्धिक परंपरा को बनाए रखे। महान् बौद्धिक परंपरा—मैं ऐसा ही कहता था। लेकिन यह मेरा अहंकार था। मेरा बेटा एक वकील बनना चाहता था और गणित से घृणा करता था। उसके गणित से घृणा करने के कारण मैं उससे घृणा करता था। मैंने उस पर इतना दबाव डाला जितना मैं क्लास के छात्रों पर डालता हूँ। पहली बार प्रवेश पाने में वह असफल हो गया और मैंने उसका जीना दूभर कर दिया। फिर वह दूसरी बार भी असफल हो गया और इस बार मैंने उसकी जिंदगी और मुश्किल कर दी। फिर वह तीसरी बार भी असफल हो गया—और इस बार उसने अपने आपको ही मार डाला।"

वहाँ बैठे लोगों के मुँह खुले-के-खुले रह गए। छात्र और शिक्षकगण आपस में फुसफुसाने लगे।

''आप सब जानते हैं कि मेरी एक बेटी है। लेकिन मेरा एक बेटा भी था, जो पाँच साल पहले एक ट्रेन दुर्घटना में मारा गया। उस समय हमने सोचा कि यह एक दुर्घटना थी; लेकिन यह···'' चेरियन ने समीर का पत्र बाहर निकालते हुए कहा, ''यह है मेरे बेटे का पत्र, जो मुझे कुछ सप्ताह पहले ही मिला। जिस दिन वह मरा, उसने मेरी बेटी को यह पत्र लिखा था। उसने अपने आपको इसलिए मार डाला, क्योंकि वह आई.आई.टी. में नहीं जा पाया। उसने अपने आपको मेरी वजह से मारा।'' चेरियन ने कहा और कुछ देर के लिए चुप हो गए। उन्होंने अपना चश्मा उतार दिया और अपनी आँखें पोंछीं। लोग इतने शांत थे कि हम चेरियन की रोने की आवाज सुन सकते थे।

''यह तो रो रहा है।'' रेयान ने कहा।

''मैंने तुमसे कहा था न। यह तो उस दिन के मुकाबले कुछ भी नहीं है।'' मैं रुक गया, क्योंकि चेरियन दोबारा बोलने लगा।

''मैं आप लोगों से माफी चाहता हूँ कि आप सबके इतने खुशी के मौके पर मैंने इतनी दर्द भरी कहानी सुनाई। मैंने अपने आपसे कहा कि अगर मैं अपनी गलती सबके सामने मान लूँ तो शायद मेरा बेटा मुझे माफ कर देगा। और मैं इस क्लास के उस छात्र को धन्यवाद देना चाहता हूँ, जिसकी वजह से मुझे यह सच्चाई मालूम हुई। और वह है मेरी बेटी का बॉय फ्रेंड हरि। वह यहीं बैठा है, सबसे आगे की पंक्ति में।''

''वाह!'' आलोक और रेयान ने एक साथ कहा। सभी की आँखें मेरी ओर मुड़ गईं। मैं अपनी जिंदगी में कभी भी इतना शर्मिंदा नहीं हुआ था। ऐसा अत्यधिक प्रचार मैं नहीं चाहता। मैं यह आशा कर रहा था कि इस बारे में वे कुछ नहीं कहेंगे, लेकिन उन्होंने कहा—

''अब मैं आप सबको इस हरि और इसके दोस्त आलोक एवं रेयान के बारे में कुछ बताना चाहता हूँ। ये हैं, जिन छात्रों को कम जी.पी.ए. मिलते हैं उनको मैं यहीं बुलाता हूँ। और इनके कम जी.पी.ए. है—फाइव पॉइंट कुछ, कम हैं, है न?'' चेरियन ने मजाकिया ढंग से कहा।

''मेरी बेटी ने उस पत्र के साथ हरि पर ज्यादा भरोसा दिखाया। वह मेरे खिलाफ गई, मुझसे झूठ बोली और उससे मिलने के लिए मेरी उपेक्षा करती रही। कहीं-न-कहीं यही दस जी.पी.ए. वाला प्रोफेसर, जो आपके सामने खड़ा है, उससे कहीं-न-कहीं गलती हुई है, बहुत बड़ी गलती।''

मैं पीछे होकर बैठ गया और चेरियन की बातों को ध्यान से सुनने लगा। मुझे दुःख हो रहा था और पहली बार यह लग रहा था कि चेरियन के पास भी भावनाएँ हैं।

''और तब मैंने यह अहसास किया कि जी.पी.ए. से एक अच्छे छात्र बनते हैं, लेकिन एक अच्छे इनसान नहीं। यहाँ हम छात्रों को उनके जी.पी.ए. से आँकते हैं। अगर तुम्हारा जी.पी.ए. नौ है तो तुम बहुत अच्छे हो और अगर तुम्हारा जी.पी.ए. पाँच है तो तुम बेकार। मैं

इन कम जी.पी.ए. वाले छात्रों से इतनी घृणा करता था कि जब पहली बार रेयान ने लुब्रिकेंट पर रिसर्च प्रस्ताव जमा किया तो मैंने उसे बिना पढ़े ही खारिज कर दिया। लेकिन इस लड़के में कुछ तो बात है। मैंने प्रस्ताव दूसरी बार देखा। मैं इतना कह सकता हूँ कि जो भी निवेशक इस प्रस्ताव में निवेश करेगा वह मालामाल हो जाएगा।''

''तुमने सुना, हरि?'' रेयान ने कहा।

मैंने सहमति से सिर हिलाया।

''तो, मेरा तुम सब छात्रों से, जो अपने भविष्य की खोज में हैं, उनसे यही कहना है। सबसे पहले अपने आपमें विश्वास रखो और जी.पी.ए. या नौकरी में तरक्की—इन सबसे ही स्वयं को न आँको। इन सबसे ज्यादा महत्त्वपूर्ण है जीवन में तुम्हारा परिवार, तुम्हारे दोस्त, तुम्हारी अपनी अंदर की इच्छा और तुम्हारा लक्ष्य। और इन सबसे कैसे तुम निपटते हो, वे ही तुम्हारे एक अच्छा इनसान होने के ग्रेड्स हैं।

''दूसरी बात, दूसरों के बारे में जल्दी धारणाएँ मत बनाओ। मैंने सोचा कि मेरा बेटा बेकार था, क्योंकि वह आई.आई.टी. में नहीं आ पाया। मैं तुमसे कहता हूँ कि मैं एक बेकार पिता था। आई.आई.टी. में आना एक अच्छी बात है, लेकिन अगर तुम नहीं आ पाए तो यह दुनिया का अंत नहीं। तुम सभी को गर्व होना चाहिए कि तुम्हारे पास आई.आई.टी. का बिल्ला है। लेकिन इस वजह से अन्य इंस्टीट्यूट से आए लोगों के बारे में गलत धारणा मत बनाओ, सिर्फ यही इस इंस्टीट्यूट की वास्तविक महानता को दरशा सकता है।''

लोगों ने जोरदार तालियों के साथ स्वागत किया।

''और आखिर में, अपने आपसे ज्यादा गंभीरता से पेश न होना। इन सबका ज्यादा दोष हम प्रोफेसर्स पर जाता है। जीवन बहुत छोटा है, इसलिए उसका आनंद लो। कैंपस की जिंदगी का सबसे बेहतरीन हिस्सा होते हैं वे दोस्त, जो तुम बनाते हो। और उन्हें जिंदगी भर के लिए अपना दोस्त बनाओ। हाँ, मैंने कहानियाँ सुनी हैं। कभी-कभी मुझे लगता है कि मेरा भी कोई दोस्त होता, चाहे उसकी वजह से मेरा जी.पी.ए. भी खराब हो जाता। रात में इंस्टी की छत पर वोदका पीना कितना अच्छा लगता होगा!''

लोगों ने खड़े होकर चेरियन का अभिनंदन किया। तालियों की गड़गड़ाहट और ज्यादा होती गई।

□

''ऐ आलसी, उठो अब।'' रेयान ने मेरे कंधे को इतनी जोर से हिलाते हुए कहा कि मेरा सपना टूटा और फिर धुँधलाकर गायब हो गया—एक खराब टेप की तरह।

''क्या?'' मैंने अपनी आँखें मलते हुए कहा।

''हाँ, मैं हूँ। हरि, मुझे यह बताओ कि इतनी मेहनत करके आई.आई.टी. में प्रवेश के बाद अपने दीक्षांत समारोह को बरबाद करके कैसा लगता है?''

यह तो रेयान की घमंडी आवाज थी।

''क्या...क्या समय है?'' मैंने अपनी गरदन अलार्म घड़ी की ओर घुमाई। उसमें

सुबह के सात बज रहे थे, बाहर तेज धूप थी।

"ऐसा लग रहा था कि तुम्हारी घड़ी भी यहाँ से तंग आ गई है। ग्यारह से भी अधिक बज चुके हैं। हम दोनों अपने दीक्षांत समारोह में नहीं जा पाए, क्योंकि हम सोते ही रहे।" रेयान ने कहा।

मैं बिस्तर से उठा और बाहर बालकनी में गया—हॉस्टल बिलकुल खाली था।

क्या बकवास है! मैं अपने स्नातक डिग्री समारोह के दिन सोता ही रहा। इसका मतलब चेरियन सच में नहीं रोया।

"बदमाश!" मैंने कहा, रेयान के शब्द भंडार से चुराते हुए, "बदमाश क्या, इसका मतलब यह है कि वह हमें हमारी डिग्री नहीं देंगे?"

"अरे हाँ, बिलकुल वे देंगे। बस इसका मतलब है कि हम वहाँ नहीं थे, जब बाकी क्लास से चेरियन ने हाथ मिलाया होगा और उनके माता-पिता ने तालियाँ बजाई होंगी।"

मैंने सोचा कि पहले मैं अपने दाँतों में ब्रश करूँ या पहले ससीज जाकर कुछ खा लूँ।

"ससीज।" रेयान ने मेरा दिमाग पढ़ लिया। यार, एक डिग्री पाने के लिए चार साल की मेहनत और जब उसे लेने का समय आया तो रेयान और मैं अपने पाजामे में बैठकर पराँठे खा रहे थे। सचमुच, मैं इस डिग्री का हकदार नहीं हूँ।

"हरि, क्या तुम्हें पता है, पिताजी मेरे लुब्रिकेंट प्रोजेक्ट में निवेश करना चाहते हैं। वह प्रो. वीरा के संपर्क में हैं।" रेयान ने कहा, जब ससी हमारी ओर घूर रहा था। वह भी जानता था कि हमें भी हमारे दीक्षांत समारोह में होना चाहिए था।

"यह तो अच्छी बात है।"

"यह सब बकवास है। मैंने उनसे कह दिया कि मुझे उनका पैसा नहीं चाहिए।" रेयान ने कहा।

"क्या तुम पागल हो?"

"और सोचो, फिर उन्होंने मुझसे क्या कहा? उन्होंने कहा कि वे सोचते थे कि उस पत्र के बाद मैं ठीक हो गया होऊँगा।" रेयान ने कहा।

"कौन सा पत्र?" मैंने चेहरा गंभीर बनाए रखने की कोशिश करते हुए कहा।

"यह पत्र।" रेयान ने कहा और एक मोटे लिफाफे को बाहर निकाला, "और सोचो, मैंने कवर पर क्या देखा?"

हाँ, यह तो वही था। तीस रुपए की टिकट, जो मैंने लगाई थी, उस पर मौजूद थी।

"तो तुमने उन्हें पत्र लिखा था।" मैंने अभी भी ऐसा दिखाते हुए कहा कि जैसे मैं कुछ नहीं जानता था।

"ठीक है मिस्टर हरि, अब नाटक बंद करो। तुमने इसे टाइप करने में इतनी मेहनत की, लेकिन पता लिखते समय थोड़ा सावधान होना चाहिए था। तुम्हारी लिखावट को मैं आसानी से पहचान सकता हूँ।" रेयान ने कहा।

"क्या?" मैंने कहा। मैंने इस बारे में सोचा नहीं था।

रेयान उठा और उसने मुझे मुक्के मारने का नाटक किया।

''तुम गधे, तुम इतने भावुक कब से हो गए?'' उसने कहा। जब मैं उसके मुक्के से बचने की कोशिश कर रहा था। हम जोर-जोर से हँसने लगे। मैंने उसकी आँखों में देखा। वह गुस्सा ही था, शायद थोड़ा खुश भी था। लेकिन जल्दी ही वह थोड़ा गंभीर हो गया। हाँ, रेयान कभी भी यह नहीं मानेगा कि वह यह चाहता था।

''तुम्हें ऐसा नहीं करना चाहिए था।'' उसने कहा।

''ठीक है, शायद उस दिन मैंने ज्यादा पी ली होगी। पर मैं यह सोचता हूँ कि तुम्हारे माता-पिता काफी अच्छे हैं। और वैसे भी यह एक अच्छा प्रोजेक्ट है। तुम्हारे पिता शायद इससे काफी पैसा कमा लें। मैंने सोचा कि मुझे इस बात पर ध्यान देना चाहिए।''

''मुझे यकीन है कि वह ऐसा करेंगे। प्रो. वीरा ने उनका पैसा मंजूर कर लिया है।''

''प्रो. वीरा जानते हैं कि वे क्या कर रहे हैं।'' मैंने समझदारी से कहा।

''आलोक कब वापस आएगा? तुम्हें लगता है कि हमने काफी कुछ खो दिया?''

''सब दीक्षांत एक जैसे ही होते हैं। चेरियन नाइन पॉइंटर को मेडल देता है, जबकि फॉइव पॉइंटर अतिरिक्त की तरह पीछे से अपनी डिग्री लेते हैं।'' रेयान ने अपने कंधे उचकाते हुए कहा।

मैंने दूर से एक परछाईं लँगड़ाते हुए अपनी ओर आती देखी।

''आलोक!'' मैंने चिल्लाते हुए कहा।

''तुम बेवकूफ लोग यहाँ बैठकर पराँठे खा रहे हो, जबकि देश को इंजीनियर्स का पूरा एक बैच दिया गया है।'' आलोक ने कहा।

''ठीक है, जो भी हो मोटे, तुम्हें यह चाहिए या नहीं?'' रेयान ने संकेत करते हुए अपनी प्लेट आगे बढ़ाई।

''हाँ, जरूर। चेरियन का वह भाषण सुनने के बाद तो मुझे चाहिए ही।'' आलोक ने अपनी जीभ बाहर निकालकर अत्यधिक थकान दरशाते हुए कहा।

''मम्मी-डैडी कहाँ हैं?'' रेयान ने कहा।

''लंच के लिए उन्हें प्रोफेसर्स क्लब में आमंत्रित किया गया है। मैं तुम लोगों को ढूँढ़ने आया हूँ।'' आलोक ने कहा।

''क्या चेरियन ने काफी बातें कीं? तुम्हें पता है कि मैं उसके बारे में सपना देख रहा था।'' मैंने कहा।

''सच में? पर मैं सोचता था कि तुम सिर्फ उसकी बेटी के बारे में सपने देखते हो।'' रेयान ने चिढ़ाते हुए कहा।

''चुप रहो।'' मैं आलोक की ओर घूमा, ''तो क्या कहा उसने?''

''ज्यादा कुछ नहीं। बस, वही बकवास कि आई.आई.टी.यन सबसे अच्छे होते हैं। लेकिन हाँ, एक बात जरूर कही।'' आलोक ने कहा।

''क्या?'' रेयान और मैंने एक साथ पूछा।

''यह कि हमें इस सिस्टम पर एक नजर डालनी चाहिए। कभी-कभी दबाव बहुत ज्यादा हो जाता है। टेस्ट कुछ कम और प्रोजेक्ट ज्यादा आदि। मैंने कुछ ज्यादा ध्यान से नहीं सुना—मैं थोड़ा-थोड़ा सो रहा था।'' आलोक ने कहा।

''अरे, तुम पागल हो क्या? काम की बात भी नहीं सुनी।'' रेयान ने अपनी कुरसी पर दोबारा आराम से बैठते हुए कहा।

''हाँ, क्यों नहीं। कम-से-कम आई.आई.टी. के आखिरी दिन मैं समय पर तो पहुँच गया।'' आलोक ने सदाचारिता से कहा।

'आखिरी दिन' आलोक के ये शब्द मेरे दिमाग में गूँजने लगे। कब से हमें यह खत्म होने का इंतजार था, और आखिरकार यह खत्म हो गया। शायद उतने स्टाइल में नहीं, शायद खड़े होकर अभिवादन और मैडल के साथ नहीं; लेकिन हमारे पाजामों में सड़क के किनारे पराँठे खाते हुए ही सही, लेकिन हमने कर दिखाया। हाँ, हम तीनों भी अब आई.आई.टी. से स्नातक थे। वे नहीं शायद, जो 'टाइम' मैगजीन के कवर पर आएँ, लेकिन कम-से-कम हम उत्तरजीवी तो कहलाए जाएँगे।

''हाँ, यह खत्म हो गया।'' मैंने अपने आपको बताने की कोशिश की, लेकिन एक स्तर पर मुझे बुरा भी लग रहा था।

''तो फिर क्या सचमुच यह अंत है?'' रेयान की आवाज मेरे दिमाग में गूँजने लगी।

''हाँ, यह अंत है। अब अपनी-अपनी दुनिया में जाने का समय आ गया है, जैसा उन्होंने दीक्षांत समारोह में कहा।'' आलोक ने कहा।

''मैं सोच रहा था कि काश, मैं कभी नेहा से मिला ही न होता! उससे अलग होने में बहुत दुःख होगा।''

''क्या तुमने नेहा से बात की?'' रेयान ने मेरा चेहरा पढ़ते हुए पूछा।

''मैं बात करूँगा। हम आज रात मिल रहे हैं।'' मैंने कहा।

''क्या चेरियन को पता है?'' आलोक ने कहा।

''मुझे नहीं लगता।'' मैंने कहा। वह थोड़ा-थोड़ा नरम जरूर पड़ गया था, लेकिन मेरा और नेहा का साथ होना उसे अभी भी स्वीकार नहीं था।

''और हमारा क्या... ?'' रेयान ने कहा।

हमने एक-दूसरे की ओर देखा। यह तो बहुत ही मुश्किल होने वाला था। ऐसा क्यों है कि जब आई.आई.टी. में बुरी चीजों का अंत होता है तो उसके साथ-साथ अच्छी चीजों का भी अंत हो जाता है। हॉस्टल को छोड़ना और अपने दोस्तों को हर दिन न देख पाना बहुत बड़ा कष्ट था।

''हम दोस्त रहेंगे—हमेशा-हमेशा के लिए।'' मैंने फिल्मी स्टाइल में कहा और उन दोनों को गले लगाने के लिए उठ खड़ा हुआ।

''बस, बस यार, यह एक सभ्य संस्थान है।'' रेयान ने कहा और हम हँसते हुए दोबारा अपनी जगहों पर बैठ गए।

यह आखिरी मौका था जब हम आई.आई.टी. में एक साथ थे। इसके बाद हमारी जिंदगियाँ बदल गईं। लेकिन मैं उन सब में अब नहीं पड़ना चाहता। आखिरकार यह एक आई.आई.टी. की किताब है।

और मुझे नहीं पता था कि मेरे व नेहा के बीच क्या होने वाला था। मेरा मतलब है कि अब मैं बता सकता हूँ कि क्या हुआ, लेकिन मैं उस सब में भी नहीं पड़ना चाहता।

हाँ, उस रात हम मिले और हमने कहा कि हम एक-दूसरे से बहुत प्यार करते हैं—और भी ऐसी अनेक बातें। हमने व्यावहारिक चीजों के बारे में बात की, जैसे हम एक-दूसरे से संपर्क कैसे करेंगे और हमने एक वायदा किया कि हम एक-दूसरे से हमेशा-हमेशा मिलते रहेंगे।

लेकिन हमेशा एक लंबा समय होता है, आई.आई.टी. के चार वर्षों से भी लंबा। आज और हमेशा के बीच बहुत कुछ हो सकता है और ऐसा होगा—लेकिन यह इस किताब में बतानेवाली बात नहीं है। दीक्षांत समारोह खत्म हो चुका था। हमारा सामान बाँधा जा चुका था।

आलोक ने दिल्ली में अपनी नौकरी शुरू कर दी। उसे तंग करने के लिए अब मैं और रेयान नहीं थे, इसलिए उसने अपने आपको नौकरी को समर्पित कर दिया था, जिसके कारण उसकी सॉफ्टवेयर कंपनी ने उसे छह महीने के लिए यू.एस.ए. भेज दिया। उसके यू.एस.ए. के असाइनमेंट ने उसको डॉलर्स में छात्रवृत्ति दिला दी, जिस वजह से एक ही बार में उसके परिवार के सारे दुःख समाप्त हो गए। एक उत्तम श्रेणी की नई गाड़ी 'गुप्ताज' में आ गई। अब मैं उसकी बहन से शादी करने के लिए मुग्ध हो रहा था। आलोक के पिता को अब एक नर्स मिल गई थी और उसकी माँ नौकरी छोड़कर प्राइवेट ट्यूशन लेने के बारे में सोच रही थी। मेरे हिसाब से उन्हें अपने आपको व्यस्त रखने के लिए नौकरी करना आवश्यक था, लेकिन मेरी बात कौन सुनता है?

रेयान प्रो. वीरा के साथ काम कर रहा था और अपने पिता से मिले धन को दिल्ली से दो घंटे की दूरी पर स्थित स्थान पर निवेश कर रहा था। निर्माण का काम करने के लिए आस-पास के गाँववालों को नौकरी पर रखा गया था, उनमें कुछ लड़कियाँ भी थीं। वह जो बदमाश है, वह वहाँ उन्हें देखने जाता है। मेरे खयाल से वह रूपकँवर नाम की लड़की को दूसरों से ज्यादा चाहता है—और मेरे खयाल से कोई हादसा होने ही वाला है।

मैं मुंबई चला गया, जिंदगी की बाकी जिम्मेदारियों की तरह उससे घृणा करता था। मुझे भीड़-भाड़वाले शहरों में रहना पसंद नहीं और मैं नेहा से दूर भी नहीं रह सकता था। पहले तीन महीनों में मेरी आधी तनख्वाह एक कबूतरखाने जैसे मकान, जो शहर के अंत में था, में चली गई। और बाकी सारी नेहा को फोन करने में।

हाय! मैं उसे बहुत याद करता था—उसके बाल, उसकी हँसी, उसकी आँखें, मेरा हाथ पकड़ना और बाकी सबकुछ। हाँ, यह सच है कि मैं आलोक और रेयान को भी याद करता था, लेकिन इतना नहीं। मैं उसके लिए लालायित था।

उसने अपना फैशन डिजाइन का कोर्स खत्म कर लिया और उसे एक लोकल डिजाइनर के यहाँ काम करने का प्रस्ताव मिल गया। लेकिन वह यहाँ मुंबई में कुछ काम ढूँढ़ने की कोशिश कर रही है। काम बन जाना चाहिए, क्योंकि यह शहर बहुत ही फैशनवाला है।

फिलहाल, मैं अगले महीने दिल्ली जा रहा हूँ आलोक की दीदी की शादी में। हम सब वहाँ होंगे—आलोक, रेयान, नेहा और मैं। और अभी मैं इस बारे में सोचने से ही काम चला रहा हूँ। आप जानते हैं, यह थोड़ा अनोखा सा है कि मैं आई.आई.टी. से पास तो हो गया, लेकिन मेरी आत्मा अभी भी वहीं है। शायद हॉस्टल में, कॉरिडोर में या ससीज में या इंस्टी की छत पर।

□□□

एक कॉल सेंटर में काम करनेवाले छह युवक–युवतियों के बीच एक रात की रोमांचक कथा, जब उनमें से एक को भगवान् का फोन कॉल मिला।

युवा मन की थाह लेनेवाला, साहित्य के 'रॉकस्टार' चेतन भगत का बेस्टसेलर उपन्यास **वन नाइट@द कॉल सेंटर** हर पाठक को ऐसा लगेगा जैसे यह उसकी अपनी कहानी है।